HANNA SIMON
Ziemlich beste Mütter

HF195935

 aufbau taschenbuch

HANNA SIMON, 1970 in Bielefeld geboren, arbeitete lange Zeit als Projektleiterin. Deswegen schafft sie es auch immer, die großen und kleinen Familienkatastrophen zu ignorieren, abzuwenden oder aufzufangen – und das meistens sogar fast perfekt. Mit ihrem Mann und ihren zwei Söhnen lebt sie in der Nähe von Frankfurt a. M.

Eigentlich hat Marie Constantin immer für bindungsunfähig gehalten. Auch deswegen hat sie sich vor der Geburt ihres gemeinsamen Sohnes Florian von ihm getrennt. Als er ihr aber nach 6 Jahren und 24 Quartalsbeziehungen eröffnet, dass die Winter-Freundin bleiben wird, zieht Marie Hals über Kopf nach Berlin. Aber auch hier ist das Leben nicht leichter: Zwar hat sie tausend Kilometer zwischen sich und ihren Ex gebracht, aber der taucht trotzdem zu allen möglichen und unmöglichen Gelegenheiten wieder auf. Im Schlepptau: seine Verlobte. Und als wäre das nicht genug, findet sich Marie an Florians erstem Schultag inmitten von perfekt gestylten, überehrgeizigen Supermamis wieder, die ihr Kind zum Beruf gemacht haben und vor lauter Nachwuchs das Leben nicht mehr sehen. Ein Glück, dass sie Alexa, Katrin und Olivia kennenlernt. Bei Alexa ist zwischen Familie, Vollzeitjob und dem jüngeren Lover eigentlich immer Land unter. Karin wünscht sich ein zweites Kind, nur dass ihr Mann da anderer Meinung ist. Außerdem sind sich alle vier klar: Marie braucht dringend einen neuen Mann. Und Olivia weiß auch schon, wen.

HANNA SIMON

Ziemlich beste Mütter

Roman

atb aufbau taschenbuch

MIX
Papier aus verantwor-
tungsvollen Quellen
FSC® C083411

ISBN 978-3-7466-3340-4

Aufbau Taschenbuch ist eine Marke
der Aufbau Verlag GmbH & Co. KG

1. Auflage 2017
© Aufbau Verlag GmbH & Co. KG, Berlin 2017
Einbandgestaltung www.buerosued.de, München
unter Verwendung von Motiven von © shutterstock / Lucie Lang, Larysa Ray,
Daniela Barreto, LaFifa, Mliberra, Africa Studio
Gesetzt in der Garamond Premier Pro durch die LVD GmbH, Berlin
Druck und Binden CPI books GmbH, Leck, Germany
Printed in Germany

www.aufbau-verlag.de

1. KAPITEL

Mona Lisa
(Öl auf Pappelholz, 1503, Leonardo da Vinci)

»Hallo? Alles in Ordnung?«

Marie drehte sich zu dem Mann um, der ihr einen Becher mit dem knallbunten Emblem der Friedrich-Gottlieb-Klopstock-Grundschule reichte.

»Bitte?« Marie war irritiert.

»Sie sehen aus, als hätten Sie einen Geist gesehen. Ach, warten Sie, Sie wollten Ihren Kaffee ja mit Milch. Zucker gibt es hier leider nicht.« Er nahm ihr den Becher aus der Hand und hantierte mit einer dunkelbraunen Glasflasche.

Marie nickte etwas eckig. Sie strich eine Strähne ihres lockigen Haares hinter das Ohr und anschließend ihre Bluse glatt.

»Und?«, fragte der Mann weiter und strahlte sie an, als wäre Kaffeeverkauf auf einem Schulhof seine wahre Erfüllung.

»Bitte?« Sie mochte ihn schon jetzt nicht. Und schon gar nicht seine offenherzige Art, sie auszufragen.

»Heute Einschulung?«

»Ja, richtig. Mein Sohn wird heute eingeschult.« Marie nahm zum zweiten Mal den Becher entgegen.

»Wie schön! Willkommen an unserer Schule! Und der Mann da?« Er deutete auf den gutaussehenden Hünen, der gerade dem weißen Aston Martin mit britischem Kennzeichen entstieg und dessen Erscheinen Marie derart erschreckt hatte, dass es offensichtlich allen Umstehenden aufgefallen war. Sie räusperte sich und strich sich wieder eine Locke hinters Ohr, die da einfach nie bleiben wollte.

»Ihr Exmann, richtig?«

Marie spürte den Drang, weit, weit wegzulaufen. Vor dem Mann mit dem Kaffee – aber auch vor dem Aston Martin, zu dem sie jetzt wie unter Zwang hinüberschaute. Der Blick des Kaffeemannes folgte dem ihren, und so wurden sie gemeinsam Zeuge, wie eine bildschöne junge Frau in einem zitronengelben Etuikleid ausstieg.

»Hatten ihn wohl nicht hier erwartet, was? Und der bringt auch noch seine Neue mit.«

Marie nahm einen großen Schluck Kaffee, murmelte ein Danke und drehte sich um.

Bloß schnell weg von dieser Nervensäge.

»Trösten Sie sich, meine Exfrau geht mir auch immer auf die Nerven, das ist ganz normal«, rief er ihr hinterher.

Marie beschleunigte ihren Schritt, weg von dem Stand hinüber zu einer alten Linde. Sie war gleichzeitig wütend und verzweifelt.

»Zucker macht nicht glücklich«, sagte plötzlich eine verschüchterte Stimme hinter ihr. Marie drehte sich um. Ein kleines Mädchen, vielleicht acht Jahre alt, stand vor ihr, es trug ein T-Shirt mit einem kariösen Zahn darauf und hielt ihr einen Zettel hin. »Zucker macht nicht glücklich«, wiederholte es nun deutlich leiser. Marie nahm das zerknitterte Infoblättchen über gesunde Ernährung mit einem zerstreuten Kopfnicken entgegen.

»DIE ZUCKERPOLIZEI RÄT: KEINEN ZUCKER AM MORGEN! KEINEN ZUCKER AM ABEND!«, stand da in riesigen Lettern oben auf dem fotokopierten Faltblatt. »SCHMERZEN UND KARIES! ZUCKER GEFÄHRDET DIE GESUNDHEIT!« Es klang wie die Hinweise auf Zigarettenpackungen. Marie fuhr sich reflexartig mit der Zunge über ihre Schneidezähne.

»Handys machen nicht glücklich«, sagte nun eine andere, allerdings sehr dumpf klingende Stimme. Neben das Mädchen war ein großes Plüschhandy getreten, aus dessen Tastatur ein knallrotes, verschwitztes Gesicht linste. Wieder wurde Marie ein Flyer gereicht, dann trollten sich das Handy und der kariöse Zahn.

»UNSERE KINDER MÜSSEN GESCHÜTZT WERDEN! HANDYS MACHEN AGGRESSIV!«, stand da. Ein sehr böses Handy war darauf zu sehen, das mit einem Maul voller spitzer Zähne das Hirn eines Strichmännchens verspeisen wollte.

»Oh, Himmel!«, entfuhr es Marie. »Sind die alle hier so drauf?«

Das Plüschhandy und der unglückliche Zahn verbreiteten ihre furchteinflößenden Prophezeiungen derweil woanders. Marie musste kurz lächeln, als das plüschige Handy seinen Flyer einem Mann zusteckte, der gerade eifrig dabei war, seine Familie beim Warten auf die i-Männchen mit dem Smartphone zu filmen.

Irgendwie ein interessanter Gedanke, überlegte Marie. Was genau würden unsere strapazierten Zähne eigentlich zu uns sagen, wenn sie könnten? Über das, *was* wir essen und *wie* wir es essen. Und darüber, dass manche Leute offenbar meinten, ihr Lächeln müsse ein Alptraum in gebleachtem Hyperweiß sein? Oder die Handys, nachdem wir den ganzen Tag auf seinem Bauch rumgedrückt haben? Vielleicht: Ruf mich nicht an – ich ruf dich auch nicht mehr an?

Marie atmete durch und erinnerte sich wieder an ihr eigentliches Problem: Constantin war hier. Und mit ihm seine Verlobte Viola.

Marie hasste diesen seltsamen Gefühlswirrwarr, in den sie immer geworfen wurden, wenn sie auf den Vater ihres Kindes traf. Diese Mischung aus unüberlegter Freude und fiesem Schreck.

Warum hatte er sie denn nicht vorgewarnt? Er schrieb ihr

doch sonst alles. Aber daran war sie wahrscheinlich selber schuld. Schließlich wusste er nichts vom Schrecken. Genauso wenig wie von der Freude. Wie viel weiter hätte sie eigentlich noch von ihm wegziehen müssen, damit genau solche Situationen nicht mehr passierten? Sie nippte an ihrem Kaffee und schaute auf die fotokopierten Flyer.

Was genau war von einer Schule zu halten, die die neuen Schüler derart bildgewaltig begrüßte? Bunte Horrorbilder? War nicht das Erwachsenenleben schlimm genug? Musste man schon so früh mit dem Fürchten beginnen?

Eigentlich sollte ich darüber lachen, dachte sie matt, wenn da nicht das Gefühl wäre, dass sie das alles vielleicht zu sehr auf die leichte Schulter nahm. War sie etwa zu fahrlässig in der Erziehung ihres Sohnes Florian?

»Irgendwie sehr skurril das Ganze hier«, flüsterte sie in den Kaffee. *Skurril* war ein äußerst treffender Ausdruck.

Schon die gestrige Veranstaltung war definitiv einer der skurrilsten Infoabende gewesen, die Marie je besucht hatte. Eigentlich war sie nur hingegangen, um ein bisschen Anschluss zu finden. Erst vor einem Monat war sie aus München hier in Berlin angekommen und kannte niemanden.

In der holzgetäfelten Aula der altehrwürdigen Schule hatten sich die Eltern aller vier ersten Klassen versammelt. Gut gekleidete Menschen, ernst und offenbar bestens untereinander vernetzt. Das lokale Maximum an Diskutierfreude, Kritikbereitschaft und Kennerschaft in allem, was die Erziehung so hergibt.

Für Marie klang es, als gebe es einen regelrechten Schwarzmarkt für die Handynummern der besten Kindermädchen, der besten Nachhilfelehrer (jetzt schon Nachhilfe?), aber auch für die Notfallnummern des Direktoriums. Marie hörte von irgendwoher eine Forderung nach Pausen-Yoga, um Haltungsschäden vorzubeugen.

»Was darf in die Schultüte, Karen? Da dürfen doch keine Süßigkeiten rein?«, fragte die Frau, die gerade Marie überholte auf der Suche nach einem freien Platz im Publikum.

»Keinesfalls! Ich werde eine elektrische Zahnbürste hineinlegen. Da wird sich der Lukas bestimmt freuen! Und natürlich ist die Schultüte kompostierbar!«

»Selbstverständlich!«

Marie beschlich ein leichtes Unwohlsein.

Diese Mütter schienen offenbar seit Generationen die besten Nachbarn, erfahrene Gesundheitsapostel und Erziehungsexperten zu sein und kannten jeden Lehrer beim Vornamen. Marie kannte nicht mal genau den Namen von Florians Klassenlehrer! Diese Übermacht an mütterlichem Wissen hier schien schon bei der Anmeldung nicht nur alle Namen von Freunden, sondern auch alle in Frage kommenden Lehrern angegeben zu haben. Durfte man das? Und wenn ja, wo?

Marie fühlte sich augenblicklich im Nachteil und etwas ausgeschlossen. Sie hatte sich in eine der hinteren Stuhlreihen gesetzt, um die Leute ungestört zu beobachten. Hier konnte sie sich auch in Ruhe darüber ärgern, dass sie ihr altes Lieblingskleid angezogen hatte. Hier trug man eindeutig Businesskleidung. Die Männer trotz Wärme Sakko, die Damen Hosenanzug, als wollten sie allesamt in die Politik gehen. Kinder sind Chefsache.

»Ich bestehe auf biodynamischem Essen in der Schulkantine! Sonst nehme ich unseren Tillmann gleich wieder von der Schule!«, ereiferte sich einer der Hosenanzüge.

»Wir sollten ein Probeessen arrangieren!«

»Du sagst es, meine Liebe!«

»Oh, wenn man nicht alles hinterfragt!«

»Ja, immer am Ball bleiben, sonst sind unsere Kinder die Leidtragenden.«

»Schlechtes Essen, schlechte Bildung, sag ich nur!«, grummelte ein Vater dazwischen. Die Umstehenden nickten tod-ernst. Man setzte sich zum Glück weit weg von Marie.

Die atmete halbherzig durch. Dieses nahezu hysterische Ge-habe war ihr fremd. Im heimatlichen Kindergarten war alles noch so locker gewesen, die anderen Mütter waren entspannt, das Essen solide, und die Eltern kamen gut aus mit den Erzieherin-nen. Hier jedoch klang es, als wappneten sich die Eltern für eine pädagogische, biodynamische Schlacht gegen den Lehrkörper.

»Wir müssen da aufpassen! Sonst sind unsere Kinder sofort abgehängt! Keine Bildung, kein Job. Arbeitslos und drogenab-hängig. Sofort.«

Himmel! Abgehängt von was? Ob Zucker schon eine Droge ist in Berlin?

Marie war ratlos. Lange hatte sie sich nicht mehr so alleine gefühlt. Ob es wirklich so eine gute Idee gewesen war, als Al-leinerziehende nach Berlin zu kommen? Was hatte sie sich bloß dabei gedacht! In eine so große Stadt, voller unbekann-ter Unwegsamkeiten und vor allem voller Berliner Mütter! Hilfe!

Sie hatte nicht einmal geahnt, was für eine Bürde das ist, Kind zu sein. Und welche heroischen Herausforderungen an eine Mutter gestellt würden.

Na ja, seufzte sie. Vielleicht haben die hier alle ja einfach einen gewaltigen Dachschaden? Oder bin ich eine schlechte Mutter? Unfähig, nicht vorausschauend genug, uninformiert, leichtsin-nig! Jetzt beruhige dich, Marie! Flos Schulalltag hat nicht mal angefangen, und die dreht schon durch! Ruhe, setzen!

»Aus dem Kaufhaus? Das ist nicht dein Ernst? Nein!«, echauffierte sich eine Dame in Schweinchenrosa linker Hand in der Reihe vor ihr.

»Ich sage es dir, Uschi, manche kaufen das dort!«

»Aber doch nicht im Kaufhaus! So was Lebenswichtiges kann man doch nicht von der Stange kaufen!«

»Wenn ich es dir doch sage! Ich hab es selbst gesehen!« Hatten die beiden sich etwa nach ihr umgeblickt?

»Wo sind wir denn? Das kann doch nicht wahr sein! Wie im Mittelalter! Haben die Leute denn keinen Anstand! Das hier ist schließlich eine Privatschule!«

Marie hatte eine Weile gebraucht, um herauszubekommen, um was es den beiden Damen überhaupt ging.

»Der Schulranzen ist das A und O! Da trennt sich die Spreu vom Weizen, meine Liebe!« Beide nickten, und ihre Frisuren schwangen fröhlich mit.

Marie zupfte an ihrem Pferdeschwanz, während sie mit wachsendem Unbehagen den Ausführungen der beiden lauschte. Sie konnte einfach nicht weghören. Es war wie ein akustischer Unfall, dem man einfach weiter zusehen musste. Die Mütter erklärten sich gerade gegenseitig, wie wichtig es für die weitere Karriere war, dass ein Kind einen ergonomischen Schulranzen im Gegenwert eines Kleinwagens jeden Morgen in der Schule spazieren führte.

Maries Stimmung sank stetig. Nur vage kam ihr noch der Einwand in ihren Sinn, dass sich diese Damen vielleicht selber viel wichtiger nahmen als die Zukunft ihrer Kinder. Immer mehr beschlichen Marie mütterliche Versagensängste. Hatte sie jemals so viele Fragen gestellt, geschweige denn war überhaupt auf solche Probleme gekommen, damit diese schier unlösbar diskutiert werden konnten? War sie überhaupt kompetent genug als begleitendes Personal? Fehlte ihr nicht komplett die Befähigung zur Mutter?

Marie hatte Florian vor ein paar Tagen einfach den Schulranzen gekauft, den er am tollsten fand. Einen mit einem riesigen roten Auto drauf. Sie hatte weder überprüft, ob die enthaltenen Buntstifte ungiftig (er würde die doch nicht essen!?) waren, die Wachsmalstifte ergonomische Halterungen hatten oder die Hefte aus naturgebleichtem Zellstoff bestanden (der Baum, aus dem sie gemacht waren, war ohnehin tot!).

Sie hatte nicht mal Florian zu irgendeinem Frühförderkurs angemeldet. Sie hatte keinen Zettel mit AG-Wünschen dabei, nichts! Sie war völlig unvorbereitet zu diesem Infoabend gekommen, weil sie dachte, *sie* würde *hier* informiert und nicht, dass sie schon *alles wissen* musste!

Und die Schultüte hatte Maries Mutter gekauft. Auch was mit Autos drauf. Einfach so gekauft. Himmel!

Verzweifelt suchte Marie in ihrer Handtasche nach etwas, auf dem sie sich Notizen machen konnte. Alle hatten etwas zum Notieren mitgebracht. Manche Männer hielten sich das obligatorische Riesensmartphone vor die Nase, um einerseits das Weltgeschehen nicht aus den Augen zu verlieren, andererseits gleich notwendige Arbeitsaufträge zu generieren.

Nach erfolgloser Suche gab sie entnervt auf, den Anschein zu erwecken, als hätte sie Ahnung vom Muttersein.

Nachdem die sie umzingelnden Eltern sich untereinander zu Ende begrüßt, ihr großes Engagement bezüglich der schulischen Laufbahn ihrer Kinder wortreich bekundet und ihren Platz eingenommen hatten, wurde es etwas ruhiger im Saal. Schließlich trat der Rektor in einem zitronengelben Talar ans Mikro und breitete die Arme aus, als wolle er alle Väter und Mütter einfangen.

»Ich heiße Sie ganz herzlich willkommen, liebe Eltern, zu diesem ganz besonderen Infoabend! Mein Name ist Kaspar, und ich werde Ihnen hoffentlich heute die großen Sorgen, die Sie nun erfüllen, da Ihre Kinder den großen Schritt in den Ernst des Lebens tun, nehmen können!«

Während Marie den freundlichen und vor allem beruhigenden Begrüßungsworten lauschte, bemerkte sie, wie drei junge Frauen sich noch eilig freie Plätze suchten und sich schließlich kichernd direkt in die Reihe hinter Marie setzten.

Wow, dachte sie augenblicklich erfreut. Mütter, die kichern!? Vielleicht ist Schule ja doch nicht der Höllenschlund, der sie gerade zu sein scheint!

Das Kichern hinter ihr wurde nun unterbrochen von leisem Getuschel oder dem Geräusch von Bonbonpapier. Marie hätte alle ergonomischen Schulranzen der Welt dafür gegeben, wenn jemand *ihr* mal was zuflüstern würde, das sie zum Lachen brachte.

Rektor Kaspar schlug sich tapfer. Geduldig machte er einem hochgradig alerten Elternpaar, das ihn mit atemlosen Fragen zu Schulessen und Zusatzlernangeboten bestürmte, klar, wie gut es wäre, wenn man ihn erst einmal aussprechen lassen würde. »Liebe Eltern, stellen wir erst einmal Ihre Fragen zurück, vielleicht wird sich ja das eine oder andere bereits von selbst klären!«

Grummeln war die Antwort. Es klang, als wären die Resteltern über den kecken Vorstoß der beiden entrüstet – weil sie selber nicht darauf gekommen waren.

Der Rektor war ein älterer Herr, der ein bisschen aussah, wie sich Marie John Lennon mit sechzig Jahren vorgestellt hätte. Gerade als sie sich etwas entspannte und dachte, das würde jetzt doch alles nicht so schlimm, erhob sich eine dürre Dame und trat energisch ans Mikro.

»Oh, Gott, die Rasenfeld!« zischelte es hinter Marie.

»Ja, stimmt. Die ist doch Schulelternbeirätin. Die lässt echt nichts aus, um sich wichtig zu machen.«

»Verdammt, ich dachte, ich die seien wir jetzt endlich los.«

»Warum ist die denn hier?«

»Ihre Benedicta wird auch hier eingeschult. Aber in der sechsten Klasse ist noch ihre Cheyenne und in der dritten ... den Namen habe ich einfach vergessen.«

»Wie viele Kinder hat die denn?«

»Fünf!«

»Fünf? Wer glaubt sie denn, wer sie ist? Ursula von der Leyen? Jemand sollte ihr mal einen Orden verleihen. Die goldene Plazenta oder so.«

Marie drückte sich schnell die Hand auf den Mund, sonst hätte sie laut losgelacht. Zu gerne hätte sie sich umgedreht, aber es schauten sich zu viele Eltern um und zischelten böse über diese Störungen.

Eine der weiblichen Stimmen hinter ihr klang anders als die anderen. Das I war sehr hoch und klar, das O und das A erstaunlich tief. Das H klang wie ein Ch.

Frau Rasenfeld breitete gerade ihre knochigen Arme aus. »Guten Abend, liebe, liebe Eltern unserer schönen Privatschule! Willkommen, liebe Klopstöcker!«, brüllte sie ins Mikro, ihr Gesicht zu einem selbstzufriedenen Lachen verzogen. Wie eine Spinne mit prallgefülltem Einkaufsnetz. Das Publikum starrte die Elternbeauftragte sprachlos an.

»Meine Name (Pause und lautes Luftholen) ist Carola Rasenfeld, und ich bin die Schuleltern-(Pause)-beirätin. Wir sagen SEBlerin. Ich bin da, um Ihnen die Sorgen etwas zu erleichtern, die Sie nun aus gegebenem Anlass, (Pause, leichtes Kopfnicken) dem Schulstart Ihrer Goldstücke, zu recht (Finger in die Höhe streckend) haben!«

»Die hat nicht wirklich *Klopstöcker* gesagt oder?«

»Hat sie.«

»Die Frau hat doch einen Klopstock zu fest auf den Kopf bekommen.«

»Ausgerechnet Klopstock. Der war doch so empfindsam. Wenn der das wüsste.«

Kichern.

»Schscht. Ruhe, ich verstehe ja kaum was!«, zischelte eine Mutter vor Marie erzürnt nach hinten.

»Ruhe? Wieso Ruhe? Wer muss da zuhören? Die Rasenfeld

ist ja NOCH schlimmer als letztes Jahr im Kindergarten! Was genau wird sie uns schon sagen können, außer dass die Schule anfängt! Mehr ist nicht! Alles gut!«

Die Frau, die sich beschwert hatte, schien es zu bedauern, diesen zischelnden Wutanfall ausgelöst zu haben.

Marie platzte fast vor Neugierde, wer da hinter ihr saß.

Vorn am Mikro schien sich Frau Rasenfeld gerade erst richtig warmgeredet zu haben. Alles wirkte sehr professionell, so als mache sie es nicht zum ersten Mal. Sie hatte sogar kleine Kärtchen dabei, auf denen Stichworte standen, die sie nach und nach abarbeitete.

»Sie können mich jederzeit telefonisch erreichen. Nur nicht nach 22 Uhr und am Freitag, Samstag oder Sonntag. Da gehöre ich ganz meiner Familie!«

Marie fragte sich, warum es notwendig war, dass diese Frau fast sechzig Stunden die Woche für Fragen der Eltern bereitstand. Was mochten das bloß für Fragen sein? Und warum fragte man nicht gleich den Lehrer?

»Ich weiß ja, wie das ist, wenn man so eine Last zu tragen hat! Aber ich begleite Sie und sende Ihnen regelmäßig Mails zu den Themenbereichen: Unterricht, Erziehung, Lernangebote, Ausflüge, Events, Diskussionsrunden und sehr, sehr viel mehr!« Das klang definitiv nach Drohung. Frau Rasenfeld hielt ein Blatt hoch, auf dem die Eltern wohl ihre E-Mail-Adressen eintragen sollten. Überall wurden eilfertig Kugelschreiber gezückt. Niemand wollte uninformiert bleiben.

Marie starrte mit einer Mischung aus Entsetzen und unverhohlener Bewunderung dafür, sich derart uneingeschränkt wichtig zu finden, auf Frau Rasenfeld. Sie war vielleicht Mitte vierzig, sehr schlank, mittelgroß, wirkte gut gekleidet in einem hellbraunen, engen Leinenkleid. Sie hatte rote Haare, natürlich den praktischen Kurzhaarschnitt, dazu trug sie eine Brille, deren Designer nichts davon hielt, Sehhilfen dezent zu gestalten. Interessanterweise fand Marie alle Einzelheiten durchaus geschmackvoll. Selbst die Brille, denn sie gab der Frau offensichtlich den gewünschten Anstrich von Autorität.

Aber das Gesamtbild war erstaunlicherweise eine Katastrophe! Wie konnte man nur so antiseptisch wirken! Nichts an ihr schien echt und nichts sympathisch. Und die Art, wie sie zu organisieren imstande war, machte Marie eines deutlich: Diese Frau würde sich in alles einmischen, was die Schule betraf, und sich damit in Maries und Florians Leben drängen.

Marie legte kurz den Kopf in den Nacken und schloss die Augen.

Oh, Mist! Das hat mir echt noch gefehlt! Wäre ich nur nicht so alleine hier. Wie soll ich denn bei diesen hysterischen Eltern jemanden finden, der wenigstens ein bisschen so denkt wie ich. Oder zumindest genauso überfordert ist wie ich?

»Das ist gruselig, oder?«, zischelten sich die Frauen hinter Marie zu, als hätten sie ihre Gedanken gelesen.

»Liebe Eltern! Liebe Klopstöcker! Wir sind hier alle eine große Familie!«, wurden sie von vorn übertönt, und Marie ergriff ein diffuser Wunsch nach Auswanderung.

»Oh, echt! Das IST gruselig!«, wisperte es, und Marie musste lächeln.

Frau Rasenfeld schien gerade erst auf Betriebstemperatur zu kommen: »Und wie es in einer Familie nun mal so ist, stützen die Stärkeren die Schwächeren! Und da komme ich zu meinem Hauptthema. Dem Zucker, der Geißel der Zivilisation!«

»Zucker ist die Geißel der Zivilisation? Das überrascht mich, ich dachte Hunger und Krieg?«

Wieder musste Marie grinsen. Blöderweise schaute Frau Rasenfeld sie in genau dem Moment an. Sie strahlte, offenbar glaubte sie, in ihr eine Schwester im Geiste gefunden zu haben, denn sie nickte ihr verschwörerisch zu.

»Ich sehe schon, viele sind hier, die so denken wie wir, und da bin ich sehr, sehr dankbar. Wir Klopstöcker helfen den neuen Kindern mit unserer frisch installierten Zuckerpolizei, den richtigen, den ungezuckerten Weg zu gehen. Das ist ein *sehr, sehr* großer Spaß für alle!« Sie lachte staubtrocken, bevor sie zu einer zwanzigminütigen Hasstirade gegen alles Süße ansetzte: »Zucker macht dumm, Zucker macht krank, Zucker macht Karies, Zucker macht sehr, sehr aggressiv.«

Als sie schließlich vor lauter Anstrengung durchatmen musste, und alle Zuhörer sich (in der Hoffnung, das Schlimmste überstanden zu haben) unruhig auf ihren Sitzen bewegten, ging Frau Rasenfeld über in eine Brandrede gegen elektronische Geräte im Allgemeinen und Handys im Besonderen.

»Wir wollen spielende Kinder! Wir wollen lesende Kinder, wir wollen glückliche Kinder! Wir wollen, dass unsere Kinder es zu was bringen! Daher keine Handys im Schulgebäude!«

Das Publikum war wie erstarrt. Der Mann mit dem Smartphone vor Marie schob es eilig in sein Jackett.

»Das ist sehr, sehr schädlich! Und wir müssen sehr, sehr entschieden dagegenhalten, wenn wir unsere Kinder zu gescheiten, ausgeglichenen, sehr, sehr erfolgreichen Kindern erziehen wollen!«, endete sie – und einige Eltern klatschten.

»Noch einmal *sehr, sehr,* und ich mach einen Klingelton davon!«, zischelte es von halblinks hinten.

Marie beschlich Panik. Bis jetzt hatte sie gedacht, die Kindheit sei eine ganz nette Sache. Sogar für Florian, der immerhin schon getrennt lebende Eltern hatte. Nun schien ihr das Leben eines Kindes plötzlich harte Arbeit zu sein. Und ganz und gar nicht süß.

Endlich erbarmte sich ein Lehrer des Publikums, das deutliche Anzeichen von Schwäche zeigte. Hier und da wurde ein Gähnen nur mühsam unterdrückt.

»Danke, Frau Rasenfeld, ich übernehme mal. Guten Abend, liebe Eltern. Wir Klassenlehrer wollten uns ja auch noch vorstellen.« Er hatte beim Kampf ums Mikro das bessere Argument, denn er war einen Kopf größer als Frau Rasenfeld und im Schulterbereich doppelt so breit. Er trug ein kurzärmliges Funktionshemd und eine enge Outdoor-Weste, dazu Jeans und robuste Schuhe und wirkte sehr sportlich.

»Also noch einmal: Guten Abend. Mein Name ist Jens Boddensen, ich bin 42, seit 10 Jahren an der Schule und unterrichte Deutsch, Englisch, Mathe und Sport.« Herr Boddensen ging ausgesprochen systematisch vor, was Marie mochte, auch wenn er unfassbar gestelzt sprach und die Lippen immer leicht nach vorn bog, als wolle er gleich jemanden küssen. Aber er konnte gut reden und vermittelte den Eindruck, dass er voll und ganz wusste, was er da tat: »Ich setze auf gute Kommunikation und dass das Erlernte in den Fremdsprachen sofort umgesetzt wird. So werden die Kinder als Erstes bei mir lernen, auf Englisch zu fragen, wenn sie auf die Toilette müssen. Das nenne ich eine ›authentische Sprechsituation‹!« Marie fand das etwas albern, doch der Mann war so fest entschlossen, den anvertrauten Kindern das Maximum an Wissen mitzugeben, dass er Marie rührte.

»Solange er am Elternsprechtag nicht verlangt, mit ihm Englisch zu reden, geht es ja.«

»Lass mal, der Boddensen ist eigentlich echt beliebt, auch wenn er so streng ist«, wisperten die Frauen hinter ihr.

»Definitiv Sportlehrer!«, sagte die Stimme mit dem leichten Akzent süffisant.

Schließlich winkte der Oberstudienrat eine junge Frau herbei, die sich als Referendarin entpuppte. Frau Lisa Gabbai war etwas pummelig, schüchtern, aber sympathisch. Sie trug ein kurzes Röckchen, das stabile Beine zeigte, und Turnschuhe. Dazu ein erdfarbenes T-Shirt und einen regenbogenfarbenen

Schal fest um den Hals, wahrscheinlich vom letzten Kirchentag. Das Mikro fabrizierte erst einmal eine anständige Rückkopplung. Das Fiepsen war durchdringend und verursachte eine auflockernde Erheiterung im Publikum, die Marie schnell für einen ersten Blick nach hinten nutzte. Die drei Frauen sahen allesamt sympathisch aus. Eine von ihnen, eine große Blonde, fing ihren neugierigen Blick auf und zwinkerte ihr verschwörerisch zu.

Vorn auf der Bühne kämpfte die Referendarin mit der Technik. »Guten, guten, äh, hört man mich? Guten Abend«, versuchte Frau Gabbai es mehrfach. »Ich bin Frau Gabbai, ich werde in der 1a ...«, und dann fiepte es wieder. Verschreckt wich sie einen Schritt zurück, und Herr Boddensen übernahm elegant.

»Na, das Mikro ist aber heute wirklich uncharmant. Ich wollte Ihnen, liebe Eltern, nur kurz Frau Gabbai vorstellen, sie wird in meiner Klasse ihre Prüfung ablegen, und wir hoffen, sie bleibt unserer Schule danach erhalten.«

Frau Rasenfeld, die oben auf dem Podium saß, schüttelte demonstrativ ihren Kopf und kniff ihre Lippen fest zusammen. Marie wusste sofort, was das bedeuten musste: Frau Gabbai gehörte offensichtlich zu den Guten.

Bei der Erinnerung musste Marie unwillkürlich grinsen. Sie hatte sich mittlerweile mit ihrem zuckerfreien Kaffee auf eine Bank am Rande des Schulhofs gesetzt und versuchte sich möglichst unauffällig vor Constantin zu verstecken. Er durfte sie auf keinen Fall so sehen: voller Liebeskummer und wütend, dass er sich einfach nicht aus ihrem neuen Leben raushalten wollte. Dabei hatte er es doch nur gut gemeint, Florian würde sich auf jeden Fall sehr freuen, seinen Papa zu sehen.

Sie musste sich schleunigst überlegen, was sie jetzt tun sollte, schließlich konnte sie nicht ewig hier sitzen. Ihr Blick fiel auf eine große, blonde Frau, die sich mit zwei anderen angeregt unterhielt. Das waren die Mütter, die gestern Abend hinter ihr gesessen hatten!

Ob sie sich einfach zu ihnen stellen konnte? Aber was sollte sie sagen? Sie schienen sich so lange zu kennen, da würde sie sicher nur stören. Außerdem musste sie jetzt erst mal mit Constantin fertig werden. Immer, wenn sie ihn traf, wurde ihr flau im Magen, und vor lauter Aufregung wurden ihre Fingerspitzen leicht taub.

Sechs Jahre! Verdammt, Marie, sechs Jahre seid ihr nicht mehr zusammen! Das muss doch mal aufhören! Ruhig! Das schaffst du schon. An etwas Schönes denken, das hilft immer. Denk einfach an Florian. Genau! Oh, wie süß er geguckt hatte, als er heute Morgen seine Schultüte von Oma und Opa bekommen hatte! Jetzt ist er schon ein Schulkind! Hab ich nicht erst gestern noch Möhrchenbrei von der Wand gewischt? Und jetzt soll er plötzlich den halben Tag in einem Klassenraum eingepfercht Mathe und Schreiben lernen – und stillsitzen. Ob er sich unwohl fühlt unter den ganzen fremden Kindern?

War sie zu egoistisch gewesen, als sie Hals über Kopf beschlossen hatte, mit ihm nach Berlin zu ziehen? Ein kompletter Neuanfang, nur weil sein Vater sich verlobt hatte?

Andererseits war sie sicher, dass ihr Sohn seinen Weg schon machen würde. Er war schließlich wie sein Vater. Dem fiel auch alles zu, vor allem die Sympathien der weiblichen Wesen.

Gemälde – Marie atmete durch. Besser, sie dachte an das Zweitwichtigste in ihrem Leben. Gemälde. Das würde sie beruhigen. Vorzugsweise von der heiligen Maria – gerade auf Bildern des 16. Jahrhunderts hatte sie immer diesen gesammelten, ruhigen Gesichtsausdruck. Als könne sie nichts erschüttern. Aber Josef war ja auch immer an Marias Seite geblieben. Und es war nicht bekannt, dass er unangekündigt bei der Einschulung von Jesus auftauchte.

Oder an die Mona Lisa denken. Den Klassiker. Marie kicherte. Um deren Gelassenheit an den Tag zu legen, benötigte sie jetzt entweder verschiedene toxische Mittel oder einen entschlossenen Anästhesisten.

»Hier ist sie, Oli!« Plötzlich standen die drei Frauen vom Infoabend vor ihr. »Darf ich?«, fragte die eine mit dem Pagenkopf und zeigte auf den Platz neben ihr. »Hier, wir sollen Ihnen Ihr Wechselgeld bringen. Sie hatten es wohl eilig, von Bernd wegzukommen, wie?«

War Bernd der Mann mit dem Kaffee?

»Er ist so furchtbar neugierig. Man muss ihn einfach ignorieren. Ich bin übrigens Katrin«, sagte die mit den blonden, glatten Haaren. »Das sind Alexa und Olivia. Sie saßen am Infoabend vor uns, stimmt's?«

»Stimmt. Ich bin Marie. Krause. Marie Krause. Was für eine gruselige Veranstaltung gestern. Ohne Ihre Kommentare wäre ich vorzeitig rausgerannt. Ich musste mir mehrmals das Lachen verkneifen.«

»Ist immer so. Oli und ich sind das schon gewohnt. Entweder man lacht, oder man bricht in Tränen aus. Sind ja schon unsere zweiten Schulkinder. Katrin neigt hingegen noch etwas zur Panik bei ihrem Paul. Stimmt es, Katrin? Die drehen immer alle ein wenig ab, diese engagierten Eltern. Aber alles wird gut.« Sie drehte sich um und sah über den Schulhof. »Na, das Rahmenprogramm ist dieses Jahr ja richtig dürftig. Nur ein Kuchenstand, ein Kaffeestand und eine Stellwand mit Fotos von Wandertagen und Projektwochen. Natürlich auch mit rasend langweiligen Infos zu Elternkursen wie *Mein Kind, das Handy und ich.*«

»Ach, das ist doch okay. Ich hab gehört, dieses Mal hat es nicht die Rasenfeld organisiert, weil ja ihr eigenes Kind eingeschult wird. Sonst wäre hier mehr los.«

»Aber die hat doch die Flyer machen lassen oder?«

»Sicher. Sie kann ohne diese schriftliche Bevormundung nicht leben!«

Sie kicherten verschwörerisch.

»Sag mal«, Olivia tippte Marie auf die Schulter. Ihre perfekt geschminkten Lippen verzogen sich zu einem spitzbübischen Lächeln. »Bernd ist natürlich schrecklich mit seiner Fragerei, aber eigentlich würde ich es auch gerne wissen. Wieso hat dieses Schickimicki-Auto dich so erschreckt?«

»Oli!« Alexa guckte ihre Freundin streng an.

Olivia hob unbeeindruckt die Hand und zeigte in Richtung Lehrerparkplatz. »Also. Raus damit. Wer ist der Mann?«

Marie spürte, wie sie rot und ihre Fingerspitzen taub wurden.

»Der sieht ziemlich gut aus«, ergänze Olivia und schaute unverhohlen zu Constantin und Viola hinüber, die mittlerweile fröhlich mit Maries Eltern plauderten. Constantin machte ein paar Fotos vom Gebäude. »Ich mag es, wenn Männer Westen tragen.«

Marie strich sich wieder die Strähne hinter das Ohr. Wenn sie jetzt den Mund aufmachte, würden alle den Kummer in ihrer Stimme hören.

»Alles okay mit Ihnen?«, fragte Alexa jetzt und legte ihr eine Hand auf den Arm. »Machen Sie sich keine Sorgen, es ist doch normal, dass einen so was mitnimmt. Wir wissen das. Wir kennen uns mit Blödmännern aus.«

»Alexa!«

»Ist doch wahr, Katrin. Bernd hat gesagt, der Typ sei ihr Exmann. Und Exmänner sind blöd. Also: Blödmänner.«

»Stimmt schon.« Katrin zuckte mit den schmalen Schultern, und ihre langen, hellen Haare schwangen hin und her. Sie hatte schöne Augen, die hinter der dezenten Brille aufmerksam aufblitzten. »Guck, wie er redet, und alle hören ihm zu. Die Frauen verdrehen sich ja total die Köpfe nach ihm. Guck, selbst die Rasenfeld!«

Marie wandte den Kopf ab. »Das ist immer so bei ihm. Er ist

übrigens lediglich der Vater meines Sohnes, nicht mein Ex-mann.«

»Wie heißt er?«

»Constantin. Constantin McLean.«

»Oh, ein Schotte.«

»Wusstest du nicht, dass er kommt?«, fragte Olivia jetzt.

»Nein. Ich bin sogar extra von München hierhergezogen, um so was zu vermeiden.«

»Oh Mann, kein Wunder, dass du so entsetzt bist.« Katrin guckte sie voller Mitleid an.

»In welcher Klasse ist dein Sohn überhaupt?«, fragte Oli-via, zog eine knallpink verpackte Schokopraline aus ihrer Handtasche und reichte sie Marie. »Hier, Zucker tröstet, aber lass dich bloß nicht erwischen. Ist ja auf dem Schulgelände verboten.«

»Florian ist in der 1a!«, antwortete Marie und biss in die Schokolade.

»1a? Wir sind auch 1a!«, freute sich Katrin.

»Was für ein Glück. Ich dachte, wir wären nur mit diesen hysterischen Elternschnöseln zusammen. Gott, wie ich das hasse, diese überengagierten Super-Mamis, die nur deshalb Kinder haben, um ihren pädagogischen Geiz zu stillen.«

»Du meinst Ehrgeiz, Oli.« Alexa grinste.

»Jaja. Ehrgeiz oder Geiz. Wann habt ihr euch denn getrennt? Erzähl mal.«

Constantin.

Marie seufzte.

Nach ihrer Einschätzung reichte seine Aufmerksamkeits-spanne bei Beziehungen ganze drei Monate, was sie dazu ge-bracht hatte, seine aktuellen Liebschaften nach Jahreszeiten zu benennen. Sie selbst war ein Sommer gewesen.

»Wir haben uns vor sechs Jahren getrennt«, antwortete sie.

»Sechs Jahre?«

»Hä? Dein Sohn kann doch erst sechs Jahre sein, oder?«

Marie lächelte. »Richtig. Gleich nachdem ich erfahren habe, dass ich schwanger bin von ihm, haben wir uns getrennt.«

»Was für ein Schwein.«

»Unfassbar! Erst schwängert er dich, und dann macht er Schluss?« Alexa guckte entsetzt.

Marie schüttelte den Kopf: »Nee. Ich hab Schluss gemacht. Ich hab es beendet, bevor er das Interesse an mir verlieren konnte. Ich kam ihm sozusagen bloß zuvor.« Es war der heikelste Punkt in ihrem Leben, und es erstaunte sie, wie leicht sie das diesen drei Fremden gegenüber aussprechen konnte.

Wie Constantin damals geschockt war, als sie Schluss machte! Ganz bleich, verunsichert, ja, verletzt. Er hatte das gar nicht verstanden und hätte sie bestimmt geheiratet, wenn sie darauf bestanden hätte. Noch nie hatte eine Frau sich von ihm getrennt. Und statt darüber wütend zu sein, war er von diesem Tag an der beste Vater und ihr verlässlichster, ja, ihr einziger Freund geworden.

»Du hast Schluss gemacht?«

»Ja. Ich wusste, dass Constantin nie lange mit einer Frau zusammen war. Das geht bei ihm einfach nicht. Und das wollte ich nicht. Also habe ich mich von ihm getrennt. Seitdem sind wir ... Partner im Elterngeschäft oder so. Und echt gute Freunde. Bis ...!«

»Bis ...?« Katrin guckte sie fragend an.

»Bis die da kam?« Alexa hatte es erfasst.

Marie nickte. »Er will sie heiraten.«

»Oh. Verstehe. Er hat die eine gefunden.«

»Und er wagt es, mit ihr hier aufzutauchen? Nicht gerade sehr sensibel. Wirklich! Männer sind solche Gefühlsanalphabeten.« Alexa stampfte wütend auf. »Er kümmert sich wahrscheinlich sonst nie, kommt nur hierher, um dich mit seiner bescheuerten Trutsche zu ärgern.«

Marie zögerte. Wie erklärte man das Phänomen Constantin? Konnte das überhaupt einer erklären? Und wenn man es nicht erklären konnte, wie konnte es dann eine verstehen?

»Leider ist es ganz anders. Constantin ist ein vorbildlicher Vater, vergöttert seinen Sohn regelrecht. Immer erreichbar, immer interessiert. Ich brauche nur anzudeuten, dass ich Hilfe brauche, schon ist er da. Zumindest war es bis jetzt immer so.«

Und er hat keine Ahnung, wie ich ihn finde ... also dass ich ihn noch ... Jedes Mal, wenn er dann da ist, frage ich mich unweigerlich, warum ich ihn habe gehen lassen. Vielleicht wären wir noch ein Paar?

Marie schüttelte unwillkürlich den Kopf.

Nein, wären wir nicht. Marie, reiß dich zusammen!

Alexa schien fassungslos. »Oh. Ein netter Ex. Wie blöd ist das denn?«

Marie beobachtete Constantin aus den Augenwinkeln. Sie hatte ihn kennengelernt, als Constantin seine Kunstsammlung aufbaute. Er hatte eine Stiftung gegründet und begann sich professionelle Hilfe zu suchen, um seine bisherige Sammlung abzurunden. Marie und er waren sich nicht nur sofort sympathisch gewesen, es war mehr. Die gemeinsame Liebe zur Kunst und das übereinstimmende Verständnis von Schönheit waren magisch gewesen. Und waren es noch heute. Sie hatte genau gewusst, worauf sie sich bei Constantin einließ. Er war wie ein Besuch eines hochkarätigen Museums, in dem alle Schönheit der Kunst vereint war. Am Ende war man froh, das erlebt zu haben, wusste aber genau, man konnte nichts davon mit nach Hause nehmen.

Himmel, wie sehr dieser Mann sie immer noch faszinierte. Sie liebte diesen wiegenden Gang, diese Art, die Hände zur Begrüßung seitlich am Körper leicht anzuheben, mit den Handflächen nach vorn, wie ein Versprechen, dass er unbewaffnet kam. Diese Ruhe und Klugheit. Weltgewandt und vernünftig, ohne die Neugierde zu verlieren.

Er durfte absolut nie erfahren, wie sie für ihn fühlte. Das Vater-Sohn-Verhältnis würde sich davon nicht erholen. Und das Eltern-Partner-Verhältnis erst recht nicht. Dann wäre es aus damit, dass er jeden zweiten Tag anrief und sich nach Florians und Maries Leben erkundete. Oder einen Ankauf eines Gemäldes mit ihr beratschlagen wollte. Dann würde er ihr nicht mehr alles aus seinem Leben erzählen. Dann wäre es vorbei, dass Marie zu jeder Zeit um Hilfe bitten konnte. Sei es wegen einer Babysalbe nachts um halb drei oder eines spontanen Umzugs nach Berlin. Zu spät entdeckte Marie zuweilen nach einem schönen, lustigen Gespräch über Kindererziehung oder alte flämische Maler, dass Constantin vom Bett aus mit ihr telefonierte. Neben ihm eine weitere erschöpfte, aber sicherlich hinreißende Jahreszeit ...

»Oh, klingt wirklich nett!«, flüsterte Katrin, der offenbar das ganze Ausmaß von Maries Lebenskatastrophe bewusst wurde.

»Ach, was! Nett ist die kleine Schwester von scheiße«, sagte Alexa trocken.

»Quatsch, netter Ex klingt so, als müsste man es mal erlebt haben. Kannst du ihn uns vorstellen?« Olivia grinste.

»Oli! Bist du verrückt. Die Arme – hören Sie nicht auf Olivia.«

»Wollen wir uns nicht duzen?«, fragte Marie, um von Constantin abzulenken.

»Aber gerne! Schließlich kennen wir schon deine halbe Lebensgeschichte! Erzähl mal, was machst du in Berlin?«

»Ich bin Restauratorin, und ihr?«

»Ich habe einen kleinen Buchladen am Prenzlauer Berg, und Olivia ...«

Genau in diesem Augenblick kam Frau Rasenfeld mit zwei

Begleiterinnen auf Olivia zu und grinste sie süffisant an. Olivia schien trotz der auf sie zurauschenden Übermacht an gestylter Mütterpower (hochhackige Schuhe, mit denen es unmöglich war, einen Fußball zu treten, Handtaschen passend zum Lippenstift, Haare wie aus einer Haarspraywerbung) nicht die Ruhe zu verlieren. Marie war beeindruckt.

»Hallo, Olga, na? Denkst du an den Elternabend, ich kann jede Stimme brauchen. Und Sie auch?« Eifrig drückte Frau Rasenfeld den vieren Flyer in die Hand. »Jetzt muss ich aber zu diesem sensationellen Mann da zurück und ihm den Flyer hier geben. Engagierte Väter sind ja so attraktiv!« Sie ließ Olivia einfach stehen.

»Was für eine Zicke. Und wieso Olga?« Marie spürte, wie sie das wütend machte. Es war eine widerliche Art der Hilflosigkeit, die diese Gehässigkeit erzeugte.

Auf dem Flyer stand tatsächlich so etwas wie ein politisches Programm, und ein Foto von Frau Rasenfeld prangte über allem. Sie steckte es in ihre Hosentasche.

»Ach, lass es gut sein.« Olivia winkte ab. »Sag mal, Marie, hast du denn jetzt wieder einen Freund?«

»Einen Freund?« Unbewusst drehte Marie sich zu Constantin um. Er hatte eine Hand auf die schmale Taille der bezaubernden Viola (ein Winter übrigens) gelegt. Marie seufzte.

»Oh, oh«, sagte Alexa und stupste Katrin an. Die nickte.

»Was du brauchst, Marie, ist ganz schnell ein neuer, ein guter Mann. Ganz schnell«, sagte Olivia. Ihr leichter Akzent, das hohe I und die sehr tiefen As und Os. Ein CH, wo ein H hingehörte, ließ es eindringlicher klingen, und gleichzeitig klang es so leicht.

»Das kriegen wir hin. Ist unsere einfachste Übung. Wir können alles.« Alexa lachte.

»Außer Männern.« Katrin seufzte. »Los, ihr Lieben, gleich kommen unsere Kinder wieder raus, und ich muss mal wieder zu meiner Familie rüber. Kopf hoch, Marie, und bis später! Hoffentlich werde ich nicht erschossen, wenn ich ein paar Fotos mit meinem Handy mache!«

Nachdem sich Alexa und Katrin von ihnen verabschiedet hatten, gingen Olivia und Marie noch ein paar Schritte nebeneinander her.

»Merkwürdig«, sagte Olivia. »Wenn man es genau nimmt. Dein Ex sieht nicht mal richtig schön aus.«

Das war der Moment, in dem Marie wusste, dass Olivia ihre beste Freundin werden würde. Denn sie hatte recht.

Constantin war nicht hübsch und weit davon entfernt, schön zu sein. Sein Kopf war rund und ziemlich groß. Seine Nase und seine Ohren waren wie der erste Versuch eines Bildhauers, einen Krieger zu entwerfen, wobei ihm die Einzelteile zu kraftvoll geraten waren. Die Nase war einen Hauch zu breit, die Ohren einen Hauch zu abstehend. Seine Haare konnte man blond nennen oder farblos, sie waren sehr kurz, mit Ansätzen zu Geheimratsecken. Der Mund war weich und schief, und die Augen waren ohne eindeutige Farbe, als hätte der Schöpfer dieser Constantin-Skulptur sich noch nicht entscheiden können. Aber alles zusammen war eine Kampfansage an alle Frauen. Um genauer zu sein: Es war bereits die Forderung nach bedingungsloser Kapitulation. Wie auch immer. Marie hielt dieses Gesicht für eine Katastrophe. So wie eine Schachtel erlesener Pralinen die vollständige Niederlage für eine Diät bedeutet.

»Mit wem redet er da eigentlich? Ich meine jetzt die da neben der Rasenfeld?«

»Das ältere Ehepaar mit den dicken Brillen, das so aussieht, als wollten sie Constantin adoptieren?«

»Ja, genau.«

»Das sind meine Eltern«, sagte Marie.

Dann zwang sie sich zu einem Lächeln und trat auf die Gruppe, die im Grunde ihre Familie darstellte, zu.

»Da ist sie ja! Mary, wir haben dich schon vermisst!« Constantin lächelte breit. Marie hatte gelernt, dem Drang zu widerstehen, ihm sofort um den Hals zu fallen, aber es sah so wunderbar aus. So, als wäre die Welt ganz und gar in Ordnung, wenn er da war.

»Ich habe mich noch kurz mit den anderen Müttern aus Florians Klasse unterhalten. Darf ich vorstellen, das ist Olivia. Constantin McLean, Florians Vater.«

Noch einmal durchatmen. Sie wusste, jetzt hatte ihr Gesichtsausdruck die gewünschte sanfte, freundliche, aber nahezu gleichgültige Ausstrahlung der Mona Lisa angenommen.

Olivia sah Constantin freundlich, aber durchaus kritisch an, zwinkerte einmal und erklärte dann: »Wir sind die neuen Freundinnen von Marie, Mister McLean.« Es klang wie eine Kampfansage. Liebevoll, spielerisch, aber eine Kampfansage. Constantin nickte nachdenklich und legte wieder den Arm um seine Verlobte. Viola war bildschön in ihrem gelben Kleid, sie passte viel besser in die Schar der Eltern, dachte Marie nachdenklich. Marie beeilte sich, nachdem Constantin ihr den obligatorischen Wangenkuss gegeben hatte (bei dem Marie immer den Atem anhielt, um sein Eau de Cologne nicht zu riechen, weil ihre Knie sonst weich wurden), Viola zu umarmen.

»Ich wusste nicht, dass ihr kommt, Viola. Gut siehst du aus.«

»Es tut mir leid, Marie. Aber er war nicht zu bremsen. Du weißt, wie er sein kann, wenn es um Flo geht«, flüsterte Viola ihr ins Ohr. Keine Frage. Viola wollte nicht hier sein, Marie wollte nicht, dass Viola hier war, und zusammen wollten sie nicht, die andere in der Nähe haben. Die Ex und die Aktuelle. Es gab da selten eine Gewinnerin.

»Es tut mir echt leid!« Viola meinte das ernst. Es gab zwischen ihnen einen kleinen Platz, der, unbehelligt von Eifersucht und Verzweiflung, ihnen den Raum gab, vernünftig miteinander umzugehen. »Ihr habt bestimmt mit deinen Eltern was anderes geplant.«

»Ja, aber das geht schon.« Sie hielt ihr den kalten Kaffee hin. Viola nahm schnell einen Schluck, was ihre kleine Verschwörung besiegelte.

»Ich dachte, du wolltest dir nur einen Kaffee holen, Mariechen.« Maries Mutter schaute skeptisch auf den Kaffeebecher, dann auf Viola und schließlich auf Marie. »Und dann tauchten die beiden auf. Wusste gar nicht, dass sie auch kommen wollten.« Die Worte klangen streng, doch als Constantin sie entschuldigend anlächelte, war ihr Ärger dahin. Viola versuchte zu vermitteln, was unnötig war. »Tut mir leid, Frau Professor Krause. Conny hat sich das erst gestern Abend ganz spät überlegt.«

Conny. Viola sagte *Conny* zu ihm. Aber was machte das schon aus. Viola würde ihn heiraten, sie durfte alles zu ihm sagen.

»I'm so sorry. Ich wollt euch keine Umstände machen! Aber mein Großer! Ich muss sehen, wie es sein wird, an sein erst große Tag.« Constantins Akzent war so weich, dass selbst Granit schmelzen würde. Wenn er sein merkwürdiges Deutsch sprach, hörte man ihm konzentriert zu.

»Sicher. Das ist ja auch genau richtig. Komm, wir gehen mal rüber zum Eingang.« Maries Mutter hatte sich bei Constantin untergehakt, und beide wandten sich dem Gebäude zu.

Ihre Mutter hatte wie Marie dunkle Locken, die sie zu einem strengen Dutt gebunden hatte, und war etwas untersetzt. Nicht sehr dick, aber neben Maries Vater, der sehr dünn und riesengroß war, wirkte sie rundlicher, als sie wirklich war. Außerdem trug sie ein schlichtes pinkfarbenes Dirndl, das so gar nicht auf einen Berliner Schulhof passen wollte. Aber da Marie ihre Mutter in nichts anderem kannte, bemerkte sie diese leichte modische Schieflage erst, als sie den Blick Olivias sah.

Maries Mutter war Professorin für Kunstgeschichte. Viola kannte sie von all jenen Kraus'schen Familienfeiern, die im letzten halben Jahr gefeiert worden waren, denn seit Florians Geburt wurde Constantin stets mit seiner aktuellen Jahreszeit eingeladen.

Und es gab einen zweiten Professor Krause, nämlich Maries Vater. Er dankte Constantin gerade, dass der seinen alten Citroen noch einmal durch den TÜV gebracht hatte. Das erste Mal in all den Jahren bemerkte Marie, wie dämlich das klang. Ihr Ex kümmerte sich um den Wagen ihres Vaters? Ihr Ex kam zu allen Familienfeiern? Ihr Ex brachte jede seiner Jahreszeiten mit?

Olivia warf Marie erneut einen fragenden Blick zu, dann fasste sie sie energisch am Oberarm. »Bis morgen beim Elternabend. Ich zähl auf dich.«

»Aber ich habe gar keinen Babysitter!«

Zu spät. Olivia war bereits verschlungen von einer großen, schwatzenden und lachenden Familie. Marie sah nachdenklich zu ihnen hinüber.

»Das ist also deine neue Freundin?«, fragte ihre Mutter, und ihre Stimme klang etwas eifersüchtig. Aber nur kurz. Dann nickte sie und zog sie sanft beiseite.

»Geht es dir gut?«

»Sicher, Mama.«

»Schön.«

»Was soll schon sein? Mein Baby wird erwachsen.«

»Schön.«

»Und es ist doch nett, dass Constantin und Viola da sind. Florian wird es freuen.«

»Schön.« Ihre Mutter machte nie viele Worte. Aber Marie befürchtete, dass sie auch so alles verstand, zu genau verstand.

»Kann Florian nicht mit seinem Papa und dessen Lady ein

Eis essen gehen? Dann könntest du uns so lange deine neue Werkstatt zeigen.« Sie meinte das Museum.

»Gute Idee«, sagte Marie, fand allerdings, dass das absolut keine gute Idee war. Sie wollte ihren Sohn an diesem großen und für sie etwas melancholischen Tag nicht auch noch hergeben müssen. Und sei es auch nur für eine Stunde.

»Schön«, entgegnete ihre Mutter, und ihr Blick sprach Bände.

Marie wusste, dass sie nun einmal ihr Kind teilen musste mit dem Vater. Das war so und würde immer so bleiben. Im Grunde wollte sie es ja auch so. Und für Flo wäre der Tag nicht derselbe, wenn sein Vater gefehlt hätte.

»Da kommen sie!« Constantin stand mittlerweile strategisch günstig zwischen Marie und seiner Verlobten.

Marie mochte es, wenn sein Arm sie aus Versehen streifte, wenn sie den harten, edlen Stoff seines Anzugs spürte.

»Papa!«, hörte sie Florian rufen. Er kam von zwei Mitschülern begleitet auf sie zugestürmt.

»Hallo. Ich bin Agata!« sagte die Kleine neben ihm und reichte Constantin forsch die Hand. »Ich bin die neue Freundin von Florian.« Sie drehte sich auf dem Absatz um und suchte ihre Mutter. Sie musste Olivias Tochter sein, dasselbe pinkfarbene Kleid und ein Schulranzen, der bei ihr ebenso überdimensioniert wirkte wie die Handtasche ihrer Mutter.

»Gut gemacht, Sohn!« Constantin hob Florian hoch. Mit weit gestreckten Armen hielt er ihn in den Himmel. Vater und Kind sahen aus wie Zwillinge, wenn nicht dieser erstaunliche Altersunterschied wäre. Sie lachten glücklich und sprachen ein paar Sätze auf Englisch miteinander.

»Oh, Sie bevorzugen eine zweisprachige Erziehung. Wie überaus sinnvoll! Würde mich da gerne mal mit Ihnen drüber austauschen. Über Ihre Erfahrungen dazu.« Frau Rasenfeld schnurrte geradezu und drängte sich dich an Constantins

Arm. Marie blieb schlicht die Spucke weg, und sie hätte zu gerne diese fürchterliche Frau vertrieben, aber Constantin gehörte nicht ihr. Das war Violas Job. Doch auch die konnte nicht anders, als sprachlos dem Geschnurre der Rasenfeld zuzuhören. »Zweisprachig. Heutzutage geht es ja einfach nicht ohne Fremdsprachen, nicht wahr? Sie sind Engländer?« Sie lachte auf, und aus unerfindlichem Grund lachten die Muttis, die um sie herum standen, mit. Sie beugten sich alle leicht Constantin entgegen, als er ein paar Worte erwiderte.

»Ach, Schotte! Wie wunderbar!«, riefen die Frauen völlig affektiert. Constantin lächelte, dann aber fing er Maries Blick auf.

»Entschuldigen Sie mich, meine Familie wartet«, sagte er, hob seinen Sohn noch einmal in die Höhe und trat wieder zwischen Marie und Viola.

Florian schaute auf alle strahlend herab. Marie ergriff seine Hand und küsste sie, um sich zu vergewissern, dass sie ihren Jungen wieder hatte.

Warum wirst du nur so schnell groß? Warum die Eile?

Ihr Sohn lachte sie liebevoll an, wandte sich dann an Oma und Opa, die er besitzergreifend in eine turbulente Beschreibung seiner ersten Schulstunde einbezog. Dann winkte er Viola zu. »Wie schön du heute wieder bist, Vio!« Er wurde von seinem Vater etwas tiefer gehalten und küsste die hübsche Verlobte.

Marie wollte nur noch weg von diesem Schulhof, an dem Hieronymus Bosch seine Freuden gehabt hätte.

Hölle, dein Name sei Schule.

Ihre Mutter schien ihre Gedanken lesen zu können. »Schön. Dann machen wir es so: Ihr drei Hübschen geht jetzt mal ein großes Eis essen. Und Marie zeigt uns ihre Werkstatt. Wollen wir das so machen? Später gibt es dann Kuchen.«

»Au ja! Ein Eis!« Florian zeigte mit den Händen an, wie

groß das Eis werden sollte. Sein Vater schaute ihm fasziniert dabei zu und lachte. Es war dasselbe Lachen. Dieselbe Begeisterung.

»Was für eine schöne Familie. Was für ein sehr, sehr schöner Junge, Frau Krause«, zischelte es in ihr Ohr. Marie erschrak und fragte sich augenblicklich, welchen *Jungen* sie meinte und so auffällig schön fand. »Würde mich sehr, sehr freuen, wenn wir uns ein wenig anfreunden könnten. Sie wissen schon, Networking. Das gehört heute zum Mutterdasein dazu, nicht wahr? Wir wissen doch, wie es läuft.« Frau Rasenfeld hatte eine merkwürdige Art, zu flüstern. Marie lief es kalt den Rücken runter.

War das eine Freundschaftsanfrage? Oder war es doch eher eine Warnung? Wenn du nicht meine Freundin bist, dann …

Marie parkte ihren dunkelgrünen Mini auf dem Parkplatz für Angestellte, der am heutigen Samstag natürlich leer war, während der für die Besucher fast platzte. Ihre Eltern und sie mussten eine kleine Strecke gehen, bis sie den Hintereingang erreichten, den Marie mit einer Chipkarte öffnete.

»Also Constantin ist großartig, nicht wahr? Kommt extra den ganzen Weg. Und diese Viola, eine schöner als die andere, was?« Maries Vater neigte dazu, zu ignorieren, dass Florians Vater nicht sein Sohn oder gar Schwiegersohn war, und behandelte ihn wie ein bevorzugtes Familienmitglied. Maries Mutter ergriff ihren Mann am Arm. Kurz und fest.

»Ach. Schon gut. Soll ja nicht immer so viel von ihm reden.«

»Schön.«

Marie wusste, dass dies eine gute Gelegenheit wäre, zu erklären, dass ihr das alles nichts ausmache und sie einfach nur heilfroh sei, dass Florian so gut klar kam mit seinen getrennten Eltern. Ihr Kleiner stellte nie in Frage, wie und ob er von seinen

Eltern geliebt wurde. Er wusste es einfach. Und wenn sie auch nur selten etwas gemeinsam unternahmen und der Vater notgedrungen wieder fortmusste, wurde er nie panisch oder quengelig. Er wusste immer, dass er zu ihm zurückkehren würde. Mama und Papa waren immer da. Auch wenn sie es nicht waren.

Marie schwieg jedoch. Was sollte sie auch sagen. Ihre Mutter wusste es auch so. Dass sie endlich von Constantin gefühlsmäßig wegkommen musste, nicht nur räumlich. Und ihr Vater war glücklicher damit, wenn er den Kummer seiner Tochter nicht so genau kannte.

»Hier ist die Werkstatt.« Marie schaltete das Licht an.

Ein sehr hoher, großer Raum, in dem vier große Tische, größer als Tischtennisplatten, standen, über denen diverse Lampen und Apparate hingen.

»Das hier ist mein Tisch.«

Maries Mutter griff in ihre Handtasche und zog erst ihre, dann die Brille ihres Mannes heraus. Marie liebte diese Geste. Beide setzten sich ihre dicken Lesebrillen auf und beugten sich über das Gemälde, das sich unter dem klaren Licht der Deckenlampe vor ihnen ausbreitete.

»Es heißt *Allegorie der Wahrheit*. Es gehört dem Museum, eine Schenkung, aber leider schwer beschädigt durch falsche Lagerung.« Marie schaute ihren Vater an. Sie wusste, er liebte solche Allegorien. Es war eine barocke Personifizierung der Wahrheit. Der Betrug, dargestellt durch einen bärtigen, gefallenen Mann, wurde von einem Löwen entlarvt und niedergeworfen. Nackte, üppige Frauengestalten betrachteten voller Wohlwollen den Lauf der Dinge.

Marie zeigte, wo sie bereits begonnen hatte, die obere Staubschicht Zentimeter um Zentimeter zu entfernen. Kleine, viereckige Papierstücke waren wie Pflaster angebracht und hielten lose Teilchen der verletzten Leinwand am Platz.

»Wunderbar. Die Farben. Trotz des Staubes und der Zeit.« Ihr Vater war entzückt. Er war Professor für Geschichte. Er war interessiert, belesen, zurückhaltend. Aufmerksam lauschte er Marie, während sie erklärte, wie der Künstler damals gearbeitet hatte, um die Farbschichten aufzutragen, welche Zutaten er benutzt hatte, um die klaren Farben anzumischen.

»Wie bemerkenswert.«

Marie wusste, dass seine knappen Worte ein Zeichen höchster väterlicher Begeisterung waren.

Obwohl Marie ihre Eltern genau so liebte, wie sie waren und wofür sie standen, wünschte sie sich doch, sie hätten sie lockerer erzogen. Gesprächiger. Kontaktfreudiger. Mehr wie Alexa oder Katrin. Oder wie – nein, wie Olivia konnte nur Olivia oder vielleicht noch ihre Tochter sein, wie hieß sie noch? Agata? So süß.

»Noch jemand hier?« Ein Mann betrat den Raum. Er trug einen dreieckigen Bart wie aus D'Artagnans Zeiten und eine kleine goldfarbene Brille. Sven Pries, Maries Chef.

»Ach, Frau Dr. Krause. Ich dachte, Sie wären bei der Einschulung Ihres Sohnes?«

»Oh, Professor Pries!« Marie wusste nicht, wie sie das erklären sollte. »Ich zeige meinen Eltern meine Arbeit. Ich hoffe, das ist in Ordnung? Wir haben uns ganz spontan dazu entschlossen.«

Maries Mutter übernahm das Gespräch, erklärte das mit dem Kindsvater, lenkte schnell den mitleidigen Blick des Chefs ab und erzeugte eine rege Begeisterung, als sie ihm erzählte, dass sie an der Uni München Kunstgeschichte lehrte.

Marie stand abseits und schaute zu, wie sich die drei über das Bild beugten.

Sie freute sich darauf, am Montag wieder hier zu sein, in der angenehmen Kühle. In Ruhe. Es versetzte ihr allerdings einen

Stich, zu wissen, dass Florian dann in der Schule sein würde, danach im Hort. Dass er dort zwar gut aufgehoben war, aber schwerlich in dem Trubel viel an seine Mutter denken, stattdessen Herzen erobern und neugierig die Welt erkunden würde. Loslassen gehörte nicht so zu ihren Stärken ...

Eine Stunde später waren die drei wieder in Maries Wohnung und warteten darauf, dass Constantin und Viola mit Florian zurückkehrten.

Seit gut einem Monat wohnte Marie in einem sehr schönen Altbau in der Dachgeschosswohnung. Einen Aufzug gab es nicht, nur eine wunderbare alte hölzerne Treppe, die bei jedem Tritt leise knarrte.

Marie und Florian bewohnten drei wirklich schöne, hohe Zimmer. Ein kleines Schlafzimmer für Marie, ein schönes großes für Florian und dazwischen gelegen ein eleganter Raum mit Stuck an der Decke. Mit alten Schiebetüren und gravierten Fensterscheiben. In der ersten Woche nach dem Umzug hatte Marie alles darangesetzt, möglichst schnell wieder ein gemütliches Zuhause für sie beide zu schaffen. Bis in die Nächte hinein hatte sie ausgepackt, Möbel aufgestellt, verschoben, wieder zurückgestellt, Bücher neu sortiert und Bilder aufgehängt. Mittlerweile hatte alles seinen Platz gefunden, und sie fühlte sich wieder richtig zu Hause. Ihr kleines Nest.

»Du hast es wirklich schön hier«, sagte ihre Mutter, die mit einem Tablett voller Besteck und Geschirr mitten im Wohnzimmer stand. Sie schaute sich lange um, bevor sie alles leise klirrend neben ihrem selbstgebackenen Kuchen auf dem großen schweren Holztisch abstellte. Sie schob ihre Brille auf der Nase zurecht und besah sich kritisch die Wände mit den Gemälden, die Möbel, die vielen kleinen und großen Kostbarkeiten und die Sammlung von Fotografien aus Florians Leben.

»Schön. Sehr schön.«

Fotos von Marie und Florian, Fotos von Maries Eltern und Großeltern. Es war eine strenge Perfektion in diesen Kompositionen. Das, was allerdings in allen Räumen mehr als deutlich fehlte, war Constantin. Kein Foto von ihm, kein Hinweis auf ihn. Nur in Florians Zimmer, in den Fotoalben, im Regal und in seiner kleinen Schatzkiste, die voll war mit Erinnerungen an all ihre gemeinsamen Unternehmungen. Für Florian nahm gerade sein Vater einen riesigen Platz ein in seinem Leben. Unaufhörlich und ungehemmt redete er von ihm, malte ihm Bilder, informierte seine Mutter ausführlich und kindlich umständlich über ihre gemeinsamen Telefonate. Constantin war für ihn überall.

Maries Mutter war auf ihrer mütterlichen Inspektionsreise durch die Wohnung auch durchs Schlafzimmer gegangen. Sie hatte die Qualität der Matratzen geprüft und darauf hingewiesen, wo es momentan ausgezeichnete Bettwäsche gab. Begeistert hatte sie sich über das geschmackvolle, aber auch gemütliche Ensemble aus Bett mit Beistelltisch und dem großen Schrank geäußert und die romantischen Landschaftsgemälde an den Wänden gelobt. Dann hatte sie ihre Tochter lange angeschaut.

»Kein Foto von ihm, Mariechen?«

»Von wem?«

Ihre Mutter schwieg, strich prüfend mit der Hand über die Gardinenstores. »Dass man heutzutage keine echten Gardinen mehr hat, seltsam.«

»Ja, Mama.«

»Essen wir Kuchen?

»Gerne.«

Als am Abend ihre Eltern wieder abgereist waren und Florian eingeschlafen war, stand Marie noch eine Weile an seinem

Bett und sah zu, wie sich sein kleiner Bauch beim Atmen sanft bewegte. Betrachtete die langen Wimpern an seinen geschlossenen Augen. Er war schon so groß. Und je größer er wurde, desto mehr glich er ihm. Dem Vater. Und das machte Marie ein bisschen Angst.

2. KAPITEL

Sonnenblumen in einer Vase
(Öl auf Leinwand, 1888, Vincent van Gogh)

Florians erster Schultag. Er war vergnügt und konnte es kaum erwarten. Seine hellblauen Augen strahlten, als er am Frühstückstisch alles aufzählte, was er in der Schule erleben wollte. Angefangen mit Fußball spielen, über mindestens drei Fremdsprachen lernen, wollte er neue Sterne entdecken und hinterher noch mal ein bisschen Fußball spielen. Marie wusste genau, sie sollte froh sein, dass es ihm so leichtfiel, sich von ihr zu trennen und neue Wege zu gehen, aber gleichzeitig war sie auch ein wenig eifersüchtig.

Kaum dass Marie auf den Parkstreifen vor der Schule gefahren war und den Motor abgestellt hatte, wurde auch schon die hintere Tür aufgerissen.

»Flo, gehst du mit mir? Schau mal, mein Schulranzen. Ganz neu! Wie sieht deiner aus? Und guck mal, ich habe gestern eine Uhr von meinen Großeltern bekommen. Hier am Arm. Guck. Hast du das auch? Willst du in der Pause mein Brot?« Während Marie von den ganzen Fragen, die auf ihren Sohn einprasselten, schon ganz außer Atem war und sich erschrocken fragte, ob es gar ratsam wäre, nicht ein paar Notizen zu machen, um nichts zu vergessen, reagierte Florian gelassen. Er lächelte, stieg ohne Hast aus dem Wagen und warf die Tür zu. Marie sah im Rückspiegel, wie er vor Agata stand, seine Hände leicht ausbreitete, die Handflächen nach vorn, und ihr tief in die Augen sah. Die junge Bewundererin verstummte zufrieden.

Er war wie sein ...!

Nicht drüber nachdenken!

Florian warf Marie einen Luftkuss zu, als er ihren erschütterten Gesichtsausdruck im Rückspiegel sah. Dann packte er die zappelige Agata am Handgelenk, schob sie mit erschreckend viel Übersicht (er war doch noch so klein!) über den Zebrastreifen, und schon war er auf dem Schulgelände in einer Gruppe Kinder verschwunden.

Marie wollte am liebsten aufjaulen oder hinterherlaufen, um ihn zu beschützen oder zurückholen. Oder am besten alles. Sie biss sich auf die Lippe.

Ruhig bleiben. Er schafft das schon. Jedenfalls besser als DU! Kindergarten ging doch auch. Ruhig atmen!

»Sie werden einfach so verdammt schnell groß!« Erst jetzt sah Marie Olivia, die die Fahrertür ihres Minis resolut aufgerissen hatte. »Wir trinken noch schnell einen Kaffee. Kannst den Wagen hier stehen lassen. Ist gleich da vorn.« Olivia zeigte irgendwohin. Neben ihr tauchte Katrin auf, den Blick noch immer auf ihren Jungen gerichtet, der sich gerade fröhlich von ihr losgerissen hatte und nun Richtung Eingangstür rannte.

Überall waren Eltern in Autos zu sehen. Manche fuhren so dicht an den Eingang heran, dass man den Eindruck hatte, sie würden ihre Kinder am liebsten bis in den Klassenraum kutschieren.

Nur Alexa schien als Einzige bei dem ganzen Abschiedsszenario cool geblieben zu sein. Ihr Ben wirkte erstaunlich selbstbewusst, und sie als Mutter verströmte viel Gelassenheit. Kein Wunder, hatte sie nicht gesagt, Ben sei ihr zweiter Sohn? Dann kannte sie das alles. Beruhigend strich sie den anderen beiden Frauen über die Arme. »Ihr habt eure Kleinen in ein paar Stunden ja wieder. Das geht schneller, als euch lieb ist. Alles wird gut. Wo ist Marie? Vergießt die auch gerade Krokodilstränen? Nein? Dann soll sie mitkommen.«

Marie überlegte, ob sie darauf hinweisen sollte, dass sie eigentlich jetzt zur Arbeit musste. Doch sie merkte, dass sie es das erste Mal in ihrem Leben damit gar nicht so eilig hatte. Lieber blieb sie noch etwas in der Nähe des Schulgebäudes. Nur für den Notfall. Mit einem Lächeln stieg sie aus dem Auto und lief eilig den dreien hinterher, die auf ein kleines Café am Ende der Straße zugingen.

»Jetzt sind sie schon so groß.« Marie warf einen weiteren sehnsüchtigen Blick zurück.

»Das geht so schnell«, seufzte Katrin und sah auf die Uhr. »Heute gehe ich einfach später ins Büro. Mein Mann wird das ja wohl verstehen.«

»Was machst du beruflich?«, fragte Marie vorsichtig.

»Oh. Ich arbeite bei meinem Mann drei Tage die Woche in seiner Anwaltskanzlei mit. Ehrlich gesagt mehr, um nicht wahnsinnig zu werden, weil mein Kind morgens nicht da ist, als des Geldes wegen.«

»Verstehe«, nickte Marie. Mütter hatten oft den Drang, ihre Arbeitstätigkeit zu rechtfertigen. Sie hatte noch nie eine Mutter getroffen, die laut ausgerufen hatte: »Ich arbeite, weil ich das will, egal, was mein Kind in der Zeit macht!«

Männer rechtfertigten sich wegen ihres Berufes nie.

»Ich muss auch gleich wieder in den Laden. Übrigens: Martin ist total sauer, weil er gestern nicht mitdurfte.« Alexa schien zufrieden.

»Ach, kein Wunder! Der Arme. Es ist aber auch hart, wenn man von seiner Freundin zu so wichtigen Ereignissen einfach nicht mitgenommen wird. Obwohl ich mir manchmal wünschen würde, bestimmte Personen einfach zu Hause lassen zu können. Meine Schwiegermutter zum Beispiel. Wir waren gestern noch in einem total netten Restaurant, aber ihr hat es mal wieder nicht geschmeckt. Meine Güte, als ob ich für die Berliner Restaurants verantwortlich bin!« Katrins Stimme blieb dennoch sanft. Marie versuchte verzweifelt, dem Verlauf dieser

Unterhaltung zu folgen, und schaute hilfesuchend auf Olivia, die jedoch in ihrer riesigen Tasche nach einem Zettel fahndete, den sie schließlich erstaunlich knitterfrei hervorzauberte.

»Was ist jetzt mit Tennis?«

»Oli, hör auf. Wir müssen doch arbeiten. Wir haben es nicht so gut wie du.«

Stille. Alles schaute auf Marie. Die war verwirrt. Der Zettel landete vor ihr auf dem Tisch.

»Ich fasse es nicht, dass du uns zum Tennis schleppen willst, Oli.« Katrin bestellte für alle.

»Da gehen alle hin. Ich will das auch. Und ich finde es chic!«

»Oli! Tennis. Ich bitte dich! Das ist voll anstrengend! Und das da ist ein ganz alteingesessener Verein!«

»Ach, Alexa, wenn sie doch so gerne will. Ich glaube, Oli braucht einfach mehr Beschäftigung. Was ist eigentlich mit dem Künstlerverein, den du unterstützt?«

»Gut, aber nur am Montag. Dienstag treffe ich mich mit Mama und Familie. Mittwoch helfe ich bei den ›Tafeln‹.«

Marie war beeindruckt. Olivia schien ein Organisationstalent zu sein.

»Muss es denn unbedingt Tennis sein?« Alexa war skeptisch.

»Na, Fitnessstudio haben wir ja schon erfolglos versucht«, zählte Katrin lachend auf, »und dann auch Kegeln und sogar Bouldern!« Beim Gedanken an das Klettererlebnis mussten sich die drei schier kaputtlachen.

»Wir sind eine furchtbare Truppe. Wir versemmeln jedes Projekt! Marie, hoffentlich kannst du uns das nachsehen!« sagte Katrin und band sich in einer eleganten Bewegung die Haare zusammen.

»Oli, für Tennis sind wir noch unbegabter!« versuchte Alexa zu argumentieren und schlürfte ihren Kaffee.

»Pappilappi!« Olivia nahm den Zettel wieder an sich und schaute versonnen darauf.

»Das heißt Papperlapapp.«

Marie zog fragend die Augenbrauen hoch. Tennis? Sport? Vereine?

»Und Marie? Vielleicht will Marie mehr was Kreatives machen. Oder was mit Mode. Kennst du nicht einen aufstrebenden Modemacher, Oli, der deine Hilfe braucht?«

»Mag sein, aber ich brauche Ablenkung. Und wer weiß, vielleicht finden wir beim Tennis einen hübschen Mann für Marie!«

»Oli! Sag doch nicht so was.«

»Ach, Katrin. Du weißt, wie Oli ist. Und da fällt mir ein: Was ist das für ein Wahnsinnsmann, dieser Cornelius?«

»Hieß er nicht Constantin?«

»Ja, genau, wie die Schenkung!«, lachte Alexa.

»Hä? Ach, der Mann braucht keinen Namen. Dieser Gefühlsanalphabet ist die größte anzunehmende Katastrophe im Exbereich! Er ist nett! Das geht doch gar nicht! Echt schlimm.«

»Schlimmer als deiner, Alexa?«

»Viel schlimmer. Meiner ist nur bekloppt. Ich muss übrigens gleich los zum Laden.«

»Immer diese Eile! Und ich finde Tennis so hübsch. Ich würde gerne zu so einem Verein gehören!«

»Oli, du bist gut so, wie du bist. Lassen wir doch den Quatsch mit dem Sport. Viel wichtiger ist, was wir mit der Rasenfeld machen? Warum ausgerechnet kommt dieses blöde Gör in unsere Klasse?« Alexa winkte die Bedienung herbei.

»Das Mädchen kann da ja gar nichts für.« Katrin schüttelte den Kopf. »Ich bin so gespannt, was Paul gleich erzählen wird vom ersten richtigen Schultag!« Sie sprach genau das aus, was Marie auch gedacht hatte.

»Ich kann es dir sagen! Wenn ich gleich meinen Ben frage:

Erzähl, lieber Ben! Erzähl mir alles! Wie war es, wie sind deine Lehrer, das Klassenzimmer, die Bücher!« Alexa hatte die Stimme süß verstellt, dann fuhr sie in ihrer eigenen Stimme fort: »Und er wird obercool antworten: *Gut!* Mehr kommt dann nicht mehr. Nur dieses eine Wort.«

»Ja, genau!«

»So und nicht anders!«

Sie lachten. Auch Marie lachte. Ob ihr kleines Plappermaul auch auf einmal so cool würde? Hoffentlich nicht.

»Das Schuljahr wird bestimmt lustig! Oli und die Rasenfeld gemeinsam im Ring!« Alexa schien ganz begeistert.

»Jaja. Lacht nur über mich. Wir in Polen haben ein Sprichwort!« Es folgte ein eleganter Satz aus weichen Lauten, garniert mit Zischlauten und einem gutturalen Unterton.

»Und was heißt das nun wieder?«

Bevor Olivia antworten konnte, fiel ihr Katrin ins Wort »Ach! Wahrscheinlich heißt es: Schule ist doof.«

Als Marie ihren Arbeitsplatz im Museum erreichte, war sie froh über die Stille, die hier herrschte. Ihre sechs Kollegen hatten sich in dem großen, hallenartigen Arbeitsbereich verteilt und sprachen nur leise, wenn überhaupt. Es war kühl trotz der Sommerhitze draußen. Marie trat an den Tisch, auf dem ihr »Patient« sie trotz der vielen Wunden geduldig erwartete.

»Guten Morgen. Da bin ich. Entschuldige die Verspätung. Ich habe neue Freundinnen, weißt du? Die sind super, echt«, flüsterte sie. Dann zog sie sich die Gummihandschuhe über, setzte sich auf ihren Stuhl, griff nach dem Behälter mit den Wattestäbchen und schaute prüfend auf das Gemälde. Es hatte auch jetzt noch seine ganz besondere Wirkung. Die Farben waren noch immer präsent, vor allem das Kobaltblau war wunderbar. Doch der feine Schleier aus Staub und Zeit, sowie die feinen Äderchen, die die Farbflächen wie Falten aufrissen, kündeten von der Hilflosigkeit, die die Kunst offenbar der Zeit gegenüber verspüren musste.

»Warte, ich rette dich«, flüsterte Marie. Sie zog das Vergrößerungsglas, das an einem Schwenkarm befestigt war, heran, tunkte das Wattestäbchen in die Reinigungsflüssigkeit und begann sanft und geduldig mit ihrer Arbeit.

Marie hatte eingekauft und parkte ihren Wagen in der schönen, alten Straße. Es blieb ihr noch genügend Zeit, sich umzuziehen, um dann Florian überpünktlich vom Hort in der Schule abzuholen. Sie war gespannt, was er zu erzählen hatte an seinem ersten richtigen Schultag.

Sie schloss die schwere Haustür auf, trat in die große Eingangshalle und zog ihren Briefkastenschlüssel hervor. Oben aus dem Schlitz quoll bereits eine kostenlose Zeitung. Marie hatte Mühe mit der Einkaufstasche und jonglierte einen Augenblick unbeholfen herum, bevor der Schlüssel endlich den Schlitz traf. Als sie das Schloss entriegelt hatte und die kleine Blechtür aufschwang, ergoss sich die Welt der Reklame auf den Boden. Umständlich stellte sie ihre Einkaufstasche ab und beugte sich hinunter. Einundzwanzig Einladungen zum nahe gelegenen Fitnessstudio, drei Hinweise auf die neue Rabattaktion im Großmarkt und vier Versprechen auf eine bessere Figur, wenn Marie sich bei den Weight Watchers anmeldete. Post war keine dabei. Dafür klemmt im Briefschlitz diese sinnlose kostenlose Zeitung, die Marie nur mit brachialer Gewalt herausbekam, wobei sich einige Verluste in Form von Papierschnipseln einstellten, die zu Boden rieselten.

»Das machen Sie aber alles weg, verstanden?«, schnarrte eine rigorose, ältere Frauenstimme hinter ihr.

Marie erschrak so sehr, dass ihr das Fitnessstudio entglitt.

»In den Papiermüll, verstanden? Tonne steht hinten im Hof. Klar? Sie sind doch die Neue, nicht? Früher hat man sich ja noch überall vorgestellt. Na, früher war sowieso alles besser.«

Marie konnte dem weder zustimmen noch direkt Einspruch erheben. Sie fand zum Beispiel die Gemäldemalerei früher eindeutig inspirierender und damit besser, aber ohne Handy und Computer wollte Marie heute nicht leben.

»Wegmachen.«

Marie nickte stumm und klaubte erneut alles zusammen. Es war schwierig, denn die vom Briefkastenschlitz angeknabberte Zeitung fusselte weiter vor sich hin, und die glänzenden Fitnessstudioblättchen erwiesen sich als besonders agil. Marie spürte, wie ihr das Blut in den Kopf stieg, weil sie sich so ungeschickt anstellte. Erleichtert hörte sie die Wohnungstür klappen, als die Dame endlich verschwunden war.

Marie atmete durch und stieg die Treppe hoch. Sie mochte die breiten Stufen und das schöne Holzgeländer, das unten in einer Volute, einem *Kringel,* wie Florian es nannte, endete. Es knarrte bei jedem Schritt. Es wirkte alles ein bisschen, wie sie sich die Malerviertel in Paris zu Zeiten der großen Impressionisten vorstellte.

Wunderbar.

Dann hörte sie erneut, wie sich eine der schweren Wohnungstüren öffnete. Marie seufzte genervt. Das bedeutete, dass noch ein Nachbar erschien, und eventuell wurde sie erneut darauf hingewiesen, wie und wo sie den Papiermüll korrekt zu entsorgen hatte. Konzentriert balancierte Marie die schwere Tasche und die widerspenstigen einundzwanzigteiligen Fitnessstudios. Sie musste ganz nach oben, was leider bedeutete, sie würde garantiert diesem Nachbarn begegnen. Es dauerte nicht lange, und sie bemerkte, wie das Geländer unter ihrer Hand leicht erzitterte und das Knarren lauter wurde. Marie schaute weiterhin konzentriert auf die Stufen und hatte fast schon die oberste Etage erreicht. Es konnte sich also nur um den Nachbarn direkt neben ihr handeln. Auf den übernächsten Stufen sah Marie zunächst einmal zwei Füße, die in leichten Turnschuhen steckten. Nackte Füße in Turnschuhen. Junge Füße. Nicht zu jung, aber jung. Marie blieb stehen. Die Füße auch.

Sie hatte wirklich keine Lust auf ein weiteres Treppenhausgespräch, also hob sie nur wenig den Kopf und betrachtete die nackten Beine, die offensichtlich einem sportlichen Menschen gehörten. Genauer: einem sportlichen Mann. Ihr Blick wanderte langsam weiter aufwärts. Es kamen eine kurze, modische Männerhose, dann ein erschreckend flacher Bauch in weißem T-Shirt-Stoff. Momentan schätzte Marie den betreffenden Mann auf zwanzig Jahre, vielleicht fünfundzwanzig, also beruhigend jung. Sie selbst war 34 Jahre alt, und ihre neue Bekanntschaft mit Alexa hatte ihr jetzt schon klar gemacht, jüngere Männer kamen für so ziemlich nichts in Frage. Also auch nicht für eine Diskussion über Altpapier. Geradezu siegessicher schaute sie also auf.

Da stand er nun. Zwei Stufen über ihr. Und musterte sie ungewöhnlich aufmerksam, was Marie so erschreckte, dass ihr kein Gruß einfiel.

Ihr Gegenüber hatte blonde Haare, die überaus streng und ordentlich gekämmt wirkten. Seiten sehr kurz, ein sauberer Scheitel und mit viel Aufwand und Haarzeug modisch zurecht gemacht. Seine Augenbrauen waren ebenfalls blond, so blond, dass sie mit der hellen Haut einen offenen, freundlichen Eindruck machten. Er trug einen Dreitagebart. Er wirkte jung, jungenhaft, liebenswert, dachte sie, bis sie schließlich bei den Augen ankam, die sie bis jetzt ununterbrochen eindringlich angestarrt hatten. Nanu? War hier ein bewusster Widerspruch eingearbeitet? Die Augen wirkten im Gegensatz zum Rest überraschend ernst, tief und nachdenklich.

Ein großartiger Kniff in der Gesamtkomposition, dachte Marie. Außerdem musste sie ihre erste Schätzung revidieren. Der Mann war doch eher in ihrem Alter. Ungeniert starrte sie weiter. Und konnte sich kaum losreißen. Da war eine kleine Narbe über seinem rechten Auge. Ganz klein, ganz fein. Vorzüglich gemacht. Marie erfreute sich regelrecht an diesem Detail. Doch dann passierte etwas Eigenartiges.

Das Porträt bewegte sich.

Verdammt! Es war gar kein Gemälde, das war ja ein Mensch! Das war ihr lange nicht mehr passiert. Das letzte Mal eigentlich bei …

Jetzt bewegten sich seine Lippen. Und was für Lippen. Wenn das Gesicht auch bis dahin nicht etwa von einer übertriebenen Schönheit, aber von einer angenehmen Vorzüglichkeit zeugte, so waren die Lippen von einer überragenden schöpferischen Kunstfertigkeit! Aus Marmor gemeißelt. Geschwungen, sanft gewellt, erinnerten sie Marie spontan an eine geschlossene Jakobsmuschel. In Stein gehauen für die Ewigkeit. Wenn es nur nicht dummerweise ein Mensch wäre, zuckte es ihr wieder durch den Kopf. Reiß dich zusammen, Marie!

Sie räusperte sich verlegen.

Das Bild bewegte sich wieder, fast so, als wolle es ihre Blicke abschütteln. Der dazugehörige Mann hatte seine Lippen leicht nach innen gebogen, als koste es ihn große Anstrengung, sein Unbehagen zu verbergen.

Marie zwang sich zu einem Lächeln und hoffte, er werde endlich etwas sagen. Tat er aber nicht.

Was sollte sie jetzt machen? Nach reiflicher Überlegung entschied sie, ganz entgegen ihrer sonstigen Zurückhaltung etwas zu sagen.

»Hallo.«

Er schwieg. Marie räusperte sich erneut. Vielleicht hatte er sie nicht gehört? Wenn sie ihm jetzt die Hand reichte, würde er reagieren müssen, aber dann würde sich das einundzwanzigteilige Fitnessstudio davonschleichen. Es blieb also nur der Ausweg über Konversation.

»Hallo, Herr Nachbar?« fragte Marie daher etwas umständlich und kam zu dem Schluss, dass sie dringend mehr Augenmerk auf ihre Entwicklung des Small Talks richten musste.

»Ja. Ich bin der Nachbar. Wenn Sie auch wohnen hier.« Der Schluss des Satzes war überraschend. Irgendwie war da in der Syntax etwas durcheinandergekommen. Außerdem war da noch etwas. War da nicht wieder das hohe I und die sehr tiefen As und Os? Ein CH, wo ein H hingehörte? Aber nur ein Hauch davon. Ganz leise, sehr zurückgenommen. Vielleicht hätte Marie es gar nicht bemerkt, wenn sie nicht Olivia kennengelernt hätte.

»Wenn Sie hier auch wohnen. Wollte ich sagen.« Er räusperte sich und seine Lippen bogen sich wieder kurz nach innen.

Was für ein Detail! Er zog die Augenbrauen hoch, sein Blick senkte sich kurz, und er zeigte ein weiches, breites Lächeln, das den Raum zu erhellen schien. Dann sah er Marie wieder direkt an und nickte, als wolle er andeuten, dass er einen neuen Anlauf nahm. Marie wartete. Endlich sagte er: »Frau Krause. Hallo.« Er streckte ihr unerwartet und voller Elan seine Hand hin. Marie zuckte zusammen.

»Ich? Ja. Genau. Woher wissen Sie?« Sie ergriff die Hand und hörte im selben Moment, wie das Fitnessstudio erst auf die Treppenstufen und dann leise bis ganz nach unten segelte.

»Oh. Meine Schuld«, murmelte er verlegen.

»Ich weiß!«, erwiderte Marie energisch und froh, sich mal einer Sache ganz sicher sein zu können, was den Nachbarn allerdings augenblicklich erstarren ließ, obwohl er zu gerne über die Brüstung geschaut hätte, um zu erfahren, wo die Prospekte landeten.

»Bitte?« fragte er.

»Ich weiß, was das für ein leiser Akzent ist. Ihre Familie kommt aus Polen, nicht wahr?«

Er runzelte für eine Millisekunde die Stirn. Marie unterdrückte den Wunsch, über diese exquisite kleine Narbe an der zarten Augenbraue zu tupfen, um zu sehen, ob man sie retuschieren konnte.

Von unten kam noch einmal leises Rascheln. Nun lag alles an seinem Platz.

»Wäre das ein Problem? Mein Name ist Krzysztofczyk.«

»Wie war das?«

Einen Augenblick überlegte er, was er tun sollte, und reichte Marie einfach noch einmal die Hand.

Marie war verwirrt: »Problem? Oh. Nein. Wegen Ihren Os und As und dem Ha. Das ist kein Problem. Das ist hübsch.« Marie, nun frei in ihren Bewegungen, ergriff die Hand erneut und erinnerte sich, dass sie den Namen unten an der Klingel gesehen und dabei überlegt hatte, ob da jemand beim Glücksrad vergessen hatte, ausreichend Vokale zu kaufen.

Er lächelte jetzt sehr hübsch: »Ich wohne zusammen mit Natalia und Adam in der Wohnung neben Ihnen. Hallo.«

»Wie nett.« Marie zog ruckartig ihre Hand zurück. Musste er extra betonen, dass er Frau und Kind hatte? Er schaute kurz auf seine leere Hand. Das gab Marie die Gelegenheit, darüber nachzudenken, wie es kam, dass sie derart heftig reagierte.

»Und Sie?«

»Ich?« Marie fühlte sich ertappt.

»Ja, wohnen Sie auch hier?« Er kratzte sich am Kopf und sein Lächeln bezauberte. »Okay. Ist keine clevere Frage von einem Nachbarn an seine Nachbarin, schon klar, aber mir fällt gerade nichts Besseres ein.«

Marie hätte es bevorzugt, wenn er nicht so wundervolle Lippen gehabt hätte; sie war unkonzentriert.

»Ja, richtig. Wir sind ja Nachbarn. Wie schon bemerkt,

deswegen wohne ich neben Ihnen. Wie Nachbarn das so tun. Genau«. Sie war etwas durcheinander. Dann riss sie sich zusammen. »Himmel, was bin ich schwer von Begriff heute. Es liegt wohl an Ihrer Jakobsmuschel, ich meine, an, keine Ahnung. Ich wohne hier mit Florian. Meinem Sohn.« Marie drehte sich um und zeigte völlig unnötig auf ihre Wohnungstür.

Wieder bogen sich seine Lippen nach innen. Dann beugte er sich zu ihr vor, und für den Bruchteil einer Sekunde glaubte Marie, er wolle sie umarmen. Aber er hob nur die Flyer auf.

»Das müssen Sie nicht. Das ist, das ist, wirklich lieb, äh, Herr Kraftiziki.«

»Krzysztofczyk. Sagen Sie ruhig Jakub zu mir.«

»Jakob.«

»Jakub.«

»Ja, Jakob.«

»Nein, Jakub.«

»Ach, ich dachte – wie die Muschel.«

Die Lippen lächelten, doch ihnen schien langsam der Glaube abhandenzukommen, man könne verstehen, was diese verwirrte Nachbarin sagen wollte.

Marie warf einen Blick auf seine sportliche Armbanduhr und rief eilig: »Äh, ich muss weg!« Sie hastete an ihm vorbei, ließ dabei weitere Teile der zerfressenen Zeitung fallen.

»Oh«, sagte er. Es klang bestürzt.

»Äh, es ist, äh … Mein Sohn, ich muss ihn aus der Schule abholen.«

»Gut. Verstehe.« Er nickte vorsichtig. Seine Augen waren schön blau. Nicht so hübsch wie die Lippen, aber egal. Was ging sie das überhaupt an?

Endlich hatte Marie ihre Tür erreicht, drehte sich noch einmal um und sah, wie ihr Nachbar in einer Pfütze aus Fitnessstudioreklame stand und hinter ihr hersah. Ob er jemals solche

Werbung bekam? Er sah aus wie eine Statue aus perfektem weißem Marmor von Antonio Canova.

»Soll ich helfen?« fragte er, wahrscheinlich, weil Marie weiterhin einen extrem verwirrten Eindruck machte.

»Wobei? Beim Abholen?«

»Beim Papieraufheben? Aber wenn Sie wollen, helfe ich Ihnen auch beim Abholen. Klopstock?«

»Wie?« Sie zerrte an ihrem Schlüssel. Hielt er sie für orientierungslos? Der Schlüssel hatte sich im Innenfutter ihrer Tasche verhakt, und sie zerrte noch mehr.

»Ich bin spät dran, Herr äh.«

»Jakub.«

»Ich bin Marie.«

»Ich weiß, Sie sind Marie Krause. Steht ja an Ihrem Briefkasten.« Offensichtlich schrieb man in Berlin nicht seinen Vornamen an den Briefkasten. Mist!

Marie fehlten nun endgültig die Worte, glücklicherweise öffnete sich endlich ihre Wohnungstür.

»Muss weg! Bis später mal, Herr ...!« Sie stürmte hinein, knallte die Tür hinter sich zu und stemmte sich mit dem Rücken dagegen.

»Jakub. Nur Jakub«, hörte sie ihn im Treppenhaus noch sagen.

»Ja, Jakub. Ich weiß. Wieso zum Kuckuck hat mich der Typ nur so aus der Fassung gebracht?« Sie schaute vorsichtig durch den Türspion und sah, wie er mit den Flyern in der Hand die Treppe hinunterging. »Du bist nicht mal mein Typ, Jakub. Du kannst gar nicht mein Typ sein! Denn meinen Typ gibt es nicht auf dieser Welt. Das wäre nämlich ein verheirateter Constantin. Ein mit MIR verheirateter Constantin. Und so was gibt es nicht. Himmel! Ich bin spät dran, ich muss zum Hort!«

3. KAPITEL

Guernica
(Öl auf Leinwand, 1937, Pablo Picasso)

Nach einem stillen und erfolgreichen Arbeitstag parkte Marie vor den Toren der Schule ein. Im Rückspiegel sah sie Jakub, der eine Miniaturausgabe seiner selbst an der Hand hielt, der er offenbar angestrengt lauschte, während die beiden sich an parkenden Autos vorbeiquetschten. Vater Jakub und Sohn Adam waren auf dem Weg nach Hause.

Marie wartete, bis die beiden am Ende der Straße um eine Ecke gebogen waren, bevor sie ausstieg.

Warum sie von ihrem neuen Nachbarn nicht gesehen werden wollte, war ihr nicht klar, und so genau wollte sie es auch nicht wissen. Was sie hingegen ganz genau wusste, war, dass sie endlich Florian abholen wollte. Darauf hatte sie sich schon den ganzen Nachmittag gefreut.

Sie könnten seinen Lieblingskuchen backen. Oder Spaghetti kochen. Ob die Kleinen schon Hausaufgaben aufhatten? Sie könnte als superengagierte Mutti auf jeden Fall mal einen langen Blick in seine neuen Bücher werfen. Sie erreichte das Eingangstor und sah über den Schulhof. Überall standen wartende Elternteile. Vornehmlich Mütter. Unschlüssig blieb sie stehen. Auf ihrem Handy sah sie, dass jemand in WhatsApp sie in einen Chat eingeladen hatte. Wer konnte das gewesen sein? Der Gruppenname war verwirrend, aber bevor sie dem nachgehen konnte, hörte sie entrüstetes Geräusper, also vergrub sie das Handy schnell in ihrer Handtasche.

Sie schob sich an kleinen Gruppen von Müttern vorbei, die sich aufgeregt unterhielten. »Also, ich habe mir sofort die begleitende CD zu dem Arbeitsbuch gekauft. So kann meine Larissa-Henrike nach den Hausaufgaben das Gelernte sofort vertiefen. Mit Lösungsheft. Meine Güte, ich hab ja auch nicht mehr alles drauf.«

»Sehr gut. Das musst du mir aufschreiben, die kaufe ich auch. Aber ich war damals sehr gut in Mathe.«

»Sprachen, Sprachen, Sprachen. Also, meine Frau und ich setzen ja mehr auf Sprachen. Unser Luke muss mehrere Fremdsprachen können, sonst findet der nie einen anständigen Job. Er hört abends beim Einschlafen immer noch eine französische Lern-CD«, entgegnete eine überlaute Männerstimme.

»Da haben Sie recht, ich überlege noch wegen Italienisch!«

Marie wäre beinahe über ihre eigenen Füße gestolpert, plötzlich hatte sie das ungute Gefühl, die eigenen Hausaufgaben vergessen zu haben oder zumindest den Turnbeutel. Als Marie den Klassenraum betrat, um Florian abzuholen, war er nicht da.

»Bitte? Was soll das heißen? Mein Kind ist nicht da?« Sie war wie erstarrt. Weg? Seit Stunden? Wo konnte er sein?

Ihr Herz schien sich auf die Größe einer Erbse zusammenzuklumpen.

»Er wurde abgeholt.« Die Frau mit der dicken Brille zuckte auf weitere drängende Fragen nur mit den Schultern. »Sie sind neu hier, was? Dies hier ist der Hort! Im Hort, das ist Betreuung nach dem Unterricht«, sie hatte das gesagt, als spräche sie die Untertitel eines französischen Films mit, »gibt es keine festen Abholzeiten wie im Kindergarten. Und es wird nur von autorisierten Personen abgeholt. Wenn Ihr Kind nicht da ist, wurde es abgeholt. Autorisiert! Wir sind hier ja nicht im Kindergarten.« Sie schien sehr stolz darauf zu sein, nicht im Kindergarten zu arbeiten, und wähnte sich offenbar auf der sozialen Leiter weiter oben.

Wer sonst war autorisiert, ihr Kind abzuholen? Wo war ihr Kind?

Marie erschauderte. Das hatte sie nun davon, in eine Großstadt gezogen zu sein, wusste doch jeder, dass Berlin viel gefährlicher war als München. Ihre Hände waren augenblicklich kalt und klatschnass. Sie mochte den belehrenden Ton nicht, mit dem man darauf reagierte, dass eine Mutter offenbar entsetzt vor der Tatsache stand, dass ihr Kind verschwunden war. Maries Herz schien in ihrer Brust nur noch ein kalter, toter Gegenstand zu sein.

»Ich hasse Schule, und ich hasse es, mein Kind immer und immer wieder abgeben zu müssen an irgendwen, an Schule oder Familie oder zum Spielen. Ich will sofort meinen Flo wiederhaben!«, presste sie heraus. Die Frau vom Hort zupfte nervös an ihrer Brille. Sie wollte offenbar, dass Marie endlich von der Zimmertür verschwand. Maries Panik war geschäftsschädigend.

Vage nahm Marie wahr, dass Frau Rasenfeld hereingeweht kam. Sie trug eine weiße Jeansjacke und einen Minirock, der erschreckend dünne Beine freiließ.

»Na, wen haben wir denn da?«, flötete sie und zerrte ihre Tochter von einem Farbkasten weg. »Aber fass die Mutti nicht an, hörst du? Ach, Frau Durgel-Berger. Haben Sie heute mit meiner Kleinen gemalt, ja? Großartig!«

»Kartoffeldruck ist ja ein haptisches Erlebnis. Und natürlich mit Biokartoffel!«

»Selbstverständlich! Dann nutze ich den kreativen Schwung gleich aus, denn wir müssen nun zu unserer ersten Querflötenunterrichtsstunde. Freust du dich schon, Benedicta?«

Querflöte? Marie konnte trotz ihres Schocks erkennen, dass die Kleine weder kreativen Schwung verspürte, noch irgendetwas, das nur in die Nähe der Empfindung *Freude* kam. Sich eine Flöte quer vors Gesicht zu halten, schien sie nicht zu begeistern.

Maries Handy piepste.

»Im Schulgebäude kein Handy bitte!«, donnerte es im Chor. Frau Durgel-Berger drohte mit dem Zeigefinger, andere Mütter warfen Marie einen strafenden Blick zu. Die eilte vor das Gebäude und schaute auf das Display: *Olivia: »Wann kommst du? Wir fahren dann direkt von hier aus zum Elternabend.«*

Wer war gemeint? Und überhaupt. Elternabend? Stimmt, da war doch dieser Zettel gewesen. Wenn das ähnlich deprimierend verlief wie der Infoabend wollte sie dankend verzichten; sie hatte ohnehin keinen Babysitter.

Ihr Baby! Wo war er? Wo war ihr Florian?

Oh, Gott, wo war bloß Florian?

Ihr Handy piepste erneut: *Olivia: »Florian sagt, du sollst auf keinen Fall den gepunkteten Schlafanzug mitbringen. Er will den grünen.«*

Marie blieb abrupt stehen und wurde von einer vorbeieilenden Mutter angerempelt, deren Kind Mühe hatte, hinter ihr herzukommen.

»Beeil dich«, schnauzte die unbekannte Mutter ihr Kind an. »Und wir müssen uns beeilen, ich stehe im Halteverbot.« Es war auch kein Kunststück, im Halteverbot zu stehen, wenn man direkt vor der Feuerwehreinfahrt parken musste, um seinem Kind lediglich die Mindestschrittzahl vom Schulgebäude zum sicherheitsprämierten Kindersitz zuzumuten. Die Stadtverwaltung schien sich etwas dabei gedacht zu haben, dass Eltern ihre Kinder nicht direkt IN die Schule mit den übergroßen SUVs hineinfahren konnten. Eine Drive-in-School wäre wohl der größte Wunsch aller Helikoptermuttis.

»Ah! Sie sind doch die Mutter von dem Florian, nicht wahr?« Trotz der angeblichen Eile war sie auf einmal stehen geblieben.

Bevor Marie antworten konnten, nickte der Junge eifrig,

plärrte: »MamavonFlo!«, und zeigte zur Verdeutlichung auf Marie.

Die Tatsache, dass Florian in Olivias Obhut und damit in Sicherheit war, sickerte langsam durch, und die Frage, wie er zu Olivia gekommen war, kam bereits mit riesigen, unbeantworteten Schritten auf Marie zu. Irritiert schüttelte sie den Kopf.

»Bitte?«

»Ja, das ist sie, Mama. Frag sie, wann Florian zu uns kommen kann.«

»Sicher frage ich das. Hallo, Frau Krause. Krause stimmt doch, oder? Oder haben Sie einen Doppelnamen? Ich bin die Mami von dem Ludwig-Emanuel, Elternbeirätin in der 2a. Wir haben ja JüL.« Zur Veranschaulichung des Gesagten zeigte sie auf ihr Kind, dann auf sich selber, dann auf Marie.

Herrje, was war denn bloß JüL? Sie musste das unbedingt googeln!

»Kommen Sie heute auch zum Elternabend?«

»Ja, ich weiß nicht recht ...« Marie merkte, dass ihre Stimme nicht die gewünschte pädagogische Entschlossenheit zeigte.

»Aber Sie müssen kommen! Es wird sicher großartig. Sie wählen ja heute den Elternbeirat. Es wird bestimmt Frau Rasenfeld. Ich bin für Frau Rasenfeld, und Sie? Die ist ja schon SEB-Vorsitzende. Wichtige Sache.«

Was war das noch mal? SEB? Im Kindergarten in Bayern gab es keine Elternbeiräte, oder hatte Marie das einfach gar nicht gemerkt? Elke machte alles für die Eltern. Und die hatte das alles sehr entspannt erledigt. Offenbar war in einer Großstadt Elternbeirat eine hyperwichtige Funktion, die viel Aufmerksamkeit verlangte. Und Frau Rasenfeld schien die eiserne Kanzlerin der Mütterherzen zu sein.

Eine Antwort schien nicht erwünscht, die Frau redete ohne Punkt und Luftholen weiter, während Marie bei einem Blick auf den Jungen feststellen musste, dass bei ihm schon Blut aus der Nase kam.

»Was wir aber alle rasend gerne wissen wollen, ähem ... Kommt Ihr Mann auch? Mister McLean?«

Maries Herz knüllte sich erneut zusammen, diesmal ruckartiger, als wollte es zeigen, dass es geübt hatte. Mister McLean? Woher kannten diese aufgescheuchten Hühner so genau seinen Namen? Ihr Mann? Constantin? Constantin ihr Mann?

Eine Sekunde lang wurde Marie erschreckend klar, dass das nicht unmöglich war. Er war irgendwo in dieser Welt, immer nur einen Wimpernschlag von ihr entfernt. Und würden Florian und sie noch in München wohnen, wäre seine Anwesenheit sogar ausgesprochen wahrscheinlich.

Constantin, der Elternbeirat. Constantin, der Ehemann. Was für eine Utopie. Das Merkwürdigste an dieser Frage war, wie leicht es aussehen musste. Für Außenstehende. Dieses »Ihr Mann« klang so lässig dahingesagt. Und war doch so wahrscheinlich wie ein Kugelblitz.

All die Jahre war Marie nämlich überzeugt gewesen, dass es unmöglich war, mit einem Mann wie Constantin länger als drei Monate zusammen zu sein. Bis Viola kam. Und länger blieb als der Winter.

»Nein. Er lebt nicht hier in Berlin.«

Nein, er lebt nicht in meinem Leben. Nein, wir wohnen nicht einmal in derselben Welt.

MamavonLudwig-Emanuel schien augenblicklich sämtliches Interesse zu verlieren. »Ach. Das fürchteten wir schon. Geschieden, wie? Alleinerziehend, was? Zu schade«, sagte sie noch, während sie sich umdrehte.

Marie sah ihr hinterher.

Dann piepte ihr Handy erneut.

»Mobilfunkgeräte gehören nicht auf das Schulgelände,

Frau Krause! Wegen der Funkwellen! Handys machen nicht glücklich!«, flötete Frau Rasenfeld im Vorbeigehen.

Marie las eilig. *Olivia: »Hallo? Wann kommst du nun? Wollen wir noch was zusammen essen?«*

Marie überlegte kurz. Konnte es sein, dass Olivia wirklich mit ihr, Marie, sprach? Das war so – so – so unerwartet nett. Sie kannten sich doch noch gar nicht. Sie ging die paar Schritte bis zum Schultor und tippte dann: *»Machen eure Kinder zu Hause auch Übungsaufgaben? Ich hab gerade gehört, dass manche Mütter das machen. Ist das jetzt schon notwendig?«*

Marie behielt ihren Blick fest auf dem Handy. Oben, unter dem Gruppennamen CZTERY sah sie, dass Olivia bereits eine Antwort erarbeitete, dort erschien farbig: *Olivia schreibt …*

»Wer war denn diese dumme Nuss?«

Dann schrieben auch Alexa und Katrin.

Alexa: »Sylvia? Mutter von dem popelnden Ludwig-Emanuel?«

Katrin: »Oder Annette? Die mit den Haaren?«

Alexa: »Die Gestylte oder die Verpeilte. Beides Elternbeiräte von 2a. Sind die heute Abend auch da? Scheiße. Dann muss ich mir noch die Haare machen.«

Marie stand mittlerweile vor ihrem Mini, hob den Kopf, lächelte. Ihre wieder mal aufkommende Panik, eine schlechte Mutter zu sein, legte sich. Und als würden die Freundinnen absolut jede ihrer Sorgen spüren, schrieb Alexa wie aus dem Nichts: *»Wehe, wenn Constantin wieder unangekündigt kommt.«*

Katrin: »Bloß nicht!«

Olivia: »Marie braucht einen neuen Mann.«

Alexa: »So was von.« Es folgte eine Flut von niedlichen kleinen gelben Gesichtern, den Emoticons. Manche schallend lachend, ein anderes zornesrot, eines nachdenklich.

Marie spürte ein merkwürdiges Gefühl im Hals. Sie strich lächelnd darüber.

Ich bin nicht mehr alleine! Hurra!

»Warum heißt unsere Gruppe übrigens CZXYZ?«, schrieb Marie sehr viel später, als sie bei sich zu Hause Florians kleinen Rucksack packte. Sie küsste verschämt den kleinen, grünen Schlafanzug und legte ihn oben auf das Reisegepäck.

Olivia: »Das heißt vier.«

Zeitgleich kamen mit einem leisen Summen:

Alexa: »Vier. Auf Polnisch.«

Katrin: »4«

Alexa: »Unsere polnische Gans hat sich wieder so gar keine Mühe mit dem Namen gegeben.«

Zur Erklärung folgte noch mehr.

Olivia: »Unsere Gruppe hieß früher mal: Ziemlich beste Mütter. *Das fanden die Mädels aber unprofessionell.«*

Alexa: »Besser als Solidarnosc!«

Marie lachte, griff Schlüssel und Rucksack und tippte noch schnell die Frage ein, wo Olivia überhaupt wohnte.

Kurze Zeit später wurde Marie die Tür zu einem kleinen, weißen Haus von einem großen, gutaussehenden Mann geöffnet. Im Hintergrund hörte man Kinderlachen.

»Hallo, ich bin Marie.«

Der Mann nickte auf diese sanfte Art, wie es Leute tun, die kein Wort verstanden hatten.

»Ich bin die Mutter von Florian«, versuchte sie es noch einmal, idiotischerweise auch etwas lauter und schwer bemüht, den offiziellen Sprachcode für Grundschulmütter zu benutzen.

Der Mann zeigte auf seine Ohren. War er taub? Das wäre tragisch. Sein Gesicht war freundlich und ein bisschen nichtssagend. Vielleicht war er einfach zu schön.

»Florian?«, brüllte Marie deshalb.

»Florian? Ah, Florian!« Es folgte ein angenehm anzuhörender Schwall verschiedener Sätze in einer Sprache, die Marie nicht verstand. Offensichtlich war der Mann doch nicht taub. Als Antwort auf sein Reden kam aus den Tiefen des Hauses Olivias Stimme, die rüde Anweisungen gab. Der hübsche Mann winkte daraufhin Marie ins Haus. Erst nachdem er die Tür geschlossen hatte, reichte er ihr die Hand.

»Florian«, sagte er, als das Händeschütteln ein ungewohnt herzliches Ausmaß angenommen hatte, und zeigte die weiße Treppe hinauf.

Das Haus. Olivias Haus war ganz in Weiß gehalten. Landhausstil. Durchaus hübsch, aber derart konsequent durchgehalten, dass es ein wenig zu viel des Guten war. Weiße Möbel, weiße Wände, weiße Bilderrahmen, weiße Vasen mit weißen Blumen, weiße Sofas, weiße Kissen.

»Wohnen hier die Ewings? Gehen sich gleich Bobby und J.R wieder an die Gurgel?«, überlegte Marie halblaut, »oder knipsen sich gerade Fotografen der Zeitschrift Homes&Gardens im Obergeschoss zu Tode.«

»Hm?«, machte der hübsche Mann, und Marie winkte ab. Als internationales Zeichen für gesagten Unfug.

»Marie! Endlich!« Olivia erschien oben, als wäre sie Carmen Nebel auf einer Showtreppe. Hinter ihr eine muntere Schar Kinder. Agata, Paul und Ben, der Sohn von Alexa. Dazu noch eine weitere, größere Ausgabe von Agata, offenbar ihre Schwester. Florian stürmte Marie in die Arme, die es nicht fassen konnte, dass ein einziger Schultag ihr Herz derart beuteln konnte.

»Agata meint, ich soll hier schlafen. Ist das in Ordnung, Mama?«

»Sicher.« Maries Herz knüllte sich wieder. Es grauste ihr davor. Reichte es nicht, dass er im Sommer zehn Tage mit seinem Vater in Schottland verbrachte? Musste Florian ihr denn immer weggenommen werden?

Die Kinder stürmten die Treppe wieder hoch.

»Willst du noch was essen? Ich habe Suppe.«

»Gerne.« Marie folgte Olivia in die riesige Küche.

»Du wohnst ja ...« Marie fehlten die Worte.

»Ach. Das Haus hat mein Ex gebaut. Der andere Ex hat den Garten da gestaltet.« Olivia wischte mit ihrer Hand etwas fort, was sie zu stören schien.

»Ah. Oh.« Mehr wusste Marie dazu nicht zu sagen. »Du, sag mal, Oli, hast du zufällig irgendwie eine CD gekauft für deine Agata mit zusätzlichen Aufgaben oder einen Sprachlernkurs oder ...«

»Wieso? Die Schule ist doch gut. Da lernen die das doch alles so.«

»Ja, ich hab da auf dem Schulhof so was gehört, wie sich da ein paar Mütter unterhalten haben, meinst du ...« Marie überlegte, wie sie dezent andeuten sollte, dass ihr langsam angst und bange wurde.

»Ach. Die sind alle verrückt. Hör nicht auf die. Schule soll Spaß machen, Ernst kommt früh genug zu unseren Kindern. Hier, iss was, das beruhigt«. Olivia stellte Marie eine Schüssel dunkelroter Suppe hin und sagte mit viel Nachdruck: »Das ist gut. Das ist Barszcz«, was klang wie »Barsch«. Marie aß mit einem angenehmen Gefühl im Magen. Alles war angenehm. Olivias Ruhe und die Art, wie sie alles anpackte im Leben.

»Magst du es?«

»Es schmeckte gar nicht nach Fisch.« Marie lächelte vorsichtig.

»Du bist witzig. Wir müssen gleich los. Ich fahre.«

In den Gängen des ehrwürdigen Gebäudes der Klopstock-Grundschule wimmelte es nur so vor Eltern mit ernsten Gesichtern. Hilflos blieb Marie stehen, doch Olivia stürmte schon voran. Im ersten Stock angekommen stand tatsächlich ein Richtungspfeil »Eltern der Klasse 1a und 2a/JüL«.

Und da standen sie auch schon.

Die besorgten, engagierten, mündigen Eltern. Sie sahen aus wie Wutbürger während einer Demonstration gegen linksdrehende Joghurtkulturen. Hauptsächlich waren es Mütter, aber auch ein paar verstreute Väter lungerten zwischen ihnen herum, mit ernster Miene, einen Kugelschreiber griffbereit in der Brusttasche. Es war ihnen anzusehen, dass sie sich für unersetzbar hielten und die Ausbildung des Nachwuchses offenbar Chefsache war. Die sorgsam zurechtgemachten Mütter schauten sich mit blasiertem Ausdruck um. Eine Mischung aus Stolz und fragwürdigem Fachwissen. Sie waren die Erzeugerinnen der klügsten und schönsten Kinder überhaupt. Ihre Elternschaft war eine einzige große Kampfansage, die Vorherrschaft ihrer Leibesfrüchte in der Welt der Erziehungsanstalten im Zweifel nicht nur der Lehrerschar, sondern auch allen Konkurrenzeltern klarzumachen.

»Hier werden die Weichen gestellt!«, sagte ein Vater rigoros, und die ihn umgebenden Damen nickten eifrig. »Man darf keine Nachsicht zeigen, sollte das pädagogische Konzept Fehler aufweisen. Sofort nachhaken. Stimmt es, meine Liebe? Unser Sohn soll das Beste bekommen, was es an Bildung gibt. Nicht wahr?«

Seine und alle anderen Damen waren schwer beeindruckt und zeigten es durch noch mehr Nicken.

Kopfschüttelnd wandte sich Marie ab, nur um im selben Moment zusammenzuzucken. Etwas abseits an einer Wand gelehnt stand Jakub.

Warum war er hier? Sein Sohn war doch älter als Flo? Oder hatte das was mit diesem ominösen JüL zu tun? Warum wusste sie das nicht? Warum hatte sie bloß ihre alte Jeans an? Schnell zeigte Marie ihr geübtes Mona-Lisa-Lächeln. Undurchdringlich wie eine Sphinx.

Jakub stand betont lässig und zog sehnsüchtig sein ausgeschaltetes Handy aus einer Seitentasche seiner Hose heraus, um es dann gleich wieder wegzustecken. Überall an den Wänden waren große Verbotsschilder aufgehängt.

»HANDYS SIND GESUNDHEITSGEFÄHRDEND! DAS LEBEN FINDET IN BÜCHERN STATT! WIR WOLLEN KEINE DIGITAL NATIVES!«

Marie starrte irritiert auf die Plakate, um dann von Olivia sanft weitergeschoben zu werden. Da war noch ein Schild.

»Oli! Da steht: WIR SIND NICHT HANDY! Was, was um Himmels willen soll das heißen?«

»Ignoriere das. Einfach nicht hingucken, Süße!«

Marie nickte, sah zur Seite und Jakub direkt in die Augen. Ganz tief drin spürte sie es: Sie freute sich über Jakubs Anwesenheit. Unpassenderweise.

Was bist du nur für ein wunderbares Wesen? Wo ist deine Frau? Heißt die nicht Natalia? Und warum habe ich Blödi nur die falsche Hose an? In der anderen habe ich einen viel kleineren Hintern!

Marie nickte ihm kurz zu und fummelte an ihren Locken herum. Jakub hob kaum merklich das Kinn und verschränkte seine Arme und sah dann wieder zu Boden. Er wirkte so jung im Verhältnis zu den so streng gestylten Resteltern.

»Sag mal, Oli. Haben wir denn immer mit der zweiten Klasse zusammen Elternabend?«, zischelte sie aufgeregt.

»JüL. Du weißt doch.« Olivia nickte. »Es ist der größte Blödsinn aller Zeiten. Deshalb konnte Berlin dieser Versuchung auch nicht widerstehen.«

Marie mochte es, wie Olivia das Wort »Versuchung« aussprach. Es klang unfassbar anzüglich.

»Oh, hallo. Sie sind doch die Mutter von dem Florian?«, fing eine große Frau Marie vor dem Klassenzimmer ab. Unwohl beobachtete Marie, wie Olivia im Raum verschwand, wo bereits Alexa und Katrin warteten.

»Äh. Ja.« Marie konzentriere sich mit etwas Überwindung auf die Frau vor ihr. Sie trug ein schmuckes Ensemble in Anthrazit. Ihre Haare waren in genau jenem Rot gefärbt, das man beim Friseur aussuchte, wenn man farbenblind war oder unbedingt zeigen wollte, dass man alles tragen konnte.

»Kommt der Vater von Florian auch? Ihr Mann? Also Herr, ähm«, sie zog ein Blatt mit einer Liste von Namen hervor, »Mister McLean?« Natürlich.

Marie antwortete nicht.

Ihr Gegenüber spürte ihre Abneigung und fuhr dann fort: »Nun gut.« Sie strich energisch eine Zeile auf ihrem Zettel durch. »Schade. Wir brauchen dringend engagierte Väter. Und dann wollte ich noch fragen, ob die angegebene Adresse, Mailadresse und Telefonnummer an die anderen Eltern zwecks Notfallkommunikation weitergegeben werden darf? Wenn ja, hier mal eine Unterschrift bitte!«

Marie nickte unsicher, unterschrieb und fragte sich, was diese panischen Eltern um sie wohl als Notfall ansehen würden. Wenn die Lern-CD einen Sprung hat? Begann da der Notfall?

Während sie in den Klassenraum eilte, musste sie sich eingestehen, dass es ihr gar nicht recht war, dass vor ihrem Nachbarn über Constantin gesprochen worden war.

»Was wollte sie?«, fragte Katrin schnell.

»Constantin. Und Notfalltelefonnummer.«

»Pfff.«

»Marie braucht einen Neuen.«

»Selbstverständlich. Das ist quasi der einzige Notfall hier! Kommt, setzen wir uns.«

Die Stühle waren verdammt klein. Zwar stellten sie eine Verbesserung zu Kindergartenbestuhlungen dar, aber immer noch zu klein für ihren Hintern. Warum genau hatte sie nicht die andere Jeans angezogen?

»Habt ihr diese blöden Verbotsschilder gesehen?«, fragte Alexa, die sehr chic aussah. Powerfrau in edlen Turnschuhen. »Kommt mir vor wie in Georg Orwells ›1984‹. Fehlte nur der Hinweis *doppelplus ungut*.«

Marie konnte sich gerade noch zurückhalten zu sagen: Und habt Ihr meinen wahnsinnig faszinierenden Nachbarn gesehen?

»Oli, du willst aber nicht als Elternbeirat kandidieren, oder?«, fragte Katrin sanft.

»Sicher.«

»Die wählen uns nicht«, meinte Alexa rigoros. Sympathisch dieses *Uns*, dachte Marie.

»Das werden wir ja noch sehen.«

»Ich mag Olis Outfit. Ihr auch? Vor allem die Brille«, sagte Katrin und setzte ihre eigene zurecht.

Herr Boddensen erschien im Flur. Seine Anwesenheit als Repräsentant der Bildung rief allerlei Aufruhr hervor, denn alle Eltern schienen wortreich sofort und überdeutlich den richtigen Eindruck auf ihn machen zu wollen.

»Diese Helis schon wieder. Immer am Rande der Verausgabung, wenn es um die Eigendarstellung geht«, seufzte Alexa.

Die Eltern strömten vom Flur und in den Klassenraum und suchten sich einen Platz. Die Pygmäen-Stühle waren eine Herausforderungen für so manchen engen Rock. Jakub nahm rechter Hand gut sichtbar für Marie Platz. Verzweifelt versuchte sie, ihn nicht allzu auffällig anzustarren.

Nach minutenlangen Willkommensworten und dem strengen Verweis auf einen Infozettel, der mit vier Seiten schon fast ein Infobuch war, außerdem dem Hinweis auf die Internetseite der Schule und einer beeindruckenden Präsentation des technischen Schnickschnacks, mit dem das Klassenzimmer ausgestattet war (elektronische Tafel namens »Activboard«, verdunkelbare Fenster etc.), leitete Herr Boddensen eloquent, geradezu atemlos über zu organisatorischem Kleinkram.

»Ich hab da mal gleich eine Frage!«, platzte eine junge Frau in einem schicken kurzen Kleid dazwischen und hielt drei Rechenhefte hoch. »In der Liste für die zu kaufenden Materialien von Ihnen, Herr Boddensen, stand was von Matheheft in DIN A5. Dieses, dieses oder doch besser dieses?« Sie hielt drei nahezu identische Hefte hoch.

Marie verstand nicht, worin der Unterschied liegen mochte. Sie waren lediglich von verschiedenen Herstellern. Um die Sache nicht gerade zu vereinfachen, hielt eine andere Frau ein weiteres hoch und flötete triumphierend: »Wir nehmen ja diese!«

Marie hatte bislang lediglich den Schulranzen gekauft, alles andere wollte sie am Wochenende besorgen. Bislang hatten die Kinder nur Stifte benötigt für den Unterricht.

»Oh, das ist aber nicht umweltfreundlich!«, giftete die mit den drei Heften.

»Und was ist mit den Linienheften?«

»Warum stellt eigentlich die Schule keine Hefte?«

»Die Schule?«

»Von wie vielen Heften reden wir überhaupt? Wird das nicht zu schwer im Schulranzen?«

»Die armen Rücken? Ich bin für Pausenyoga!«

»Gute Idee und autogenes Training. Mach ich ja immer!«

Marie überlegte, welches der Kinder wohl tatsächlich zu Fuß zur Schule kommen mochte und den Schulranzen selber trug. Sie wurden doch fast alle bis knapp vor die Tür kutschiert.

Bevor noch mehr Unruhe entstehen konnte, grätschte Herr Boddenson dazwischen. »Wunderbar. Alle Hefte wirken auf mich wun-der-bar!«

»Wann wählen wir denn den Elternbeirat?«, fragte die Frau, die Marie auf dem Flur abgefangen hatte.

»Ich schlage Frau Rasenfeld vor!«, piepste vorlaut eine andere, die so dicht bei Frau Rasenfeld saß, dass man denken konnte, sie säßen auf demselben Stuhl.

Frau Rasenfeld erhob sich. »Lassen Sie mich doch bitte gerade noch ein paar sehr, sehr wichtige Sachen klären. Mein Name ist Carola Rasenfeld. Ich bin die Schulelternbeirätin. Und dies hier sind Sylvia Vocke und Annette Wulf, sie sind die Elternbeiräte von der 2a, mit der wir heute und in Zukunft zusammen Elternabende gestalten werden.« Sie machte eine Pause, als erwarte sie Applaus. Unbeeindruckt sagte Alexa zu Olivia: »Ich sag es ja. Ohne die beiden geht die gar nicht aus dem Haus. Die Gestylte und die Verpeilte. Der Hofstaat der Rasenfeld.«

»Sie werden von mir in meiner Aufgabe als Schulelternbeirätin lückenlos über alles Wichtige per Mail informiert. Ich gebe Ihnen außerdem Tipps und Tricks an die Hand, wie Sie das Nachmittagsprogramm Ihrer Lieben managen können. Außerdem möchte ich Sie noch mal auf die Zuckerpolizei hinweisen.

Jede Woche werden innerhalb einer Jahrgangsstufe zwei Zuckerpolizisten ausgewählt, die dann dieses Hemden tragen werden.« Sie hielt ein T-Shirt mit einem grinsenden Zahn vorn und einem kariösen Zahn auf der Rückseite hoch.

»Und wie geht das dann vor sich?«, fragte ein Vater stirnrunzelnd.

»Oh, sie schauen in die Brotdosen hinein und geben Ratschläge, was man statt Süßkram Besseres mitbringen sollte. Und natürlich wird ein Flyer ausgehändigt für die Eltern der Kinder mit dem falschen Butterbrot.«

Der Vater nickte beeindruckt.

Marie lief es kalt den Rücken runter. Florian liebte sein kleines Schokobonbon, das er stets morgens in seiner Dose fand. Es war ihr kleiner Gruß an ihn, wenn er so weit weg von ihr war! Sie sah ihn schon als Außenseiter in einem Kreis ihn mit Flyern bewerfenden Zuckerpolizisten stehen. Das arme Kind!

»Denunziantentum auf Kalorienbasis, oder was ist das?«, warf Alexa ein, aber sie wurde einfach ignoriert.

»Wohl Schnupperkurs bei Stasi gemacht?«, fragte Oli, und Herr Boddensen drehte sich daraufhin eilig zum Fenster. Frau Rasenfeld ignorierte sie.

»Das alles ist nur zum Besten Ihrer Kinder. Sie müssen viel lernen, und Zucker verlangsamt die Gehirntätigkeit! Wir werden das verhindern! Wir wollen kluge Kinder!«

Marie war sprachlos.

Dies schien die Elternschar jedoch einhellig nickend als allgemeine Wahrheit zur Kenntnis zu nehmen. Offenbar hatte sich das Elitewirgefühl bereits ausgebreitet. Marie war sprachlos.

»Und dann nur kurz noch eine sehr, sehr wichtige Sache. Nun ja, wie soll ich es sagen. Selbstverständlich wird auf dem Schulhof Deutsch gesprochen.« Frau Rasenfeld grinste dümmlich, sie nahm einen Zettel zur Hand. »Daher frage ich nur kurz mal ab: Jankowska?«

Olivia richtete sich langsam und bedrohlich auf ihrem Stuhl auf. Frau Rasenfeld wusste natürlich, wer hinter diesem Namen steckte.

»Ach, Gott, das bist ja du, Olga, deine Tochter wird sicher mittlerweile deutsch sprechen, nicht wahr?«

Alexa und Katrin legten augenblicklich ihre Hände auf Olivia Arme. Das beruhigte sie etwas. Zumindest würde sie so nicht sofort aufspringen und einen Mord im Affekt begehen können.

Schade eigentlich, dachte Marie. Dann wär das mit Florians Schokobonbons einfacher.

»Und dann haben wir noch Jung Chang? Wer ist das?« Frau Rasenfeld nickte einem nett lächelnden asiatischen Ehepaar zu. »Wie lange sind Sie schon in Deutschland?« Die Antwort kam leise und höflich und schien sie zufriedenzustellen.

»Das kann die doch nicht machen, oder? Das ist unverschämt«, fragte Katrin erschüttert. Aber Frau Rasenfeld ließ sich nicht stoppen: »Und dann hab ich hier noch ein Kind mit Namen Adam Humpert. Da ist aber weder eine Frau Humpert noch ein Herr Humpert gemeldet.«

Jakub richtete sich etwas auf. »Mein Sohn.«

»Und Sie heißen nicht Humpert?«

»Krzysztofczyk«, stellte er sich kurz vor. Jeder im Raum schien sich augenblicklich vorzustellen, wie das wohl geschrieben würde.

Herr Boddensen nahm Frau Rasenfeld den Zettel aus der Hand, tippte resolut darauf, und Frau Rasenfeld lachte affektiert.

»Upsi! Das hab ich übersehen. Ihr Sohn hat den Namen der Mutter. Aha. Darf ich noch gerade fragen, wo Ihre Frau ist? Kommt sie nicht zum Elternabend?«

Marie spitzte die Ohren.

Jakub schüttelte stumm den Kopf. Es war etwas an der Art, wie er seine feinen Lippen fest aufeinanderpresste. Marie spürte das Gefühl des Alleinseins. Jakub fühlte sich allein. Jakub war alleinerziehend wie sie selber. Diese Frau Humpert war fort. Richtig! Sie stand ja auch nicht an seinem Türschild! Oh.

»Haben Sie mich verstanden? Wo. Ist. Mutter. Von. Adam?«

Das war zu viel. Marie kam die Galle hoch. Jakubs Lippen bogen sich unsicher nach innen, er schien auf die Frage nicht gefasst zu sein. Er wirkte auf einmal unglaublich verletzlich. Das war zu viel für Marie. So nicht! Nicht mit diesem Mann!

»Verstehen Sie Herr ... äh ...?«

Marie sprang von ihrem Stuhl auf und donnerte: »Sagen Sie mal, geht es Ihnen nicht gut, Frau Rabenfels???« Alle im Raum drehten sich zu ihr um. »Sind Sie unterzuckert, oder was? So kann man doch keinen ausfragen! Das ist privat!«

Jakub lächelte matt zu Marie herüber.

»Ja, echt jetzt, Rasenfeld. Was geht dich das an?«, blaffte nun Alexa.

»Das klingt jetzt aber schon etwas fremdenfeindlich, oder?« Katrins sonst so sanfte Stimme klang erstaunlich kalt.

Alle anderen Eltern blieben stumm, niemand schien zu atmen im Raum.

»Ich? Fremdenfeindlich? Gott bewahre! Ich finde *das* eine Bereicherung für unsere Gesellschaft!« Sie holte tief Luft. Sie hatte tatsächlich einen Schreck bekommen. Das, was man ihr vorwarf, war natürlich für ihr allgemeines Ansehen untragbar. Sie war erschrocken und suchte nach Worten.

»Ich bin natürlich *nicht* fremdenfeindlich! Und ich weiß nicht, was ihr wollt. Das wird man ja wohl noch mal fragen dürfen. Ich will nur – im Namen aller hier – wissen, wie lange Herr Kwy ... ... czy ... Also wie lange er schon hier lebt und ob wir nicht besser mit der Mutter reden, wenn die unsere Sprache versteht. Im Sinne des Klassenlernziels natürlich nur. Und zum Wohl des Kindes! Und ...«

»Ich lebe seit 39 Jahren in Berlin«, unterbrach Jakub ihr Gestammel. Es war sehr sexy, wie er es mit einem leise grollenden Unterton gesagt hatte.

Im Raum wurde es still. Absolut jeder versuchte auszurechnen, wie alt er wohl gewesen sein mochte, als er nach Deutschland kam. Auch Marie. Irritierenderweise sah Jakub nämlich deutlich jünger aus als 39 Jahre.

»Genau«, nickte Jakub langsam, »ich bin hier geboren. Und ja, ich spreche ganz gut Deutsch, wie man vielleicht hört, zumindest reicht es, um Leute wie Sie zu verstehen.« Jakub zog sein Handy hervor und schaltet es demonstrativ ein.

Frau Rasenfeld machte schmale Lippen. Marie kicherte und hielt sich den Mund. Jakubs aufsteigender Zorn war deutlich zu spüren, und es schien viel Kraft zu kosten, ihn zurückzuhalten.

»Gut, dass das jetzt geklärt ist.« Herr Boddensen grinste entschuldigend in Jakubs Richtung. »Sind wir dann fertig, Frau Raben ... also Rasenfeld?« Er drängelte die nun sprachlose Frau zu Seite, die offenbar immer noch an Jakubs Schlagfertigkeit laborierte. Dann ließ sie sich entkräftet auf ihren Stuhl fallen und suchte den Blick ihrer Nachbarinnen.

»Ich bin doch nicht fremdenfeindlich!«, sagte sie und kicherte hysterisch.

»Aber nicht doch!«, kicherten ihre Sitznachbarinnen hysterisch zurück.

»Die spinnt, die Frau«, brummte Alexa.

»Das war unmöglich von der!«, zischelte Katrin, und dann flüsterte sie: »Gut gemacht, Marie!«

Olivia zog Marie zurück auf den kleinen Stuhl und strich ihr über den Rücken.

»Wollen wir dann weitermachen?«, fragte Herr Boddensen in die Runde. »Kommen wir nun zu Frau Gabbai, unserer Referendarin.«

»Ja, genau! Da wollte ich gleich mal einhaken.« Frau Rasenfeld erhob sich wieder.

»Hat die eine Sprungfeder im Popo?«, fragte Olivia halblaut und verteilte seelenruhig Süßigkeiten an Katrin und Alexa. Marie bekam vor lauter Kichern die quietschrosa Saftflasche nicht auf. Sie bemerkte Jakubs Lächeln, als Alexa ihr beim Aufschrauben helfen musste.

Jakub sah aber wirklich hinreißend aus. Der Stuhl, auf dem er saß, war viel zu klein, und er musste seine langen Beine ausstrecken, um irgendwie bequem zu sitzen. Er trug Turnschuhe, eine Jeans und ein weißes T-Shirt.

»Wegen der Referendarin. Da muss ich aber mal was zu sagen!« Frau Rasenfeld schien entgangen zu sein, dass die junge Dame ebenfalls im Publikum saß. »Im Namen aller Eltern spreche ich da, also: Warum muss ausgerechnet dieser Jahrgang diese Referendarin durchschleppen? Das geht ja schließlich alles von der Bildungszeit unserer Kinder ab. Und Sie wissen, Herr Boddensen, unsere Kinder haben ein Recht auf erstklassige Ausbildung.«

Der Klassenlehrer schien einen Augenblick mit der Fassung zu ringen, setzte dann aber ein professionelles Gesicht auf, als er erwiderte: »Nichts liegt uns ferner, als Ihrem Kind einen Nachteil zu verschaffen. Darf ich jetzt fortfahren? Danke.«

»Aber es wird eine Möglichkeit für uns Eltern geben, zu hospitieren?«

»Bitte?«, da fiel selbst dem erfahrenen Pädagogen keine passende Antwort mehr ein.

»Hospitieren? Willst du ins Hospital? Bitte, nur zu!« Olivias Humor hatte den Hang zu *tödlich* mit einem Hauch von *staubtrocken*.

Frau Rasenfeld verschlug es die Sprache. Vorerst.

»Fahren wir fort, es wird sicher alles geklärt werden. Möchten Sie gerade selbst etwas zu den Eltern sagen, Frau Gabbai?«, forderte Herr Boddensen die Referendarin auf. Die, sichtlich eingeschüchtert von Rasenfelds Attacke, stellte sich kurz vor, berichtete etwas unsicher, dass sie erst kürzlich nach Berlin gezogen sei. »Der Liebe wegen, mein Freund studiert hier«, seufzte sie, und es ging ein Raunen durch den Raum.

»Umgezogen wegen Liebe. Wie du.« Katrin stupste Marie an.

Dann, mit etwas Rot im Gesicht erklärte Frau Gabbai weiter, was sie im Deutschunterricht für Themen durchnehmen würde.

»Gibt es dafür Lernhefte?«, grätschte mal wieder eine der beiden Elternbeirätinnen der Nachbarklasse dazwischen.

Wie hießen die noch?

»Oder auf der Internetseite der Schule noch zusätzliche Aufgabenblätter?«, fragte ein Vater.

»Ja, genau!«, piepste die dazugehörige Frau und zückte ihren Kuli.

»Machen Sie nun eigentlich eine Probestunde?«, fragte der Mann von eben.

»Was für eine Probestunde, und vor allem warum?« Herr Boddensen war dazwischengegangen. Seine Stimme klang eisig.

»Um die Eignung von Frau Gabriel, äh, Gabbai zu testen.«

»Die Eignung ist vorhanden. Glauben Sie mir.« Der Klassenlehrer atmete schwer durch. Offenbar hatte er so was noch nicht erlebt. Marie war verwirrt. Woher nahmen andere Eltern die Kraft zu einer derartigen Überzeugung, die Einzigen auf dieser Welt zu sein, die wussten, was gut ist für ihr Kind?

Frau Gabbai betrachtete starr vor Entsetzen die Meute. Herr Boddensen schien ihr etwas Beruhigendes ins Ohr zu flüstern. Dann brachte er die Eltern schnell zur Ruhe.

»Frau Gabbai wird Ihre Kinder bestens vorbereiten und unterrichten. Ich gebe Ihnen da mein Wort!«

Stille.

Frau Gabbai wurde mit einer Mischung aus Zweifel und Bewunderung betrachtet.

»Oh. Ja. Das tue ich ganz bestimmt. Dann ende ich hier mit dem Hinweis, dass ich mich sehr auf die Klassen 1a und 2a freue.«

Bevor Frau Rasenfeld auch nur einmal Luft holen konnte, fuhr Boddensen fort: »Wir machen dann jetzt mit der Wahl zum Elternbeirat weiter. Wer möchte einen Kandidaten vorschlagen?«

Alexa setzte sich ganz gerade im Stuhl auf: »Ich schlage Frau Jankowska vor.« Noch mehr ärgerliche Blicke. Man erkannte sofort die zwei Gruppen, die sich im Raum bildeten. Team Rasenfeld gegen Team Olivia.

Die beiden Namen wurden an die Tafel geschrieben. Eine Mutter musste Protokoll führen und wurde davor von dem Recht, zu wählen, entbunden.

»Oh, nee …«, zischelte Alexa. »In Deutschland wird so ziemlich alles zu Tode reglementiert! Guckt euch die Zettel an, alle mit dem Schulwappen gestempelt!«

»Wahrscheinlich, um mit offizieller Umständlichkeit an Wert und Prestige zu gewinnen!«, seufzte Katrin und wartete darauf, dass Olivia aus ihrer Tasche nicht nur noch mehr Süßigkeiten, sondern auch Kugelschreiber hervorzauberte.

Marie wünschte sich sehr Olivia als Elternbeirätin. Doch von den 26 Stimmen der Klasse 1a fielen 20 auf Frau Rasenfeld und nur sechs auf Frau Jankowska.

Katrin strich ihr über den Arm. Marie spürte, wie sich in ihr ein unangenehmes Gefühl ausbreitete. Es war nicht nur das Gefühl, verloren zu haben, denn das war etwas, das Marie bis zur Perfektion zu konservieren verstand. Es war der Wunsch, jemanden ganz heftig an den Haaren zu ziehen. Eine interessante Entwicklung, dachte Marie und warf Frau Rasenfeld einen langen, kühlen Blick zu.

»Interessant, ihr drei habt Verstärkung bekommen«, sagte diese kühl. Dann wurde sie von einer Schar Müttern umringt, die sich um sie scharten, als sei sie eine Bildungsheilige. Frau Rasenfelds Blick zog einen deutlichen Trennungsstrich zwischen *ihren* Leuten und den vier *Ausgeschlossenen*.

»Ja. Wir sind jetzt vier«, sagte Marie mit Überzeugung.

Man sah sich schweigend an.

»Hallo, Marie.« Jakub stand plötzlich neben ihr. »Wollen wir zusammen zurückgehen? Wir haben ja denselben Weg.«

Marie wurde rot. Olivia, Katrin und Alexa, die sich schon zur Tür gewandt hatten, schienen in ihren Bewegungen zu erstarren. Wie auf Kommando drehten sie sich zu ihm um.

»Oh, das ist, das ist, das wäre ... äh, nein, ich bin mit meinen Freundinnen hier«, stotterte Marie.

Jakub zuckte mit den Schultern.

Herrje, war das so eine gute Antwort gewesen?

»Wer war das, Marie?« Olivia zog die Augenbrauen hoch und sah bewundernd Jakub, der den Flur Richtung Ausgang hinablief.

»Oh, äh, keine Ahnung. Der wohnt da auch irgendwie, ähem, auch in meiner Straße. Nun, lassen wir das.« Marie steckte sich einen von Olivias Schokoriegeln quer in den Mund.

Als Marie schließlich in ihre leere Wohnung kam, zog sie die Schuhe aus, schlenderte in die Küche, lauschte auf die Geräusche im Haus. Das Rauschen in den Rohren, das Klappen von Türen, ab und zu die Andeutung von Stimmen. Marie redete sich ein, dass diese Geräusche bewiesen, dass sie nicht verlassen war.

»Wieso hab ich mich eben im Klassenzimmer so aufgeführt! Himmel! Diese Rasenfeld ist ja widerlich! Hoffentlich fühlt sich mein Nachbar nicht von mir dadurch irgendwie bedrängt! Mist, deutlicher konnte ich es ja auch kaum machen, dass ich ihn süß finde. Ich finde ihn süß? Ja. Stimmt. Sehr süß. Erstaunlich, wie gut sich das anfühlt.«

Die Tür zu Florians leerem Zimmer stand auf. Sie schloss sie eilig, um die Leere von sich fernzuhalten. Dann ging sie in ihr Wohnzimmer und schaltete den Fernseher ein, fand nichts, was ihre Gedanken genug festhalten konnte, und schaltete ihn wieder aus. Sie schlich in ihr Schlafzimmer und setzte sich auf das Bett, strich über die Decke. Dann fiel ihr Blick auf den schönen Schrank vor sich.

Was hatte ihre Mutter gefragt? »Kein Foto von ihm, Mariechen?«

Sie hatte diesen Unterton angeschlagen. Dieses Ich-weiß-doch. Und ein bisschen auch von Gib-es-ruhig-zu. Und auch Ich-verstehe-dich-doch. Es war nicht einfach Mitleid. Marie bezweifelte, dass ihre Mutter einfach Mitleid empfinden konnte. Es war dieses Vorausschauende. Ihre Mutter erkannte das Unglück und suchte sogleich die Lösung, den Ausweg.

»Kein Foto von ihm, Mariechen?«

Eine ganz einfache Frage. Maries Mutter hatte sogar etwas gezuckt, als ihr Vater die Küche gelobt hatte – ein Geschenk von Constantin. Als wollte sie sagen: Erinnere Marie doch nicht immer an IHN. Gleichzeitig waren ihre Eltern Opfer von Constantins gewinnendem Wesen. Freuten sich allzu offensichtlich, wenn er Zeit hatte, sie zu besuchen.

»Kein Foto von ihm, Mariechen?«

Marie lächelte. Ihr Schrank war zu, kein Kleidungsstück lag herum. Wie ordentlich sie war. Es freute sie. Ihre sorgfältigen Kompositionen waren ein bisschen ihr Markenzeichen, aber auch ihre Sicherheit, Ordnung im Leben. Ob es nun um Möbel, um Blumen oder um fremde oder eigene Bilder ging. Kompositionen waren kein wildes Mischmasch. Kompositionen konnten nur gelingen, wenn man vorher jedes Detail streng getrennt hatte und eine Mischung willentlich, ja bewusst zuließ.

Marie zog sich die Strümpfe aus und legte sie beiseite, dann öffnete sie die oberen Knöpfe ihrer Bluse, hielt inne und sah wieder auf den Schrank.

Constantin. Wenn er nicht da war, war er trotzdem da. Zweimal war sie heute nach ihm gefragt worden.

Marie zog ihre Armbanduhr vom Handgelenk. Ein Geschenk ihrer Eltern. Sie war praktisch und schlicht. Sie hatte auch noch andere Uhren. Teure. Natürlich von Constantin. Er schenkte nur Sinnvolles und Teures. Doch eine Uhr von ihm würde Marie nicht tragen.

Sie stellte keine Blumen von ihm hin, hängte nie ein Gemälde auf, das er ihr schenkte, egal wie sehr sie das Bild schätzte und liebte. Sie wollte nichts von ihm sehen müssen, nichts. All seine wundervollen Geschenke, die Beweise, dass sie ihm nicht egal war, all das wurde liebevoll eingewickelt und in einer großen Kiste versenkt und zur Bank getragen.

»Kein Foto von ihm, Mariechen?«

Das Handy piepste.

Constantin: »*Alles okay bei euch? War heute nicht Elternabend?*«

Marie schluckte. Er wusste es nicht. Woher auch. Er wusste nur, was sie ihn wissen lassen wollte.

»*Ja, Elternabend. Alles okay. Lass uns ein anderes Mal telefonieren. Flo ist bei einer Freundin.*«

»*Guter Junge!*«

Marie fühlte sich plötzlich sehr einsam.

»Ja. Guter Junge. Ganz der Vater«, flüsterte sie und schickte nur ein lachendes Emoticon. Sie wollte das Handy nicht ausschalten, falls Olivia anrief. Bei dem Gedanken an ihre neue Freundin entspannte sich etwas in ihr. Was genau auf dieser Welt konnte passieren, womit Olivia nicht fertig wurde und worauf sie keine Antwort fand?

Marie lachte, rieb sich das Gesicht trocken.

»Kein Foto von ihm, Mariechen?«

Hatte ihre Mutter nicht doch den Schrank geöffnet?

Sicher hatte sie. Plötzlich war Marie sich dessen seltsam sicher. Sie stand auf, ging zum Schrank. Nussbaum mit Wurzelholzintarsien in Form einer geometrischen Sonne. Der alte, schwarze Schlüssel drehte sich geschmeidig im Schloss, und die Türen schwangen leise auf.

»Er ist ein guter Junge. Er ist ja schließlich dein Sohn. Er redet wie du, er sieht aus wie du. Ja, er macht sogar dieselben Gesten wie du. Die kleinen Mädchen lieben ihn.« Marie atmete durch. Es half ja nichts. Es war, wie es war.

In der Innenseite der Schranktüren hingen sechs bildschöne, große Schwarzweißfotos. Sie zeigten alle dasselbe.

Constantin. Seine hellen Augen wirkten sanft und ruhig. Als wollten sie Marie nicht aus dem Sichtfeld lassen. Auf dem größten Foto war er direkt von vorn aufgenommen. Er hatte an einem alten Holztisch in einem schottischen Pub gesessen, trug einen dicken Pullover, seine Hände waren locker ineinander verschränkt, und das markante Gesicht zeigte eine unschuldige Neugierde der Fotografin gegenüber.

»Meine Freundinnen sagen, ich brauche einen neuen Mann. Du hast ja den Winter.« Sie strich an seiner Wange entlang, atmete aus und schloss den Schrank, drehte den Schlüssel und kroch in ihr Bett.

4. KAPITEL

Adele Bloch-Bauer
(Öl, Silber und Gold auf Leinwand, 1907, Gustav Klimt)

Olivia: »Ich bring Kuchen mit.«

Es war Wochenende, ein Sommergewitter kam langsam auf die Stadt zu gerollt. Marie hatte alle Fenster geöffnet und suchte das passende Geschirr für ihren Besuch aus.

Vor dem alten Wohnzimmerschrank kniend, begutachtete sie das Dekor der Teller. Nachdenklich räumte sie das geblümte Geschirr, das mit den kleinen Wiesenblümchen in den zarten Farben, wieder in den Schrank zurück und holte das weiße ihrer Großmutter hervor. Der Name des Dekors war »Mariaweiß«, es gab es allerdings auch in bunt. Verwirrend, doch Marie steuerte selbstsicher durch diese Untiefen der Porzellanwelt. Aber wo sollte sie decken? Auf dem niedrigen, langen Couchtisch oder lieber am dunkelbraunen Esstisch am Fenster? Draußen wurde es etwas dunkler, und böiger Wind zerrte an den Gardinen. Marie schloss die Fenster.

»Mama. Gewitter. Soll ich dich beschützen?« Florian stand im Raum. Er hatte seinen kleinen Plüschlöwen im Arm. Den Löwen hatte er erst vor ein paar Tagen in den Schrank geräumt, mit den Worten, er sei nun ein Schulkind und brauche keine Plüschtiere mehr.

»Oh, was macht denn der Löwe hier?«

»Herr Löwi hatte Angst. Ich hab ihn aus dem Schrank befreit. Warum machst du das da alles?«

Marie hatte begonnen, das Silberbesteck mit einem Tuch blank zu reiben. Sie zeigte ihm das funkelnde Ergebnis, und er war beeindruckt.

»Wir bekommen Besuch«, sagte sie mit Nachdruck und hörte in ihrer Stimme die leise Aufregung, die dieses herannahende Ereignis in ihr auslöste.

»Ja, ich weiß. Agata hat es mir gestern gesagt.«

Mist! Ich hab ganz vergessen, für die Kinder zu decken!

»Neee!«, rief Florian, als er sah, dass Marie eilig vier Teller mehr aus dem Schrank holte. »Wir gehen in mein Zimmer. Nicht hier. Hier ist langweilig. Hast du Kekse?«

Marie hatte keine. Nur ein bisschen Obst. Sie musste unbedingt noch welche besorgen, was wäre sie sonst für eine schlechte Gastgeberin. Immerhin hatte sie Saft zu Hause. Sie beeilte sich damit, den Tisch für vier Personen fertig einzudecken. Mit den schönen, gestärkten Servietten in den passenden Serviettenringen, den Blumen in der edlen Vase und ein bisschen Rosenblättern als Dekor auf dem dunklen Tisch.

»Wir müssen noch zum Bäcker, Florian.«

»Okay. Darf Herr Löwi mit? Er fürchtet sich alleine.«

»Sicher.« Sie lächelte. Endlich war er wieder da, ihr kleiner Flo, der sich vor Regen und Gewitter fürchtete. Den sie nach Herzenslust in den Arm nehmen und beschützen konnte. Besorgt musterte Marie die Uhr. Es wurde knapp, aber sie brauchte diese Kekse, und dann könnte sie gleich auch etwas besorgen, was die Kaffeetafel vervollständigte. Sie wusste schließlich nicht, was für einen Kuchen Olivia mitbrachte – und schon gar nicht, wie er sich farblich machen würde auf dem Tisch. Der Bäcker, eine Straße weiter, hatte nicht nur herrliche Kekse, sondern auch Petit Fours. Dieses wunderbar anzuschauende, französische Feingebäck, mit Buttercreme gefüllt und mit Zuckerguss zu einem Wunderwerk der Backkunst veredelt.

Das Grollen am Berliner Himmel wurde lauter, die Böen schienen Marie und Florian an jeder Ecke geradezu aufzulauern.

»Huiii!«, machte Florian und flüsterte Herrn Löwi zu, er solle sich mal etwas zusammenreißen.

In der Bäckerei stand eine lange Schlange an.

»Oma sagt, nur die Bäckerei taugt etwas, wenn viele Leute in der Schlange stehen«, verkündete Florian naseweis, als die Türglocke sich nach ihrem Eintreten beruhigt hatte.

»Recht hat sie.« Ein älterer Herr nickte. Florian strahlte.

Marie versuchte, ihre Ungeduld zu zähmen, was nicht einfach war, denn in sechs Minuten würden ihre neuen Freundinnen kommen.

Die ersten, kleinen Regentropfen klopften gegen die große Scheibe.

»Ich hab keinen Regenschirm dabei.« Marie seufzte.

»Du musst Herrn Löwi in deine Bluse tun, sonst wird er nass!« Florian hielt ihr das Plüschtier hin.

»Aber ich – «

Der Blick aus diesen hellen Kinderaugen war nicht zu beschreiben. Er zeugte von der tiefen Überzeugung, dass diese Welt nicht schlecht war und ihm nichts anhaben konnte. Marie griff nach dem Löwen und schob ihn sich resigniert in ihre Bluse. Dann kam sie endlich an die Reihe und ignorierte den verwunderten Blick der Verkäuferin. Mit sicherem Gespür für Form und Farbe wählte Marie einige kleine Kunstwerke für ihre Gäste aus. Sie wurden in einen Pappkarton geschoben. Dazu eine schön große Tüte Kekse. Die Verkäuferin schob den Karton in Maries hingehaltene Tüte.

»Guck mal, Mama!«

Draußen öffneten sich die Schleusen, und ein gewaltiger Gewitterregen platterte auf den Asphalt. Der Geruch von feuchtem Beton und das Gefühl, auch in einer Großstadt plötzlich frei atmen zu können, strömten von draußen herein in die süßlich duftende Backstube.

»Oje.« Marie und Florian standen in der Tür. Wie Sprinter kurz vor dem Start.

»Wird Herr Löwi auch nicht nass?«

»Nein. Alles okay.« Marie drückte das Plüschtier tiefer zwischen ihre Brüste. Würde schon niemand sehen. Hauptsache, Florian war beruhigt. Der nahm nun die Tüte Kekse seinerseits unter sein kleines T-Shirt, das kaum das Paket zu bedecken vermochte.

»Auf die Plätzchen! Fertig! Looos!«, rief er. Sie rannten. Nach bereits zwei Schritten spürte Marie wie ihre Schultern nass und kalt wurden. Der Regen schien direkt aus dem Eismeer zu kommen. Noch einige Schritte weiter, und ihre liebevoll gestylten Haare lagen ihr platt am Kopf, sie schwitzte und knickte auch noch mit dem Fuß um.

»Marie! Was um Himmels willen machst du denn hier?« Olivias Stimme schien entsetzt.

»Oh, Marie! Du bist ganz nass!«

»Marie, unsere Meerjungfrau!« Alexa kam mit ihrem Schirm ein paar Schritte auf die zwei zu.

Direkt vor ihrer Tür hatten ihre Freundinnen mit ihren Kinder, die zu gern in den Pfützen herumspringen wollten, gewartet. Neugierig betrachteten sie, wie Marie, völlig durchnässt, vor ihnen zu stehen kam. Das Wasser war in die Tüte mit dem Karton gelaufen und hatte alles zermatscht. Maries gute Bluse war so nass, dass man die Waschanleitung ihres BHs lesen konnte.

»Petit Fours. Ich fürchte, sie sind alle hin. Auf den paar Metern.« Marie war außer Atem. Sie schloss auf. Ihre kleine Besuchergruppe drängte in den Eingangsbereich und schüttelte sich wie eine Hundemeute. Die strenge Nachbarin stand an den Briefkästen. Vielleicht kontrollierte sie das angekommene Werbematerial. Als sie Marie und ihren Besuch sah, runzelte sie die Stirn und verschwand wortlos in ihrer Wohnung.

»Uh. Was war das denn?« Alexa kicherte.

»Die war ja komisch.« Katrin runzelte die Stirn und half ihrem Sohne aus dem steifen Regencape.

»Schönes, altes Haus.« Olivia schaute sich interessiert um.

»Ich wohne ganz oben.« Marie versuchte, mit einer Hand irgendwie ihre Haare zu richten, doch sie waren tropfnass. Da war nichts mehr zu wollen.

»Echt schönes Haus. Und ich freu mich schon total auf deine Wohnung.« Katrin war gut gelaunt.

»Hast du auch Nacktfotos von Constantin?«, fragte Olivia neugierig.

»Oli!«, ermahnte Alexa lachend und kämpfte mit einem störrischen Schirm, der nicht zugehen wollte. Ihr Sohn Ben kicherte.

»Wieso, ich frag nur, damit wir ihr einen neuen Mann aussuchen können. Ich muss genau wissen, auf was für einen Typ unsere Marie steht. Und ich gucke gerne schöne Männer an. Ein Nacktfoto wäre perfekt!«

»Oli!«

»Mama, was ist ein Nacktfoto?«, fragte Agata. Olivia lachte. »Ich vergesse immer, dass Agata alles hört, was sie nicht hören soll.«

»Oli hat irgendwie recht. Also jetzt nicht mit den Nacktfotos, aber mit dem neuen Mann.« Katrin nickte und scheuchte die aufgeregten Kinder hoch. Es gab ein mächtiges Getrappel, und Marie schaute noch einmal zur Wohnungstür der strengen Nachbarin. Nichts geschah.

Plappernd kamen sie am letzten Treppenabsatz an. Marie überlegte bereits, wie sie sich unbemerkt umziehen konnte, ohne ihren Gästen das Gefühl zu geben, dass sie sich nicht genug kümmern würde, als eine Wohnungstür aufgerissen wurde.

Jakub erschien, er hatte Adam an der Hand. Beide hatten es offensichtlich eilig.

Marie blieb wie angewurzelt auf der letzten Treppenstufe stehen, so dass Alexa prompt gegen sie prallte und sie fast ge-

gen Jakub gekippt wäre. Mühsam hielten sich die Frauen auf-
recht. Marie hob den nassen Kopf und schaute hoch zu ihrem
Nachbarn. Draußen hörte man Donnern. »Uuii!«, kreischte
Flo.

Jakubs Blick war etwas starr, als müsste er sich zwingen, ihr
in die Augen zu schauen.

»Hallo, Adam!«, rief Agata.

»Hallo«, kam es schüchtern zurück. »Was macht ihr hier?«

»Ich, ich habe Besuch«, stammelte Marie.

»Ich hab auch Besuch!«, krähte Florian.

Jakub schaute noch immer gerade in Maries Augen. Seine
Augenbrauen hoben sich. Es nahm langsam leicht verzweifelte
Ausmaße an. Er zwinkerte nicht einmal.

»Wie schön für euch.« Jakub klang etwas atemlos, schluckte
und konnte den Blick einfach nicht mehr an Maries Gesicht
fixieren. Die blauen Augen rutschten ab und fokussierten etwas,
das sich ungefähr zwei Handbreit unter Maries Kinn befand.

»Papa? Wir wollen doch los! Und was hast du denn jetzt?«,
quengelte Adam.

Sein Vater machte ein ächzendes Geräusch, und Adam
zupfte ihn an der Hosentasche. Er schien ärgerlich. »Papa, das
ist nur die nasse Nachbarin. Lass uns gehen. Komm.« Er zerrte
jetzt richtig an ihm.

Nur die nasse Nachbarin? Das klang aber nicht gerade begeistert. Und überhaupt? Um Himmels willen! Nass! Die
Bluse! Die war mittlerweile derart durchnässt, dass sie komplett durchsichtig geworden war. Dazu ein süßer, kleiner Lö-
wenpo, der munter zwischen ihren Brüsten steckte.

»Oh shit, Herr Löwi!«, schrie Marie so laut auf, dass die
Kinder stärker zusammenzuckten als bei dem Donner zuvor.
Eilig zerrte sie das Plüschtier heraus, woraufhin sich der
oberste Knopf löste und ihre Bluse ihr Sekunden später halb
über die Schulter hing.

»Na, na, Marie. Nun mach mal langsam.« Alexa nahm ihr den Löwen ab, und Marie beeilte sich, ihre Bluse mit der Hand zuzuhalten. Olivia trat vor, um den Gefahrenbereich zu verdecken.

»Hallo. Sie waren ja auch beim Elternabend. Sie sind Maries Nachbar? Hat sie uns gar nicht erzählt.« Olivia warf ihr einen strengen Blick zu. Marie schloss die Augen.

»Ich bin Jakub«, flüsterte der Angesprochene benommen und konnte den Blick nicht von Marie nehmen. Die lief purpurrot im Gesicht an und passte damit farblich zu ihrem Betrachter. Marie wünschte sich auf den Mond oder besser noch weiter weg. Florian zerrte an seinem Stofftier, dann hielt er es Jakub vor die Nase. »Mama hat Herrn Löwi gerettet. In ihrer Bluse.«

Jakub atmete durch, blinzelte weiterhin mit den Augen und tippte dann auf das Plüschtier, offenbar um Freundschaft bemüht.

»Ich sehe die Bluse. *Den* hat sie gerettet.«

»Der ist dein Nachbar? Der ist mir schon am Elternabend aufgefallen. Der war so froh, als du ihn vor der Rasenfeld beschützt hast. Du hast damit sein Herz erobert!«, quietschte Alexa, als sie endlich in der Wohnung waren und die Tür hinter sich zugezogen hatten.

»Er wollte dich an dem Abend sogar nach Hause bringen!«

»Schäm dich, dass du ihm das nicht erlaubt hast!« Katrin lächelte sanft.

»Unfassbar, da machen wir Pläne, wie wir Marie einen neuen Mann suchen können, und da wohnt sie schon längst neben einem so netten! Richtig schüchtern ist der! Warum hast du uns das nicht schon am Elternabend gesagt?«

»Marie! Du bist ein Idiot! So bleibt man natürlich bis in alle Ewigkeiten alleine!«

»Wie er geguckt hat. Auf die nasse Bluse!« Katrin kicherte.

»Ja, vor allem, was da drin steckt. So ganz starr«, ergänzte Alexa.

»Und diese Lippen. Hast du schon mal so schöne Lippen gesehen?« Katrin quietschte vor Vergnügen.

»Unfassbar. Warum hast du nicht gesagt, dass er direkt neben dir wohnt! Kennt ihr euch schon etwas?«

Marie war völlig durcheinander. »Was? Äh. Nein. Nur so. Da war das Papier und so. Vom Fitnessstudio, glaube ich.«

Alexa runzelte die Stirn: »Hä?«

»Marie! Marie! Marie!«, schimpfte Olivia, die nun auch die Wohnung betrat, nachdem sie sich noch kurz mit Jakub im Flur unterhalten hatte. »Wir müssen reden. Aber erst einmal versorge ich unsere nassen kleinen Monster hier.« Ohne weitere Umstände schob Olivia die Kinder ins Bad und rubbelte sie trocken. Als sie sie mit Obst und Saft in Florians Zimmer geschoben hatte, kam sie gutgelaunt zu den anderen zurück.

»Aha!« Sie zeigte auf Marie. Die zuckte zusammen. »Jakub. Aha. Dein Nachbar. Direkter Nachbar. Und du sagst uns kein Wort. Hm.«

Marie versuchte sachte den Kopf zu schütteln, wobei ihre Haare auf den Tisch und Boden tropften.

Florian kam herein, gefolgt von Agata. Sie waren in ein ernstes Gespräch vertieft.

»Natürlich haben wir Gummibärchen, Agata!«

»Aber da steht Obst in deinem Zimmer.«

»Ja, aber doch nur, weil man das muss. Sonst meckern wieder die alle in der Schule.«

»Ich hasse Obst.« Agata seufzte schwer.

»Hier.« In aller Seelenruhe zog Florian eine Tüte Gummibärchen aus einem umfunktionierten Zwiebeltopf. Marie hatte gedacht, er kenne das Versteck nicht. »Alles in Ordnung,

Agata. Hier ist erst mal das. Wir haben auch Eis und Schokolade, aber dafür brauche ich einen Stuhl.«

»Wir nehmen erst mal die Gummibärchen.« Agata nahm die Tüte in die eine Hand und Florians Hand in die andere, und sie spazierten seelenruhig wieder aus der Küche hinaus.

Olivia schien sich darüber nicht zu wundern. Alexa kicherte, und Katrin hielt sich die Nase zu, um nicht laut loszubrüllen.

»Immerhin kann die Zuckerpolizei unseren Kindern nichts anhaben.«

»Hör bloß auf! Agata hat schon zweimal einen Zettel bekommen, dass sie zu viel Süßes in der Brotbox hat! Langsam glaub ich, das macht ihr Spaß!«

»Zuckerpolizei! Wenn ich das höre. Jetzt hat die Rasenfeld doch schon wieder eine Mail rumgeschickt, dass wir uns treffen sollen. Sie will mit uns Rezepte besprechen oder so was.«

»Sie ist etwas überbesorgt. Vielleicht hatte die mal selber Essstörungen als Kind.« Katrin war einfach zu gut für diese Welt.

In genau diesem Moment piepsten alle vier Handys.

»Was ist das?«

»Bingo! Die Rasenfeld!« Alexa seufzte.

»Hilfe! Ob die uns gehört hat?« Marie sah sich besorgt in ihrer eigenen Wohnung um.

»Was will sie denn nun wieder? Was steht da? Kursangebot: *Gewaltfreie Konfliktlösung und Anger-Management auf dem Schulhof.* Ich fasse es nicht.«

Alle vier wischten und tippen energisch auf ihren Handys herum, um die Nachricht zu löschen.

»Zurück zum wahren Leben: Worüber hast du dich denn mit Jakub da eben unterhalten, Oli?«, fragte Alexa übertrieben fröhlich.

»Oh, ich hab ihn ein bisschen ausgefragt.«

»Erzähl. Hat er noch seine Frau? Die, die nicht zu den Elternabenden kommen will?«

»Wenn die noch im Spiel wäre, wäre mein Gespräch deutlich kürzer gewesen. Sein Polnisch ist etwas eingerostet, aber brauchbar. Er ist alleinerziehend. Adam aus der 2a und eine Tochter, die ist vierzehn, seit einem Jahr ist er geschieden. Zu traurig. Er muss dringend getröstet werden.« Sie lachte. »Wahrscheinlich weil er zu viel gearbeitet hat. Er hatte eine kleine Firma. Nun hat er die verkauft und kümmert sich um seine Kinder. Arbeitet zu Hause.«

»Jedenfalls war er gerade schwer beeindruckt von unserer Marie. Das steht mal fest.«

»39 ist der? Der sieht so jung aus!« Katrin lächelte verträumt.

»Das machen diese Lippen. Wie ein großer Junge.«

»Müssen geküsst werden.«

»Ja, Marie, das musst du übernehmen.« Alexa hatte aus ihrer Tasche vier knallpinke Lillifee-Sektflöten gezogen. »Hier, für das Aufnahmeritual.«

»Ahhh! Du hast dran gedacht!«, rief Katrin und zog aus ihrer Tasche eine pinkfarbene Sektflasche.

»Nicht das Zeug, davon bekommt man Kopfschmerzen! Diese süße Pampe!« Alexa schien trotz Protests ganz außer sich vor Freude.

»Wir feiern heute dich, Marie! Und deinen Nachbarn. Bin ich froh, dass ich wenigstens diese Sorge los bin. Dachte erst, für dich finden wir keinen Mann.«

»Bitte?« Marie schaute unter einem Handtuch hervor.

»Oli, was hat er noch gesagt?« Katrin war ganz Feuer und Flamme. Marie hielt sich die Augen zu mit dem Handtuch und flehte leise: »Nicht mehr davon sprechen, bitte. Das war so peinlich gerade.«

»Ah, ein Anfall von Perfektionismus.« Alexa ließ sich auf

das Sofa im Wohnzimmer fallen und räumte das sorgfältig arrangierte Geschirr beiseite, stellte die Lillifeegläser auf und zog zu allem Übel Lillifeepappteller hervor. »Kommt, Mädels, zeigt Mitleid. Das Thema werden wir noch öfter haben. Also. Alles gut, Marie, komm mal wieder hinter dem Handtuch hervor. Wo ist dein Kuchen, Oli? Jetzt wird Marie offiziell in unseren Klub aufgenommen.«

»Hier.« Katrin reichte Alexa die pinke Sektflasche, ein Sektgemisch, das offenbar mit Erdbeersirup angereichert war. Die öffnete die Flasche mit geübtem Griff.

»Was macht ihr da?« Agata stand in der Tür.

»Haben wir Cola?«, rief Florian.

»Nein, haben wir nicht! Das ist nichts für kleine Kinder!«

»Wohl! Wir haben doch auch zu Hause Cola!«, mischte sich Paul ein. Ben hüpfte und rief: »Cola, Cola, Cola!«

»Katrin!« Olivia lachte laut auf. Alexa ließ sich in das Polster zurückfallen. »Das petze ich der Rasenfeld! Das sag ich! Das sag ich.«

»Neeeeinnn!« Katrin lachte und hielt die Sektgläser hoch.

Marie sah zu, wie der Schaum über den Glasrand hinauswuchs und auf den Boden tropfte. Alexa nahm Marie das Handtuch vom Kopf und warf es auf den Boden über den Fleck.

»Benimm dich, Alexa. Bei Marie ist alles ganz sauber«, sagte Katrin und wischte den Fleck auf. Alle lachten. Marie hatte plötzlich vergessen, dass ihre Frisur eine Katastrophe war und welche Befürchtungen sie gehabt hatte, die drei Frauen könnten sich nicht wohl bei ihr fühlen. Aber die drei brachten das Wohlfühlen einfach mit. Marie nahm ein volles Glas, und dann hob Olivia den Deckel von der Tortenschachtel. Zum Vorschein kam ein quietschgelber Kuchen.

»LIEBE MARIE!«, brüllte Olivia gegen den Lärm, den die Kinder und Alexa veranstalteten. »HERZLICH WILLKOMMEN IM KLUB DER 4!«

»Ja, mögest du nie gesundes Essen zu dir nehmen und viel mobil telefonieren!«, rief Alexa dazwischen.

»Und mach nie Hausaufgaben!« Katrin naschte bereits mit dem Finger von dem Kuchen. Marie hatte so etwas Chaotisches noch nie erlebt. Aber es fühlte sich richtig gut an.

»Und das mit dem Nachbarn ...!«, begann Olivia, »Und das mit dem Nachbarn, das übernehmen wir, Marie. Das Projekt ist wahrscheinlich das einzige in diesem Schuljahr, das wir hinbekommen.«

Katrin und Alexa lachten mit vollem Mund.

»Ähm, was soll das denn heißen? Das einzige, das wir hinbekommen?«, fragte Marie nach einer Weile, als sich eine gefräßige Stille in ihrem Wohnzimmer ausgebreitet hatte.

»Ach.«

»Na ja.«

»Ist nicht so zum Rumerzählen.«

Marie leckte die Finger ab. »Das klingt aber nicht so rasend zuversichtlich.«

»Na ja, Oli und ich sind frisch geschieden, Oli ist nicht Elternbeirat geworden, und wir werden diese Pest namens Rasenfeld einfach nicht los. Seit dem Kindergarten. So richtig erfolgreich klingt das nicht, oder?«

»Egal, wir sind ja jetzt vier«, sagte Olivia.

»Vier Frauen, bei denen alles nur so mittel klappt, meinst du?«, lachte Katrin und seufzte schwer.

»Falsch. Wir können alles. Dauert nur etwas.« Alexa grinste.

»Vier? Gegen wie viele?«, fragte Marie zaghaft.

»Alle.«

»Alle? Alle was?«

»Alle bekloppten Eltern, die wie Helikopter um ihre Kinder kreisen, weil ihr Leben sonst keinen Sinn mehr hat.«

»Alle bekloppten Eltern, die meinen, ein Kind mit sechs Jahren sei jetzt schon auf seine Zukunft festlegbar.«

»Alle Eltern, die Erziehung mit Dressur verwechseln!«

»Und alle, die Kinder mit einem Einrichtungsgegenstand gleichsetzen.«

»Alle Eltern, die ihren Kindern die Kindheit rauben, weil sie sie sofort erwachsen machen wollen.«

»Oh. Alle die also«, sagte Marie und grinste. »Das heißt: wir vier gegen fast alle.« »Ja.« Sie seufzten alle gleichzeitig.

»Und wer weiß, vielleicht bekommen wir ja noch ein zweites Projekt hin«, begann Katrin vorsichtig.

»Katrin! Hast du dich entschieden? Ja?«

»Ja. Ich will es versuchen. Montag. Ich hab Montag den ersten Beratungstermin. Oh, Himmel, ich hab so einen Schiss davor.«

»Nicht doch, ich finde es so gut, dass du es angehst.«

»Es wird schon alles in Ordnung sein. Wir sind doch bei dir.«

»Nichts ist in Ordnung. Nichts. Kann doch nicht sein, dass man probiert und probiert und probiert, und es klappt nicht. Bestimmt liegt es an mir.«

»Unsinn. Das kann man nicht erzwingen.«

»Ich will aber.« Katrin wurde eilig von Olivia ein weiteres Stück Kuchen aufgeladen.

»Iss.«

Alexa und Olivia wechselten besorgte Blicke.

Ben kam ins Zimmer, gefolgt von seinen Freunden.

»Guck mal, Mama!« Er zeigte Alexa die hübsche kleine Schale, in der Marie ihre Tampons aufbewahrte. Er musste sie im Badezimmer gefunden haben.

»Oh, das ist, ähem …«, stotterte Marie.

»Und?«, fragte Alexa nur.

Ben grinste. »Wollte ich dir nur zeigen. Marie scheint die Dinger auch zu sammeln! Wie du!«

Marie biss sich auf die Lippen. Gott, war das süß. Agata kam und nahm ihm die Schale aus der Hand. »Gib das her, das ist nicht für Jungs.«

Die Kinder verschwanden polternd.

»Vielleicht liegt es auch an deinem Mann.«

Katrin atmete durch, schaute unter die Decke, betrachtete den alten Stuck und seufzte.

»Das wäre allerdings dann echt die größere Katastrophe. Den würde ich nie dazu bekommen, sich behandeln zu lassen. Der hasst Krankenhäuser und überhaupt. Er versteht nicht richtig, warum mir das so wichtig ist und wie schlimm es für mich ist, dass es einfach nicht klappt.«

»Du musst noch einmal in Ruhe mit ihm reden.«

»Themenwechsel«, bat Katrin.

»Also Montag hast du den Termin?« Alexa überhörte ihre Bitte.

»Themenwechsel.«

»Na gut. Themenwechsel. Bis Montag. Dann reden wir weiter.«

»Puh. Ihr seid anstrengend. Alexa, erzähl lieber mal, wie es mit Martin ist.«

Marie überlegte, Katrin wollte also ein zweites Kind. Komisch. Sie selbst war nie auf den Gedanken gekommen, ein zweites zu wollen. Es war, als hätte sie das Gefühl, Babys wären in ihrem Leben nicht mehr möglich. Dass Katrin eines wollte, klang so hoffnungsvoll.

»Oh nö.« Alex hob abwehrend die Hände.

»Doch, doch. Was ist nun aus eurem kleinen Streit geworden?«

»Er will unbedingt bei mir einziehen. Warum überhaupt? Sucht er eine Ersatzmami?«

»Er ist doch nur 12 Jahre jünger als du. Da kannst du schwerlich seine Mutter sein. Nein, nein!« Olivia drohte amüsiert mit dem Zeigefinger.

»Die ganze Beziehung ist nicht für ewig. Wozu zusammenziehen?«

»Alexa, du Chauvinist!« Katrin lachte endlich wieder.

»Ist doch wahr!«

»Ist es nicht. Du hast einfach nur Angst, dich zu binden«, stellte Olivia trocken fest.

»Stimmt gar nicht. Er ist zu jung. Ich mach mir da einfach nichts vor. Über kurz oder lang wird er wieder gehen. Und so lange brauche ich mein Badezimmer für mich alleine.«

»Unsinn. Was der französische Staatspräsident kann, kann dein Martin auch.«

Sie lachten prustend.

»Guckt euch Marie an. Sie ist ganz entsetzt von uns.«

»Wie entsetzt wird sie erst sein, wenn sie erfährt, dass ich sie fest eingeplant habe für die Versteigerung zugunsten des Fördervereins. Wenn die Rasenfeld meint, sie könnte mich ausbooten, nur weil sie Elternbeirat gewordenen ist – pappilappi!«

»Papperlapapp heißt das.«

»Egal. Marie soll ein paar schöne Sachen auf dem Flohmarkt aussuchen. Die versteigere ich dann. Für einen guten Zweck.«

»Oh ja! Oli, das kann niemand so gut wie du!«

»Oli, nun sei doch nicht so angefressen wegen der verlorenen Wahl. Du bist die Beste. Das ändert nichts daran.«

Olivia atme tief durch, setzte sich kerzengerade auf: »Wer will noch etwas Kuchen?«

5. KAPITEL

Die Nachtwache
(Öl auf Leinwand, 1642, Rembrandt)

Marie stellte die Kanne Tee auf den Tisch. Es war bereits das Ende der *Tagesschau*, eine fröhliche Isobarenkarte wurde wohlwollend vom Redakteur im Studio interpretiert, dessen Stimme plötzlich einen gelasseneren Tonfall angenommen hatte. Wahrscheinlich weil er jetzt Feierabend hatte.

Gleich kam die gemütlichste Zeit der Woche. Der *Tatort*.

Marie kuschelte sich an die geblümte Babydecke, die Florian nicht mehr brauchte, und hatte gerade nach der Teetasse gegriffen, da hörte sie schwere, eilige Schritte im Treppenhaus, dicht vor ihrer Wohnungstür.

Es klingelte. Es klingelte Sturm. Es klingelte derart anhaltend, dass Marie Angst hatte, der Putz falle von den Wänden. Die blöde Klingel rasselte so laut und schrill, so lange und panisch, dass sie das Ende der Welt nahe fühlte. Sie lief zur Tür.

»Mama! Was ist das?« Florian stand verschlafen im Flur, Herrn Löwi dicht vorm Gesicht.

Marie zuckte nur mit den Achseln und riss die Tür auf.

Jakub.

»Jakub?« Marie drehte sich zu Florian. »Jakub.« Sie zeigte auf ihn, als wäre er der Weihnachtsmann, der im Sommer Überstunden machte, und fügte an: »Es ist unser Nachbar.«

Florian fand das urkomisch.

Jakub sah allerdings nicht aus, als wäre ihm zum Lachen zumute. Er war ganz bleich und atmete schwer, als habe er einen Marathon in unter zwei Stunden gelaufen, anstatt nur die zehn

Schritte von seiner offenen Wohnungstür rüber zu ihr zurückgelegt.

»Schnell, schnell, Sie müssen kommen, Sie müssen mir helfen!«, stieß er hervor.

»Was ist los, Jakub! Was ist passiert?«

Hilflos stand Marie vor dem aufgebrachten Mann und starrte ihn mit aufgerissenen Augen an. Er trug Boxershorts in einem freundlichen Hellblau und dazu ein enges, weißes T-Shirt, das deplatziert attraktiv aussah. Besaß er eigentlich nur diese engen, weißen T-Shirts? Ihre herumfliegenden Gedanken wurden sogleich mit Macht in die Realität katapultiert, als Jakub sie am Handgelenk packte.

»Ganz ruhig! Ganz ruhig! Jakub, alles in Ordnung. Sagen Sie erst mal, was los ist!« Marie trat einen Schritt auf ihn zu. Langsam kam er wieder zu Atem. Sein Brustkorb hob und senkte sich nun in längeren Intervallen, aber seine blauen Augen waren immer noch weit geöffnet, die Lippen blass.

Marie dachte unwillkürlich an Gemälde aus Zeiten Napoleons, auf denen mutige, aber meist erfolglose Soldaten ihrem Untergang entgegensahen. Wildromantisch, aber eigentlich schrecklich sinnlos.

»Was hat er?« Florian schien voller Mitleid.

»Oh, mein Schatz. Ähm. Wohl nur schlecht geschlafen. Geh doch bitte ins Bett. Schlafen. Nimm Herrn Löwi mit. Alles gut hier. Mama macht das schon.«

Mama macht das schon? Was um Himmels willen sollte sie machen? Sie hatte keine Ahnung. Ein Mann, der aussah wie gemalt, wollte gerettet werden. Aber ausgerechnet von ihr?

Hatte er sich geschnitten, irgendwie verletzt? Nein, er sah gesund aus und erschreckend vital. Brannte es? Das würde man riechen. Hatte er die Badewanne überlaufen lassen? Sicher nicht. Aber er hatte einen Schock. Einen richtigen Schock.

Sie winkte ihren Nachbarn in ihr Wohnzimmer, wo der Vorspann vom Tatort der Fernbedienung zum Opfer fiel, und drückte ihn aufs Sofa. Widerstrebend ließ er sich das gefallen.

»Wollen Sie vielleicht etwas Tee?«

»Marie! Helfen Sie mir, ja?« Er knüllte Florians Babydecke in seinen Armen.

»Natürlich. Alles, was Sie wollen.« Marie stellte die Tasse ab und hockte sich vor ihn, legte ihm beruhigend ihre Hand auf sein Knie. Er ergriff diese sofort und schaute ihr verzweifelt in die Augen.

»Was für ein göttliches Blau!«, seufzte sie. Sie verlor sich einige Sekunden darin. Schon im Mittelalter war die Farbe Blau diejenige, die die Verbindung zum Himmel und zum Göttlichen darstellte.

Egal, was es ist, ich werde dich sofort retten. Holt mein Schwert und meine Rüstung! Holt mein treues Pferd! Schaut her, ich, Marie, ich rette jetzt Jakub! Ich bin dein Blauer Reiter!

Jakub fand die Worte wieder: »Da, da ist ein Mann in meiner Wohnung! Helfen Sie mir! Er muss weg! Schnell! Helfen Sie mir!«

»Bitte? Ein was? Ein Mann? Ein echter … Mann?« Marie erstarrte.

Wie war das? Jakub war tatsächlich zu *ihr* gekommen, damit sie einen Einbrecher verjagte? Sie war einen Kopf kleiner als er!

»Ja, bitte, er muss da weg!«

Marie schluckte schwer.

»Meine Tochter!«, wisperte er verstört.

»Oh Himmel! Ihre Tochter ist noch in der Wohnung? Mit dem Mann? Und Adam? Ist er etwa auch da drin?« Marie sprang auf, und Jakub nickte wieder.

»Helfen Sie mir, Marie.«

»Bleiben Sie hier, Jakub. Ich, ich, ich – keine Ahnung. Irgendwas tue ich. Keine Panik. Das schaffe ich. Klar. Äh. Ich, äh …« Marie lief aus dem Wohnzimmer und schleuderte ihre Plüschpuschen von den Füßen, um sicheren Stand zu haben, wenn es gleich zum Kampf kommen würde. Sie griff nach dem Cricketschläger, der im Schirmständer stand, und rannte hinaus. In ihrem ganzen Körper kribbelte das Adrenalin. Sie hatte keine Ahnung, was sie tun sollte, aber sie musste Jakubs Tochter und Sohn retten. Und Jakub.

Vorsichtig schob sie Jakubs Wohnungstür auf. Die Wohnung war etwas größer als ihre, aber sie konnte sich schnell orientieren. Im Wohnzimmer und Schlafzimmer brannte Licht, alle Türen standen weit offen. Auch das Zimmer von Adam stand offen. Der Kleine lag selig schnarchend in seinem Bett.

Nur eine Tür war fest geschlossen. Er war im Zimmer der Tochter!

Mit wenigen Schritten war Marie an der Zimmertür und riss sie auf, den Cricketschläger hoch über dem Kopf.

Das Zimmer lag im Halbdunkel.

»Huch!«, quiekte eine Mädchenstimme, und eine Decke wurde ruckartig hochgezogen.

Totenstille.

Und dann hörte Marie:

»Hello!«

Kurze Pause.

Dann weiter: »– it's me – I was wondering if after all these years you'd like to meet.«

Das war *Adele*. Das war überraschend. Die Oscar-prämierte, britische Soulsängerin hauchte ungerührt ihren Megahit vor sich hin. Das Zimmer roch nach Duftkerzen. An der Wand über dem Bett hing eine Girlande mit kleinen Lampions, die zartes rosa Licht spendeten. Im Bett selber zwei verschreckte Augenpaare, die Marie und vor allem ihre Waffe erschrocken anstarrten. Die Augenpaare befanden sich tief im Teenager-alter.

Sonst war niemand im Zimmer.

Marie atmete aus und versuchte, das Adrenalin in den Griff zu bekommen. Langsam ließ sie die Hand mit dem Cricket-schläger sinken.

Kein Einbrecher, nur der Freund von Jakubs Tochter.

»Wer sind Sie denn?«, fragte diese jetzt. »Und was haben Sie da in der Hand?«

Gute Frage. Und durchaus berechtigt.

»Sorry.« Marie trat unschlüssig von einem Bein auf das andere.

»Hat Sie mein Vater geschickt? Es war bestimmt mein Vater! Stimmt's? Stimmt's?«

Was um Himmels willen sollte sie darauf antworten? Marie schnappte hilflos nach Luft.

»Philipp, äh, hm. Ich fürchte, du musst jetzt gehen«, sagte das Mädchen.

»Okay.« Das zweite Augenpaar erweiterte sich zu einem unbekleideten jungen Mann.

Marie legte sich die Hand über die Augen, während Philipp sich die Hose anzog.

»Bin schon weg!« Er klang ähnlich panisch wie Jakub eben. Immerhin.

»Okay. Fertig.« Er beugte sich schüchtern zu dem Mädchen hinab, um schnell einen Kuss zu ergattern, ließ aber Maries Waffe nicht aus den Augen.

»Ist er …? Ist er da draußen?«, fragte er dann.

Marie musste grinsen. »Nein, er ist in meiner Wohnung. Sie haben freies Geleit. Aber beeilen Sie sich.«

Marie stand unschlüssig herum. Was sollte sie jetzt machen? Auch gehen? Schließlich hatte sie ihren Auftrag erledigt.

»Warten Sie!«, unterbrach das Mädchen ihre Gedanken.

Mittlerweile war auch sie in ihre Klamotten geschlüpft und musterte Marie neugierig.

»Wer sind Sie überhaupt?«

Marie tat so, als hätte sie die letzte Frage überhört. Inzwischen hatte das Ganze eine Wendung genommen, die ihr ganz und gar nicht passte. Sie war einfach nicht gut in so was. Olivia, ja, Olivia, die würde im Handumdrehen die Sache hier geklärt haben und dabei alles erfahren, was zu erfahren war, einschließlich der Telefonnummer der Putzfrau und der Schuhgröße des Zahnarztes.

»Bitte, bleiben Sie. Ist er sehr wütend?«

»Wer?«

»Mein Vater?«

Marie überlegte. »Nein, nein. Nicht wütend. Ich würde sagen, er hat eher Todesangst. Ich werde ihm sagen, dass alles okay ist. Also, ähem, alles gut. Schönen Abend noch.«

»Nein! Nicht! Warten Sie! Bleiben Sie! Wenn Sie jetzt rübergehen, wird er kommen, und dann fangen wieder diese endlosen Diskussionen an. Nicht! Bitte!«

Sie knipste ihre kleine Nachttischlampe an.

»Ich bin Natalia. Setzen Sie sich doch kurz.« Sie wollte offensichtlich Zeit gewinnen. »Das war Philipp. Mein Freund.«

Marie nickte. Natalia war also die Tochter, nicht die Ehefrau, wie sie damals dachte.

»Sie sind die Nachbarin, nicht wahr? Er hat von Ihnen geredet.«

»Wer?« Marie war verwirrt.

»Na, mein Vater natürlich. Irgendwas mit Ihrer Bluse und Elternabend und so. Er schien ganz begeistert«. Das Mädchen hielt inne, die hübsch geschminkten Augen schauten an die Zimmerdecke, ein Lächeln erschien. »Echt. Ganz beeindruckt von Ihnen.«

»Ich bin Marie.« Etwas Besseres fiel ihr nicht ein.

»Ich weiß. Marie Krause. Steht an Ihrem Türschild.« Es klang, als würde ihr Name in dieser etwas spröden Konstellation öfters genannt. »Sie haben einen Sohn?«

»Ja, Florian.«

»Der ist irgendwie mit Adam zusammen in einer Gruppe, oder?«

»Genau.«

»Und seit wann leben Sie hier?«

»Seit Viola.«

Natalia hob fragend die Augenbrauen.

»Ich meine, ich bin von München hierher gezogen. Ungefähr vor zwei Monaten.«

»Ach, direkt in die Wohnung nebenan? Und wo ist der Vater von Florian? In München?«

In ihr steckte eine kleine Olivia.

»Momentan ist er, glaube ich, in New York. Wohnt aber in München.« Constantin wollte ein Bild dort kaufen. Marie hoffte, es werde ihm gelingen, es war ein gutes Angebot.

»Oh, Sie stehen noch in Kontakt? Kein Stress?«

»Wer fragt hier eigentlich wen aus?«

»Ich natürlich Sie. Ich finde es prima. Lassen Sie uns so weitermachen.«

Natalia lachte das hübsche Lachen junger Mädchen. Marie sah, dass ihr Mund weich geschwungen war, wie die Lippen ihres Vaters. Marie spürte, wie endlich das restliche Adrenalin aus Armen und Kopf entwich und sich ein albernes, höchst kindisches Gefühl in ihrem Bauch ausbreitete.

Ein Kichern.

Ein ziemlich großes, sehr mächtiges Kichern.

Es fing an.

Erst versuchte Marie es einzudämmen, aber es kam so plötzlich aus ihr heraus, dass sie laut losprustete und ihre Bauchmuskeln sich regelrecht zusammenzogen. Ihr Schläger purzelte zu

Boden, und sie musste darüber noch mehr lachen. Und Natalia lachte mit.

Es dauerte etwas, bis die beiden sich beruhigt hatten.

Dann schlichen sie zur Zimmertür und schauten zusammen in den Flur. Alles war ruhig, im Treppenhaus war bereits das Licht ausgegangen. Adam schnarchte weiter. Natalia legte den Zeigefinger an den Mund, und Marie nickte konspirativ, als sie sich wieder setzten.

»Erzähl mir aber jetzt mal von deinem Vater. Was war da los?«, flüsterte Marie.

»Ach. Was soll ich sagen. Er ist furchtbar.« Es klang süß, nicht beängstigend. Natalia ließ die Schultern hängen und strampelte die Decke zurück.

»Seitdem meine Mutter weg ist, ist er der Übervater. Das nervt. Ich soll hübsch artig die Hausaufgaben machen, im Haushalt helfen und blablabla, bloß keine Jungs. Und ganz so, wie man sich ein liebes, katholisches Mädchen vorstellt. Das nervt. Ich bin doch keine sechs mehr!«

Dann fiel ihr Blick auf Maries Waffe, die am Fußende des Betts lehnte.

»Was ist das überhaupt für ein Schläger?«, fragte Natalia.

»Cricket.«

»Warum? Wofür haben Sie den?«

»Zur Verteidigung.«

»Warum keinen Baseballschläger?«

»Zu wenig dekorativ.«

»Clever. Reden wir weiter?«

»Warum dein Vater eben so reagiert hat?«

»Meinetwegen. Na ja, also, nachdem Mama abgehauen ist, hat Papa seine Firma verkauft und arbeitet nur noch zu Hause. Um sich ganz uns zu widmen. Damit wir nicht auch abhauen.«

Marie zog es das Herz zusammen. Das war es, was sie immer hatte vermeiden wollen. Florian sollte nie so einen Konflikt mitbekommen. Natalia schien zu merken, dass sie nachdenklich geworden war.

»Und bei euch? Wie ist es da so? Mit Ihrem Exmann?«

»Constantin, der Vater von Florian, also der hat eigentlich immer Zeit.«

»Oh.«

»Aber wir waren nie verheiratet.«

»Cool. Mein Vater würde allerdings sagen, dass das gar nicht geht. Ein Kind und nicht verheiratet.« Sie verdrehte die Augen. »Aber sonst ist mein Papa ganz okay. Echt.«

Und dieser ganz okaye Papa saß gerade bei ihr auf dem Sofa und guckte vielleicht den Tatort zu Ende.

»Ich glaub, ich sollte mal langsam gehen.«

»Nein, bleib! Ich hab so lange nicht mehr mit einer Erwachsenen so gut reden können. Weißt du, mein Papa ist einfach etwas verklemmt. Und stressig. Ist halt gerade alles ziemlich viel für ihn, glaube ich. So mit uns und so. Und Adam ist ziemlich fertig wegen meiner Mutter.«

»Das versteh ich. Das kann einen schnell überfordern, so eine Trennung. Vor allem, wenn man an der eigentlichen Situation nichts ändern kann.«

»Ja.« Das Mädchen zuckte mit den Schultern. Gedankenverloren strich sie über das Kopfkissen, auf dem eben noch Philipp gelegen hatte.

»Und habt ihr beide?«, fragte Marie.

»Was?«

»Der junge Mann und du? Verhütet? Du und der –?«

»Philipp? Nein, so weit sind wir noch nicht. Nur so ein bisschen rumgemacht.«

»Solltest aber jetzt schon mal zum Arzt.«

»Pah, das würde Papa nicht erlauben.«

Beide schwiegen. Dann räusperte Marie sich und stand auf. »Also ich geh jetzt aber wirklich. Ich wollte eh noch …!«

Natalia hielt sie am Arm. »Nein. Noch ein bisschen.«

»Äh, wirklich. Und ich wollte noch ...!«

»Was denn? Fernsehen?«

»Ja, den *Tatort* guck ich furchtbar gerne.«

Natalia flitzte zu ihrem Schrank und öffnete die Tür. Zum Vorschein kam ein weiterer Flachbildschirm gigantischen Ausmaßes. Na, wenn das Frau Rasenfeld wüsste!

»ARD?«

Marie schaute irritiert zu. Natalia sprang wieder in ihr Bett.

»Wir gucken von vorne, ja? Finde den sicher in der ARD-Mediathek. Kein Problem.«

»Aber für einen *Tatort* bist du eventuell noch zu jung, oder?«

»Ich? Ich bin vierzehn.« Natalia tippte auf der Fernbedienung herum. Mittlerweile war es neun Uhr durch und der Krimi halb rum, aber auf dem Bildschirm erschien der Vorspann.

»Wie hast du das ...?«

»Komm, setzen Sie sich.« Natalia schob ihr ein Kissen zurecht.

Es war elf Uhr, als Marie sich verabschiedete. Die beiden Hobbyermittlerinnen hatten beide keine Ahnung gehabt, wer der Täter war, bis Professor Börne den richtigen Hinweis gegeben hatte und Kommissar Thiel mit seinen blauen Augen dem Täter das Geständnis entlockt hatte.

Marie schlich rüber zu ihrer Wohnung, schob leise die angelehnte Tür auf und tapste, immer noch barfuß, in Florians Zimmer. Der schlummerte etwas schief liegend, aber selig in seinem Bett. Herr Löwi war auf den Boden gepurzelt und schien Wache zu halten.

»Das machst du gut!«, flüsterte Marie ihm zu und tätschelte seine zerfusselte Mähne.

Dann schlich sie ins Wohnzimmer.

Jakub lag auf dem Sofa und schlief ebenfalls. Marie erstarrte bei seinem Anblick. Sie hatte in ihrem Berufsleben die exquisitesten Bilder gesehen, die schönsten Skulpturen und die beeindruckendsten Werke, zu denen ein Mensch fähig war, aber das war einfach nur:

Nein, dafür gab es wohl keinen Ausdruck.

Er hatte den Kopf an die Armlehne gelegt. Sein Gesicht sah aus wie das eines Engels. Und so jung. Vielleicht, weil er so viel Sport trieb, überlegte sie und versuchte abzuschätzen, wie viel Lust ein Mensch an Leibesertüchtigung aufbringen konnte, damit sein Körper so aussah.

Marie setzte sich auf das Parkett und sah ihm beim Schlafen zu. Sie betrachtete das Kinn, die hellblonden Bartstoppeln, die fast unsichtbaren Augenbrauen. Die gerade, aber etwas breite Nase. Die Haare. Die Narbe über dem rechten Auge.

Sie nahm ihr Handy, hielt es hoch und drückte ab. Im Bruchteil einer Sekunde erschien das schönste Gemälde, das sie je gesehen hatte.

Sie hielt bei der Betrachtung von Original und Kopie einen Augenblick den Atem an. Wunderbar.

Und ohne darauf zu achten, dass ihr Postfach schier vor Nachrichten überquoll, sah Marie nur weiter zu, wie Jakub atmete und atmete und atmete.

Sie hatte sich immer gefragt, was ein Mann wohl tun musste, damit sie es schaffte, sich von Constantin abzulenken. Vielleicht musste ein solcher Mann einfach nur um Hilfe rufen. Und, na ja, vielleicht sollte dieser Mann dazu auch ein bisschen so aussehen – wie Jakub.

6. KAPITEL

Woman III
(Öl auf Leinwand, 1953, Willem de Kooning)

Der Flohmarkt war riesig. Es war herrliches Wetter. Die langen Tische links und rechts bogen sich unter den kleinen Kostbarkeiten aus unzähligen Jahrzehnten. Grell, alt, neu, schön, hässlich, witzig, tragisch.

Marie fühlte sich wohl.

»Und er kam zu dir? Hallo? Es ist doch seine Tochter! Und du sollst den Jungen rausschmeißen?« Alexa konnte sich gar nicht mehr beruhigen.

»Er hat großes Vertrauen zu dir!«, sagte Katrin.

»Ich liebe die Stelle mit dem Cricketschläger.« Olivia strahlte. »Den hast du bestimmt beeindruckt! Endlich mal ein Projekt, das klappt!«

»Ach, Quatsch, wir können alles.« Alexa hielt ein Modellauto hoch, betrachtete es kritisch und stellte es dann seufzend zurück. »Ich weiß einfach nie, ob ich so was für meine Söhne oder meinen Freund kaufen soll.« Alexas ältester Sohn war fast erwachsen, so viel hatte Marie mittlerweile mitbekommen.

»Das ist aber kein Indiz dafür, dass er zu jung ist. Männer sind alle so. In jedem Alter. Schau doch!« Und richtig. Ihre Männer standen mit Flo, Ben, Agata und Paul an einem Stand und wühlten in Kartons mit altem Spielzeug.

»Ein Hurra auf das starke Geschlecht. Wenn nichts mehr geht, dann machen sie auf hilflos, wecken unseren Mutterreflex. Wie ich das hasse!« Alexa lachte und kaufte das Auto.

»Klappt aber.« Olivia zuckte mit den Schultern.

»Und diese Natalia scheint ja nett. Die hat es echt faustdick hinter den Ohren! Nur Adam könnte ein kleines Problem werden. Der vermisst seine Mami. Sagt zumindest mein Ben.«

Olivia suchte etwas in ihrer gigantischen Handtasche, in die sie eben eine große, weiße Engelsfigur versenkt hatte.

»Hört auf, mich zu verkuppeln! Ich bin noch nicht so weit ...« Marie war plötzlich ganz warm geworden. »Außerdem war er heute Morgen total einsilbig, als wir uns im Flur trafen.«

»Jakub ist bestimmt ein bisschen, wie sagt man, blamiert, weil er dich um Hilfe gebeten hat. Er hatte keine Gelegenheit, dein Held zu werden. Wir müssen da noch überlegen, wie wir das hinbekommen. Aber jetzt aufgepasst. Feind im Anmarsch!« Olivia hatte Frau Rasenfeld erspäht, die, flankiert von der Gestylten und der Verpeilten, über den Flohmarkt spazierte.

»Was macht die denn hier? Die kauft doch keine alten Sachen?«

»Keine Ahnung. Und wo haben die ihre Kinder?«

»Habt ihr gehört, dass die Tochter gerade Einladungen zum Kindergeburtstag verteilt? Rate mal, welche Kinder keine bekommen haben.«

»Ach, sieh an. Mal wieder. Aber unsere sind das gewohnt.«

»Hallo, Olga!«, flötete die Rasenfeld, heute gekleidet in ein helles Sommerkleid, das ihre dünnen Beine betonte. Olivia lächelte zuckersüß und ließ diesen Seitenhieb an sich abtropfen. Stattdessen wickelte sie in aller Ruhe einen Schokoriegel aus, so dass die Gestylte schwer schlucken musste, weil ihr das Wasser im Mund zusammenlief.

»Ach, und Frau Krause.« Frau Rasenfeld fingerte an ihrer Handtasche herum und zog eine Einladung hervor, die sie überreichte, als wäre das die Schatzkarte zum Rheingold. »Wollte nur mal fragen, ob der Florian zum Geburtstag meiner Benedicta kommt. Meine Benedicta würde sich ja da sehr, sehr freuen. Und unsere Engel sitzen ja auch momentan nebeneinander, nicht wahr?«

Marie drehte sich zu Florian um, der verdrehte die Augen und schüttelte den Kopf. Wenn sie sein morgendliches Gebrabbel am Frühstückstisch richtig interpretiert hatte, dann fand er Benedicta einfach nur sehr, sehr zickig.

»Sitzt ihr jetzt fein zusammen? Nicht wahr, Florian?«, fragte Frau Rasenfeld in einer merkwürdigen Singsangstimme. Marie ahnte, dass es ihren Sohn innerlich schüttelte.

»Ich halte es für unwahrscheinlich lernfördernd, wenn meine Benedicta neben ihm sitzt. Er ist so höflich und so beliebt! Und er ist ja auch zweisprachig, wie meine Benedicta!«

»Ach«, entfuhr es Marie irritiert. Sie sah es Flo an, wie wütend es ihn machte, dass er deswegen von Agata, Ben und Paul weggesetzt worden war. Vielleicht hatte Frau Rasenfeld das Quartett bewusst auseinandergerissen.

»Nein«, sagte Marie daraufhin und bemühte sich um das Lächeln der Mona Lisa, obwohl sie innerlich kochte, »nein, ich denke nicht. Florian wird nicht zum Geburtstag kommen. Richten Sie Ihrer Tochter aber herzliche Grüße aus.«

»Ach, wirklich?« Das hatte sie nicht erwartet. Ihre Kindergeburtstage schienen *das* gesellschaftliche Highlight der Saison zu sein.

»Verstehe. Wir finden Sie eigentlich die Referendarin? Ist sie nicht furchtbar? Man sollte da was gegen tun. Also wir haben uns entschlossen, da schnell zu handeln.«

»Ich verstehe nicht. Mein Sohn hat Frau Gabbai gerne. Er sagt, der Unterricht macht richtig Spaß.«

»Na, das wird schon. Jungs sind da ja oft nicht so sensibel. Aber meine Benedicta hat nicht das Gefühl, dass sie bei der ausreichend pädagogisch gefördert wird. Aber keine Angst, wir nehmen uns dieser Sache an.«

»Nicht ausreichend pädagogisch …?«

»Und dieser Jakob? Kennen Sie den näher? Komischer Typ, oder?«

»Wie? Wen meinen Sie?« Marie wandte sich hilfesuchend an Olivia, die einen weiteren Schokoriegel aß.

»Komm, wir wollen weiter, Marie!«

»Ja, Rasenfeld, wir müssen los.« Alexa zog Marie sanft am Arm.

»Nun gut. Bis bald, Frau Krause«, flötete Frau Rasenfeld hinterher.

»Was genau hat die gegen die Referendarin?« Außerhalb der Hörreichweite waren sie an einem der größten Stände stehen geblieben. Da waren einige alte Möbel aufgereiht, die auf großen Decken im Gras standen, angelehnt an sie standen da mehrere Bilder. Marie betrachtete sie eingehend.

»Wenn du was findest, für die Versteigerung, dann sag mir bitte Bescheid!« Olivia klang ein bisschen eingeschüchtert.

»Natürlich. Wenn dir das hilft. Wie teuer darf dann das einzelne Stück sein.«

»Ist egal. Muss nur gut was bringen.«

Marie nickte langsam. »Lieber Stillleben oder Porträts? Landschaft?«

»Egal.« Olivia griff nach einem weißen Schwan, der auf einem Sekretär stand und betrachtete ihn interessiert.

Marie hob eines der Bilder an. Der Rahmen war beschädigt aber original, das Bild zeigte ein Stillleben. Vielleicht aus den Dreißigern. Sehr dekorativ.

»Für die Versteigerung geeignet?«, fragte Olivia leise.

»Ja, das scheint mir ein Schnäppchen.« Marie war ganz in ihrem Element, verhandelte mit dem netten älteren Herrn, nahm noch ein zweites Bild dazu, handelte noch einmal.

»Toll hast du das gemacht!« Olivia nahm Marie die beiden sorgsam verpackten Gemälde aus der Hand und drückte sie ihrem hübschen, namenlosen Begleiter in den Arm, der sich das fröhlich gefallen ließ.

Anschließend blieben sie an einem Tisch stehen, auf dem, hübsch dekoriert, Geschirr ausgestellt war.

»Katrin, nein. Keine Schalen und Vasen mehr!« Alexa drohte gespielt mit dem Zeigefinger. »Katrin ist schalensüchtig. Wir erwägen, sie in eine Therapie zu schicken.«

Katrin betrachtete sehnsüchtig eine Glasschale, schien aber mit den Gedanken woanders.

»Hast du Katrin schon gefragt?«, raunte Alexa Olivia zu. Marie spitzte die Ohren.

»Nein. Du weißt, bei ihr muss man warten, bis sie es selber sagt.«

»Oli, frag sie doch. Sie muss die Ergebnisse vom Frauenarzt doch längst haben. Mich macht das ganz irre.«

»Warten wir noch.« Olivia tätschelte Alexa.

Schulterzuckend wandte Alexa sich an Marie und fragte: »Du hast noch gar nicht erzählt, was passierte, nachdem du ihn nun so heroisch gerettet hast.«

»Äh. Ich? Ach, Jakub. Ja, also ... Ich hab ihn geweckt und gesagt, er kann rübergehen.«

»Langweilig.«

»Hat er dir wenigstens einen Kuss gegeben?«

»Was? Nein, nein. Die ganze Sache war ihm schrecklich peinlich.«

»Vielleicht lädt er dich ja mal zum Essen ein«, sagte Olivia mit einem Augenzwinkern.

»Du hast ihn also gleich geweckt?«

Marie seufzte.

»Aha. Du hast die schlafende Schönheit noch etwas angesehen, ja? Wie süß. Sah er gut aus beim Schlafen?«, fragte Alexa.

»Äh. Ja. Hab ihn kurz angeguckt.« Marie holte tief Luft. In

Wahrheit hatte sie ihn fast eine Stunde sprachlos angestarrt. Er war das perfekte Gemälde. Dann schaute sie verlegen zur Seite. Ihr fiel wieder das Foto ein, das sie gemacht hatte.

»Marie wird ganz rot.«

»Hast du etwa …?«

»Hast du ihn geküsst?«

Marie schüttelte panisch den Kopf.

»Was dann? Ah! Du hast ihn fotografiert?« Alex und Olivia hüpften fröhlich.

»Zeig her!«

»Nun zeig schon!« Selbst die heute so nachdenkliche Katrin war wieder interessiert. Die drei drängelten sich um Maries Handy.

»Ohhh!«

»Nein, wie süß!«

Marie lachte laut auf. Es war merkwürdig, dass es so viel Spaß machen konnte, sich so unendlich zu blamieren.

Nach diesem heiteren Moment war jedoch die Spannung, die in der Luft lag, umso deutlicher zu spüren.

Olivia legte Katrin einen Arm um die Schulter. Seufzend vergrub sie ihr Gesicht in den Händen und erklärte, dass sie keine Lust mehr habe und auf einer Bank auf sie warten werde.

Wortlos hakte Olivia sich unter und folgte ihr. Marie sah Alex fragend an.

»Das Baby. Ist wohl schwieriger als gedacht. Komm, wir gehen besser hinterher.«

Sie fanden die beiden Frauen zwischen ein paar geparkten Autos hinter der Pommesbude auf einer kleinen Mauer sitzend. Katrin weinte, Olivia hatte ihren Arm um sie gelegt und ihr Gesicht ganz nah an dem von Katrin.

Marie fühlte Rührung in sich aufsteigen. Die große Blondine sah aus wie ein Engel, der ein Kind schützte. Alexa trat hinzu und entnahm Olivias Handtasche eine weitere kleine Wasserflasche, die sie öffnete und Katrin hinhielt.

»Komm. Sag schon.«

»Schon gut. Alles okay. Tut mir leid.«

»Nichts ist gut. Sag, Katrin. Hast du die Ergebnisse vom Frauenarzt?«

Katrin nickte und schluchzte erneut auf.

»Nimm ein bisschen.« Alexa sorgte dafür, dass Katrin ein paar Schlucke trank. Marie betrachtete die drei. Diese kleinen Gesten des Vertrauens und des Vertrautseins miteinander, sie waren so echt und trotzdem so schön und ergreifend.

»Sag schon.«

Katrin schüttelte den Kopf.

»Bist du krank, Katrin? Was immer es ist, wir stehen das durch!« Alexa biss anschließend kampfbereit die Kiefer aufeinander, bis ihr Gesicht ein strenges und ernstes Aussehen annahm. Olivia nickte entschlossen.

»Katrin. Was ist mit dir.«

»Nichts.«

»Nichts? Du weinst wegen nichts?«

Katrin weinte weiter.

»Nichts. Ich habe nichts. Ich bin gesund.«

Olivias Körper sackte zusammen, und sie schloss erleichtert die Augen.

»Gott sei Dank. Ich dachte gerade …!« Olivia hatte ebenfalls Tränen in den Augen.

»Katrin, du bist gesund? Das ist doch herrlich!«

»Nein.«

»Nein?«

»Wieso nein?«

»Es ist irgendwas, was ganz viele Frauen haben. Keine Ahnung. Ohne künstliche Befruchtung wird es wohl nicht gehen …«

»Kannst du es austragen?«

»Der Arzt meint ja.«

Alexa und Olivia sahen sich nur den Bruchteil einer Sekunde an, dann redeten sie übertrieben fröhlich auf Katrin ein: »Das klingt doch super!«

»Ja, genau! Das heißt doch, dass du Kinder bekommen kannst. Du kannst noch einen ganzen Kindergarten voll Babys bekommen. Das ist doch gut.«

Katrin konnte nicht sprechen. Sie zog eine Packung Papiertaschentücher hervor, die sie vor lauter Weinen nicht öffnen konnte. Wortlos halfen die Freundinnen nach.

»Aber ich weiß nicht, ob mein Mann das so gut findet, also ich glaube ...«

»Du meinst, du bekommst ihn nicht dazu ...?«

»Zum Arzt? Das macht er bestimmt. Ganz bestimmt!«

In Olivias und Alexas Blicken lagen leise Zweifel.

Katrins Schluchzen klang einen Hauch hoffnungsvoller. »Aber, aber er findet das Leben mit einem Kind ganz wunderbar. Er will kein zweites ...«

Eine Weile saßen die Frauen schweigend auf der Mauer.

Dann unterbrach Alexa die Stille. »Und wenn du doch noch einmal mit ihm darüber redest? Weiß er überhaupt, wie schlecht es dir mit der ganzen Sache geht?«

Katrin schüttelte den Kopf.

»Ich glaube nicht. Aber ich kann das nicht, ich will es nicht einfordern müssen.«

»Doch, du kannst das.« Olivia klang so entschieden, dass Katrin lächeln musste. Dann umarmten sie sich.

»Du musst ja nichts einfordern, aber zumindest solltest du ihm deine Gefühle ganz offen sagen.« Alexa drückte ihr einen Kuss auf die Wange. Mit einem schiefen Grinsen stand Katrin auf. »Meint ihr, dass das hilft?«, fragte sie.

»Ja«, murmelte Marie leise.

Katrins Gesichtszüge entspannten sich. »Danke. Danke dass ihr zu mir haltet.« Sie umarmten einander.

Marie saß auf ihrem Bett und lackierte sich die Fußnägel, als das Handy klingelte. Constantin.

»Hi.«

»Hi, Mary. Du klingst ja entspannt. Nice! Hast du die Fotos gesehen? Was sagst du?«

Er meinte seine Neuerwerbung.

»Das Gemälde aus New York? Du hast es bekommen?«

»Ja. Ich hab dir ein Foto geschickt.«

»Oh, ich habe es noch gar nicht angeguckt. Warte, ich mach das jetzt.«

Er schien einen Augenblick erstaunt.

»Ich war heute mit Alexa, Olivia, Katrin, deren Männern und den Kindern auf dem Flohmarkt. Und habe zwei Stillleben gekauft für eine Versteigerung«, erzählte sie, während sie die Mail öffnete. Dann erzählte sie ausführlich von Olivias Versteigerung im Namen der Schule. Für einen wohltätigen Zweck. Constantin hörte interessiert zu und schlug vor, auch etwas Passendes zu spenden.

Als sie aufgelegt hatten, spürte sie wie immer diesen kleinen Stich. Immer wenn er ging, wenn er auflegte, wenn er keine Whatsapp geschickt hatte, fühlte Marie sich verlassen und einsam.

Aber heute war es nicht so schlimm wie sonst.

Marie lief noch einmal auf Zehenspitzen in das Zimmer ihres schlafenden Sohnes, dem sie aus den Fingern das neuerworbene Auto vom Flohmarkt entwinden musste, setzte Herrn Löwi zurecht und gab ihrem Kind zwei Küsschen.

»Eins von Mama. Und eins von deinem Papa. Er hat dich furchtbar lieb und vermisst dich.«

Marie hatte ein bisschen gehofft, dass Jakub sich nach der Sache mit dem vermeintlichen Einbrecher noch bei ihr bedanken oder unter irgendeinem Vorwand bei ihr klingeln würde. Vielleicht für ein kleines Gespräch unter Nachbarn. Leider schien sich ihr Wunsch nicht zu erfüllen. Im Gegenteil, sie hatte den leisen Verdacht, sie treffe ihn jetzt gar nicht mehr.

Das war enttäuschend. Sie suchte jetzt auch immer besonders aufmerksam die Bürgersteige ab, wenn sie Florian vor der Arbeit schnell zur Schule fuhr. Doch Jakub sowohl in Groß als auch in Klein blieben wie vom Erdboden verschluckt.

Ärgerlich.

Andererseits versuchte sie sich ganz fest einzureden, dass Jakub gar nicht ihr Typ war. Er war völlig anders als Constantin. Und nur Constantin war ihr Typ.

Oder?

Einfach so zu ihm rüberzugehen, traute sie sich nicht. Was sollte sie auch sagen? Hallo, hübscher Nachbar? Hat Ihre Tochter wieder Herrenbesuch?

Es war Freitag, und Marie und Florian kamen vom Einkaufen zurück. Florian zerrte geduldig eine große Tüte Klopapier hinter sich her, während Marie sich mit dem vollgepackten Einkaufskorb abmühte, da sie keinen Parkplatz vor dem Haus gefunden hatte. Florian schimpfte vor sich hin. Er wollte bloß nicht den blöden, gepunkteten Schlafanzug mit zu Agata nehmen. Ben, der Sohn von Alexa, habe einen total coolen Schlafanzug. Und Paul einen noch viel cooleren. Mit Spiderman drauf.

Die Kinder schliefen heute alle wieder bei Olivia, denn heute Abend war die Versteigerung durch den Förderverein. Es hatte sogar in der Zeitung gestanden. Man wollte Geld sammeln für einen Umbau, den die Stadt nicht bezahlte, und für einen wohltätigen Zweck. Es sollte Olivias großer Tag werden. Marie hoffte, ihre Freundin würde nicht enttäuscht.

Olivia hatte extra allerlei Familienangehörige plus diesen ominösen gutaussehenden Mann dafür abgestellt, auf die ganze Rasselbande aufzupassen. Marie hörte Florians Redestrom tapfer zu, als er beschrieb, wie cool nicht nur die dort zu erwartende Bettmode sein werde, sondern überhaupt alles. Riesige Zimmer, riesiger Garten und riesiger Kühlschrank.

Marie schloss die Haustür auf und betrat das Treppenhaus. Sie nickte bei allem, was Florian hervorsprudelte, und fummelte am Briefkasten herum, der beim Öffnen wieder allerlei Werbung ausspuckte. Sie musste endlich mal ein Keine-Werbung-Schild anbringen. Genervt stopfte sie die Flyer und Blättchen, die kostenlose Zeitung und ihre Post in den Korb und folgte Florian, der das Klopapier laut klappernd schon fast bis zum ersten Geschoss gezogen hatte. Plötzlich erfüllte das Treppenhaus ein wortgewaltiges Streitgespräch.

Es ging hin und her und war offenbar schon eine Weile im Gange. Das klang nicht, als ob da bald ein Kompromiss gefunden würde.

»Was reden die da, Mama?« Florian war stehen geblieben und sah die Treppe hoch.

»Ich weiß nicht«, flüsterte Marie zurück. Sie hörte eine Mädchenstimme und eine Männerstimme. Die Mädchenstimme hatte eindeutig mehr Redeanteil. Florians Schritte wurden langsamer.

»Ich freue mich total auf Agata. Da ist immer viel zu essen, und auch der Mann, der spielt mit uns allen im Garten und der ist so cool. Der kann Handstand.«

»Wie heißt der eigentlich?«

Florian zuckte mit den Schultern und wartete, bis Marie mit dem Korb langsam die Treppe bis zu ihm heraufgekommen war.

Mittlerweile hatte die weibliche Stimme die komplette Lufthoheit im sprachlichen Gebiet erobert: »Du wirst auf gar keinen Fall mitgehen! Das, das, das verbiete ich dir! Du bist schließlich mein Vater! Auf keinen Fall! Wie peinlich ist das denn? Du verstehst gar nichts. Du – ohhhhhhhrrggggg!« Sie schien mit dem Fuß aufzustampfen.

Marie stand unentschlossen ein Stockwerk tiefer auf einer Treppenstufe und schaute auf die Klopapierrollen. Sie wusste, dass die Zeit drängte, um rechtzeitig zu Olivia zu kommen, daher schob sie Florian sanft an, damit er weiterging. Plötzlich erstarb der Streit.

Marie platzte fast vor Neugierde.

Oben angekommen, stand Natalia vor Jakubs Wohnung und grummelte merkwürdige Verwünschungen in einen leeren Flur. Von Jakub war nichts zu sehen.

»Hi«, sagte Florian, der selten Zeichen von Schüchternheit zeigte, schon gar nicht bei hübschen Mädchen. »Kann ich dir helfen?« Er stand nun neben ihr und guckte, mit der Tüte Klopapierrollen in der Hand, verliebt zu ihr auf.

»Oh. Hi.« Natalia wurde sich offenbar erst jetzt bewusst, wo sie war und dass alle Hausbewohner ihrem Wutausbruch zugehört hatten. Sie sah Marie an, die eilig mit den Schlüsseln herumhantierte.

»Hallo«, erwiderte Marie und tat so, als habe sie nichts von dem Gebrüll mitbekommen.

»Wir, äh, wir hatten Streit.«

»Hat man gehört.« Florian kicherte. »Ich glaube, du hast gewonnen, oder?«

»Äh. Nein. Ich habe einen sturen Vater.«

»Was ist stur?«, fragte Florian.

»Der will immer nur machen, was er will. Er ist, er ist, er ist richtig doof!«

»Mein Vater ist nie doof.« Florian wollte offenbar bloß helfen, Marie und Natalia schauten sich an und seufzten. Vielleicht sollte sie sie bitten, mit reinzukommen, und ihr einen Tee anbieten, andererseits ...

»Willste mitkommen? Ich habe Lego-Star-Wars!«

Marie war das gar nicht recht, dass er das so rumposaunte. Dieser Darth Vader war zum Fürchten, aber ihr Sohn fand ihn cool. Am liebsten hätte er alles von ihm: Zahnbürste. Bettwäsche, Kuscheltier, Müsli ..., aber das könnte sie bei aller Liebe nicht ertragen. Die Macht war definitiv nicht mit ihr.

»Echt? Gern. Klar, Star Wars ist cool.«

Auch das noch!

Begeistert hüpfte Florian an Marie vorbei. Natalia kam eilig hinterher. Sie war offensichtlich froh, ihrem Zuhause kurz entfliehen zu können. Ratlos sah Marie ihnen nach. Natalia hatte sich schon auf den Teppich gehockt und betrachtete Florians kleine, bunte Bauten.

»Möchtest du Tee, Natalia?«

»Gerne!«

»Und Kekse! Und Gummibären! Und Eis!«, ergänzte Florian fröhlich.

Marie machte Tee, suchte sorgfältig zwei Teetassen aus, sie fand das mit dem Zwiebelmuster zu streng und entschied sich für das mit den Wiesenblumen. Legte ein paar Kekse in eine passende Schale und häufte ein paar Gummibärchen auf.

Natalia kam in die Küche.

»Schöne Küche.«

»Ist von meinem Papa ausgesucht. Oh, Kekse.« Florian griff danach.

Natalia und Marie waren etwas gehemmt, als sie sich an den Tisch setzten. Florian plapperte von einigen Autos, die er auf dem Flohmarkt erstanden hatte mit Martins Hilfe. Er fand es selbstverständlich, dass Natalia wusste, wer Martin war.

»Ist Martin Ihr Freund?«

»Mein Freund? Nein.« Marie forschte im Gesicht ihres Gegenübers, ob sie erleichtert war. Erst sah sie nichts, dann ein kleines Lächeln.

»Was habt ihr denn so geredet? Du und dein Papa?« Florian war wie geschaffen fürs Ausfragen. Er stopfte sich Gummibärchen in den Mund.

»Mein Vater, also der ist stur.«

»Also blöd?«

»Nein, also nicht richtig blöd. Nur peinlich. Er will, ach, er will mitgehen zum …!« Natalia hielt inne, schaute dann Marie mit einem lustigen Gesichtsausdruck an und zeigte mit ihren Zeigefingern ziemlich umständlich auf sich, genauer gesagt: etwas tiefer auf sich unter der Tischkante.

Marie musste lachen. Jakub wollte also mit Natalia zum Frauenarzt gehen. Wie süß war das denn?

»Find ich gut«, sagte Marie dann und fand es ungemein pädagogisch wertvoll von ihr.

»Wo will er mitgehen?« Florian runzelte die Stirn.

»Zum Arzt. Wo wir letzte Woche auch waren«, erklärte Marie.

»Ach da«, Florian winkte lässig ab. »Das Wartezimmer ist doof, aber die Frau am Tresen ist super nett.«

Natalia lachte, schüttelte aber energisch den Kopf. »No no no. Mein Vater will mit MIR dahin. Kannst du dir das vorstellen! Er will da mit? Hä? Geht's noch? Was will er da? Das ist pei-heinlich!«

»Wieso?«, fragte Florian. »Meine Mama geht doch auch immer mit mir mit. Auch zum Zahnarzt. Guck mal. Ich hab einen Wackelzahn.«

Natalia zeigte sich beeindruckt und strich Florian durch seine Haare. »Adam hat auch gerade einen Wackelzahn. Wenn er rausfällt, tun wir ihn immer in eine kleine Dose.«

»Ich versteh das immer noch nicht mit dem Arztgehen.«

»Deine Mama ist eine Frau. Und Frauen können das besser. Mitgehen zum Arzt.«

»Klar. Frauen sind großartige Wesen«, sagte Florian, und es war original der Vater, der aus ihm sprach. »Aber Papas auch«, fügte er entschlossen hinzu.

»Oh nö.« Natalia schlürfte den Tee und griff sich noch einen Keks, den sie formvollendet anknabberte. »Ich will aber nicht.«

»Und deine Mutter?«

»Never. Die kommt nicht mal zu meiner Beerdigung.«

»Was ist Beerdigung, Mama?«

Natalia verzog das Gesicht. »Nichts. Egal. Vergiss es.«

»Ich finde das total nett von deinem Vater, Natalia. Wirklich. Und nach dem, was du mir erzählt hast, verstehe ich ihn ganz und gar.«

»Er ist ein Ma-hann. Und ihm ist doch sowieso immer alles peinlich. Und jetzt will er da mit? Ich sag es ganz klar: NEVER!«

»Mein Papa spricht auch Englisch. Wie du. Kennst du meinen Papa?«

»Nein. Leider nicht.«

»Er ist toll. Er ist Schotte. Schotten sprechen Englisch.«

»Ich geh einfach nicht zum Arzt. Ganz einfach.« Jetzt sah Natalia durchdringend Marie an. Die fühlte sich unwohl. Es war bezaubernd, dass die Nachbarstochter, zumal Jakubs Tochter, hier saß, absolut. Aber Marie fühlte sich außerstande, dem Mädchen Ratschläge für den Umgang mit ihrem Vater zu geben. Was sollte sie schon sagen, schließlich hatte sie ihn heimlich fotografiert. Andererseits, wenn Jakub nun glaubte, sie habe Natalie darin bestärkt, nicht zum Arzt zu gehen, dann bekäme sie ihn im Leben nicht mehr zu Gesicht.

»Du musst schon zum Frauenarzt. Bist alt genug.«

»Oh. Frauenarzt. Ach der! Da muss meine Mama auch immer hin. Sie sagt, ist so doof wie Zahnarzt. Ich geh da immer mit. Ist doch klar. Manchmal muss Mama in einen Becher pinkeln. Das ist spannend.«

Natalia lachte ein glockenhelles Mädchenlachen, das Florians Augen erstrahlen ließ. Er wusste, wann er gepunktet hatte.

»Siehst du. Ich habe auch männliche Begleitung. Geht alles, wenn man nur will«, grinste Marie.

»Nein, nein. Aber nicht mein Vater.«

»Dann dieser Philipp vielleicht?«, schlug Marie vor.

»Oh, nein, never ever, bevor Papa den – nein, schon alleine die Vorstellung. Nein. Ich gehe alleine oder gar nicht! Oh my God, ist das peinlich!«

»Dann sag das deinem Vater.«

»Oh, das sag ich ihm schon seit Tagen.«

Marie sah auf die Uhr. Sie musste sich noch umziehen und dann zu Olivia.

»Ja, das hab ich gehört. Du wirst ihn schon überzeugen.« Marie richtete sich auf. »Entschuldige, aber ich muss mich für die Schulveranstaltung heute Abend fertig machen.«

»Cool. Alles klar. War nett.« Natalia griff sich flink noch einen Keks, dann lief sie zur Tür. »Tschüsssssiiiieee!«, und war fort.

»Die ist aber süß!«, sagte Marie.

»Ja, ein wunderbares Wesen.« Florian strahlte.

Marie sah auf ihr Handy. Constantin hatte geschrieben. Er wollte wohl etwas plaudern. Marie antwortete ihm, dass sie in Zeitnot war und zu der besagten Versteigerung müsse. Kurze Zeit später kam seine Antwort, wie immer verständnisvoll, aber Marie las zwischen den Zeilen eine kleine Traurigkeit.

»Florian. Willst du mit Papa telefonieren, während ich mich umziehe?«

»Aye! Cool!«

Die Aula der Grundschule war gut gefüllt. Vorne auf der Bühne standen bereits die Bilder vom Flohmarkt auf Staffeleien. Dazu die vielen großen und kleinen Vasen und die sehr gut zurechtgemachten antiken Stühle. Hübsch war auch die kleine Sammlung eleganter Designerlampen aus den 70ern. Alles Spenden für die Versteigerung. Die Eltern, aber auch Freunde und Förderer der Schule machten einen entspannten und erwartungsfrohen Eindruck. Olivia war umringt von dem männlichen Teil des Kollegiums und dem Rektor und kritisch beäugt von Frau Rasenfeld.

Marie sah sich unauffällig um. Jakub war leider nicht gekommen.

»Wie süß. Ich meine, dass Jakub mitgehen will zum Frauenarzt!« Katrin war immer noch ganz hingerissen.

Marie sagte nichts mehr dazu. Alexa schien unkonzentriert. Sie versuchte Martin klarzumachen, er solle nicht dauernd den Arm um sie legen.

»Olivia sieht super aus.« Katrin hatte offenbar eingesehen, dass das Thema Jakub nach zwanzig Minuten Begeisterung für diesen vorbildlichen Vater langsam erschöpft war.

»Ich weiß nicht, wem sie was beweisen will. Natürlich kann sie super organisieren. Schau, was Oli da für Schätze zusammengetragen hat. Und sie hat die Zeitungen angerufen und Leute zusammengetrommelt, die mitbieten sollen. Aber sie sieht darin mehr.«

»Ich dachte, es geht um die Renovierung dieses Jugendzentrums. Und um diese Organisation, die sie noch unterstützt.«

»Ja, klar, natürlich. Aber Oli will auch endlich von den anderen Müttern anerkannt werden. Und ehrlich gesagt, ärgert mich das total. Die sind so blöd zu ihr, ihr sollte es egal sein, was sie denken.« Alexa war richtig ärgerlich geworden.

»Schau mal, wie verkniffen die Rasenfeld guckt, die ist doch nur neidisch, dass Oli das alles so gut hinbekommt. Wir müssen echt vorsichtig sein, ich würde ihr zutrauen, dass sie irgendwas im Schilde führt.«

»Aber nicht mit uns!«, sagte Marie kämpferisch.

Dann stupste Katrin sie an.

»Guck mal, der Boddensen. Vorbildlich! Ich liebe gute Organisation!«, lobte Katrin aus tiefstem Herzen. »Ganz ehrlich. Dem kann man sein Kind anvertrauen. Wenn er nur eine Spur lockerer wäre, würde er vielleicht auch mal lachen.«

»Sportlehrer lachen nicht. Sportlehrer siegen«, grinste Alexa.

»Ich finde ihn rührend«, meinte Marie und sah, wie die Rasenfeld erfolglos versuchte, den Klassenlehrer mit albernem Gegacker von seiner systematischen Arbeit abzulenken.

Bald hatten alle Interessierten im Publikum einen Auktionsschild in der Hand. Herr Boddensen erklärte das Procedere. Ja, er schien so etwas zu lieben. Vorschriften und Regeln. Es klang aber nicht so idiotisch wie bei der Rasenfeld. Bei ihm wirkte es so, als glaube er ernsthaft daran, dass man das Leben durch Regeln bändigen konnte. Besser machen konnte.

Marie dachte an all die schönen Gemälde klassischer Sagengestalten, Götter, Halbgötter, Helden. Wenn der Held erst einmal an etwas wie eine Regel zu fest glaubte, belehrte das Schicksal ihn bald eines Besseren. Regeln waren alleine dafür da, gebrochen zu werden, oder etwa nicht? Wie würde also das Leben auf die Regeln des Herrn Boddensen reagieren? Oder war dieser Mann tatsächlich immun? Hatte er tatsächlich den Stein der Weise gefunden? Schön wäre das.

Olivia dirigierte derweil ihren schönen Freund, der einen Smoking trug und etwas overdressed wirkte, hin und her. Er sollte nachher bei der Versteigerung das entsprechende Objekt hochhalten und somit das perfekte Hintergrundbild abliefern.

»Sex sells«, grummelte Alexa, und Marie versuchte sich das Lachen gar nicht erst zu verkneifen.

»Olivia schafft das Maximale. Keine Frage, das macht ihr keiner nach.«

Alexa zog abwehrend ihre Schultern hoch, als ihr Freund sie in den Arm nehmen wollte. Martin trollte sich frustriert, und Marie sah ihm besorgt nach. Er schien so glücklich gewesen zu sein, dass Alexa ihn endlich mal zu einem offiziellen Anlass mitgenommen hatte, und jetzt wirkte er enttäuscht.

»Ach, Martin?«, rief Marie ihm hinterher und war erstaunt über sich selbst. Der junge Mann hob den Kopf. »Würdest du mir etwas zu trinken holen?«

»Oh ja, da vorne gibt es irgendwo Sekt. Heute ist das wohl erlaubt«, sagte Katrin und zwinkerte ihr zu.

Alexa grummelte nun weniger. »Mir auch, bitte.«

Herr Boddensen und der Rektor eröffneten den Abend mit ein paar Reden, in denen immer wieder darauf verwiesen wurde, dass Olivia großartig war.

Die Rasenfeld grollte gut sichtbar im Publikum vor sich hin.

Olivia erfüllte ihre Aufgabe als Auktionatorin hervorragend. Sie war so charmant und herzlich, dass das Publikum gar nicht anders konnte, als mitzumachen. Es kam eine stattliche Summe zusammen.

Atemlos schüttelte der Rektor anschließend Olivia die Hände, küsste sie sogar, weil er zu klein war, um an Olivias Wange zu kommen. Dabei stammelte er immer wieder, wie großartig das alles sei. Auch Herr Boddensen strahlte, ließ aber seine Listen nicht einen Augenblick unbeaufsichtigt. Dann teilte er die erlöste Summe auf den Cent genau mit. Großer Applaus und eine strahlende Olivia, umringt von strahlenden Männern. Die Rasenfeld war kurz vorm Platzen.

Als sie schließlich zu ihnen kam, strahlte Olivia über das

ganze Gesicht. Ihre kunstvoll toupierten Haare, die eher einer Skulptur glichen als einer Frisur, umrahmten das überglückliche, aber auch erschöpfte Lachen. Keine Frage, sie hatte alles gegeben.

»Großartig gemacht.« Alexa küsste sie auf die Wangen.

»Wundervoll.« Katrin schlang ihre Arme um den Hals der großen Polin. Marie umarmte sie einfach nur fest und war gerührt. Olivia schien das erreicht zu haben, was sie wollte.

»Ohne deine zarten Hände und die beiden schönen Rahmen wären die Bilder sicher nicht so blendend weggegangen«, flüsterte Olivia Marie anschließend ins Ohr.

Unsinn. Die Bilder waren zu einem absolut realistischen Preis in andere Hände gewechselt, vielleicht sogar in die Hände eines Antiquitätenhändlers. Und die Rahmen waren völlig unwichtig, aber natürlich machten sie was her. Ihre Kollegen im Museum hatten sich alle Mühe gegeben, und Maries Chef war es geradezu eine Herzensangelegenheit gewesen. Er hatte heute Morgen die Bilder persönlich vorbeigebracht.

»Und jetzt machen wir ein Bild für deinen Constantin, ja?«

Marie erschrak etwas. Sie hatte eine erfreulich lange Zeit nicht an ihren Ex gedacht.

»Hast du diese vier kleinen Bildchen gesehen? Die, die so richtig viel gebracht hatten?«

Ja, das hatte Marie und sich gewundert, wie Olivia an diese exquisiten Miniaturen geraten war. Zunächst hatte sie Angst gehabt, die Bieter würden den wahren Wert der Stücke nicht erkennen und der Erlös werde zu niedrig ausfallen, doch Olivia hatte Höchstpreise herausgekitzelt.

»Die hat mir Constantin schicken lassen. Oh, oh, Marie, ich bin sehr böse mit dir. Wie konntest du nur diesen Mann gehen lassen! Wir haben telefoniert, Himmel, ist er charmant!«

Dann passierte das Unfassbare. Frau Rasenfeld und ihre

Clique kamen auf sie zu. Olivias Grinsen wurde breiter. Ein Lob von Frau Rasenfeld, egal wie herzlich, würde eine kleine Kapitulation bedeuten.

»Das war ja ausgezeichnet. Sehr hübsch, wirklich.« Frau Rasenfeld gehörte zu jenen Menschen, die ein offensichtliches Lob durch einen gewissen Unterton zu einer Gemeinheit umwandeln konnten. »Das hast du ganz wunderbar gemacht«, dann legte sie eine genüssliche Pause ein, »liebe Olga.«

Olivias Gesichtszüge froren ein. »Ja, wunderbar. Ich wusste gar nicht, dass Polen so viel von Kunst und Malerei verstehen. Abgesehen von Schminke, versteht sich«, ergänzte MamavondempopelndenLudwig-Emanuel.

Alexa verschlug es die Sprache. Ihr Unterkiefer mahlte, aber sie war nicht in der Lage, ihrer Freundin so schnell beizuspringen. Selbst dem Rektor fielen fast seine Zettel aus der Hand. Katrin legte sich die Hand auf den Mund und drehte sich weg.

»Da ist Ihnen aber eine Menge entgangen«, sagte Herr Boddensen etwas hilflos. Er rang allem Anschein nach mit sich, wie er als Lehrer hier noch neutral bleiben konnte oder musste.

Olivias kalter Gesichtsausdruck nahm bedrohliche Ausmaße an, sie wich dem bohrenden Blick ihrer süffisant grinsenden Konkurrentin nicht aus, aber man merkte, dass sie durch und durch getroffen war.

Marie spürte, wie das Adrenalin in ihr hochstieg und sie plötzlich intensiv an ihren Cricketschläger dachte.

»Sie wussten das nicht, Frau äh, ach ich kenne Sie ja alle noch nicht so gut ... Frau Wiese oder so ähnlich? Da will ich Ihnen gerne Nachhilfe geben. Auch Ihnen, MamavonLudwig-Emanuel.« Marie war selbst am meisten erstaunt über ihr Eingreifen. Sie holte tief Luft und ratterte mühelos einen Vortrag herunter, den sie vor einiger Zeit in München gehalten hatte: »1828 verzeichnet das Matrikelbuch der *Königlichen Akademie der bildenden Künste* in München mit dem Bildhauer

Karol Ceptowski aus Posen den ersten polnischen Künstler. In späteren Jahren folgten unter anderem Maksymilian Gierymski, Ludomir Benedyktowicz, Adam Chmielowski und Antoni Kozakiewicz. Von denen werden Sie natürlich gehört haben. Ihr künstlerisches Programm einer religiösen und moralischen Erneuerung stimmte in vielerlei Hinsicht mit den Ideen der polnischen Romantik überein. Alles exquisite Stücke. Großartig. Wie Sie ja schon so treffend sagten.« Marie spürte, dass das Adrenalin in Armen und Füßen angekommen war. Sie bedauerte, dass sie vorhin nicht den antiken Golfschläger ersteigert hatte.

»Äh«, sagte Frau Rasenfeld. »Ich heiße Rasenfeld.«

Alexa drängelte sich vor Olivia. »Wiese? Rasenfeld? Alles dasselbe, oder? Aber wie sollte Frau Dr. Krause das auch wissen.«

»Ach, mach dir darüber keine Gedanken«, meldete sich Katrin mit ihrer samtenen Stimme zu Wort »Manche Namen klingen ja so ähnlich, nicht wahr. Komm, Olivia, wir wollen jetzt feiern.« Katrin hakte Olivia unter.

»Treten Sie zur Seite bitte!« Martin schob die Schulelternbeirätin elegant zur Seite und brachte noch mehr Sekt. Herr Boddensen kam dazu und gab Olivia einen Handkuss. Warum auch immer. Das gestelzte Kompliment, das er ihr nun machte, und diese Geste waren bezaubernd und ließen Olivia endlich wieder lächeln.

7. KAPITEL

Die Beständigkeit der Erinnerung
(Öl auf Leinwand, 1931, Salvador Dali)

Es war Sonntag, und Marie genoss es, Florian endlich mal wieder für sich allein zu haben.

Die Wochen seit der Einschulung waren schnell vergangen, und sie hatte das Gefühl, plötzlich noch weniger Zeit als sonst zu haben.

Ihre Arbeit machte ihr wieder richtig Spaß, seit sie ihre neue Stelle angetreten hatte, und wenn sie nach Hause kam, freute sie sich auf Florian. Sie verfolgte mit Spannung seine Lernfortschritte und half ihm bei seinen Hausaufgaben. Er liebte seine Lehrer, vor allem Frau Gabbai, und freute sich jeden Morgen auf seine Freunde. Alles bestens. Nur Hausaufgaben waren nicht so toll. Vor allem, wenn er was ausmalen sollte, denn das mochte er nicht.

Und dann hatte am Donnerstagvormittag das Telefon geklingelt.

»Kommen Sie bitte in die Schule, Frau Krause, Ihr Sohn hat sich, glaube ich, den Fuß gebrochen. Oder so was in der Richtung!«, hörte sie die ernste Stimme der Schulsekretärin.

»Was? Wie, aber, was?« Marie war so in Panik geraten, dass sie einfach den Anruf weggedrückt hatte.

»Mein Sohn hat sich den Fuß gebrochen!«, brüllte sie, und es klang doppelt so laut in dem ruhigen Saal, in dem sie mit ihren Kollegen arbeitete. »Was soll ich tun? Hilfe, den Fuß gebrochen! Mein Baby!«

»Ganz ruhig!« Offensichtlich war ihr Chef routinierter im Umgang mit derartigen Horrornachrichten.

»Wie ist das passiert?«

»Das, das weiß ich nicht. Gott, was bin ich für eine Mutter! Das hab ich gar nicht gefragt!«

»Ganz ruhig. Der Reihe nach. In welches Krankenhaus kommt er denn?«

Auch das wusste sie nicht.

»Durchatmen!«

»Ganz ruhig!«

»Sollen wir dich fahren? In welches Krankenhaus haben sie ihn denn gebracht?«, fragten ihre Kolleginnen.

»Ich weiß es nicht. Hier in Berlin? Krankenhaus? Welches käme dafür in Frage?« Marie riss die Augen auf. Sie wollte Constantin anrufen, aber der war zu weit weg, er könnte eh nicht so schnell herkommen. Ratlos starrte sie auf das ausgeschaltete Handy.

»Wenn sein Fuß gebrochen ist, dann wird er doch ins Krankenhaus gebracht!«, sagte eine ihrer Kolleginnen und strich Marie beruhigend über den Arm. »Alles gut. Wiederhol doch noch mal, was die von der Schule dir gesagt haben.«

»Die aus dem Schulsekretariat hat gesagt, ich soll in die Schule kommen, sie glaubte, er habe sich den Fuß gebrochen. Und dann murmelte sie noch: oder was in der Richtung!«, gab sie stockend das Gespräch wieder.

»Was ist das denn für eine Aussage?«

»Himmel, an der Schule meiner Tochter sitzt auch so ein Fachkraft im Sekretariat am Telefon«, sagte die Kollegin.

»So, Frau Doktor Krause. Fahren Sie ganz in Ruhe in die Schule. Vielleicht ist es ja nicht so schlimm!« Ihr Chef nickte, und eine Kollegin drückt ihr ihre Handtasche in den Arm.

Auf einmal merkte sie, wie sehr sie auf sich allein gestellt war, ohne ihre praktische Mutter und das Organisationstalent Constantin. Hier war sie die Einzige, die Florian abholen und versorgen konnte.

Sie sah sich schon am Krankenbett. Statt Ruhe auszustrahlen, würde sie herumheulen oder auf und ab rennen und alles durcheinanderbringen.

»Atmen Sie mal durch. So. Und jetzt los. Fahren Sie. Und wenn Sie heute Nachmittag Zeit haben, sagen Sie uns doch kurz Bescheid? Wir machen uns doch auch Gedanken um den Kleinen.«

Auf dem Schulhof angekommen, rummste Marie als Allererstes gegen die verschlossene Eisentür. Jetzt reiß dich endlich zusammen!, ermahnte sie sich.

Du schaffst das. Andere Mütter schaffen das auch jeden Tag. Bleib ruhig! Es ist wichtig, deinem Kind in Not mit Ruhe entgegenzutreten. Ruhe ausstrahlen! Sofort!

Gut, jetzt war sie so weit.

Erst jetzt nahm sie das selbstgemalte Schild wahr. Bislang war ihr das nie aufgefallen, denn Eltern sollten, wenn möglich, die Kinder allein in das Gebäude gehen lassen und nicht Schulranzen, Turnbeutel und Butterbrotdose bis zum Tisch tragen.

»Bitte EINMAL klingeln, falls guter Grund vorliegt. Tür verschlossen wegen Amoklauf.«

»Was? Um Himmels willen!«, entfuhr es Marie. Und es beruhigte sie kaum, als sie verstand, dass nicht *gerade* ein Amoklauf stattgefunden hatte, sondern dass das *präventiv* gemeint war.

»Geht das nicht etwas dezenter, Herrgott noch mal!« Sie atmete mühsam durch. Dann klingelte sie.

Gebrochener Fuß wird ja wohl ein *guter* Grund sein, oder?

Kurze Zeit später summte es, das Glasportal wurde entriegelt, gleichzeitig öffnete sich die Tür zum Sekretariat. Na, was für ein ausgeklügeltes Sicherheitskonzept, grummelte sie innerlich. Und da stand sie. Die letzte Verteidigungslinie. Die Schulleitersekretärin.

»Sind Sie etwa Frau Doktor Krause?«, kam die zischende Frage.

»Ja, ähem. Aber Krause reicht.«

»Wofür soll das reichen?«

»Wo ist er? Mein Kind, mein Florian? Ist er im Krankenzimmer?«

»Nein.«

»Nein?« Warum redete die Frau nicht einfach mit ihr! Marie musste sich zusammenreißen, um sie nicht heftig zu schütteln.

»Ist Florian denn schon im Krankenhaus?«

»In welchem Krankenhaus?«

»Er hat sich doch den Fuß gebrochen?«

»Davon weiß ich nichts. Dem Jungen war langweilig, da ist er wieder in die Klasse gegangen. Mein Telefon klingelt. Ich muss da drangehen.« Man hörte ein leises Klingeln aus dem Büro.

Marie sah ihr entgeistert hinterher.

Von der aufkommenden Verwirrung kaum erholt, bewegte sie sich zum Klassenraum, den sie nur einmal ganz kurz am Tag der Einschulung gesehen hatte. Sie klopfte an und schob langsam den Kopf durch die Tür.

»Flo! Deine Mama! MamavonFlo ist da«, informierte Agata freudig den Rest der Klasse. Die Kinder saßen im Stuhlkreis. Nur ihr Sohn saß etwas abseits, seinen linken Fuß hochgelegt und einen Waschlappen zur Kühlung darauf.

Ob er schlimme Schmerzen hatte?

Nein.

Er sah eher be-geis-tert aus.

Er war offenbar absolut hingerissen von seiner außergewöhnlichen Situation als bemitleidenswerter Schwerverletzter. Um ihn herum standen verschiedene Trinkgefäße und ein angebissener Keks. Offensichtlich hatten seine kleinen Kollegen ihn mit dem Nötigsten versorgt, um die Genesung zu beschleunigen.

Marie schwankte zwischen Ohnmacht und Freude.

»Hallo, Frau Doktor Krause.« Frau Gabbai war aufgestanden. Sie kam näher und flüsterte: »Es ist wohl nicht so schlimm.«

»Die Frau am Telefon sagte, der Fuß sei gebrochen.«

»Was? Himmel, nein.« Gemeinsam nahmen sie den Waschlappen vom Fuß. Da war nur ein kleiner Kratzer zu sehen.

»Schlimm, oder?«, sagte Flo stolz.

»Ja, Flo, schlimm. Meinst du, du schaffst es mit deiner Mama nach Hause?« Frau Gabbai war supersüß, fand Marie und verstand die Begeisterung, die sie bei ihrem Sohn auslöste.

Florian nickte huldvoll.

»Gehen Sie mit ihm ins Krankenhaus?«, fragte ein Junge ehrfürchtig.

Marie sah Frau Gabbai an, die lächelte, strich Flo über das Haar und meinte: »Deine Mama kriegt das zu Hause bestimmt wieder hin. Dann pack mal deine Sachen zusammen.«

»Oh! Das mach ich! Das mache ich!«, rief Agata und schnappte sich Flos Zettelsammlung vom Tisch und seinen Ranzen. Mit Hingabe verstaute sie alles sorgfältig. Viel sorgfältiger, als Florian das selbst tun würde. Bei ihm sahen alle Zettel aus, als kämen sie aus dem Papierschredder, wenn er sie aus den Tiefen seines Ranzens zog.

Abends im Bett lag Marie lange wach. Ihr Herz klopfte immer noch wild, als sie an die ernste Stimme der Sekretärin dachte. Dann musste sie kichern. Eigentlich hatte sie den ersten »Abholanruf« doch ziemlich gut überstanden. Auch ohne Constantin. Ein bisschen stolz auf sich schlief sie ein.

Am folgenden Tag, als sie Flo wieder in die Schule brachte, wurde sie von einigen Müttern bestürmt. »Was hat der Arzt gesagt?« – »Waren Sie in der Unfallstation?« – »Welches Krankenhaus haben Sie gewählt?« – »Wer ist Ihr Kinderarzt?« Mehrere Zettel mit Ärztenamen wurden ihr in die Hand gedrückt. Als Marie daraufhin etwas verschüchtert zugeben musste, dass das alles nicht nötig gewesen war, weil Flo wirklich, wirklich nur einen Kratzer am Fuß abbekommen hatte (jemand hatte beim Bau des Stuhlkreises ihm einen der kleinen Stühle auf den Fuß gestellt), schienen die Mütter entsetzt über ihre Lieblosigkeit.

Der einzige Trost waren Oli, Katrin und Alexa. Die hatten augenblicklich ein Foto des Fußes über WhatsApp eingefordert und dann einen Coolpack und ein Schokoladeneis verordnet.

»Verwöhn ihn!«, schrieben sie.

»Ja, die erste Abholung ist ein Höhepunkt in seiner schulischen Karriere!«

»Zeig ihm, dass du notfalls mit der Feuerwehr anrückst!«

Und tatsächlich. Flo hatte diese mütterliche Hilfsaktion unbeschreiblich glücklich gemacht. Seine Großeltern und sein Vater waren mächtig beeindruckt von seinem »gebrochenen« Fuß, als er ihnen wortreich davon am Telefon berichtete und plötzlich auch wieder das Humpeln einsetzte.

Marie war erleichtert. Aus Florian wurde ein kleiner Erwachsener. Damit würde sie auch fertig. Zwar war sie ohne Constantin und ihre Mutter, aber immerhin nicht allein.

In der Regel traf sie sich nach der Arbeit zumindest mit Olivia am Spielplatz. Nach dem ganzen Stillsitzen in der Schule wollte Florian toben, egal bei welchem Wetter. Und solange er noch nicht protestierte, wollte Marie ihn beim Draußenspielen noch etwas beschützen. Und sei es nur als Trinkflaschenhalter getarnt am Rande eines Spielplatzes oder Fußballfeldes.

»Irgendwann suchen wir einen schönen Verein für unsere Kleinen«, erklärte Olivia seelenruhig und holte Gummibärchen aus ihrer Handtasche.

Alexa war zu dieser Zeit meist noch im Buchladen, von dem sie sie ab und zu abholten oder wohin sie ihr ein Eis oder einen Kaffee brachten. An zwei Tagen in der Woche hatte auch Katrin Zeit, wenn ihr Mann sie nicht im eigenen Anwaltsbüro brauchte.

Bei den dreien fühlte sich Marie geborgen. Mit ihnen konnte sie sich über alle kleineren und größeren Schulkatastrophen unterhalten. Ganz offen, ohne das Gefühl zu haben, als begleitendes Mutterpersonal versagt zu haben.

Ungeniert vertrauten sie sich die Stolpersteine ihres Mutteralltags an und brachen nicht selten in Gelächter aus, über ihre Kinder, aber auch über sich, als ziemlich beste Mütter.

»Agata isst zu wenig. Ich könnte panisch werden. Sie isst nichts! Gar nichts! Das Kind verhungert mir quasi lächelnd! Und wenn doch was, dann nur Süßkram!«

»Letztens beim Zahnarzt hat Paul einfach den Mund nicht aufgemacht!«

»Ben vergisst immer, mir diese Mitteilungsblätter zu geben. Frau Gabbai hat mich besorgt angerufen und gefragt, ob Ben wirklich nicht am Ethikunterricht teilnehmen dürfe und nicht am Kunstunterricht, weil sie doch mit Schere arbeiten wollen, und was weiß ich noch alles.«

»Flo humpelt ab und zu immer noch, wenn ihm die Geschichte wieder einfällt, und macht einen auf verletzten Helden, um Agata zu beeindrucken.«

»Und die IST auch schwer beeindruckt. Nach dem, was die erzählt, kämpft Flo jeden Tag mit mindestens einem Dutzend Drachen! Und bricht sich jeden Tag dreimal den Fuß!«

»Sie müssen nicht die Besten sein in der Schule. Nur alles mitbekommen. Ansonsten müssen Kinder nur liebgehabt werden. Punktum!«, erklärte Alexa rigoros, und damit war die Diskussion über ihren schulischen Beistandsbedarf beendet gewesen.

Marie lächelte vor sich hin. Wie anders war das früher gewesen. als sie allein an Sandkästen und Schaukeln ausgeharrt hatte und die Zeit ihr entsetzlich lang wurde. Klar, sie liebte Florian, aber manchmal war es schrecklich langweilig, wenn man den zehntausendsten Sandkuchen backen musste oder mit Bauklötzen Millionen Türme zu stapeln hatte.

Florian hatte noch seinen Schlafanzug an. Er liebte es, den halben oder noch besser den ganzen Tag im Schlafanzug zu verbringen. Und zur Feier des Tages hatte Marie ihm heute erlaubt, sein Frühstücksbrötchen im Bett zu essen.

»Ich hol mir auch noch mal Kaffee.« Marie bemerkte erst jetzt, dass schon Mittag war. Wo war nur die Zeit geblieben? Sie schlenderte in Gedanken über den Flur zur Küche. Da hörte sie, wie die Nachbarstür draußen im Treppenhaus aufging. Ihr Herz machte wie immer einen kleinen Satz.

War er das?

Marie seufzte mutlos. Gestern hatte Olivia noch gesagt, dass, wenn sie mit Jakub einen Kaffee trinken wolle, sie das selber einfädeln müsse und nicht darauf warten dürfen, dass Jakub auf diese Idee kam. Was aber, wenn er einen Grund wissen wollte für so einen Kaffee?

Was sollte sie sagen? Lassen Sie uns mal über die korrekte Entsorgung von kostenlosen Postwurfsendungen sprechen? Oder: Ich hab da mal Fragen zur letzten Stromabrechnung? Welchen Telefonanbieter haben Sie eigentlich? Oder etwa die Wahrheit: Jakub, ich muss dich mal wieder eine Weile anstarren oder ein neues Foto von dir haben, das alte kenne ich bereits en détail.

Marie spitzte die Ohren. Die Nachbarstür war zwar aufgegangen, aber noch nicht wieder ins Schloss gefallen. Ob er gerade seine Schuhe anzog? Etwas vergessen hatte? Dann hörte Marie Schritte. Kam er etwa doch zu ihr? Sie griff sich ins Haar. Oje, wie sah sie aus, was ging schnell mit großer Wirkung?

Dring, rasselte die Türklingel.

»Zu spät!«, flüsterte sie und starrte auf ihre Kaffeetasse, die sie vor Aufregung nicht abzustellen wusste. Ihr Herz klopfte bis zum Hals, vor lauter Aufregung öffnete sie so schwungvoll die Tür, dass diese ihr fast vor den Kopf stieß.

»Hi!«, sagte sie ein wenig zu enthusiastisch.

»Na«, kam es muffelig zurück. Es war Natalia. Sie warf einen bösen Blick zu der halboffenen Nachbarstür. »Kann ich ein bisschen bei euch bleiben? Ich spiel auch mit Florian.«

»Und ich auch?!«, kam es von halb unten. Adam stand neben Natalia und hielt sie fest an der Hand.

»Bitte?« Marie war verwirrt und fragte sich, warum sie noch die blöde, leere Kaffeetasse in der Hand hielt.

»Klar!«, rief Florian von hinten.

Natalia hatte ihren biegsamen Mädchenkörper elegant durch den Spalt geschoben, den Marie gelassen hatte. Adam rührte sich allerdings nicht, sondern sah nur entsetzt hinter seiner entschwundenen Schwester her. Erst als Marie einen großen Schritt zur Seite gemacht hatte, lief er schnell hinterher.

»Und wenn er fragt, ich habe keinen HUNGER«, grollte das Mädchen, dessen seidige Haare wie eine wütende Schlange hin und her wedelten.

»Und ich AUCH nicht«, schrie Adam.

»Wer? Wie?« Aber niemand hörte Marie zu.

»Und was spielen wir? Wieder Star Wars? Ich bin der Todesstern!«, hörte sie Adam aufgeregt vorschlagen.

»Klar. Oder was anderes?« Florian unterbreitete den beiden allerlei Möglichkeiten und betonte, dass natürlich nur gespielt würde, wozu Natalia Lust hätte. Er selbst allerdings total gerne Memory spielen würde.

Irgendwie süß, aber eigentlich hatte sie sich etwas anderes erhofft. Jemanden anderen. Seufzend ging Marie in die Küche.

Da hörte sie wieder Schritte. Diesmal waren es eindeutig Männerschritte. Marie starrte ungläubig auf ihre Wohnungstür.

Endlich. Jakub.

Gemeinsames Kaffeetrinken oder eine Abendesseneinladung? Kino? Ein Spaziergang oder alles auf einmal. Ihr Herz schlug Purzelbäume, und sie spürte, wie sie langsam rot wurde.

Statt zu klingeln, klopfte es.

Marie starrte auf ihre Wohnungstür, holte tief Luft, strich sich durch die Haare, dann öffnete sie.

Er war barfuß. Kurz ging ihr durch den Kopf, dass man viel zu selten über einen Mann sagte: »Oh, was hat er für schöne Füße!« Schöne Hände ja, aber Füße wurden nie genannt.

»Hallo Jakub, lange nicht gesehen.«

Ob das eine gute Begrüßung war? Vielleicht zu fordernd? Vielleicht zu deutlich? Zu vorwurfsvoll?

»Ist Natalia hier? Essen ist fertig.« Er schaute Marie nicht in die Augen, sondern hielt den Kopf gesenkt und blickte zu Boden.

»Ja, sie spielt mit Florian. Adam ist auch drüben.«

»Sie soll kommen. Essen ist fertig. Und Adam auch.« Sein Tonfall war streng, alarmierend mit diesem Mehr-ist-nicht-zu-sagen-Unterton.

Vor Enttäuschung hätte Marie am liebsten mit dem Fuß aufgestampft. Von wegen Kaffee, Kino, Gemeinsamkeit. Es ging gar nicht um sie. Sie nickte stumm und wartete, dass er ging. Aber er machte keine Anstalten, sondern stand weiter schweigend vor ihr. Verlegen griff er sich in den Nacken und schielte zu seiner Wohnungstür.

Himmel, was sollte sie bloß sagen?

»Ich, ähm«, stotterte sie.

Dann fasste sich Jakub ein Herz: »Dieses Mal hab ich alles im Griff, wissen Sie. Wirklich.« Er räusperte sich und schaute Marie fest in die Augen. »Ich kann das alles auch alleine, also als Vater, wissen Sie. Ich will Sie ja nicht immer belästigen.«

»Oh. Gut«, sagte Marie und hätte am liebsten ihren Kopf an den Türpfosten gehauen. Was war daran gut, wenn er nicht zu ihr kam? Sie half ihm wirklich gerne! Ihr wurde doch auch andauernd geholfen! Das machte ein gutes Gefühl, das war toll. Und er war ... er war ... wenn er sich denn mal helfen ließ, Herrgott noch mal ... er war hinreißend!

Schließlich sagte er: »Bitte geben Sie Natalia und Adam Bescheid, Essen ist fertig.« Und schon war er wieder in seiner Wohnung verschwunden. Marie starrte noch eine Weile die geschlossene Tür an, dann ging sie ins Wohnzimmer, ließ sich auf ihr Sofa fallen und tippte mit letzter Kraft ein paar Worte in ihr Handy. Wenige Sekunden später regnete es Antworten.

Alexa: »*Was erwartet er denn jetzt von dir?*«

Olivia: »*Geh, und iss du mit ihm.*«

Katrin: »*Wie süß! Die Kinder fühlen sich bei dir schon wie zu Hause!*«

»*Geh du rüber.*« Olivia.

»*Ja, mach doch.*« Alexa.

Marie legte das Handy weg und trank erst mal ihren Kaffee. Auf gar keinen Fall konnte sie einfach so zu ihm gehen. Im Grunde blieb ihr nichts anderes übrig, als Natalia und Adam die Nachricht auszurichten.

»Euer Vater war hier. Er will, dass ihr zum Essen kommt.«

Natalia schüttelte bockig den Kopf. »Niemals. Absolut niemals.«

Marie kannte sich mit Teenagern nicht aus, vermutete aber,

das NIEMALS eine überschaubare Zeitspanne bedeutete, die allerdings keinesfalls JETZT meinte.

Ob Jakub das als Antwort reichte? Marie stand unschlüssig in ihrem Flur.

»Wie kommt ihr nur alle darauf, dass ich jetzt weiß, was ich tun soll?«, murmelte sie.

Alexa: »Ob sie schon drüben ist?«

Katrin: »Bestimmt, sie ist doch nicht dumm. Und sie jammert schon seit Tagen, dass sie ihn nicht zu Gesicht bekommt.«

Alexa: »Richtig. Es ist wie eine Einladung zum Essen.«

»Genau.« Olivia.

Marie fand das alles wenig hilfreich. Andererseits wollte sie nicht zugeben, dass sie sich nicht rüberzugehen traute.

Keinesfalls!

Draußen öffnete sich wieder eine Tür, und Natalias und Adams Namen wurden gerufen. Sekundenbruchteile später riss Natalia die Tür vom Kinderzimmer auf und brüllte, dass sie keinen Hunger habe und höchstwahrscheinlich nie wieder HUNGER BEKOMMEN WERDE. Dann rief auch Adam, KEINEN HUNGER.

Marie war ratlos. Andererseits ...

Drüben saß Jakub. Ganz nah. Und es ist schon richtig, sie hatte ihn so lange nicht gesehen. Und wenn er nun mal nicht von selbst auf die Idee kam? Was genau hatte sie zu verlieren? Und schließlich hatte sie ihm geholfen, damals mit Philipp.

Aber wenn er sie nicht dahaben wollte?

Dann würde er das schon sagen.

Ja.

Nein.

Ja.

Vielleicht.

Okay. Ich trau mich.

Sie griff sich den Schlüssel und rief Richtung Kinderzimmer: »Ich gehe mal kurz rüber, ja?«

Wieder das Adrenalin. Wieder diese Kurzatmigkeit. Kurz bedauerte sie, dass sie sich nicht an ihrem Cricketschläger festhalten konnte, als sie die nur angelehnte Tür der Nachbarwohnung aufschob und in den Flur späte.

»Natalia? Adam?«, kam es aus der Küche.

»Äh, nein, ich bin es. Marie.« Jakub saß auf einem schicken Barhocker an einer topmodernen Theke. Er hatte beide Ellenbogen aufgestützt und starrte betrübt in eine Suppenschale.

»Kommen sie nicht?«

»Äh, ich soll Ihnen ausrichten –« Marie wusste nicht weiter.

»Warum kommt Natalia nicht?« Offensichtlich hatte er wieder Streit mit seiner Tochter gehabt, und Adam war nur zwischen die Fronten geraten.

Marie zuckte mit den Schultern. »Es gab wohl Unstimmigkeiten?« War das schon zu persönlich?

»Sie hasst mich.«

»Nein, niemals!« Maries Herz wurde weich. Er hatte dieselben Probleme wie alle Eltern. Ratlosigkeit, Hilflosigkeit. Und alles, weil man es doch nur ganz, ganz richtig machen wollte.

»Doch. Ich bin ein schlechter Vater.«

»Nein Jakub, ich bezweifle, dass man Sie überhaupt hassen kann.« Ups, das war wohl allzu direkt? Er schien sie jedoch gar nicht zu hören, sondern rührte lustlos in seiner Suppe herum.

»Sie haben gekocht?«, versuchte Marie es mit einem neutralen Thema.

»Das Einzige, was Natalia mag. Borschtsch. Wenig Kalorien. Mädchen essen keine Kalorien. Probieren Sie.«

Marie nahm einen Löffel des Eintopfs. Es war gut. Rote Bete. Süßlich und doch pikant. War es nicht das gewesen, was Olivia auch gemacht hatte?

Das Schweigen in der Küche wurde von den typischsten al-

ler Küchengeräusche begleitet: vom Brummen eines Kühl-
schranks und vom Ticken einer Uhr.

»Hören Sie, wegen des Streites – «

»Natalia hasst mich. Dabei will ich bloß mitgehen zum
Arzt.«

»Ach, deswegen.«

»Sie hat es Ihnen erzählt?« Jakub war plötzlich aufgebracht.
Marie wurde rot. »Na ja. Ich finde eigentlich, dass das gut ist
von Ihnen, Jakub. Mitgehen, meine ich.«

»Ja?«

»Oder vielleicht Ihre Exfrau fragen?«

»Ich rede nicht mit ihr. Und Natalia auch nicht. Sie ist weg.
Gut so. Auch wenn Adam das noch nicht einsehen will.«

Marie erschreckte diese Endgültigkeit.

»Gut. Dann sind Sie alleinerziehend. Und da müssen wir
dann alles sein. Vater und Mutter.« Wieso sagte sie *wir*?

»Sie will nicht. Sie hasst mich.«

»Na ja. Es ist peinlich für Natalia.« Marie dachte an ihren
ersten Besuch beim Frauenarzt. Ihre Mutter war mitgegangen.
Und die war ein praktisch veranlagter Mensch und dazu eine
Frau. Also somit vom Fach sozusagen, und sehr nüchtern und
ruhig. Trotzdem. Es war ein ziemlich peinlicher Moment gewesen, als der Arzt Marie nach der Art ihrer sexuellen Kon-
takte fragte.

»So ein Besuch beim Arzt. Na ja. Es gibt da ein Gespräch,
und das ist sehr intim, und da wird allerlei gefragt. Natalia ist
das wahrscheinlich peinlich.«

»Aber ich bin ihr Vater. Und sie ist viel zu jung.«

»Hm. Vielleicht gibt es eine andere Lösung. Eine Freundin?« Marie dachte, dass sie damals gern mit Olivia gegangen
wäre. Sie fand den Gedanken amüsant. Mit Olivia beim Frauenarzt, das wäre toll.

»Frauen können das besser. Männer können das nicht«,

sagte er, als spräche er eine universelle Wahrheit aus, die nie angezweifelt werden dürfte.

»Das ist Unsinn. Frauen und Männer können das alles gleich gut. Es ist nur ungewohnt. Aber Sie schaffen das.«

»Nein. Frauen können besser mit Gefühlen und Kindern umgehen. Wir sind mehr so für die harten Dinge im Leben.«

Ach. Und Dauerstress, Angstzustände, Selbstzweifel und Schlafentzug in den ersten Jahren waren keine harten Dinge?

»Nein. Das sehe ich ganz und gar nicht so!« Marie spürte, dass sie von *samtweich und anschmiegsam* auf *störrisch und borstig* umgeschaltet hatte. »Ich finde, Männer sollten das mit der Erziehung genauso gut können. Und auch das mit den Gefühlen. Schließlich leben wir nicht mehr im Mittelalter!«

»Nein, Männer sind anders. Und Frauen sind sowieso ganz anders. Und Adam versteht nicht, dass seine Mutter, also dass sie, dass sie weg ist. Und wegwollte.« Er stotterte plötzlich bei der Erwähnung der Frau. »Und Natalie leidet noch mehr darunter, dass ihre Mutter sie alleingelassen hat. Einfach so, von heute auf morgen. Aber sie spricht nicht darüber. Mit mir nicht und mit keinem. Frauen können so störrisch sein. Manchmal weiß ich nicht, wie ich an sie herankommen soll. Dabei war sie doch noch vor kurzem meine kleine Prinzessin. Sie hat mich bewundert, wollte alles mit mir zusammen machen ... und jetzt ...«

Marie schwieg. Jakub sprach, als wäre Marie einfach in der Mitte seines inneren Monologs dazugekommen.

»Jetzt schreit sie mich bei jeder Gelegenheit nur an. Frauen sind so kriegerisch. Sie können sogar eine ganze Schule mit ihren seltsamen Ideen terrorisieren.« Jakub seufzte gedankenverloren und so herzzerreißend, dass Marie lachen musste.

»Oh, diese Rasenfeld. Die macht mich ganz irre. Zuckerpolizei! Ich gebe Florian jetzt immer ein paar Extraschokoriegel mit!«

»Was? Echt?« Jetzt lachte er auch, und es war ein unfassbar entzückendes Lachen.

»Ja. Wir sind Schokorebellen.«

»Aber was soll das, dieses ganze Gerede von Zucker und Handy, und was war es noch?«

»Neuerdings redet sie von der Referendarin, als sei sie irgendwie eine Abgesandte der Bildungshölle.«

»Ja, genau.« Er nickte heftig. »Ich hab gedacht, ich hör nicht richtig. Das können nur Frauen. Nur Frauen machen sich solche Gedanken. Diese ganzen Mails und Diskussionen, Kursangebote, als wäre Frausein ein Job. Dazu Zettel und Unterschriftenlisten und Petitionen.«

»Ja, Petitionen und Pediküre. Ganz typisch Frau. Unsere Kernkompetenz.« Marie verdrehte die Augen. Jetzt war sie von ihm fast genauso genervt, wie von der Rasenfeld. Was bildete er sich eigentlich ein? War der mit seinen Klischees in den 50ern steckengeblieben?

»Sie halten mich für einen Idioten, nicht wahr?« Ihr Gesichtsausdruck musste Bände gesprochen haben.

»Na ja. Bei Ihnen klingt es halt so, als würden nur Frauen durchdrehen. Männer können das auch. Dieser Boddensen mit seiner authentischen Sprechsituation, wenn die Kinder auf Englisch Pipi machen müssen! Wie ist es damit?«

»Ich will ja nicht klingen wie ein Chauvinist. Gar nicht. Ich glaube wirklich, dass Frauen das alles besser können, auch wenn manche offenbar schwer übers Ziel hinausjagen.«

Oh, nö, dachte Marie. Du und kein Chauvinist? Wie nennt man das dann?

Gerade hatte sie das Gefühl gehabt, Jakub sei anders als andere Männer. Zu schade. Dabei lachte er so schön. Wenn sie doch nur einmal diese Lippen …

»Oder? Wie sehen Sie das, Marie?«

»Wie? Ach, Unsinn. Männer müssen zu Hause auch ran.

Haushalt und Kinder und nicht nur zur Arbeit gehen und abends das Abendessen aufgewärmt bekommen. Und dann nach außen hin so gleichberechtigt tun. Das ist doch verlogen!«

Er runzelte die Stirn. Und schien wenig beeindruckt. Sie schwiegen eine Weile.

»Wollen Sie noch mehr? Ich habe noch mehr.« Ohne ihre Antwort abzuwarten, ergriff Jakub eine Schale und ging zum Herd. »Sehen Sie, ich habe gekocht!«

Ja, Jakub, hab ich gesehen. Du musst mich nicht überzeugen, ich weiß, dass du ein liebevoller Vater bist. Nur sei doch mal etwas offener zu MIR!

»Ich halte nicht viel von solchen Unterscheidungen, wissen Sie, Jakub. Wir sind alle gleich«, lenkte sie ein.

Und bereute es sofort wieder.

Mit heftigem Kopfschütteln hatte Jakub sich umgedreht. »Frau und Mann gleich? Das ist der größte Blödsinn, den ich je gehört habe.«

Marie begann Natalia plötzlich sehr, sehr gut zu verstehen.

»Aber ich will nicht mit Ihnen streiten, Marie. Erzählen Sie mal, was Sie machen!« Seine Stimme war nun ganz weich, und Marie lächelte unwillkürlich bei diesem Klang. Er schob seine Schale zur Seite, beugte sich über den Tisch und zeigte Marie, dass er ihr genau zuhörte. Schöne Geste. Sie widerstand der Versuchung, sich in seinem Gesicht völlig in Träumereien zu verlieren.

»Ich bin Restauratorin.«

»Kellnerin?«

»Bitte?«

»Sagten Sie nicht gerade Restaurant?«

»Ich restauriere Gemälde.«

Seine Lippen bildeten einen Augenblick lang ein perfektes O, dann räusperte er sich und fragte kleinlaut: »Wo?«

»Im Museum.«

Er schwieg. Sein Fehler war ihm offenbar peinlich. Mal wieder. »Und? Hat das Museum ein gutes Restaurant? Können Sie das empfehlen?«

Jetzt lachte Marie, und er lachte sofort mit.

»Nicht mehr so böse, Marie?«, fragte er und schaute ihr etwas zu lange in die Augen.

»Ich?«

»Ja, Sie waren etwas böse, oder?«

»Nein, nein. Das war sehr nett hier. Mit Ihnen. Und das war sehr leckerer Borschtsch. Und Sie, Jakub? Nicht mehr böse mit mir und mit Natalia?«

Er zuckte unschlüssig mit den Schultern.

»Ich weiß nicht. Was ich machen soll. Sie ist schwierig.«

»Das wird schon. Sie müssen ihr mehr Raum lassen. Und wenn was ist, kommen Sie beide einfach rüber und fragen mich.«

»Mir ist das alles sehr, sehr peinlich. Ich will Sie nicht immer belästigen.«

»Nein!« Marie schrie regelrecht auf. Er zuckte zusammen. »Nein, nicht peinlich, Jakub! Da ist gar nichts peinlich. Alles ist super unpeinlich. Verstanden? Fragen Sie einfach. Und ich komme und frage Sie dann auch mal was, zum Beispiel nach ...« Ihr fiel nichts ein.

Er neigte erwartungsvoll den Kopf zur Seite. »Ja?«

»Und ich frage Sie dann nach, äh, nach ... Ich finde das gut, wenn mich mal jemand um Rat fragt, wissen Sie, Jakub? Schauen Sie, als Sie mich um Hilfe gerufen haben an dem Abend ...!«

»Oh, das ist auch so eine irrsinnig peinliche Sache gewesen!«

Mist! Hätte sie das doch nur nie erwähnt!

»Nein, nein. Ich hatte Sie bloß vollkommen falsch verstanden, Jakub. Ich dachte, ein Einbrecher sei in Ihrer Wohnung, und da hab ich mit meinem Cricketschläger ...!«

»Sie dachten, ich bitte Sie, einen Einbrecher zu vertreiben?« Er sprang vom Barhocker auf. Sein gesamter Stolz ballte sich vor Entrüstung zusammen. »Einbrecher? Und ich frage SIE?«

Das lief nicht gut, das lief nicht gut.

»Ja, warum nicht?«

»Was haben Sie gedacht, was ich für ein Schlappschwanz bin? Ich rufe doch nicht eine Frau um Hilfe bei Einbrechern!«

Jetzt schien ihm zu dämmern, was Marie an dem Abend von ihm gedacht haben könnte und dass sie ihn hatte retten wollen.

»Ist das peinlich! Sie. Mich. Retten.« Entsetzt stöhnte er auf. »Absurd.«

»Nein. Ist es nicht! Hallo? Ich hatte einen Cricketschläger! Ich kann mich sehr wohl wehren!«

»Sie? Sie sind mit einem Schläger in meine Wohnung gerannt? Zu meiner Tochter? Und meinem Sohn?!«

»Äh, ja!«

»Was, was haben Sie nur im Kopf? Ich rufe doch keine Frau um Hilfe! Und Sie denken, Sie könnten mit einem Cricketschläger einen Einbrecher fangen? Ich bin viel stärker als Sie. Ich bin hundertmal stärker!«

»ICH HATTE EINEN CRICKETSCHLÄGER!«, fauchte Marie.

Jakub zuckte zusammen, so eine heftige Reaktion hatte er wohl nicht erwartet.

»Ist trotzdem peinlich«, murmelte er und verschränkte die Arme.

Wie waren sie nur da gelandet? Eben hatte er noch so süß gelächelt, und nun war die Situation völlig aus dem Ruder gelaufen.

»Mist!«

»Was bedeutet ›Mist‹?«, fragte er ärgerlich.

»Ich will nicht, dass Ihnen das peinlich ist, Jakub. Sie sollen sagen: Oh, Marie mag mich. Sie will helfen! Sie ist mein Freund!«

Freund? War sie denn von allen guten Geistern verlassen? So eine unglückliche Kumpelbeziehung führte sie bereits. Nicht noch eine!

»Oh.«

Immerhin. Nun war er kleinlaut.

»Hören Sie, Jakub. Ich will nicht, dass Ihnen irgendetwas peinlich ist. Passen Sie auf, wir schließen einen Pakt.«

»Was für einen Pakt?«

»Wir helfen uns. Zum Beispiel Kinder-zur-Schule-Bringen. Sie bringen Adam immer noch zur Schule? Zu Fuß?«

»Ja, woher wissen Sie das?«

Ich habe dich unzählige Male dabei angeschmachtet. Gott, was siehst du süß aus mit dem Minijakub neben dir.

»Also ich, äh, was halten Sie davon, wenn Sie die Jungs hinbringen und ich die Jungs nachmittags vom Hort abhole. Wann sind Sie von der Arbeit wieder da?«

»Ich arbeite zu Hause. Also keine Hausarbeit, ich meine natürlich *richtige* Arbeit ...« In dem Moment, als es raus war, zuckte er zusammen, öffnete erneut und hinreißend hilflos die schönen Lippen und machte ein verzweifeltes Gesicht. »Oh holy shit, ich meine natürlich, Hausarbeit ist auch, äh, richtige Arbeit.«

»Schon gut.« Marie verdrehte die Augen.

»Ich arbeite für eine Zeitung.«

»Ach.«

»Für eine Computerzeitung.«

»Ach«, Marie witterte eine gute Chance zur Retourkutsche, »ich dachte, für eine *richtige* Zeitung.«

Nun verdrehte Jakub die Augen.

»Gut, Marie. Dann machen wir es so. Ich bringe also die Jungs morgens hin, und Sie holen sie nach Ihrer Arbeit im Museum, das ein tolles Restaurant hat, ab.« Er überlegte kurz. »Aber müssen wir dafür nicht eine Menge Zettel unterschreiben? Wichtige Vollmachten?«

»Ja, leider. Wahrscheinlich darf man sich nicht mal verlieben ohne schriftliche Erlaubnis.« Als er anfing zu grinsen, schlug sich Marie ihre Hand auf den Mund.

8. KAPITEL

Die Geburt der Venus
(Tempera auf Leinwand, 1485, Sandro Botticelli)

»Er ist interessiert. Ganz klar.« Alexa triumphierte.

»Nein, ich will keinen Mann. Das ist noch zu früh.«

»Seit wann das denn? Außerdem ist es total praktisch. Wenn du ihn etwas erziehst, wird er dein Hausmann. Du gehst schön arbeiten, und er hütet die Kinder. Fabelhaft, wie du ihm das mit dem Schulweg aufgedrückt hast.«

»Alexa! Liebes! Männer sind keine Haustiere!«, sagte Marie vorsichtig.

»Du bist zu streng! Und was heißt zu früh?«, polterte Olivia los.

»Wir sollen die Kinder doch alleine gehen lassen! Wegen Selbständigkeit und so!« Katrin wirkte etwas fahrig und suchte anhand eines Informationsblättchens in ihrer Hand den richtigen Weg. Vor lauter Nervosität übersah sie das mannsgroße Hinweisschild *KINDERWUNSCH*.

Alexa bugsierte sie, ohne ein Wort zu sagen, in die richtige Richtung.

»Ich bitte dich! Wir sollen unsere Kleinen nur nicht mit dem Auto bringen. Das ist wie mit dem Handy. Irgendwie haben die was gegen technischen Fortschritt.«

»Berlin ist doch so groß!«, warf Marie eingeschüchtert ein. Sie wusste nicht, ob sie es jemals fertigbrachte, Florian allein gehen zu lassen.

»Und dieses Gezicke wegen der Referendarin! Hab gehört, dass der Boddensen schon total genervt ist, weil die Rasenfeld jeden Abend bei ihm anruft und sich über die beschwert.«

Olivias Schuhe klackerten laut im Gebäudekomplex, der völlig steril und nichtssagend gestaltet war. Die Gänge waren weiß und sauber. Noch ein Hinweisschild. Jetzt waren sie angekommen.

»Nicht wieder das Thema! Was ist nur los mit der Frau? Warum hat sie solche Angst, ihr Kind könnte wegen irgendwas zu kurz kommen! Sie boykottiert die Sitzordnung, um ihr Kind neben vermeintlich leistungsstarke Kinder zu setzen, sie will keinen Unterricht von einer unerfahrenen Referendarin, weil sie meint, ihr Kind schafft dann das Abi nicht. Sie sind alle in der ERSTEN Klasse! Das muss doch schrecklich sein, so zu leben! Sie will jeden Tag was anderes!«

»Ihre Tochter darf auch nicht zu nah am Fenster sitzen, damit sie sich keinen Schnupfen holt!«

»Vielleicht bräuchte sie einfach bessere Freundinnen. Die sie beruhigen. Immer unterstützen. Egal bei was!«, räumte Marie ein und besah sich nachdenklich ihre eigenen Begleiterinnen.

Sie waren in einer Art Hörsaal in einer Klinik. Katrin wirkte ziemlich blass und nervös. Sie suchte immer wieder die Hände von Olivia, die sie drückte und tätschelte.

»So lieb von euch, mich zu begleiten«, sagte Katrin leise.

»Ist doch interessant hier.« Olivia legte ihren Arm um ihre Schultern.

»Aber ihr hättet wirklich, wirklich nicht alle mitkommen müssen.«

»Pappilappi. Natürlich gehen wir mit. Das ist doch eine authentische Lebenssituation!«

Marie saß neben ihren Freundinnen. Ihr war nicht wohl in dieser merkwürdigen Klinik, die »Familienglück Berlin« hieß. Tagelang hatten Olivia und Alexa Katrin überreden müssen, zu diesem Infoabend über künstliche Befruchtung zu gehen. Und Marie wollte ihr natürlich ebenfalls beistehen. Olivia und Alexa waren voller Elan, und es schien ihnen nichts auszumachen, hier inmitten der Frauen mit verzweifelt-hoffnungsvollen Blicken zu sitzen. Im Gegenteil. Interessiert studierten sie die Infomaterialien, die jede von ihnen am Eingang bekommen hatte.

Auf einer großen Medienwand lief in Endlosschleife ein Trailer, in dem ein Kameraflug über das moderne Klinikgebäude bei bestem Sonnenschein einen fröhlich-sorglosen Eindruck zu vermitteln suchte. Schließlich kreiste die Kamera über einer jungen, schönen, schlanken Mutter, die ein gesundes, properes Baby im Arm hielt und umringt war von etwas dümmlich grinsenden Kittelträgern. Die sollten wohl erfolgreiche Reproduktionsmediziner darstellen.

Marie glaubte nicht, dass Ärzte wirklich so dümmlich grinsten, wenn sie sich mit einer Patientin durch diese langwierige, schmerzliche Prozedur gequält hatten. Wenn endlich ein gesundes Kind daraus hervorgegangen war, würden sich die Mediziner wahrscheinlich lieber erschöpft auf ein Sofa knallen und eine Woche durchschlafen. War es wirklich notwendig, bei einem solchen Infoabend das schmerzlich ersehnte Ziel derart plakativ auszustellen? Das war keine Info, das war grausam.

»Ich komme mir etwas schäbig vor«, wisperte Katrin, »schließlich habe ich ja ein gesundes Kind. Die Frauen hier, die haben ja noch nicht mal eines –« Katrin rieb sich die Augen. Kein Wunder, der Trailer war erneut genau an der Babystelle angekommen. Kein echtes Baby war so niedlich, rosig und vor allem so still ... das war keine Unterstützung, das war eine Mogelpackung!

»Schscht. Katrin. Du willst ein Kind. Punkt. Und irgendwie klappt das nicht, und deshalb wir hier sind. Punkt. Fertig.« Olivia hatte etwas beruhigend Diktatorisches in der Stimme, und Katrins Tränen trockneten.

Der Saal war mittlerweile proppenvoll.

»So viele wollen Kinder kriegen und schaffen es nicht? Das ist überraschend oder erschreckend oder deprimierend oder alles.« Alexa strich sich über die Stirn und seufzte. In einem ruhigen Moment hatte sie Marie einmal gestanden, dass ihr ältester Sohn nicht so richtig geplant war. Mit dem zweiten hatte sie versucht, die Ehe zu kitten. Es hatte mit Ben geklappt, aber nicht mit der Ehe. Alexa schien das ganz gut zu finden.

»Hätte ich auch nicht gedacht«, flüsterte Marie zurück. Unten an dem gigantischen Tisch erschien ein junger Mann, der seine akademische Würde wirkungsvoll mit einem besonders weißen Kittel zum Ausdruck brachte.

»Hey, da bekomme ich ja schon spontan einen Eisprung!« Olivia schnalzte. Katrin kicherte dankbar.

Der junge Mann stellte sich als Dr. Beibeder vor. Olivia begann augenblicklich nach ihm zu googeln. Marie fand das zwar etwas unpassend, linste aber neugierig auf ihr Display. Katrins Aufmerksamkeit hingegen war ganz und gar auf den Vortrag des Mannes gerichtet.

Auf dem Monitor erschien eine Art Fahrplan, der über einer Autobahn schwebte. Es wurde ausgeführt, wie man sicher und schnell zu einem Kind kommen würde.

»Na, das sieht ja echt leicht aus auf dem Fahrplan. Ah, jetzt weiß ich auch, wie man das hier nennen könnte, das ist die Poppautobahn«, feixte Alexa. Marie schaute ihre Freundinnen irritiert von der Seite an. Der Scherz schien etwas verunglückt. Oder nicht? Das, was aussah wie pubertierendes Gehabe war ganz offensichtlich der schwache Versuch, sich von der schrecklichen Beklemmung zu lösen, die diese Veranstaltung bei ihnen auslöste. Olivia und Alexa taten nur so frech und albern, weil sie es kaum aushalten konnte, ihre Freundin in dieser Miesere zu sehen.

Marie musste an ihre eigene Schwangerschaft denken. Es

schien ihr plötzlich so ungerecht. Sie war damals trotz Kondom schwanger geworden. Diese Frauen hier, die mit dieser schmerzlichen Intensität den Kittelmann anstarrten, machten Marie klar, wie unfair das Leben sein konnte. Und dass Maries Leben ohne Ehemann eigentlich durchaus auch als Geschenk anzusehen war, denn sie hatte etwas, das die Frauen sich offenbar so sehnlich wünschten. Sie hatte einen gesunden, wundervollen Sohn.

Sie wollte plötzlich nur noch eines: Florian in den Arm nehmen und ihm sagen, wie lieb sie ihn hatte.

Wie dumm war sie gewesen, wenn sie mit mehr oder weniger selbst eingestandenem Neid auf diese vermeintlich glücklichen intakten Familien geschielt hatte: Vater, Mutter, Kind.

Konnte sie nicht einfach glücklich sein, wie es war? Ein toller Sohn, ein wirklich guter Vater und drei neue Freundinnen? Was brauchte sie schon mehr? Ganz sicher keinen neuen Mann. Das würde doch alles nur kompliziert machen!

Glücklich und gerührt blinzelte sie zu Olivia und Alexa hinüber. Sie waren wundervolle Freundinnen. Wie hartnäckig sie sich für Katrins Glück einsetzten!

»Was für ein komplizierter Scheiß«, flüsterte Alexa am Ende des Vortrags, als Katrin zum Pult gegangen war, um eine Frage an den Referenten zu stellen. Alexas sonst so resolute Stimme klang nach unterdrückten Tränen angesichts des sich vor Katrin ausbreitende Leidenswegs.

Die drei Frauen schwiegen. Derart sprachlos hatte Marie die beiden noch nicht erlebt. »Los reißt euch zusammen, sie kommt zurück ...«, zischte Alexa.

Olivia probierte ein schiefes Lächeln, als sie sagte: »Bestimmt hat sie ihn gefragt, ob sein Anblick als Hormontherapie von der Krankenkasse bezahlt wird.«

»Endlich hast du mal wieder Zeit für deinen alten Freund, Mary. For God's sake, ich dachte, du redest nie mehr mit mir! Wo warst du nur?«

»Unsinn.« Marie rieb sich ihre schmerzenden Füße und lächelte bei der Vorstellung, dass er sie vermisst hatte.

Was sollte auf dieser Welt passieren, dass sie diese Stimme nie mehr hören wollte? Diese wundervolle Stimme hatte dieses Samtene und dieses Lauernde. Durfte man das sagen? Über einen Mann, der bald verheiratet war?

»Ich bin nur etwas k. o.«

»Mit dem Großen alles in Ordnung?«

»Natürlich. Er schläft schon.«

Weißt du eigentlich, was wir für ein Glück haben, solch einen Sohn zu haben?, wollte sie schon fragen, aber Constantin redete schon weiter.

»Du hast mir nicht die Fotos geschickt. Von der Auktion und schon lange keine mehr von Flo.« Er hatte recht und durfte daher etwas beleidigt klingen. Marie mochte das.

»Mach ich noch.«

»Bist du sehr müde?«

»Geht, ich war heute zu einem Vortrag für künstliche Befruchtung.«

Marie hörte regelrecht, wie es Constantin die Sprache verschlug. Nach einer schier endlosen Pause fragte er: »Du willst ein Kind? Ich wusste nicht.«

»Nicht für mich. Nicht für mich. Meine Freundin will unbedingt ein zweites Kind, aber es will nicht klappen.«

»Oh. Okay.«

Hörte sie Erleichterung in seiner Stimme?

»Meine Freundin Katrin, du hast sie kurz bei der Einschulung gesehen, ist ziemlich verzweifelt. Schwer mit anzusehen.«

»Oh, ja, okay.«

»Weißt du, da merkt man erst mal, was für ein Geschenk ein eigenes Kind ist.«

»Klar.« Er atmete durch. »Unser Flo ist das Beste, was uns je passieren konnte.«

»Ich saß da und habe mich umgeschaut und immer nur gedacht, was für ein unverschämtes Glück ich eigentlich gehabt habe.«

Dann schwiegen sie.

»Verstehe. Gern geschehen«, kam es schließlich aus der Leitung. Beide lachten unsicher.

»Und was ist bei dir so los in München?«

»Oh. Yes, ich hab dir doch von der einen Sache da erzählt ...« Er berichtete von einigen personellen Veränderungen in seinem Unternehmen und dann noch einmal von dem Gemälde, das er erworben hatte. Und schließlich kam er auf Viola zu sprechen. Es war zu hören, dass alle Themen für ihn von derselben Wichtigkeit waren und dass er keinesfalls vermutete, Marie werde sich nicht für alle Themen gleichermaßen neutral interessieren. Es war keine Gedankenlosigkeit von ihm. Sie hatte das immer genau so gewollt. Also musste sie da jetzt durch.

»Mit Vio ist es gerade ein wee bit schwierig. Sie bekommt immer Panik, wenn ich von dir erzähle. Du hättest sie nach Flos Einschulung sehen sollen. Aber what in hell ist ihr Problem? Sie sollte doch wissen, dass zwischen uns beiden nichts läuft, dass du bist für mich der beste Freund, den ich je hatte!«

Marie lächelte gequält zu Constantins Bild im Schrank rüber. Wie unfassbar unschuldig das klang, dieses Kompliment. Oh, Marie verstand Viola nur zu gut. Und Viola hatte alles Recht der Welt, ganz genau hinzusehen, mit wem Constantin seine Zeit verbrachte, und sei es nur am Telefon. Andererseits kroch in Marie die Panik hoch, dass sie ihm irgendwann verbieten könnte, mit ihr zu telefonieren. Was dann?

»Sei nicht so streng mit ihr«, brachte Marie irgendwie heraus. Ihre Milde war absoluter Selbstzweck.

»Okay. Wenn du meinst.«

»Irgendwann wird sie auch begreifen, dass wir nur gute Freunde sind.«

»Autsch!«

Marie lachte. Er durfte das. Er durfte so charmant sein.

»Kopf hoch, Constantin. Auch andere Mütter haben schöne Söhne. Irgendwann werde ich auch eine Beziehung haben, und dann wird Viola gar nicht mehr darüber nachdenken, wenn du mit mir über Florian redest.« Marie dachte an ihren Nachbarn. Das tat ganz gut. Es entzerrte den scharfkantigen Kloß im Hals.

»Ach, was, erzähl!«

»Schon gut.«

»Gibt es da etwa jemanden?«

Oh, ja, Constantin. Da ist einer! Und was für einer!

Marie sagte aber nur: »Nein, nichts. Ist nur Spaß.« War es das? Nein, irgendwie nicht. Jakub wuchs langsam zu einer echten Konkurrenz für ihn heran, dachte sie, und ihr Herz machte einen freudigen, befreiten Sprung.

»Okay.« Er klang zweifelnd, und Marie genoss es. »Wann du kommst wieder nach München. München ohne dich ist nicht gut.«

»München. Sag einfach mal Müüüünchen.«

Er versuchte umständlich ein Ü zuwege zu bringen und stellte sich gespielt dämlich an. Dann hörte Marie eine strenge Stimme im Hintergrund, und Constantin musste Schluss machen. »Meine Chefin schimpft schrecklich schlimm mit mich«, sagte er.

Marie lachte, doch Violas ermahnende Worte trafen sie in die Magengrube.

»Schon gut. Ich schick dir noch die Fotos.«

Als Marie aufgelegt hatte, war da wieder diese Leere. Dieses erschreckende Gefühl, alleine zu sein. Single. Keinen zu haben, der einen in den Arm nimmt.

Sie schloss die Schranktür, um Constantins Fotos wegzusperren, und schlich in Florians Zimmer, setzte sich an sein Bett und starrte ihn an.

Sie betrachtete die feine, weiche Nase, die geschlossenen Augen mit den langen Wimpern, die dicklichen Wangen, die im Liegen Florian fast wieder wie ein Baby aussehen ließen. Das zerzauste Haar. Und im Arm, etwas zerquetscht von der Liebe eines ungestümen Kindes, Herrn Löwi. Über allem der leise Geruch nach Vanillekeksen.

Florian war ein Geschenk. Marie musste dankbar sein. Und war es, auch wenn ein kleiner Teil ihres Herzens entsetzlich rebellisch einige sehr egoistische Tendenzen zeigte. Es schrie nach jemandem, der über *ihren* Schlaf wachte.

⌣

Als Mutter kann man alles tun, was man will. Man kann noch mehr Kinder bekommen, keines mehr bekommen, heiraten, sich scheiden lassen, Affären haben, Karriere machen, arbeitslos werden, Tiere halten, Gutes tun, schlecht sein, sich toll anziehen oder das mit der Körperpflege ganz einstellen.

Nur eines kann eine Mutter nicht: ausschlafen.

Marie hatte kein Problem mit dem Aufstehen an sich. Aber die Hektik, die sofort entstand, benötigte gute Vorbereitung. Wenn der Radiowecker fröhliche Musik in ihr Ohr plärrte, sprang sie auf und begann den Tag. Mit etwas Routine bekam sie auch ihre Haare ansehnlich gebändigt, lief dann schnell in die Küche und machte Kaffee. Alles dafür hatte sie am Abend zuvor bereitgelegt, auch den Tisch gedeckt. Man muss sich nur zu helfen wissen. Dann weckte sie Florian, der durch die leisen Geräusche in der Wohnung bereits halb wach geworden war.

Aber Herr Löwi musste ihn wecken. Dazu kletterte der kleine, dickliche Löwe vom Fußboden wieder hoch ins Bett und beschwerte sich bitterlich über die rüde Behandlung. Florian lächelte dann im Halbschlaf zuckersüß und drückte das Plüschtier an sich.

»Du musst aufstehen«, piepste der Löwe dann mit Maries Stimme.

»Will aber nicht.«

»Doch, doch, doch. Heute will doch Frau Gabbai mit euch im Schulgarten ein Bäumchen pflanzen.« Oder was auch immer Florian am Tag zuvor hervorgesprudelt hatte.

»Au ja!« Und schon rannte der kleine Knirps aufgeregt brabbelnd ins Bad.

In der Küche wählte er aus einer ganzen Kolonne Müslisorten eine aus, die sich nach wenigen Löffeln allerdings als schlechte Wahl herausstellte, weswegen man doch lieber die anderen gegessen hätte. Nur mit Mühe konnte Marie verhindern, dass er sich von jeder Sorte eine Schüssel füllte, um dann jeweils nur einen Löffel von jeder zu essen. Der Trick war, ihn nicht spüren zu lassen, dass man unter Zeitdruck stand. Wenn er das spitzkriegte, dann war alles verloren. Dann wusste er unbarmherzig seine Wünsche durchzusetzen.

Marie gab sich also betont gelassen. Und irgendwie war sie das auch. Zumindest immer mehr.

Dann musste er rüber zu Adam. Das zumindest klappte gut mit Jakub und ihr. Auch wenn es sich nur um den Schulweg handelte.

Doch Flo vergaß immer etwas. Mal, dass er noch Hausschuhe anhatte, mal den Turnbeutel und manchmal den ganzen Schulranzen. Wenn Marie das nicht bemerkte, dann tat es Jakub, manchmal sogar Adam. Auch wenn Florian sich beschwerte, dass sie an der offenen Tür stehen blieb und zuguckte, wie er beim Nachbarn klingelte, tat sie es dennoch. Allein dieser kleine Moment, wenn Jakub die Tür für den Jungen öffnete und dieses sanfte »Guten Morgen, Flo« nuschelte, war wunderbar.

Anschließend fuhr Marie ins Museum. Eine Welt für sich. Ruhe und Perfektion. Der Ort, an dem sie sich im Himmel wähnte. Ihre Ohren schienen sich zu entspannen. Hier war sie Marie, die Restauratorin mit Reputation. Nicht Schnittenschmierer, nicht Wäscherin oder Putzkraft, nicht Köchin oder Ärztin, nicht Beichtmutter oder Problemlöserin für Beziehungschaos. Hier war sie jemand, der nach Farben und Formen gefragt wurde. Hier war sie Marie, die Expertin für Malerei. Nicht einfach nur ungelernte Mutter. Es war die Welt, die sie brauchte, um genug Schwung für die andere Welt aufzunehmen.

Nachmittags dann, auch wenn es etwas hektisch wurde mit einem Einkauf oder anderen Besorgungen, holte sie mit Herzklopfen ihren Sohn ab, der in den letzten Stunden wieder ein Stück erwachsener geworden zu sein schien. Und natürlich dazu Adam. Der sie immer so kritisch ansah, als habe er Angst, Marie könne ihm den Schulranzen stehlen oder sogar etwas noch Kostbareres.

An einem solchen Tag, Marie war etwas früh zum Abholen erschienen, und das Wetter war zu schlecht, um sich gleich noch mit Alexa, Katrin oder Olivia auf dem Spielplatz zu treffen, hörte Marie beim Betreten des Schulgebäudes die strenge Stimme von Frau Rasenfeld.

»Sie machen unsere Kinder alle ganz rebellisch. Was sollen diese Flausen von eigenen Entscheidungen? Mein Kind ist viel zu klein, um eigene Entscheidungen zu fällen. Und ganz ehrlich, was können die Kinder schon in Ihrem Unterricht lernen. Sie können die Buchstaben. Und mehr? Benedicta hat mir

160

einen Einkaufszettel geschrieben, weil Sie ihr das so aufgetragen hatten. Hier ist er. Ich habe alle Fehler angestrichen. Schauen Sie! Alles falsch! Alles! Manches kann ich gar nicht entziffern. Da fehlen alle Vokale! Hier. Und hier!«

»Aber, Sie verstehen nicht ... gerade die Selbstständigkeit ist wichtig...«

»Sie ist nicht selbstständig, sie ist aufmüpfig! Und ich verstehe sehr wohl, junge Dame! Sie sind einfach nicht kompetent genug. Das sehen wir uns nicht weiter an, das sag ich Ihnen! Jawohl!«

»Ah. Oh. Aber ... wer ist *wir*?«

»Wir Eltern. Ja, wir Eltern der 1a sind geschlossen gegen diese Art von Unterricht!«

Wie war das? Marie stellte sich an die offene Tür des Klassenzimmers und räusperte sich laut. »Also, ich gehöre schon mal nicht zu diesem *wir*!« Sie bemerkte erstaunt, wie selbstbewusst sie sein konnte, wenn es um Flo ging. Flo liebte Frau Gabbai.

Frau Rasenfeld zuckte etwas zusammen, als sie Marie ansah. Sie wechselten hochtoxische Blicke und schwiegen. Dann marschierte die Elternbeirätin mit einem trotzigen Gesichtsausdruck hinaus.

Marie blieb weiter unschlüssig in der offenen Klassenzimmertür stehen. Frau Gabbai stand in einer Ecke, mit dem Rücken zur ihr. Mit einer Hand schob sie Klötze und Bilder in ein Regal, mit der anderen hielt sie sich ein Taschentuch vor das Gesicht. Sie schien zu weinen.

»Alles okay mit Ihnen, Frau Gabbai? Die Rasenfeld reagiert völlig übertrieben. So ist sie zu uns Müttern auch, wirklich.«

»Ach, Frau Krause. Danke. Was kann ich für Sie tun? Florian ist ein ganz entzückender Junge. Mit einem umwerfenden Charme. Er wird seinen Weg mal machen. Er ist großartig in Gruppenarbeit. Eine starke Führungspersönlichkeit, liebevoll, emotional sehr reif«, sprudelte es aus ihr heraus.

Marie lächelte, Lob oder Kritik am Kind ging ohne Filter direkt in ihr Herz.

Frau Gabbai wischte sich schnell noch einmal über die Augen, steckte das Taschentuch eilig in ihre Hosentaschen und strich sich die Haare zurecht.

»Was haben Sie denn auf dem Herzen?« Sie schien sich zu wappnen. Herr Boddensen kam herein. Er trug wieder seine Outdoor-Variationen. In der Hand ein Klemmbrett. »Frau Gabbai, der Unterricht war wieder ausgezeichnet, ich ...« Er stockte, als er Marie sah.

»Oh, Herr Boddensen. Bin sofort so weit. Ich habe noch ein Gespräch mit Frau Krause.«

»Soll ich dabeibleiben? War schon die Rasenfeld ...?«

»Ja, leider.« Frau Gabbais Schultern sackten herab.

»Tut mir leid, dass ich nicht dabei war.« Er hob den Arm, verharrte dann aber in der Bewegung. Er schien seine Referendarin ins Herz geschlossen zu haben, sich aber nicht zu trauen, sie zu trösten. Marie war kurz davor, sie selber in den Arm zu nehmen.

»Hätte ich das gewusst, Frau Gabbai ...«, entschuldigte er sich.

»Schon gut. Dafür können Sie ja nichts. Sie passt immer genau den richtigen Moment ab.« Die junge Frau kämpfte gegen Verzweiflung und eine gute Portion Wut.

Herr Boddensen sah betrübt aus.

»Nicht Ihre Schuld. Sonst ruft die Dame abends bei mir zu Hause an, ich kenne das ja schon. Aber jetzt zu Ihnen, Frau Krause.« Frau Gabbai wandte sich nun mit getrockneten Augen Marie zu.

Der Klassenlehrer seufzte. »Gut. Dann lasse ich Sie nun in Ruhe sprechen. Ich denke, ich verschriftliche einfach meine Anmerkungen zu der heutigen Stunde und schicke Sie Ihnen dann zu. Schönen Tag noch. Oder rufen Sie mich, wenn –«

Er betrachtete Marie, als wolle er abschätzen, wie groß die Gefahr war, die möglicherweise von ihr ausging. Keine, entschied er. Dann ging er federnden Schrittes, ganz der Sportlehrer und systematischer Akademiker, den Gang entlang zum Lehrerzimmer.

»Ja, ähem, ich hab gar kein Problem mit irgendwas, aber ich wollte nur sagen, dass Florian und Adam ihren Unterricht lieben«, sagte Marie.

»Oh, das ist …«

»Mama! Da bist du ja!« Florian kam herangerannt, rumste mit Schwung gegen ihre Hüfte und hüpfte um sie herum. Adam folgte ihm langsamer und warf Marie einen skeptischen Blick zu.

»Hallo, ihr zwei! Ich muss dann los. Servus, Frau Gabbai!«

»Mama, in Berlin sagt man nicht Servus.«

»Deine Frau Gabbai hat mich aber auch so verstanden.«

»Klar, die weiß alles.«

Am Nachmittag klopfte es an ihre Wohnungstür. Es war Jakub. Marie unterdrückte einen jubelnden Aufschrei und ging betont langsam zur Tür, um zu öffnen.

»Hi!«, sagte er voller Elan. Aber dann schien er nicht mehr genau zu wissen, was er wollte.

»Hi!«, sagte Marie und spürte, wie ihr warm wurde. Kein Wunder, so wie ihr Herz wummerte, musste das Blut ja irgendwohin!

Ich werde doch nicht rot, oder? Nicht doch! Ich bin doch kein kleines Mädchen mehr!

»Ich wollte was fragen«, sagte Jakub und kratzte sich am Kopf.

»Das ist aber schön!«, sagte Marie und hätte sich am liebsten vor die Stirn gehauen! Was redete sie denn da? Ihre Wangen glühten.

Es entstand eine merkwürdige Pause, in der keiner von ihnen es eilig hatte, weiterzureden.

»Äh. Was wollte ich bloß? Ach. Eierkuchen, genau. Eierkuchen«, sagte er schließlich und atmete durch.

»Eierkuchen? Meinen Sie Pfannkuchen?«

»Nein, Eierkuchen.«

»Ja, Pfannkuchen.«

»Nein, Eierkuchen.«

Herrje, jetzt ging das wieder los zwischen ihnen. Waren sie denn nicht in der Lage, die gleiche Sprache zu sprechen?

»Also, Adam isst die gerne. Und Natalia natürlich auch! Ich wollt fragen, ob ...«, fasziniert schaute er zu, wie Marie ihre Haare hinters Ohr strich.

»Ja? Soll ich schnell welche machen?«, erbot sich Marie verwirrt. Egal, wie er es nannte, sie würde alles machen, wenn er nur nicht wieder wegging.

»Was? Nein, doch, nein. Haben Sie ein Rezept?«

»Wie? Ja, klar. Ich kann es auswendig. Ganz einfach, ähem ... soll ich es aufschreiben?«

»Nein. Doch. Gute Idee.«

Sie winkte ihn in ihre Wohnung. In der Küche schaute er sich um.

Marie fand vor lauter Aufregung keinen Zettel und wühlte fahrig in einem Stoß Broschüren. Jakub war barfuß, und sie konnte eine Weile kaum die Augen von seinen Füßen nehmen. Sie waren echt schön.

»Rezept. Hm. Also.« Marie hatte endlich Papier gefunden und einen Stift, der schrieb, und fing an zu schreiben: Mehl, Eier, Milch.

Wie süß, dachte sie lächelnd. Er fragt mich nach einem Rezept. Das ist so, so, so typisch Mann!

Marie seufzte versonnen.

Aber andererseits ...? Gestern erst hatte es abends ganz wunderbar im Treppenhaus nach Pfannkuchen gerochen. Und war es nicht supereinfach, so etwas zu googeln?

Komisch, dachte sie und sah ihm zu, wie er ihre Kaffeemaschine bewunderte.

»Jakub, kann es sein, dass Sie gestern erst Pfannkuchen gemacht haben?«

»Nein. Ach doch. Genau. Ich kann Eierkuchen ganz gut.« Er strahlte.

»Ja?«, wiederholte sie. Ihm schien langsam zu dämmern, dass das eine ziemlich merkwürdige Situation war.

»Aber ... wenn Sie doch gestern erst einen gemacht haben, wozu brauchen Sie dann das Rezept?«

»Wieso?« Er schien ganz verdattert. »Oh, ich, ähem, ich wollte nur mal so, also, ich wollte mein Rezept mit Ihrem, ähem, abgleichen. Und Sie sagten ja, ich darf kommen und was fragen. Da dachte ich. Äh. Und ich schreibe einen Artikel darüber, ja genau.«

»In einer Computerzeitschrift?«

»Was? Ja, klar, ähem, Nerds essen ja auch mal was ...« Er griff eilig nach ihrem halbfertigen Zettel. »Ah, ich sehe. Mehl und Eier. Und Milch. Aha. Sehr interessant. Vielen Dank. Sie haben mir sehr, geholfen, wirklich. Und wenn Sie mal Hilfe von mir benötigen ...«

Weg war er. Marie blieb noch eine Weile lächelnd in der Küche stehen und schrieb gedankenverloren auf einen anderen Zettel: »Ich liebe Eierkuchen.«

9. KAPITEL

Whaam!
(Magna auf Leinwand, 1963, Roy Lichtenstein)

Wieder war die Woche viel zu schnell vergangen, und wieder war es Freitagnachmittag. Marie zog einen Stapel Zettel hervor, die sie zu unterschreiben hatte und die sie an einer gestrichelten Linie abschneiden musste. Sie hatte Kenntnis davon genommen, dass Florian im Sachunterricht mit Schere und andern spitzen Gegenständen arbeitete. Aber auch, dass – laut Ernährungsfahrplan – Süßigkeiten nichts in der Butterbrotdose zu suchen hatten. Sie las den gefühlt fünfhundertsten Flyer darüber, dass die Rasenfeld es für eine ausgesprochen gute Idee hielt, dass man sich demnächst zu einem weiteren anregenden Diskussionsabend traf, um das Pro und Kontra von Frau Gabbais Unterrichtsmethode zu besprechen. Und einen zum Sicherheitskonzept auf dem Schulhof. Und da war noch einer zu der Neuanschaffung »Fahrradständer«.

Ärgerlich fand Marie die Sache mit der Referendarin. »Wie oft will sie da noch drüber diskutieren? Bis alle Eltern vor Erschöpfung ihrer Meinung sind? Unsere Kinder sind doch erst seit ein paar Monaten in der Schule und stehen nicht kurz vor dem zweiten Staatsexamen!« Marie suchte sich einen Kugelschreiber, der schrieb, und lauschte gebannt, als sie im Treppenhaus Schritte vernahm.

Ist das Jakub?

Ob er wieder etwas fragen wollte?

Nein, das war ein Stockwerk tiefer. Eine Tür knallte. Seit dem Essen und der Rezeptanfrage hatte sie ihn kaum zu Gesicht bekommen. Nur morgens erheischte sie einen Blick auf ihn, wenn Florian bei Adam klingelte. Ob er in Marie wirklich jemanden sah, der alles besser wusste und konnte? Wahrscheinlich hatte sie ihn damit in seinen 50er-Jahre-Auffassungen gestört.

Aber er konnte so wunderbar lächeln ...

Außerdem hätte er doch längst erkennen können, dass Marie auch nicht alles gelang. An dem einen Morgen zum Beispiel, hatte Adam unerwartet geklingelt und Marie herrisch seine Frühstücksschale hingehalten.

»Ich will von Flos Frühstücksflocken!«, krähte er. Adam weckte bei ihr immerzu das Bedürfnis, alles zu tun, nur damit er sie einmal ein nett anlächelte. Also nickte sie sofort. Doch sie hatte nicht mit Flos Widerspruch gerechnet.

»Nee, das sind meine! Die bekommst du nicht, Adam!«

»Aber Flo!« Das Mutterherz war entsetzt, bediente Flo doch lautstark alle Klischees, die man über Einzelkinder haben konnte. Er wollte nichts abgeben, konnte nicht teilen. Aber so war er doch nicht wirklich!

»Aber Flo! Man muss doch teilen können!«

»Nö, nicht die Schokoflocken!«

Marie sah, dass Jakub bei sich in der Wohnungstür stand. Er hatte die Arme verschränkt und lächelte.

Warum lächelte er? Freute es ihn etwa, dass Marie in Erziehungsfragen falschlag?

»Bin froh!«, rief er lachend über den Flur. Marie rutschte das Herz in die Hose. Hatte sie all ihre Unfehlbarkeitsvermutungen als allwissende Mama verloren bei ihm?

»Echt! Bin froh, dass Adam bei Ihnen auch nicht weiterkommt. Er nervt mich schon seit Tagen wegen der Frühstücksflocken. Und jetzt hab ich die falschen gekauft! Gucken Sie!« Er hielt mit einem bezaubernden Grinsen eine aufgerissene Packung hoch.

»Ach. Verstehe.« Marie war erleichtert.

In der Küche war die kindliche Diskussion mittlerweile abgeebbt. Offensichtlich hatte sich Flo breitschlagen lassen. Kurze Zeit später stolzierte Adam zufrieden mit einer vollen Schale zu seinem Vater zurück.

»Bis bald mal wieder!«, hatte Jakub gerufen.

»Bis bald? Oh ja. Gerne!« Aber seine Tür war schon wieder zu.

An diesem Freitagnachmittag hoffte sie sehr auf dieses »Bis bald«. Und lauschte auf Geräusche im Treppenhaus. Als es vielversprechend an der Wohnungstür klingelte, zuckte Marie zusammen, hörte dann aber die leichtfüßigen Schritte von Natalia und Adams fröhliches Schwatzen. Florian flitzte zur Tür und riss sie auf.

»Gleich gibt es Zitronenkuchen!«, rief Marie statt einer Begrüßung, und es kam allgemeine Zustimmung zurück.

Marie rührte den Zitronenkuchenguss an, verzierte den warmen Kuchen zudem mit kleinen Herzchen, Sternchen und bunten Zuckerblümchen. Es war eine Arbeit, die ihr lag. Die Wohnung war erfüllt von Duft und Kinderlachen.

Marie lächelte. Ja, sie war glücklich. Zu lange hatte sie Constantin hinterhergeheult, zu lange hatte sie sich in großem Unglück gewähnt, nur weil das Leben nicht so lief, wie sie meinte, dass es müsse. Aber war das denn alles so schlimm?

Sie lachte. Nein, irgendwie war alles anders geworden.

Marie stellte den fertigen Kuchen auf den Küchentisch und stellte liebevoll Teller und Gläser bereit. Natalia kam in den Raum. Wie hübsch sie war. Diese langen Beine, die eine gewisse Weiblichkeit schon ahnen ließen, die schönen, langen Haare. Die Jugend ihres Gesichts. Einfach hübsch. Florian und Adam kamen dazu und ließen laut brummend ein imaginäres Passagierflugzeug neben dem Kuchen landen. Adam drückte sich an Natalia. Er schien sich noch immer nicht an

Marie gewöhnt zu haben. Dabei war er oft noch hier, wenn Marie die beiden vom Hort abgeholt hatte.

Natalia wollte sich nicht setzen, sondern zappelte unruhig hin und her. Marie gefiel es, dass sie sie neuerdings um ihren Rat fragte. Mal wegen der Haare, mal wegen eines Kleidungsstücks. Das war entzückend.

»Äh, ich habe was für Sie.«

»Für mich?«, fragte Marie überrascht.

»Bekomme ich auch was, Natalia?«

»Oh, ja, nein. Warte, Flo. Erst muss ich gerade mit deiner Mama reden. Äh, ich weiß aber nicht so recht, wie ich das sagen soll.« Dabei schaute Natalia besorgt zur Küchenuhr hoch. »Aber mir bleibt nicht viel Zeit.«

»So?« Marie wurde neugierig.

»Wissen Sie, Marie. Ich mag Sie total. Sie sind so cool. Cricketschläger und so. Und mit Ihnen reden, das ist klasse. Echt.«

»Wie lieb von dir!« Marie freute sich ehrlich.

»Och, Natalia, komm doch wieder ins Kinderzimmer. Oder musst du wieder doofe Hausaufgaben machen? Wir haben noch gar keine auf.« Florian schaute auf Adam, der nickte.

»Oh, für euch beide habe ich heute besonders viel Zeit. Ähm. Darf eventuell Philipp gleich noch hierher?«

»Sicher, aber bitte nicht …!« Marie grinste verlegen und Natalia verstand sofort.

»Nein, nein. Oh, Sie sind ja cool. Ich wollte einfach nur fragen. Philipp ist voll nett, und er spielt auch gerne mit kleinen Kindern.« Sie sah so erwachsen aus, als sie das gesagt hatte. Marie lächelte. »Philipp hat eine kleine Schwester. Voll süß. Na, jedenfalls wir passen super auf, auf Florian.«

»Ich mag Philipp«, sagte Adam und sah dabei Marie fest an. Schon klar, dachte Marie lakonisch. *Den* magst du aber mich nicht, ist es das, was du mir gerade mit diesem Blick sagen willst? Was hab ich nur an mir, dass du mich ablehnst? Deine Schwester mag mich doch. Hm. Mädchen sind so viel einfacher ...

»Kein Problem«, sagte sie betont lässig.

»Also gut. Dann sag ich es jetzt!« Natalia zog zwei längliche Stücke Papier aus ihrer Gesäßtasche und reichte sie Marie.

»Captain America?« Marie hielt Kinokarten in der Hand und überlegte, ob Natalia mit Florian ins Kino wollte.

»Ich glaube nicht, dass das was für Flo ist, ich meine, das ist lieb ...«

»Das ist für Sie und ähm ... meinen Vater?« Natalias Stimme wurden vor Aufregung immer leiser. Sie tippte mit ihrem Finger auf die Karten, die das heutige Datum trugen.

»Äh, ja. Die Vorstellung beginnt um 17 Uhr. Hier drüben im Kinocenter. Und da bleibt noch Zeit für eine Cola oder für eine Tasse Kaffee. Oder was Sie so trinken. Da sind ganz viele nette Cafés drumrum. Ganz hübsch. An dem Platz da.«

»Für mich und ...?«

»Ja, ich weiß. Dieser Marvel-Kram ist auch nicht meins. Aber Philipp steht da auch total drauf. Alle Männer. Und dieses Mal ist da auch irgendwie fast ein bisschen was wie Handlung drin. Hoffe ich.«

»Ich verstehe nicht ganz.«

»Mein Vater steht voll auf diesen Kram. Wie alle Männer, sagte ich ja schon. Und wenn Sie vorher noch eine Tasse Kaffee mit ihm trinken. Wäre doch chillig, oder?«

Adam schien der Erste im Raum zu sein, der verstand, was Natalia da vorhatte. Er grapschte sich ärgerlich ein Stück vom Zitronenkuchen und ging damit zurück in Florians Zimmer, der erstaunt hinter ihm hersah.

»Ich glaube nicht, dass dein Vater ausgerechnet mit mir ins Kino gehen will.«

»Ganz falsch. Ganz falsch. Er redet NUR noch von Ihnen.

Oh, und wie er redet. Er sagt die ganze Zeit, warum Sie garantiert NICHT die richtige Frau für ihn seien.«

»Oh.« Marie war etwas geschockt.

»Aber das ist doch gut so! Ich finde es süß, wenn er so redet!«

»Bitte? Ich verstehe nicht ganz, Natalia, hast du nicht gerade gesagt ...?«

»Ja, er ist so. Er scheint sich gerade ganz fürchterlich Gedanken zu machen. Das ist doch gut! Kommen Sie, das klappt, mit etwas weniger vielleicht von Ihrem lustigen Gerede von Emanzipation. Er ist deshalb ganz durcheinander! Aber ich finde das sehr gut, dass Sie meinen, Männer müssen im Haushalt auch was machen! Großartig! Sagen Sie ihm da bloß Ihre Meinung. Aber später vielleicht. Oh, aber Sie sollten jetzt echt los, damit Sie noch den Kaffee ...?«

»Aber ...!«

Es klingelte.

»Das ist Philipp.« Natalia lief zusammen mit Florian zur Tür. Nach einer Weile erschien der noch vage in Maries Erinnerung gebliebene junge Mann in der Tür, in der Hand eine Tüte, aus der er für Florian und Adam Süßigkeiten hervorzauberte. Für Marie hatte er ein kleines Töpfchen mit Geranien. Schüchtern überreichte er es. Marie war wie vor den Kopf geschlagen. Was genau passierte hier eigentlich?

»Sie brauchen sich eigentlich nicht groß umzuziehen, Marie, sieht süß aus. Ihre Hose und die ärmellose Bluse. Echt. Etwas streng, aber super. Nur vielleicht die Haare und, klar, Schminke.« Natalia warf ihr eine Kusshand zu und verschwand zu ihrem Freund und Florian ins Kinderzimmer.

»Was ist falsch an meinen Haaren? Und geschminkt? Ich BIN geschminkt!« Sie war seit dem Abend mit der verworrenen Einbrechernummer IMMER geschminkt. Schließlich konnte Jakub ja unverhofft vor ihrer Haustür erscheinen.

Marie schaute auf die Kinokarten, dann auf den Kuchen, dann wieder auf die Kinokarten. Sie hatte den Filmtitel noch nie gehört.

Die Küchenuhr tickte, der Kühlschrank brummte. Marie stellte die Kaffeemaschine ab und fand sich dann halbherzig auf dem Weg ins Bad. Schminken? Na, ein wenig vielleicht. Und Deo. Und die Haare? Was war falsch an ihren Locken? Die sahen immer so aus.

Einige Minuten später stand sie vor Jakubs Tür.

Was bloß sagte eine Frau, wenn sie einen Mann ins Kino einlädt? War das nicht die Aufgabe der Männer?

Falsch. Nein, Marie war eine moderne Frau, und sie würde – oh, Himmel – ja was? Marie atmete durch und klingelte. Innen hörte man ein sanftes Bimmeln. Dann wurde die Tür geöffnet. Jakub sah ziemlich überrascht aus. Er sagte nichts, sah Marie nur lange an. Von oben bis unten. Marie schwieg zunächst, dann holte sie Luft, schüttelte etwas ihre Locken und plapperte los, möglichst neutral: »Hi, Jakub. Machen Sie sich schnell fertig. Ich wollte noch einen Kaffee trinken vor der Vorstellung. Haben Sie auch so viel zum Unterschreiben bekommen, ja? Ich finde das ja unfassbar viel. Und diese Zuckerpolizei. Stasi ist nichts dagegen. Und wie geht es Ihnen sonst?«

Er klappte den hübschen Mund ein wenig auf und klappte ihn wieder zu. Die Augen verengten sich. Dann kam: »Ich verstehe nicht.«

Marie schob beherzt die Tür ganz auf und sah, dass er offenbar am Wohnzimmertisch am Laptop gearbeitet hatte. In der Hand hielt er einen fertigen Text.

»Kino. Wir gehen ins Kino. Wir müssen uns auch mal was gönnen, wir Alleinerziehenden, nicht wahr, Jakub?« Sie klopfte ihm auf die Schulter. Die Schulter fühlte sich angenehm fest an, und Marie klopfte etwas zu lang.

»Kino?«

»Ja, ich hab hier zwei Karten für …?« Sie schaute wieder auf die Karten. »Kapitän Amerika.«

Erstaunt schaute er auch darauf.

»Wow. Captain America! Mag ich.«

»Na, dann los. Vorher noch einen Kaffee, da sind ja genug Cafés.«

Er stand unschlüssig herum. »Ich muss noch einen Text zu Ende schreiben.« Er zeigte auf den Laptop. Nein, keine Ausreden suchen.

»Äh. Das läuft Ihnen ja nun nicht weg, nicht wahr? Los, los. Wollen Sie sich noch umziehen?«

»Was ist falsch an …?« Er schaute zweifelnd an sich hinunter.

Schön, dachte Marie, von den Ausreden hatte sie ihn also bereits ablenken können. Nun einfach zur Eile antreiben, dann war es fast wie bei Florian, dem morgens vor der Schule noch tausend unsinnige Sachen einfielen, die er mit Marie besprechen musste und die er nur durch übertriebene Eile wieder vergaß.

»Los, los. Machen Sie. Wir gehen die paar Schritte zum Kinocenter zu Fuß. Drumrum sind Cafés …« Es klang nun eindeutig nicht mehr nach einem Date sondern nach einem gemeinsamen Orientierungslauf.

Er zuckte hilflos mit den Schultern. »Gut. Ich hole mir eine andere Hose.«

»Wie schön.«

Marie hörte Geräusche, als würde er seinen kompletten Kleiderschrank umdrehen, dann erschien er, bekleidet mit einer nahezu identischen Jeans und einem frischen, obligatorischen weißen T-Shirt. Er schob sein Handy in die seitliche Tasche am Oberschenkel und griff den Schlüssel, jetzt drehte er sich zu Natalias Zimmer um.

»Natalia ist bei mir in der Wohnung und passt auf Florian und Adam auf.« Philipp verschwieg sie lieber.

»Sie haben gut geplant.« Es klang weniger nach einem Kompliment als vielmehr nach einer kleinen Rüge, dass sie ihn derart vor vollendete Tatsachen stellte.

»So ist das bei Alleinerziehenden, Jakub. Man muss planen und dann das bisschen Freiraum gnadenlos nutzen. Ist es nicht so?« Sie kam sich vor wie eine dieser Verkäuferinnen auf dem Homeshoppingkanälen, die einem die Sachen nicht einfach anpriesen, sondern verbal ins Gedächtnis hämmerten.

Auf der Straße hatte Marie Mühe, sein Tempo zu halten. Die vielen vorbeiflitzenden Fahrradfahrer machten den Aufenthalt auf Berliner Gehwegen zudem lebensgefährlich. Dazu kamen die Hunde, die mit ihrem Hin-und-Her-Gelaufe gerne mal einen Fußgänger mit ihren Hundeleinen einwickelten und zu fesseln drohten.

Zwei Straßen lang trippelte Marie halb hinter ihrem Nachbarn her, der sich extrem aufrecht hielt und ausschritt, als habe er vor, noch heute die Alpen zu überqueren. Es wirkte wieder so jungenhaft beleidigt.

Und das fand Marie merkwürdigerweise großartig. Warum nur? Es war, weil er so verletzt dabei wirkte. Genauso wie sein ganzes Gerede darüber, dass ihm etwas peinlich war.

Ja, er gab Marie das Gefühl, jemand zu sein, die ihn beeindruckte. Mal so, mal so. Jetzt hatte sie ihn damit beeindruckt, dass sie ihn einfach so zum Kino einlud.

Hurra! Sie ging mit Jakub ins Kino! Bis vor wenigen Minuten wäre ein zufälliges Aneinandervorbeigehen im Treppenhaus noch das Highlight ihres Tages gewesen! Sie wurde immer rot, wenn sie ihn sah, ihr Herz machte einen Sprung.

Kino! Dicht nebeneinandersitzen! Der Wahnsinn!

Schließlich kamen sie an eine belebte Kreuzung. Auf der anderen Seite breitete sich schon der große Platz voller Leute aus, der an der hinteren Seite von einem riesigen, taubenblauen, erschreckend einfallslosen Gebäude begrenzt wurde. An dem

Kinobau hingen allerlei riesige Filmplakate. Als Marie das zu dem Titel auf der Karte passende Plakat von *Captain America* entdeckte, war sie geschockt.

Dem Plakat zufolge war dieser ominöse Kapitän ein eher bockig herumstehender junger Held, der mit seinem Körper (der absurd muskulös den Bedürfnissen einer athletischen Laufbahn entsprach) insgesamt einen extrem dümmlich-siegessicheren Eindruck machte. Mister America hielt ein übertrieben patriotisches Schild in der Hand, dessen sternförmige Verzierung vage an die Zuckerdeko erinnerte, die sie eben auf den Kuchen gedrückt hatte. Marie fand, Jakub sah tausendmal besser aus als der Typ. Und sie musste es wissen. Sie kannte Jakubs anatomische Beschaffenheit seit jenem Einbrecher-Abend so gut, dass sie ihn jederzeit hätte zeichnen können – wenn sie das Talent eines Leonardo da Vinci hätte.

Marie blickte vorsichtig zu Jakub, der seine Schrittlänge endlich reduzierte, allerdings nur, weil sie an eine rote Fußgängerampel gekommen waren.

»Jakub, nicht so schnell. Ich bin ganz außer Atem wegen Ihnen.«

Jakub schaute Marie an, als überrasche es ihn, sie hier zu treffen.

»Wegen mir?« Er schien etwas weniger mürrisch und grinste halbherzig. Er kam noch einen Schritt näher, während ein paar staubige Lastwagen an ihnen vorbeidonnerten. Marie war froh, dass Natalia für sie diese blödsinnigen Kinokarten gekauft hatte. Und wenn ihr von Jakub heute nur dieser Moment blieb, an dem Marie dicht neben ihm an der Ampel gestanden hatte, wäre sie schon zufrieden. Er tat ihr einfach gut. Und ihrer Gesichtshaut, die durch seine bloße Anwesenheit extrem gut durchblutet war.

»Warum schauen Sie mich denn jetzt so lächelnd an?«, fragte er trocken.

»Oh, ich, äh.«

Dann passierte es. Er griff nach ihrem Arm und zog sie an sich heran. Herzklopfen. Marie war hingerissen. Eine Umarmung! Jetzt schon! Und hier? Eine Kreuzung war sicher nicht der ideale Ort dafür, aber egal. Mit Jakub war alles schön. Sie legte die Arme um ihn, fühlte diesen warmen, stabilen Körper und drückte ihren Kopf an seine Schulter. Toll fühlte sich das an. Großartig. Obwohl – irgendwas fehlte.

Genau.

SIE umarmte zwar ihn, aber ER nicht sie. Ruckartig trat sie einen Schritt zurück und schaute ihn erstaunt an.

»Fahrradweg«, sagte er bloß und deutete mit dem Kopf die erschreckend schnelle Gefahr an, die gerade an Marie und ihm vorbeigerauscht war. Dann zeigte er auf den Boden.

Schrecklich. Schrecklich. Schrecklich. Am liebsten wäre sie im Boden versunken.

»Sorry«, stotterte sie.

»Ist okay.« Jakub packte sie erneut ziemlich robust am Oberarm und führte sie rüber auf die andere Straßenseite. Marie kam sich vor wie eine alte Oma, die von ihrem Enkel geführt wurde. Starr hielt sie den Blick auf den Boden geheftet. Ob sie einfach weglaufen sollte?

»Das da ist ganz gut.« Jakub zeigte auf ein kleines Café, auf dessen Terrasse sich die Leute tummelten. Er zog sie zu einem Schattenplatz. Schweigend saßen sie sich gegenüber.

»Lange nicht mehr in Kino gewesen. Letztes Mal Prinzessin Lillifee«, sagte Jakub schließlich.

»Oh, Gott, wie bescheuert ist das denn?«, entfuhr es Marie.

»Hallo? Adam wollte den unbedingt sehen. Aber verraten Sie es nicht Flo, ich musste Adam versprechen, dass ich es keinem erzähle.«

»Bitte?« Marie starrte noch immer die Schar Kinder an, die in Zweierreihen über den Platz auf sie zukamen. »Ach, nein.

Doch nicht das. Da, schauen Sie. Die Geburtstagsfeier von der kleinen Rasenfeld. Nur für die engsten Freunde.«

Irritiert drehte er sich um, dann sah er Marie wieder an und lächelte. »Das wird nicht mehr Ihre Freundin, oder?«

»Im Leben nicht. Marschiert die mit den Kindern ins Kino, als wären die in der Fremdenlegion!«

Jakub musste lachen. Es war wieder das freundliche, jungenhafte Lachen. Er lachte gerne, das hörte man.

»Und die dürfen dann wahrscheinlich kein Popcorn essen. Nur Dinkelkekse oder rohe Möhrchen.« Grinsend beobachtete Jakub Marie, die entrüstet schnaubte. Als Marie seinen Blick bemerkte, schaute sie schnell weg und suchte fieberhaft nach einer Möglichkeit, ihn davon abzuhalten, sie zu hypnotisieren. Denn das genau taten seine Augen und seine Lippen mit ihr.

»Dieser Kapitän ist bestimmt Ihr Geschmack?«, fragte sie schnell, um dieses plötzliche Schmetterlingsgedöns in ihrem Bauch in den Griff zu bekommen.

»Welcher Kapitän? Ach, Captain America. Klar. Ich liebe Marvel Comics. Liebe ich, absolut.«

»Was hatte der doofe Typ mit dem Schild, was ich nicht habe?« Erschrocken hielt sie inne. »Und das habe ich natürlich nicht laut gesagt, oder?«, flüsterte sie.

Irritiert sah Jakub sie an. Dann lachte er vergnügt auf. Mit einem Mal schien jegliche schlechte Laune von ihm abgefallen zu sein. »Ich habe nichts gehört, nein.«

Marie schloss die Augen. Was war denn bloß los mit ihr? Sonst hatte sie sich doch immer so gut im Griff. Sogar als Constantin ihr eröffnet hatte, dass er den Winter heiraten wolle …

Schnell musste ein anderes Thema her. Etwas eindeutig Unverfängliches.

»Waren Sie denn nun mit Natalia beim Arzt?«

Sollte er ruhig überlegen, ob so eine albere Comicfigur ihn vor der Auseinandersetzung mit dem sexuellen Erwachen sei-

ner Tochter retten könnte. Oder direkt Captain America mit-
schicken.

Jakub strich sich über die kleine Narbe an seiner Stirn und
begann sich mit dem Zeigefinger im Auge zu reiben, als hätte
er noch Schlaf darin. Marie war hingerissen.

»Nein, nein. Wir haben noch nicht wieder darüber gesprochen, über diese Sache mit dem Arzt.« Er stemmte seine Ellenbogen auf, strich sich durch seinen Dreitagebart, der dabei
ein ganz leises Geräusch von sich gab.

»Was macht die Pfannkuchen-Recherche?«, fragte Marie
und lächelte sanft.

»Oh, ja. Gut so weit. Ich warte noch auf Eierkuchenum-
frageergebnisse aus Norddeutschland.« Er lachte leise in sich
hinein. »Ich kann Ihnen aber auch mal helfen. Zum Beispiel
mit Ihrem Computer. Ich kann Ihnen da gerne mal helfen. Updates oder so. Auch Exceltabellen und egal, was.«

»Danke. Im Museum werden wir regelmäßig geschult. Wir
müssen ja die restaurierten Bilder alle dokumentieren. Und
Scannen und internationale Abfragen, Bundesdatenbank für
Kunstraub und all so was.«

»Oh. Verstehe.« Er schien schwer enttäuscht statt schwer
beeindruckt.

»Vielleicht was anderes?«, erbot er sich. Und in Maries
Magengegend sammelte sich eine ganze Armada von Schmet-
terlingen zum Rundflug. »Ich kann prima Staubsaugerbeutel
wechseln. Oder Müll runterbringen! Ich bin echt stark! Ich
könnte sogar Einbrecher ...«

Marie lachte.

Als ob mir das noch nicht aufgefallen ist!

Er legte amüsiert den Kopf schief. Eine Weile schwiegen sie.

»Die gehen wirklich ins Kino.« Er deutete mit dem Kinn
in Richtung Rasenfeld. Der kleine Truppentransport gab keinen Mucks von sich.

»Auch in Mister America?« fragte Marie. Eine Weile sahen Marie und Jakub grinsend zu, wie die Kinder ihren Spaß mit den automatischen Eingangstüren hatten, bevor harsche Worte sie zur Ordnung riefen.

»Danke für Ihre Angebote eben. Lieb gemeint. Ich schaff das aber ganz gut alleine.« Marie behielt Feldwebel Rasenfeld im Auge.

Woher kam das schon wieder? Hatte sie heute nicht schon genug Emanzipiertes von sich gegeben? Warum ließ sie sich nicht helfen? War doch egal, Hauptsache, er kam mal rüber!

»Okay, wenn Sie meinen, dann eben nicht«, antwortete er ein bisschen beleidigt. Mit gerunzelter Stirn sah Marie ihn an.

»Ich dachte, Sie wären ganz froh, wenn Ihr dummer, dummer Nachbar Sie nicht immer mit dummen Fragen behelligt. Sondern auch mal hilft. Was macht. Im Haushalt.«

Er lachte zwar, aber das konnte nicht über die Tatsache hinwegtäuschen, dass er tatsächlich etwas bockig war. Gekränkte männliche Eitelkeit, ist es zu fassen? Und das im 21. Jahrhundert?

»Ich mag halt nicht als der Dumme gelten.« Er drehte den Kopf zur Seite.

Was erwartete er jetzt? Dass sie ihm sagte: Oh, nein, du bist nicht dumm. Du bist der Einzige auf der Welt, der alles, was Kinder angeht, nämlich Liebe, Aufzucht, Launen, Bildung, Erziehung und Gesundheit sowie schwachsinnige Elternbeiräte ohne weiteres und aus dem Effeff ohne geistige und körperliche Verluste bei sich selber beherrscht? Alleinerziehend? Nö. Das konnte niemand locker! Und sie würde ihm das auch sicher nicht einreden.

»Aber Sie schlagen sich doch schon ganz gut. Männer können sicher alles. Vielleicht nicht unbedingt Kinder, Frauen und Beziehungen. Aber Pfannkuchen.«

»Wie war das?« Er runzelte die Stirn.

»Das wird schon mit der Zeit.«

»Hey, ich hab das ein Jahr auch ohne Sie gut hinbekommen! So blöd bin ich nun auch wieder nicht!«

Marie fand ihn plötzlich unfassbar süß. Kein Wunder, dass Männer Shopping hassten. So sprunghaft fand man nie die besten Schuhe.

»Doch. Das Herumzanken mit Ihrer Tochter ist dumm.«

»Ich bin NICHT dumm!« Ach, jetzt auf einmal?

»Eben noch haben Sie das selbst zur Diskussion gestellt. Aber trösten Sie sich, Jakub. Dafür sind Sie hübsch.«

So.

Nimm das!

Sie zahlten getrennt.

Jakub hatte es die Sprache verschlagen. Schweigend betraten sie das Kinogebäude. Das Foyer war riesig. Eine Etage über ihnen sahen sie Frau Rasenfeld, die am Geländer stand und wie ein Feldmarschall in die Ferne blickte. Dann hatte sie sie entdeckt und verfolgte jede ihre Bewegungen mit gerunzelter Stirn und strengem Blick.

»Ups. Wir sind entdeckt.«

»Einfach nicht beachten. Wir kaufen jetzt erst mal Popcorn. Und Sie? Was möchten Sie?«

»Ich will Sie«, sagte Marie und hatte das Gefühl, unter dem Blick von Frau Rasenfeld zu schrumpfen.

»Mich?« Er blieb stehen und hantierte mit seinem Portemonnaie herum. »Bin ich nicht ein bisschen zu süß?«

»Was? Ach, nein. Ich meinte doch, ich will dasselbe wie Sie.«

»Also Popcorn?«

»Nein, Gummibärchen.«

Er verdrehte die Augen und stellte sich in die Schlange vor

dem Süßigkeitenstand. Marie stupste Jakub nach einer Weile an, der erstaunlich schnell auf ihre Berührung reagierte.

»Hm?«, fragte er.

»Da. Der Kindergeburtstag darf wirklich keine Süßigkeiten.«

Und richtig: Die Kinder, die dicht gedrängt in der oberen Etage standen, streng bewacht von Frau Rasenfeld, warfen sehnsüchtige Blicke nach unten.

»Die Armen. Denen muss ja bei dem Geruch von Popcorn das Wasser im Mund zusammenlaufen. Los, Sie lenken die doofe Kuh ab, und ich stecke den Kindern ein paar Schokoriegel zu.« Jakub orderte entsprechende Mengen bei dem Mann am Stand.

»Ich will aber Gummibärchen!«, flüsterte Marie hinter ihm. »Und eine Zitronenlimonade!«

»Ja, Besserwisserin, ich hab es gehört!« Er grinste. Das Schmollen war offenbar vergessen.

Operation Schokolade lief.

»Ach, Frau Krause. Ach, jetzt hab ich den Doktor vergessen, na so was! Hatte Sie gar nicht gesehen. Waren Sie nicht eben noch im Café mit Herrn, äh, wie hieß der noch gleich?« Auch sie konnte den Namen offenbar nicht aussprechen.

»Ach, Frau Rasenfeld. Sie hier? Mit so vielen Kindern? Alles Ihre? Und wieso überhaupt Kino? Ich dachte Sie seien eine entschiedene Gegnerin aller Arten von Medien?«

»Aber nein! Der Umgang will erlernt werden. Unter meiner, also unserer Aufsicht kann sich das Kind mit Medien ausgezeichnet anfreunden, sinnvoll auseinandersetzen und gemeinsam wachsen.«

Marie überlegte, welche Zeichentrickfigur und welches Smartphone sich wohl jemals mit Frau Rasenfeld anfreunden wollte. Geschweige denn mit ihr wachsen.

Während Marie ohne Schwierigkeiten genug Themen fand,

um Frau Rasenfeld zu ausschweifenden Monologen zu verleiten, kam Jakub hinter deren Rücken an die Kinder herangeschlichen, legte den Zeigefinger auf die Lippen und verteilte dicke Schokoriegel. Offenbar kannten alle den Vater von Adam. Wahrscheinlich schon deshalb, weil er genauso aussah wie der Sohn. Vor allem, wenn er so grinste, weil er was Verbotenes machte. Bald waren alle Riegel verteilt, und die Kinder schoben sie sich unter ihre T-Shirts und Hemdchen.

»Ach, Frau Rasenflöz. Sie auch hier? Mutig, sehr mutig!« Jakub stellte sich neben Marie, lächelte so charmant, dass sich selbst bei einer toten Libido alle Lampen von selber anknipsten, und schnurrte: »Komm, Schatz, unser Film fängt an. Bei der Werbung knutscht es sich so gut.«

Marie kicherte noch, als sie endlich auf ihren Sitzen landeten. Es war kühl im Kinosaal. Trotz Nachmittagsvorstellung füllten sich nach und nach die Ränge.

»Musste das mit dem Knutschen sein?«

»Wir Hübschen machen das halt so.« Er zuckte mit den Schultern und steckte seinen Strohhalm in seinen Liter Cola. Marie fand, dass dieses Bild etwas Anzügliches hatte, und musste lachend unter die Saaldecke schauen.

»Sie sind doch nicht böse, weil ich Sie für hübsch halte, Herr Nachbar?« flüsterte sie ihm ins Ohr, als die Werbung begann. Er stopfte sich gerade etwas Popcorn in den Mund, verschaffte sich so Zeit für eine Erwiderung, beugte sich dann zu ihr herüber. Marie mochte sein Rasierwasser und seine Wärme.

»Immerhin. Ich bin zwar dumm, aber hübsch. Manche kommen damit gut durchs Leben.«

»Sehen Sie, das ist doch hervorragend. Man muss es positiv sehen, Jakub.«

»Was haben Sie eigentlich gedacht, als ich Sie vor dem Fahrradweg gerettet habe?«

»Oh, ja, danke noch mal. Das nächste Mal können Sie auch einfach rufen: Vorsicht, Fahrradweg!«

Er schnaubte leise durch die Nase und stopfte sich noch mehr Popcorn in den hübschen Mund, der durch das flackernde Licht der Leinwand besonders verheißungsvoll wirkte. Ein kleines Stückchen Popcorn verfing sich in seinen kurzen Bartstoppeln. Er beugte sich erneut zu ihr herüber, natürlich wie hypnotisiert die glitzernde, schreiend alberne Werbung nicht aus den Augen lassend. Marie hatte nicht vor, ihn noch einmal zu Wort kommen zu lassen. Deshalb strich sie ihm mit dem Daumen sanft den Krümel an der Wange weg, registrierte sein völlig erstauntes Zusammenzucken und seinen irritierten Blick. Gut so. Er wandte sich von der Leinwand zu ihr und starrte auf ihre Lippen. Vielleicht wollte er sie wirklich küssen?

Echt? Jetzt? Im Kino?

Nun trennte ihre Lippen nur wenige Zentimeter von den seinen. Dazwischen war nur ihr Daumen.

»Vorsicht, Jakub! Fahrradweg!« Triumphierend drehte sie sich zur Leinwand.

Aus den Augenwinkeln registrierte sie wohlwollend, dass er sie noch eine ganze Weile von der Seite anstarrte. Entgeistert.

Den Rest des Kinobesuchs wertete Marie als gerechte Strafe einer Liebesgöttin, die sich wahnsinnig über sie geärgert hatte. Wie konnte sie diese einmalige Chance, Jakub zu küssen, nur derart vertun? Zugegeben, es war brillant geschehen, aber vertan!

Das musste sein, versicherte Marie der erbosten Göttin.

Der Film begann.

Das sich nun vor ihren kunstverwöhnten Augen entwickelnde Werk cineastischen Größenwahns mit dem paramilitärischen Namen »Captain America« drehte sich um einen Superhelden, der nicht nur dieses knallbunte Frisbee-Schild sondern auch eine wasserdichte Uniform mit allerlei Stars-

and-Stripes-Applikationen trug. Die Verkleidung war offenbar dafür vorgesehen, den Superhelden optisch aus allen anderen männlichen Rollen hervorzuheben, da alle Schauspieler in dem Werk irgendwie gleich aussahen.

Seit die John-Wayne-Western das heldenhafte Amerikanischsein grundlegend definiert hatten, schienen keine Updates dazu aufgelaufen zu sein. Lediglich die Fortbewegungsmittel hatten sich den modernen Zeiten angepasst. Um Helden leichter zu definieren, war es offenbar ratsam, ihnen eine heroische Vergangenheit zu geben. Ungefähr ähnlich knapp und widersprüchlich, wie es in der antiken Götterwelt üblich war.

Was für ein Blödsinn war das denn?

Die Bösen der Welt waren einem seit siebzig Jahren gültigen Dresscode verpflichtet und traten in einer Art SA-Uniformmantel auf, ergaben sich aber immer wimmernd dem Guten. Zum Glück. Der Held schien betrübt, dass er bald die Welt zu einem guten, aber völlig langweiligen Ort gemacht hatte.

Marie strich sich entnervt ihre Locken hinter das Ohr. Da musste sie jetzt durch. Wo war die Limonade? Wenn sie schnell weitertrank, musste sie vor Ende des Films auf Klo. Das gab ihr Hoffnung.

Nach mehreren Actionszenen, die bei Marie das tiefe Unbehagen auslösten, das man hat, wenn man permanent ins Gehirn gebrüllt bekam, hielt Marie sich ausschließlich an ihre Gummibärchen.

Natürlich schaute sie immer wieder zu Jakub hinüber. Er knabberte sein Popcorn mit weit aufgerissenen Augen und glotzte auf die Leinwand. Er war ganz und gar gebannt. Wie Florian, wenn er *Phineas und Ferb* guckte.

Marie schaute sich verstohlen im Kinosaal um, während die Welt gerade spektakulär unterging. Alle Männer im Saal starrten gebannt wie Jakub, alle Frauen schielten auf ihre Handys, deren dezentes Leuchten davon kündete, dass dieser Kinobesuch offenbar wieder so ein verflixtes Genderding war. Männer finden das toll, Frauen finden es öde.

Warum nur war es so reizvoll, überlegte Marie angestrengt während einer weitschweifigen Actionszene, dass Jakubs Geschmack derart diametral zu ihrem eigenen verlief?

Sie konzentrierte sich auf den Hauptdarsteller. Marie kannte ihn nicht und fand, das hatte auch eine gewisse Berechtigung. Ob nun als Steve Rogers oder als Captain America in Heldenuniform, sie fand, er war so universell nichtssagend perfekt hübsch, dass sie ihn andauernd mit nichtssagend perfekt hübschen Nebenfiguren verwechselte. Da war sie schon fast dankbar als Captain Hübschi das sperrige Schild hochhielt.

Es war nicht zu erwarten, dass es jemals eine Misses Captain America geben würde, sofern das blöde Schild in keine handelsübliche Handtasche passte.

Der Held glänzte offenbar gerne in Dialogen, die er mit freiem Oberkörper führte. Sicher, überlegte Marie, wenn Jakub so vor ihr stehen würde, würde das ziemlich viele ihrer Probleme lösen, aber sicher keine Welt retten.

Um die kapitänische Nacktheit zu verdecken, die mit den vielen glattrasierten Muskeln einen wahrlich heroischen Beweis für den technischen Fortschritte im amerikanischen Rasierklingensektor gab, schlüpfte Hübschi wieder in diesen besagten Anzug. Halb GI, halb Flaggenechse.

Was Männer so alles toll finden! Marie seufzte und nahm noch ein Gummibärchen.

»Gefällt Ihnen der Film?«

»Machen Sie Witze? Da macht Robert Redford mit!« Der einzige Schauspieler in diesem Film, der mehr als zwei Gesichtsausdrücke hatte. Marie kicherte innerlich über ihren super Gag. »Das nächste Mal, Jakub, gucken wir *Jenseits von Afrika* in 3-D!«

Als das Ende der Welt abgewendet war, aber noch genug Restböses vorhanden blieb für einen Cliffhanger, ging das Licht an, und Jakub schüttelte sich das Popcorn von der Hose.

»Super, oder?«

Alle Männer im Kinosaal teilten seine Ansicht. Marie tippte wie alle anwesenden Frauen eine entsprechend spitze Bemerkung über diese Art von cineastischen Hochgenüssen in ihr Handy.

»Grauenhaft!«

»Bitte?« Jakub drehte sich um, als in ihrer Reihe beim Hinausgehen ein Stau entstand.

»Grauenhaft spannend.«

»Ach.«

»Aber Captain America hat zu meiner großen Enttäuschung kein einziges Mädchen vor dem bösen Fahrradweg beschützt.«

»Er muss noch viel lernen.« Jakub blinzelte, als sie hinaustraten.

10. KAPITEL

Nach uns die Mutterschaft
(Öl auf Leinwand, 1927, Max Ernst)

»Hast du ihn geküsst? Bitte sag, dass du ihn geküsst hast!«, quengelte Alexa. Olivia lachte und rekelte sich auf ihrem Sonnenstuhl.

»Leider nein.« Marie fühlte sich der Situation nicht ganz gewachsen. Es war verwirrend, wie unbekümmert Alexa und Olivia über so etwas Unwichtiges wie diese Sache mit dem Kinobesuch plaudern und lachen konnten, nachdem sie doch eben erfahren hatten, dass Katrins erster Versuch mit den Eizellen sich als Misserfolg herausgestellt hatte.

Man hatte ihre Eizellen und die Samenzellen ihres Mannes, der sich offensichtlich ihrem Kinderwunsch gebeugt hatte, außerhalb ihres Körpers vereinigt. Aus den befruchteten Eizellen entwickelten sich Embryonen, die fünf Tage im Brutkasten blieben. Schließlich hatte man zwei Embryonen in Katrins Gebärmutter zurückgesetzt. Leider hatten sie sich nicht eingenistet.

Als die Freundinnen davon erfuhren, hatten sie alle den gleichen Gedanken. Wie unsagbar unfair das Leben war. Warum schienen manche Menschen schwanger zu werden, wenn nur die Hose eines Mannes am Bettpfosten hing, und andere nicht, obwohl sie sich derlei schwierigen Prozeduren unterzogen und mit viel Sorgfalt allen medizinischen Ratschläge bis zur Selbstaufgabe Folge leisteten?

Marie war von Katrins Tapferkeit tief beeindruckt.

Es galt bei den Freundinnen nun Folgendes: das Thema Kinder konsequent auszuklammern und Katrin wie ein rohes Ei zu behandeln.

»Du hättest ihn aber gerne geküsst«, sagte Alexa und stupste Marie sanft in die Seite. Marie zuckte hilflos mit den Schultern; war das jetzt nicht egal?

»Sag nicht, dass du immer noch Mister Hyperperfekt hinterhertrauerst!« Olivia schüttelte den Kopf, war aber auch nicht ganz bei der Sache. Sie saßen bei Olivia auf der Terrasse. Katrin blätterte derweil in einer Zeitschrift auf der Suche nach einer Frisur, die sich für Locken eignete. Oder einfach nur, damit ihre Finger was zu tun hatten.

»Wie fandet ihr die letzte Rundmail von der Rasenfeld?«

»Ich kann das echt nicht glauben, wie viele Mails die an uns schickt!«, sagte Katrin matt.

»Ich hab sie ungelesen gelöscht.« Alexa war entschlossen, sich nicht aufregen zu lassen. »War sicher wieder was wegen des veganen Essens oder glutenfrei oder was auch immer.«

»Es ging ums Lüften. Benedicta hat wohl andauernd Kopfschmerzen, und jetzt will die Rasenfeld strenge Lüftungszeiten einführen!«

»Nicht im Ernst, oder?« Olivia hatte zwar ein großes Herz für Kinder, aber das war nun in ihren Augen echter Blödsinn. »Das Kind soll mal anständig essen. Dickes Stück Fleisch oder Wurst.«

Maries Handy klingelte.

»Huch! Wer klingelt denn da bei unserer Marie? Ist es Mister C oder Mister J?« Alexa linste neugierig auf das Display und ließ sich dann enttäuscht auf ihren Stuhl zurückfallen. Da stand: *Unbekannt.*

»Ja, hallo?«

»Boddensen, hier. Sind Sie es, Frau Dr. Krause?«

Marie zuckte zusammen. Florians Klassenlehrer! War wieder etwas passiert?

»Ja, hallo, Herr Boddensen! Äh, ist was mit Florian? Geht es ihm gut? Wieder der Fuß?«, fragte sie atemlos.

»Nein, nein!«, antwortete er.

»Nein? Es geht ihm NICHT gut?« Marie war vom Stuhl aufgesprungen und riss ihre Handtasche von der Lehne.

»Bitte? Oh, Gott. Ja, ja, es geht ihm gut. Äh, deswegen rufe ich nicht an. Es geht viel mehr um ...« Plötzlich klang seine Stimme panisch.

»Ja?« Marie riss die Augen auf und winkte ihre Freundinnen heran. Katrin, Alexa und Olivia warfen Marie ernste Blicke zu, dann griff Alexa nach dem Hörer und drückte die Freisprechtaste.

»... wollte Sie um einen Gefallen bitten ...«, hörten die vier nun die angespannte Stimme des Klassenlehrers. »Und eigentlich ist das auch nicht offiziell und ...« Im Hintergrund hörte man Straßenlärm. »Hm, ich glaube, ich hätte vor diesem Anruf meine Bitte vorformulieren sollen. Wissen Sie, ich verschriftliche eigentlich so etwas immer im Vorfeld, ich bin ... es ist nur ...«

»Um was geht es denn?«, fragte Marie und zwang sich selbst zur Ruhe.

»Ich brauche Ihre Hilfe.« Der Satz hatte ihn offenbar eine Menge Kraft gekostet. Die vier tauschten verwirrte Blicke.

»Liebe Frau Doktor Krause, Sie kamen mir vor wie ein vernünftiger Mensch. Am Elternabend. Ich meine, Sie und diese Dame neben Ihnen. Vernünftig, nicht wie die normalen Eltern.«

Las er das ab?

Und was wollte er da andeuten? Waren also normale Eltern generell nicht zurechnungsfähig? Das erklärte so einiges ...

Herr Boddensen wartete auf Reaktion.

»Aber klar. Wir helfen gerne. Das trifft sich gut, meine Freundinnen sitzen hier um mich herum. Aber wir sind gerade alle ziemlich verwirrt. Was genau können wir für Sie tun? Wir sind ganz Ohr.«

»Wir helfen immer gerne«, rief Katrin dazwischen.

»Klar. Alles außer Mord«, ergänzte Alexa.

»Issich nicht wahr. Wir machen auch Ausnahmen.« Die vier lachten.

Marie hörte, wie Boddensen am anderen Ende der Leitung scharf die Luft einsog.

»Keine Sorge, das war ein Scherz von Frau Jankowska. Wir sind grundsätzlich harmlos«, beeilte sich Marie zu sagen und musste sich ein Kichern verkneifen, weil ihre Freundinnen alle energisch die Köpfe schüttelten.

»Also wie können wir Ihnen helfen?«

Das Gespräch gestaltete sich mühsam. Offenbar konnte er nicht ganz in Worte fassen, was das Problem war. Er sprach von Frau Gabbai, lobte sie in höchsten Tönen, aber kam nicht auf den Punkt.

Schließlich einigte man sich darauf, sich zu treffen, in einer halben Stunde, im Café »Bücherkiste«.

Die vier betraten das gemütliche kleine Café, an dessen Wänden sich vollgestopfte Bücherregale reihten. Herr Boddensen saß in der hintersten Ecke zusammengesunken an einem Tisch. Er hatte einen Wust an Papieren vor sich und eine Tasse Kaffee, die aussah, als habe er sie vollkommen vergessen. Neben seinem Stuhl lehnten zwei Krücken an der Wand.

»Warum Krücken?« Alexa griff danach und hielt eine davon in der Hand wie eine Fackel, dann grinste sie und reichte sie an Marie weiter. »Hier, Marie, Keulen und andere Schlagwaffen sind ja eher dein Part.«

Wortlos deutet der Klassenlehrer unter den Tisch. Sein linkes Bein war vom Fuß bis zur Hüfte in eine Schiene gezwängt.

»Was haben Sie denn gemacht?«

»Fußball. Kreuzband und so ziemlich alles andere auch.« Er lächelte gequält. »Danke, dass Sie so schnell gekommen sind. Ich hoffe, Sie wissen, dass ich Sie um was Difficiles bitten werde?«, fragte er schließlich und sah jede der vier genau an.

»Sagen Sie einfach, was wir tun können!« Marie nickte aufmunternd.

»Meine Damen, ich habe ein schwerwiegendes Problem.« Er atmete tief durch. »Fräulein Gabbai, die Referendarin, hat eine große Herausforderung zu meistern. Sie übernimmt ab sofort meinen Unterricht in der Klasse 1a und JüL.«

Die vier sahen ihn erstaunt an. Wo war das Problem?

Und hatte er wirklich *Fräulein* gesagt?

»Ich habe mir jetzt mal ein paar sehr grobe Notizen gemacht und versuche, Ihnen das Problem umfassend zu umreißen.« Er räusperte sich und hantierte mit einem kleinen schwarzen Notizbuch. »Frau Gabbai ist eine hervorragende pädagogische Kraft. Sie hat einen guten Draht zu Kindern und setzt in einer beispiellosen Leichtigkeit ein Erziehungskonzept um, das seinesgleichen sucht.«

Er besann sich. »Also was ich sagen will: Frau Gabbai war ein halbes Jahr in Skandinavien, hat sich dort vor Ort angesehen, wie vorbildlich mit Kindern gearbeitet wird. Denken Sie an die PISA-Studien!«

»Also, bei aller Liebe für Statistiken, ich versuche, den Gedanken an diese PISA-Panik immer zu verdrängen. Ich habe einen Buchladen. Wenn ich zu oft daran denke, wie schlecht die Deutschen abschneiden, spüre ich den Drang, einen Handyladen zu eröffnen.«

»Ähem. Ja, gut. Und was ist jetzt mit PISA?«

»Gute Frage, Frau Doktor Krause ...«

»Nur Krause. Ich bin ja keine Ärztin.«

»Aber, ja, gut. Frau, öh, Krause. Sie haben eventuell schon gehört, dass es da zu, wie soll ich sagen, Berührungspunkten zwischen Frau Gabbai und –« Er überlegte, wie er das jetzt deutlich, aber nicht zu deutlich formulieren sollte.

»Ah!« Olivia schien ihn verstanden zu haben. »Frau Rasenfeld kackt wieder alle an? Und auch das arme Mädchen?«

»Oli!«

Aber Herr Boddensen lachte erleichtert. »Genau. Und ich hatte an dem Elternabend das Gefühl, Sie vier gehören zu den wenigen, die sich von diesem hyperengagierten Unsinn der Frau nicht einwickeln ließen. Und ihre Beschreibung trifft den Punkt, wenn auch etwas blumig. Also nun meine Bitte. Hm. In der Zeit, in der Frau Gabbai nun meinen Unterricht zur Gänze alleine tragen muss ... Könnten Sie sie eventuell etwas unterstützen? Moralisch? Die kann das überhaupt nicht verstehen, dass ihr so viel Ablehnung entgegengebracht wird.

Ich auch nicht. Sie ist so ein ganz und gar kluger, freundlicher, gutherziger, sympathischer, liebevoller, liebenswerter ...« Er machte eine Pause und schaute aus dem Fenster. »... sehr liebenswerter Mensch. Wissen Sie. Das zehrt an ihren Nerven. Hm. Und an meinen. Hm. Die Anrufe von Frau Rasenfeld häufen sich. Die terrorisiert die junge Dame regelrecht. Und ich befürchte langsam, dass Frau Gabbai irgendwann richtige Probleme bei ihren Lehrprüfungen bekommt. Sie ist massiv verunsichert. Aber so eine hervorragende, qualifizierte und warmherzige, also. Ähm. So jemand wie Fräulein Gabbai. Sie muss doch unbedingt ihr Referendariat bestehen – und Lehrerin werden!«

Herr Boddensen hatte sich richtig in Rage geredet.

»Klar helfen wir Ihnen!«

Olivia beugte sich zu Maries Ohr: »Er hat zweimal *Fräulein* gesagt!«, flüsterte sie kaum hörbar. Schon am Tonfall erkannte Marie, dass der Lehrer damit Olivias Herz und ihre Hilfsbereitschaft erobert hatte.

Boddensen atmete tief durch und verteilte kleine Zettel. Darauf waren sein Name und Adresse sowie Telefonnummern, aber auch Handynummern, Notfallnummern und ganz wichtig: Termine und ein kurzer Abriss über die Beschwerden notiert, die Frau Rasenfeld und die ihr folgenden Eltern bereits vorgebracht hatte.

Die vier verkniffen sich beim Anblick dieser Liste ein Lachen. Unten links war sogar eine Inventarnummer vermerkt: »BOD 8346574«.

»Das ist, das ist wirklich, ich bin sehr froh ... Als Sie, Frau Krause, letztens da waren, im Klassenraum. Das hatte die Frau Schulelternbeirätin ein wenig in ihrer Fahrt gedämpft.«

Herr Boddensen nickte Marie zu. »Und jetzt kommt doch auch noch das Schulfest. Ich darf gar nicht daran denken. Und dann hat Frau Gabbai einen Unterricht geplant, an dem sie Hilfe bräuchte. An dem Tag wird gekocht in der Schule. Da Frau Rasenfeld derart penetrant auf gesunde Kost achtet, dachte Frau Gabbai, sie könne sie mit so einem Gesundheitstag eventuell beruhigen. Na ja. Und ich kann da nicht helfen.« Er verzog bekümmert das Gesicht.

»Schulfest und Unterricht. Wir sind da.« Marie nickte.

»Issich quasi erledigt.« Olivia zwinkerte.

⁓

Krankenzimmer sind immer ein wenig erschreckend, aber keine der Freundinnen wollte das zugeben. Mit so viel Zuversicht, wie es möglich war, vorzuspielen, standen sie eine Woche später um Katrin herum und strichen ihr über die Arme, zupften an ihren Haaren und strahlten sie an, als ginge es hier lediglich um eine Zahnsteinentfernung. Und nicht darum, Katrins Körper ein zweites Mal so sehr mit Hormonen vollzupumpen, dass ein weiteres Einsetzen von Embryonen möglich wurde.

Alle mieden das Thema.

»Constantin fragt mich immer, ob ich einen Verehrer habe«, sagte Marie und klopfte Katrins Kissen aus.

»Sieh an. Der merkt es also auch.« Olivia legte sanft den Arm um Marie, als wäre sie die Patientin und nicht Katrin. »Ja ja. Ich finde übrigens auch, dass Jakub dich ein bisschen verändert. Steht dir gut.«

»Was soll das denn heißen?« Marie faltete den Bademantel zum hundertsten Mal auf und wieder zu. Katrin lächelte tapfer, während die Freundinnen um ihr Bett herum standen und krampfhaft an einem Gesprächsthema festhielten, das nichts mit Befruchtung zu tun hatte.

»Glaubst du nicht, du und Jakub?«, fragte Katrin sanft. Marie wollte ihr nicht widersprechen, sie sah so zart und zerbrechlich aus auf dem Bett.

»Na ja. Er ist so anders als andere Männer. Er findet wohl, Frauen gehören an den Herd und so.«

»Anders als andere Männer?« Olivia lachte spitz.

»Nicht mal der perfekte Constantin dürfte in der Hinsicht sein wie andere Männer«, lachte Alexa.

»Marie, nun sag schon. Magst du Jakub?« Katrin hatte offensichtlich Gefallen an dem Thema gefunden, und Marie war es recht.

»Ja, schon. Ich mag es, dass er mich irgendwie für jemanden hält, der alles weiß und alles kann. Na, fast alles.«

Katrin streckte die Hand nach Marie aus, und die kam bereitwillig den Schritt näher und ergriff sie.

»Marie. Das ist doch wunderbar. Er ist ganz schnuckelig. Und dass Männer nun mal so sind. Meine Güte, die mit ihrem Männerkram. Dann lass es dir nicht gefallen.«

»Ich hab ein bisschen das Gefühl, die Sache mit dem Einbrecher hängt ihm noch nach, als habe er sich wie ein Trottel benommen.«

»Männer sind aber auch wirklich kompliziert. Gut, dass wir Frauen nicht so kompliziert sind.« Olivia kicherte.

»Richtig.« Alexa nickte.

»Ich würde mich freuen, wenn das klappt.« Katrin wirkte müde.

Marie hatte eine ausgesprochene Abneigung gegenüber Krankenhäusern, auch wenn die Klinik schöne Einzelzimmer hatte. Alles war neu und bemühte sich, eher wie ein Hotel zu wirken. Katrin schien etwas erschlagen von ihrer eigenen Courage. Sie ließ heute ihren Körper auf einen zweiten Versuch vorbereiten. Es war Marie so, als ließe sich der Natur nur mit viel Geduld und unendlicher Nervenstärke etwas abringen.

Olivia räumte den Inhalt aus Katrins Tasche in einen Schrank, Alexa war in dem kleinen Badezimmer verschwunden und klapperte herum.

»Geht es dir gut?« Olivia ergriff Katrins Hand, wie es eine Mutter tun würde.

»Ihr seid tolle Freundinnen. Wirklich. Ihr habt mich jetzt aber wirklich genug bemuttert. Ich schaffe das schon!«

»Wirklich?« Marie griff die andere Hand, und Alexa legte ihre Hand auf Katrins Schulter. Es war ein schöner Sommerabend, und durch die großen Fenster sah man in einen Park mit großen Bäumen und schnurgeraden Wegen.

»Es ist erst der zweite Versuch! Nun verströmt mal alle mehr Zuversicht, und macht nicht so ein Gesicht wie sieben Tage Regenwetter! Und ich werde ja nur hormonell vorbereitet. Ich muss nur scheußliches Zeug einnehmen und warten.« Katrin lächelte schief. »Und die Ärzte sagen, das erste Mal klappt nie. Fast nie. Also alles ganz normal.«

Olivia nickte. »Recht hast du. Du schaffst das! Dann erzähl mal. Was sagen die Ärzte? Und was sagt dein Mann? Erst war ihm die Sache ja nicht so angeheuert, oder?«

»Geheuer, heißt das!« Alexas Einwand klang halbherzig.

»Geheuer, okay. Dann geheuer. Also Katrin? Erzähl!«

»Die Ärzte reden ja immer so viel. Da versteht man ja doch

nur die Hälfte«, entgegnete Katrin seufzend. »Und mein Mann ist auch keine große Stütze. Ihm ist das alles viel zu unangenehm. Am liebsten würde er gar nicht zu den Gesprächen mitkommen. Es läuft nicht gerade sehr rosig bei uns«, sagte sie mit einem schiefen Lächeln.

»Ach, der beruhigt sich schon wieder«, sagte Alexa hilflos.

Marie war ganz niedergeschlagen. Was war Katrin nur für eine tapfere Frau, diese ganze emotionale und körperliche Belastung allein durchzustehen, das hieß schon was.

In dem Flyer, den Marie auf dem kleinen Schränkchen gefunden hatte, wurde von Ruhigstellung der Eierstockfunktion geredet, als ob Eierstöcke eine Art Hooligans wären, die man in den Griff kriegen musste, um erwünschte Ergebnisse zu erzielen. Und unerwünschte Aktivitäten von ihnen zu unterbinden. Kurz stellte sie sich die Eier in ihrem Unterleib vor wie kleine Ninjas, die herumsprangen und alle Spermien, die freudestrahlend auf sie zuschwammen, zu Kleinholz verarbeiteten.

Marie wurde unwohl. Grundsätzlich wurde ihr immer unwohl bei Gesprächen über medizinische Eingriffe. Das ließ sich kaum unterdrücken. Nur wenn es um ihr Kind ging, schien ihr Körper sich das nicht zu gestatten. Nun aber, mit dem Geruch von Sauberkeit und Krankenhaus und bei der Information über das Heranwachsen von Eibläschen machte ihr Magen leise Grummelgeräusche. Tapfer versuchte sie, sich am Gespräch zu beteiligen.

»Ich finde das ja erstaunlich, dass die Hormone eine Art Stimulationsphase einleiteten. Gibt es das also doch? Das berühmte bisschen schwanger?«

Katrin schien froh um das Gespräch mit den Freundinnen. Wahrscheinlich war es falsch gewesen, in der letzten Zeit das Thema eher totschweigen zu wollen.

»Und wussten die Ärzte denn schon, *warum* es beim ersten Mal nicht geklappt hat?«, fragte Alexa vorsichtig.

»Das klappt halt nicht immer. Und superselten beim ersten Mal. Wie alles im Leben! Ach, ich wünsche mir das so sehr.« Katrin zuckte wieder mit den Schultern.

Maries Gedanken flogen sieben Jahre zurück.

Und wie um alles in der Welt hatte sie es fertiggebracht, wider Erwarten mit Florian schwanger geworden zu sein? Und das, ganz ohne sich anzustrengen? Bei dem Gedanken wurde ihr warm ums Herz.

Katrin war leise dazu übergegangen, Alexa etwas zu erklären. Es klang ein bisschen wie Aufsagen. Warum sie diese ganzen Medikamente einnehmen musste, die eine fröhliche Krankenschwester eben mit auf einem Tablett hereingebracht hatte. Sie hatte es vor Katrin abgestellt, als wäre darauf ein Viergängemenü eines weltberühmten Sternekochs.

»Um Durchmesser und Anzahl der Folikel beider Eierstöcke zu messen sowie den Aufbau der Gebärmutterschleimhaut zu kontrollieren, sind in dieser Stimulationsphase zwei Ultraschalluntersuchungen notwendig, und zwar am 5. und am 8. Stimulationstag. So lange sitze ich hier wieder mal fest. Hätte ich auch bei meinem Gyn machen können, aber zu Hause ist die Stimmung gedrückt, und ich will nicht, dass Paul so viel davon mitbekommt. Da bin ich lieber hier.«

»Ist er denn gar nicht bei der Sache?«

Sie brach in Tränen aus. Olivia schlang schnell ihre Arme um sie.

»Männer! Gefühlsanalphabeten!« Olivia hauchte das nur. Alexa und Marie wechselten einen alarmierten Blick.

»Hey, mach dir keinen Kopf. Bald seid ihr zu viert und dann ist alles vergessen!« Alexa setzte sich zu Katrin auf das Krankenbett. Katrin war noch vollständig bekleidet und wirkte so, als wünschte sie sich nichts sehnlicher, als wieder nach Hause zu dürfen.

»Warte ab, wenn du ein süßes Baby nach Hause bringst, dann wird er ganz entzückt sein!« Olivia schaffte es, allen im Raum einen kurzen Moment einzureden, dass das alles so einfach war, wie es in dem Flyer aussah.

»Martin hat, glaube ich, irgendwas am Laufen«, platzte plötzlich Alexa heraus.

Katrin schreckte hoch: »Was?«

»Ich habe es doch immer gesagt. Der sucht sich über kurz oder lang was in seiner Altersgruppe. Nun passiert es. Sicher eine in seinem Alter. Und hübsch und so.« Alexa versuchte möglichst lässig zu klingen.

»Aber Alexa, du bist in seinem Alter. Und du bist hübsch! Er ist klug, und er liebt dich dafür, dass du auch so klug bist. Und das blöde Alter! Da machen die paar Jahre keinen Unterschied.«

»Ach, ist egal. Die wird sicher jünger sein. Und ich habe meinen Laden. Der ist mir das Wichtigste. Mein Laden ist mehr wert als hundert Männer. Egal wie hübsch.« Ihre Augen flackerten leicht, und Marie sah die große Verletzlichkeit, die sich so mühsam dahinter verbarg.

»Nun komm schon! So locker nimmst du das gar nicht.« Katrin nahm ihre Hand.

»Ach, pf.« Alexa schüttelte den Kopf. Ihr Bob schwang elegant hin und her.

Olivia tätschelte Alexa.

»Und nächste Woche habe ich eine Lesung in meinem Laden. Mann, das kann ich ja gut ab, da muss ich wieder den halben Laden leer räumen, und ausgerechnet jetzt geht mir mein Kerl stiften. Der hätte ja mal ein bisschen anpacken können.« In ihrer Stimme waren Tränen zu hören.

»Wir helfen dir«, sagte Katrin eilig.

»Nix, liebe Katrin. Du darfst dann bestimmt nichts heben oder so. Da passen wir jetzt doppelt auf!«

»Genau. Das hier klappt nämlich diesmal.« Marie merkte, dass sie blödsinnig eckig klang, aber Olivia nickte ihr zu und lächelte sie an.

»Schön wäre es«, seufzte sie, und man hörte, dass ihr Kummer eine lange Reise vor sich hatte. Wenn das hier klappte, lagen noch tausend andere Unwägbarkeiten vor ihr, bis das Kind endlich da war.

Und dann ...

Marie dachte an Florian. Wenn das Kind erst mal da war, hatte man andere Sorgen. Immer nur Sorgen, Ängste, Kämpfe.

Katrin lächelte tapfer. »Genug mit der schlechten Stimmung! Zusammen schaffen wir das schon, Alexa. Und der Unterricht von dem Fräulein Gabbai steht auch noch an. Und das Schulfest. Da müssen wir aufpassen, dass die Rasenfeld nicht das Fräulein in die Finger kriegt. Das machen wir alles mit links. Keine Frage. Wir können doch alles!«

»Außer Männer«, seufzte Marie und Alexa gleichzeitig.

11. KAPITEL

Personen und Hunde vor der Sonne
(Tempera auf Leinwand, 1949, Joan Miró)

Es fühlte sich so leicht an. Marie klingelte bei Jakub, um Florian vom Spielen abzuholen, es war Zeit fürs Abendessen.

Jakub öffnete und winkte sie elegant in seine Küche, wo sein Laptop stand.

»Wie gehen Sie eigentlich auf diese ganzen Mails ein, die wir von der Rasenfeld bekommen?«, fragte er, aber es klang so, als wäre ihm die Antwort herzlich egal. »Kann ich Ihnen was zu trinken anbieten? Flos Abendessen darf doch bestimmt noch einen Moment warten, oder?«

Marie schluckte aufgeregt. Die Schmetterlinge übten Sturzflüge auf ihr Herz. Jakub strahlte und sah sie so intensiv an, dass sie das Gefühl hatte, ungewollt zu ihm hingeschoben zu werden wie von einer höheren Macht. Er schluckte unruhig, sein Adamsapfel bewegte sich anmutig. Er fasste sie an den Händen, und Marie hatte das Gefühl, ein wohliger Stromschlag zucke durch ihren Körper.

»Kann ich irgendwas für Sie tun, Frau Nachbarin?« Er beugte sich zu ihr herab, sein Gesicht wurde ernst.

»Ja, ich brauche dringend Hilfe bei …«, sagte sie. Sein Kopf war dicht vor ihrem. Es war, als summten die Schmetterlinge in ihr.

»PAPA! NEIN!«, brüllte Adam. Dann knallte eine Tür. »ICH HASSE MamavonFlo! Ich HASSE sie!«, hörten sie ihn aus seinem Zimmer. Flo kam herausgestürmt und schaute Marie entsetzt an. »Was ist los? Was hat Adam plötzlich? Was habt ihr gemacht?«

»Ich glaube, ihr geht jetzt besser, oder?« Jakub, der ganz blass geworden war vor Schreck, verschwand im Kinderzimmer. Sie hörte Adam bitterlich weinen, und eine besorgte Männerstimme, die ihn zu trösten versuchte.

Constantin war in der letzten Zeit ungewöhnlich charmant am Telefon. Er war immer charmant, natürlich. Aber nun schien er noch eine Schippe draufzulegen. Oder kam Marie das nur so vor, weil sie Bewunderung und Zuwendung gerade so nötig hatte?

Der Zwischenfall mit Adam hatte sie geschockt. So sehr, dass sie keinen Gedanken mehr an den Beinahekuss verwenden konnte, ohne zusammenzuzucken.

Constantin gab Marie, seit sie sich kennengelernt hatten, das wunderbare Gefühl, dass er ohne ihren Rat in dieser Welt (die *ihm* zu Füßen lag) verloren wäre. Aber irgendetwas war in letzter Zeit anders. Sie kam nicht darauf, was, und schaffte es auch nicht so recht, sich auf die Lösung dieser Frage zu konzentrieren.

»Diese Mails von der Rasenfeld, ähem, ist das typisch german? Ich kenne diese englischen Wörter alle nicht! Oder ist die nur – wie sagt man – un-zu-rech-nungs-fähig?«

Marie musste lachen, und die Anspannung der letzten Tage fiel etwas von ihr ab.

»Meinst du die Mail mit dem ›Anger-Management – gewaltfreie Lösungen auf dem Schulhof‹?«

»Ja, und diese komplizierte Mail mit Schulfest! Was genau soll da alles passieren? Wird das ein Stadtteilfest? Und vor allem, ich will nur wissen: *Wann* ist es, das Schulfest? Ich will doch nicht an jeder Entscheidung, ob blaue, recyclebare Pappbecher oder weiße Keramiktassen, die gespült werden müssen, teilnehmen!«

»Willst du etwa kommen?« Marie war erstaunt. Mehr noch,

sie war etwas erschrocken. Und zwar darüber, dass sie das weder erwartet noch unbedingt erhofft hatte.

Frau Rasenfeld hatte die Organisation sofort an sich gerissen. Offenbar hatte Olivias hervorragende Leistung für den Förderverein bei ihr einen verstärkten Konkurrenzdruck erzeugt. Sie hatte daraufhin ein Komitee gegründet, in das Olivia aus fadenscheinigen Gründen nicht eintreten durfte, und die Planung des Sommerfestes für die Grundschule in eine neue Dimension gehoben.

»Leider nein. Ich muss nach Singapore.«

»Ach.«

Constantin schwieg.

»Außerdem würde ich stören?« Wenn er das Deutsch derart korrekt nutzte, war Marie in der Regel total hingerissen. Jetzt überlegte sie nur mutlos, dass sie Natalia eigentlich hatte fragen wollen, ob Jakub mit Adam zum Schulfest komme.

Aber Constantin und Jakub gleichzeitig am selben Ort? Nein, dafür war sie einfach nicht geschaffen. Das wäre zu viel. Daher war sie erstaunt, dass sie regelrecht froh war, dass Constantin nicht kam. Das war das erste Mal in den letzten sechs Jahren.

»Mary? Bist du noch dran?«

»Was?« Marie merkte an seiner Stimme, dass irgendwas von ihr erwartet wurde.

»Stören, warum solltest du stören.«

»Tut mir leid. Aber ich komme nächstes Mal.«

»Florian wird außer sich sein, wenn du dann mal wieder kommst! Absolut. Egal wann.«

»Und du?«

»Wieso ich?«

»Freust du dich dann auch?«

»Nicht nur ein bisschen, Constantin! Ich freu mich immer sehr, dich zu sehen.« Sie lachte, aber es klang nicht ganz überzeugend.

»Ich hab das Gefühl, ich bin dir etwas lästig? Ich will dich nicht verlieren ...«

»Unsinn. Verlieren. Unsinn. Ich bin sehr froh, dass ich hier in Berlin meine drei Mädels habe, wirklich, aber ich werde doch nicht meinen bajuwarischen Freund deswegen vernachlässigen.«

Das schien ihn nicht zu beruhigen. Wieso sprach er von Verlieren? Wer kämpfte denn hier seit sechs Jahren verzweifelt darum, *ihn* nicht zu verlieren?

»Ist es so?«

»Ach, Constantin. Nun hör aber auf. Das ist albern.« Sie sprach mit ihm wie mit Florian, der glaubte, die mütterliche Liebe sei versiegt, weil er nach dem Zähneputzen keine Schokoladenpuddings mehr essen durfte.

»Mary, du wirkst plötzlich so weit weg.«

»Nun ja, Berlin, wo ich jetzt lebe, liegt ja auch nicht gerade neben München, wo du lebst.«

»Das meine ich nicht.«

»Ach, Constantin! Du bist doch –«, beinahe hätte sie gesagt: ›Meine große Liebe‹, aber das würde nie über ihre Lippen kommen, »– was ganz Besonderes in meinem Leben. Du bist weder lästig noch ersetzbar.«

»Dachte in letzter Zeit immer mehr, du hast einen neuen Verehrer.«

»Ich?«

»Sure.«

»Ach was«, sagte Marie.

Leider nicht, ging es ihr durch den Kopf.

⌣

Als Marie am übernächsten Tag nach der Arbeit Florian und Adam abgeholt hatte, hatte sie schon so ein ungutes Gefühl.

»Und, wir war es in der Schule?« Marie wollte Adam den Schulranzen abnehmen, aber er hielt ihn wie immer umklammert und wollte ihn auf keinen Fall Marie geben. Sie ließ dem Jungen seinen Willen und wartete, bis er umständlich in dem Mini geklettert war und den sich andauernd verkantenden Ranzen schließlich an Florian weitergab, der ihn geduldig auf der anderen Seite des Wagens wieder nach draußen reichte, wo Marie ihn zusammen mit Florians in Empfang nahm, um beide dann auf den Beifahrersitz zu legen. Die kindliche Umständlichkeit machte Marie zu schaffen.

Adam machte sehr deutlich, dass er Marie nicht mochte.

Aber sie *wollte* von ihm gemocht werden. Nicht nur wegen Jakub. Nein, Adam war wirklich ein süßer, kleiner Junge mit traurigen Augen. Sie fühlte, dass es ihr einen kleinen Stich gab, wenn diese Augen sie so streng anschauten.

»Mama, hör mal. Die Zuckerpolizei hat mir einen Strich gegeben, weil ich meine Schokolade auf dem Hof gegessen habe. Musst du unterschreiben. Aber Frau Gabbai hat mich gelobt. Ich wusste was.«

Marie erschrak. Einen Strich? Oh Gott. Bisher war es immer ihre kleine persönliche Genugtuung gewesen, wenn sie Florian morgens ein Stück Schokolade in die Brotbox packte. Dass sie ihren Sohn dadurch in Schwierigkeiten bringen würde und er möglicherweise vor seinen Klassenkameraden gerügt wurde, hatte sie natürlich nicht gewollt. War der Strich ein Hinweis, dass sie als Mutter versagt hatte? War es nicht eher *ihr* Strich?

»Okay. Ich unterschreibe das.«

»Siehste, Adam. Meine Mutter unterschreibt das. Siehste, sie ist nämlich trotzdem total nett.«

Was genau sollte das jetzt heißen? Adam antwortete nur mit leisem Gemurmel, das Marie nicht deuten konnte. Den kurzen Weg nach Hause legte sie schweigend zurück. Als sie eingeparkt hatte und Adam den Schulranzen reichte, fragte sie möglichst neutral: »Und, Adam? Kommt dein Vater auch zum Schulfest?«

»Nö. Ich will ihn nicht da haben. Ich will lieber meine Mama.«

»Verstehe. Wieso denn nicht beide gleichzeitig?«, fragte Florian in aller Unschuld. Marie war die Spucke weggeblieben.

Aber Adam schwieg. Und bevor Marie ihn fragen konnte, ob er noch zu Florian zum Spielen kam, rannte der schon wie angepikt die Treppen hinauf.

»Was hat er denn?«

»Ach, Mama. Er mag dich nicht. Weiß ich auch nicht. Ist doch egal.«

»Er mag mich nicht? Egal? Das ist MIR aber nicht egal!« Marie stand am Briefkasten und öffnete ihn, wieder fiel ihr ein Stapel Werbeflyer auf die Füße.

»Ja. Ist doch egal. Ich mag dich ja.« Florian tätschelte sie freundlich am Arm.

»Was hab ich Adam denn getan?«

»Ach.«

»Sag schon, Florian, was ist los?«

»Ni-hix«, entgegnete er genervt und schlenkerte unwillig mit seinem Turnbeutel herum.

»Aber, ich … aber.«

»Manno. Ist doch e-ga-hal.«

»Nein. Ich will das wissen.«

»Er will seine Mutter wiederhaben. Und du, du … na ja … sein Vater redet so viel von dir. Und. Na ja.«

Marie war entsetzt. Aber warum mochte Adam sie dann nicht? Oder empfand er sie etwa als Konkurrenz zu seiner Mutter?

»Das heben Sie aber alles auf, ja?«, hörte sie jetzt die kratzige Stimme der Nachbarin, für Florian ein willkommener Anlass, schnell die Treppe hinaufzuflitzen. Marie stand wie betäubt da. Jakub redete von ihr. Er redete von ihr.

»Hören Sie? Heben Sie das auf!«

»Ja-ha. Ma-hach i-hich!«, brüllte Marie zornig darüber, bei einem netten Gedanken derart gestört worden zu sein. Die Frau verschwand daraufhin erstaunlich eilig in ihrer Wohnung.

Marie drehte gerade den Schlüssel im Wohnungstürschloss um, als die Nachbarstür aufging. Natalias Kopf schob sich suchend heraus, sah zu ihr herüber, winkte, drehte sich dann um und rief nach ihrem Vater. Natalia musste ihn regelrecht anschieben, damit er zu Marie rüberging.

»Hi«, sagte er merkwürdig kühl.

»Hi, Jakub.«

Er schwieg, blieb vor ihr stehen. Florian drückte sich an Jakub vorbei, ohne ihn aus dem Blick zu lassen, und lehnte sich an Maries Bein.

»Hallo, Jakub. Ich habe heute einen Strich von der Zuckerpolizei bekommen. Aber meine Mutter unterschreibt das. Ich mag meine Mutter.«

»Oh. Ja. Nette Mutter.«

Florian hatte keine Angst vor Jakub. Ihn faszinierte der Mann, der aus seiner Perspektive riesig scheinen musste.

»Jakub, was ist los? Kann ich was für Sie tun?« In ihrem Kopf fügte sich gerade alles zusammen. Adam, der seine Mutter vermisste. Adam, der Marie nicht mochte, ja, sogar sagte, er hasse sie. Ein Kinobesuch und mehrere Momente, die hauchzart an einem Kuss vorbeigegangen waren.

War Jakub deswegen so komisch zu ihr? Weil er Angst hatte, seinen Sohn vor den Kopf zu stoßen? Adam, der Marie einfach nicht in ihrem Familienleben haben wollte.

Ihr Herz zerknüllte sich, aber sie ließ sich nichts anmerken.

Jakubs traurigen Augen warfen ihr einen langen, langen Blick zu. Entschuldigend und schüchtern. Er sah sie an, als betrachte er etwas, das er gern hätte, aber nicht haben konnte.

Sie kannte das. Es war ein seit sechs Jahren gut archiviertes Schreckensbildnis. Marie schluckte kaum merklich ihren Kloß im Hals runter. Wenn ein Mann eine Frau so ansah, war klar, dass er sich gegen sie entschieden hatte.

Und Marie konnte ihm nicht mal wirklich böse dafür sein.

Was war das nur für ein verflixter Mist mit den Männern? Sie wollten einen nicht, und man musste ihnen trotzdem verzeihen? Weil sie immer so verdammt gute Gründe hatten, einem das Herz zu zerbröseln? Am liebsten hätte sie vor Wut auf ihn eingeboxt.

Ruhig. Durchatmen. Wir wollen doch ein pädagogisch wertvolles Mitglied der Gesellschaft sein.

SCHEISS DRAUF!!!

Marie räusperte sich, während sie Jakub dabei beobachtete, wie er einen kleinen, weißen Zettel aus der Hosentasche zog und ihr hinhielt. Der Termin für Natalias Frauenarztbesuch.

»Soll ich mit ihr dahin gehen? Das mache ich natürlich. Wann ist der Termin?« Marie lächelte unverbindlich, während in ihrem Inneren alles aufschrie.

Nicht noch eine Freundschaft, nicht noch einmal das graue Dasein eines Kumpels, den man anrufen konnte, wann immer man ihn benötigte, und den man charmant, aber doch besitzergreifend darauf hinweisen konnte, wenn man das Gefühl hatte, er vernachlässige einen.

Nun tauchte Adam neben Natalia auf. Mit gerunzelter Stirn sondierte er die Lage. Jakubs Reaktion daraufhin war absolut logisch und eindeutig: Er ging augenblicklich einen Schritt rückwärts. Weg von Marie.

»Wir sehen uns dann morgen, Natalia«, sagte Marie mehr zur Verdeutlichung für Adam als für die anderen.

Sie war nicht der Typ, der beleidigt war, nur weil man sich

nicht genug in sie verliebt hatte. Und nein, das Mädchen hatte damit sowieso nichts zu tun. Frauen müssen zusammenhalten. Was konnten die schon dafür?

Und der Junge? Der vermisste seine Mama. Das war normal, ja fast richtig so.

Es war einfach alles nur ein Missverständnis. Liebe als Missverständnis, genau das war es. Sie würde es schon verkraften.

»Werden Sie dann so lange auf Florian aufpassen? Vielleicht mit Adam und ihm zum Fußballplatz gehen?« Marie wandte sich an Jakub. Der starrte sie immer noch an. Ein hoffnungsloser Fall, dachte Marie betrübt. Wie viel Hoffnung konnte man überhaupt als Frau in dieser blöden Welt haben? Seit sie Constantin kannte, war Marie klar geworden: Die Hoffnung stirbt zuletzt – aber sie stirbt. Was Jakub anging, starb sie jetzt, in diesem Augenblick.

»Fußball? Gerne.« Er räusperte sich und nickte. »Adam? Wollen wir morgen mit Flo in den Park Fußball spielen gehen?« Schuldbewusst.

»Okay.«

Marie war damit zufrieden. Nicht dass Jakub es zu einfach hatte, nicht dass er ihren Sohn vor dem Fernseher platzierte und ihn alberne Heroen-Comics anschauen ließ. Er sollte sich anstrengen müssen.

Natalia sah von ihrem Vater nachdenklich zu Marie. Sie war eine Frau, sie würde wissen, was hier passierte. Und wenn nicht jetzt, dann war es besser, es bald zu lernen.

»Das, das ist sehr nett von – dir, Marie«, sagte Jakub. Es klang wie eine Entschuldigung.

»Ich mache das gerne. Für Natalia.« Auch das im gleichen Tonfall. Mit derselben Pause. Freundlich, verbindlich, aber klar. Sie tat nichts, um ihn oder Adam zu gewinnen. Sie tat es, weil sie es so wollte.

Nachdem Florian in seinem Zimmer verschwunden war, um seine Lego-Sachen für die Verabredung bei Olivia und Agata zusammenzupacken, warf sich Marie aufs Sofa und griff zum Handy. Wie sollte sie das alles nur ihren Freundinnen schreiben? Wie sollte sie klarmachen, dass alles beendet war. Mit Jakub. Jetzt schon. Ende mit der Hoffnung, Ende mit der kleinen, so leicht dahergekommenen Verliebtheit.

Marie bemerkte erst jetzt, dass in ihrem Viererchat eine ganze Menge Nachrichten aufgelaufen waren. Sie überflog sie eilig.

Alexa vermutete nun ernstlich, dass Martin fremdging. Noch ein Schock.

Marie seufzte. Sie merkte, wie ihr das naheging. Näher, als sie es zugeben wollte. Die Sache mit Alexa und diesem ungestümen Martin, der so liebevoll und so geduldig seine Liebe zu Alexa dadurch bewies, dass er mit so großem Aufwand alles daransetzte, ihre Beziehung am Laufen zu halten, hatte Marie ein wenig Hoffnung gegeben. Hoffnung, dass es das wirklich gab. Dass Männer sich auch anstrengten und nicht einfach im Vorbeifahren das nahmen, was sie gebrauchen konnten von einer Frau, und ohne Rücksicht auf Verluste ihren Weg weitergingen.

Als sie kurze Zeit später bei Olivia ankamen, saß Alexa schon vor einem Glas Rotwein und Erdnüssen auf dem Sofa.

Eigentlich hasste sie Erdnüsse. Wahrscheinlich bekam sie nachher fürchterliche Bauchschmerzen. Das war immerhin besser als Liebeskummer.

Katrin war heute Morgen aus der Klinik entlassen worden. Eigentlich sollte das hier eine Art Willkommensparty für sie werden. Doch die Stimmung war düster.

»Wie geht es dir?«, fragte Marie leise und umarmte Katrin zart.

»Frag lieber, wie es Alexa geht! Sie versucht sich nichts anmerken zu lassen, aber sieh selber, sie isst Erdnüsse!«, wisperte Katrin zurück.

Olivia wirkte fahrig. Sie, Alexa und Marie hätten gern gewusst, ob Katrins Behandlung erfolgreich gewesen war, und Katrin hüllte sich in stoisches Schweigen.

Alexa blickte von ihrem Weinglas auf. »Schön, dass du da bist, Marie«, sagte sie und bemühte sich, möglichst ungezwungen zu lächeln. »Los erzähl, wie geht es dir? Was macht Jakub?«

Marie holte tief Luft, und dann erzählte sie. Davon, dass Adam offenbar ein riesiges Problem mit der Trennung seiner Eltern hatte. Und dass Jakub so feinfühlig war, darauf Rücksicht zu nehmen. Den Beinahekuss in seiner Küche verschwieg sie, das war eh alles nur ein Irrtum der Geschichte gewesen.

»Schade. Jakub wirkte so ... nett«, sagte Katrin. Olivia strich sich über die Stirn und wirkte ratlos. Ein seltener Anblick bei ihr.

»SCHEISSDRECK!« Alexa warf die Erdnüsse zurück in die Schale »Jetzt hab ich Bauchschmerzen.«

»Alexa. Jetzt erzähl du doch mal! Was ist mit Martin?«

»Scheiße. Der Typ ist doch einfach ...«

»Mensch, Mädchen, dann sag ihm doch einfach mal, wie viel dir an ihm liegt.«

»Nein, jetzt doch nicht mehr!«

»Doch!« Marie nickte eifrig. »Gerade jetzt!«

»Ach, hört auf. Die Sache ist gelaufen. Nicht mehr von ihm reden. Kann mir einer einen Magentee machen?«

»Aber sicher. Komm mit.« Olivia nahm sie bei der Hand.

Auf der Fahrt zur Gynäkologin war Natalia sehr ernst. Sie saß stumm neben Marie auf dem Beifahrersitz und hielt sich an dem kleinen Terminzettel fest.

»Einige meiner Freundinnen waren auch schon da.« Es klang, als spreche Natalia von einem indianischen Initiationsritus, bei dem die rituelle Einführung eines Jugendlichen in die Welt der Erwachsenen vorgenommen wurde.

Irgendwie war da was dran, dachte Marie.

»Sag mal, hast du denn schon deine Tage?«

»Klar.« Natalia gab Marie das angenehme Gefühl, dass sie ihr blind vertraue und auch so intime Fragen locker beantworte.

»Weißt du noch ungefähr, wann die letzte war?«

»Na ja. Ähem. Hab es mir nicht aufgeschrieben. Sollte ich?« Natalia zog einen Moment die Schultern fast bis an die Ohren.

»So was wird gefragt. Und aufschreiben sollte man es sich schon. Irgendwann wirst du panikartig deinen Kalender anstarren und feststellen, dass ...«

Beide lachten.

»Okay.« Das konnte so ziemlich alles heißen. Dann fragte sie: »Und dieser Stuhl?« Natalia hatte offenbar Horrorberichte darüber über sich ergehen lassen. Kein Wunder. Der Behandlungsstuhl WAR Horror.

»Was ist damit?«

»Mit den Beinen so hoch? Das ist doch schrecklich!«

»Wie willst du denn als Arzt sonst eine Frau untersuchen? Soll er sich eine Werkstattgrube buddeln so wie beim Autohändler, wo die Wagen drüberfahren müssen, damit man den Unterboden über Kopf untersuchen kann?«

Natalia zog erschrocken die Augenbrauen hoch und lachte dann laut los. Die Aufregung machte sich Luft.

»Nein, nein, iiiehh, neee, nein, wahrscheinlich nicht.«

»Na, also. Wenn der Arzt dich untersucht, dann einfach ruhig atmen und dich entspannen. Geht alles ganz schnell. Bist du noch Jungfrau?«

»Ja.«

Natalia lachte wieder. »Sie sind echt großartig, Marie. Wirklich. Danke, dass Sie für mich da sind, obwohl das ja alles mit Papa gerade nicht gut läuft …«, sagte Natalia verschämt, als sie vor der Praxistür standen, und griff Marie bei der Hand.

»Na, dann los.«

Es dauerte einige Zeit, bis sie aufgerufen wurden. »Humpert, bitte!« Das war der Name von Natalias Mutter. Marie hob den Kopf und schaute Natalia an. Die ergriff wieder ihre Hand.

»Kommst du mit? Bitte?«

Marie nickte und tat, als wäre es das Selbstverständlichste von der Welt. Freundinnen helfen einander. So wie Olivia, Alexa, Katrin und sie.

Der Arzt schien um die sechzig zu sein und erfahren im Umgang mit den zerbrechlichen Seelen der Frauen.

»Frau Humpert!« Er reichte Natalia die Hand, hielt sie einen Augenblick, nahm sich die Zeit, dem jungen Mädchen in die Augen zu blicken. Er schien abschätzen zu wollen, in welchen Zustand der jugendlichen Verwirrung sie sich befand. Natalia war zwar aufgeregt, doch ihre gute Laune war zurückgekehrt, und sie lächelte.

»Und Sie sind die Mutter?«

»Nein, ich habe keine Mutter. Sie ist die Freundin meines Vaters«, kam Natalia ihr zuvor.

»Ich bin vor allem die Freundin von Natalia«, berichtigte Marie sanft.

»Weiß der Vater von Ihrem Termin?« Er wandte sich wieder an Natalia, was Marie sehr sympathisch und klug fand. Natalia lachte. »Oh ja! Er wollte mitkommen, aber ich konnte ihn in letzter Sekunde daran hindern.«

Der Gynäkologe lachte.

»Also gut. Ich muss Sie darauf hinweisen, dass ich, da Sie noch 14 Jahre sind, Ihrem Vater Auskunft erteilen muss, sofern er das wünscht. Ab 16 dürfen Sie dem widersprechen. Ab 18 Jahren ist alles, was hier bei einer Untersuchung geschieht, allein Ihre Privatsphäre und unterliegt der Schweigepflicht.«

Er machte das gut. Freundlich, verbindlich, aber sachlich klar. Er sprach mit Natalie wie mit einer Erwachsenen, und das gab ihr offensichtlich viel Selbstvertrauen.

Es war alles in Ordnung, und Natalia bekam ihre erste Pille verschrieben. Als die beiden in die Apotheke gingen, um das Rezept einzulösen, schien in Natalias Gesicht einen kurzen Moment die Frau erkennbar, die sie mal werden würde. Und vielleicht erkannte das Mädchen jetzt schon, dass es in der Erwachsenenwelt letztendlich immer darum ging, sich selber schadlos zu halten, wenn es um Liebe ging. Vorsicht walten lassen, Schutz aufbauen, sich selbst um alles kümmern.

»Willkommen in der Welt der Frauen.« Marie nahm Natalia fest in den Arm, als sie wieder aus der Apotheke traten.

»Marie, ich weiß gar nicht, wie ich mich bei Ihnen bedanken soll.«

»Wofür? Und viel wichtiger: Du musst mich jetzt duzen. Wir sind jetzt Freundinnen. Das ist so offiziell Usus nach gemeinsamen Frauenarztbesuchen.«

Sie gingen ein Eis essen und plauderten. Natalia sprach zwar über ihren Vater, aber schien nicht mehr verkuppeln zu wollen.

»Adam hat Kummer. Er vermisst unsere Mutter so sehr ...« Marie drückte Natalia stumm die Hand.

»Es tut mir leid, Marie. Papa hat dich eigentlich furchtbar gern. Nicht böse sein mit Adam.«

»Ach wo. Es ist ja nichts passiert. Alles gut.« Marie hätte sich für diesen Spruch, der jeder Heiligen zu blöd gewesen wäre, am liebsten geohrfeigt.

12. KAPITEL

Bacchus
(Öl auf Leinwand, 1598, Caravaggio)

Nach den letzten turbulenten Wochen, die angefüllt gewesen waren mit Infoflyern zum Schulfest, Listen, in die man sich als Eltern eintragen musste, um Dienste zu übernehmen, Aufrufe für Geld- und Sachspenden, war nun endlich der Tag des Schulfestes gekommen. Der Flurfunk, also das Müttergetuschel auf den Spielplätzen und dem Schulhof, klang verheißungsvoll: Es sollte ein fulminantes Kuchenbuffet (Wochen vorher waren zuckerreduzierte spezielle Rezeptanweisungen verteilt worden) geben, außerdem einen Fruchtsorbet-Stand, Tofu-Würstchen, Karaoke, eine Geisterbahn, viele kleine Spiele und einen kleinen Flohmarkt.

Marie, Katrin und Alexa hatten sich an den Vorbereitungen beteiligt, nur Olivia hatte sich geweigert, zu helfen.

Am Tag des Schulfestes klingelte Marie bei Olivia. Die vier wollten sich mit den Kindern vorab bei ihr treffen.

»Ach, Marie, wir wissen gar nicht, ob wir bei dieser Hitze noch gleich in die Schule gehen sollen zu diesem kleinen Fest! Und hast du Adam nicht mitgebracht?« Olivia trug einen goldfarbenen Overall. Sie war perfekt geschminkt, ihre Haare waren zu einem Meisterwerk aufgetürmt. Keine Frage, sie war für den Kampf gerüstet und würde SELBSTVERSTÄNDLICH gleich auf dem Fest, das ihre erklärte Feindin organisiert hatte, erscheinen und jeden kleinen Fehler gnadenlos aufdecken.

»Na, Olivia? Die Rasenfeld wird aber heute keine Freude an dir haben, was? Ich hab gehört, du hast dich zu KEINEM Dienst eingetragen, stimmt das?«

»Hm«, machte die nur schnippisch. »Ich werde mich einfach zum Fräulein stellen.«

»Gute Idee.«

»Habt ihr den Plan gesehen? Ich habe heute Morgen einen Blick draufwerfen können, als die Rasenfeld wieder mal Listen rumreichte. Frau Gabbais Flohmarkt hat sie hinten auf die letzte Ecke des Schulhofs gepackt. Neben die Mülltonnen!« Olivia war richtig wütend.

»Das ist ja unfassbar!« Katrin schüttelte den Kopf. Alexa war heute ungewöhnlich still.

Sie sah verweint aus.

»Martin?«, fragte Marie besorgt zu Katrin hinüber und zog ihre Schuhe aus. Sie bekam von dem namenlose Schönen ein Glas Sekt, der so kalt war, dass das Glas beschlug.

Olivia und Katrin nickten dezent.

»Ja. Martin. Hier.« Alexa schob ihr Handy rüber. Auf dem Display war ein Foto von Martin, der mit einer jungen Dame sprach und dabei lachte. Sie wirkten sehr vertraut.

Marie nahm das Handy und betrachtete das Bild eingehend und vergrößerte es.

»Wer hat das gemacht?«

»Meine Kollegin Astrid. Sie hat die beiden in der Stadt gesehen.« Alexa strich sich das Haar zurück. Katrin hatte bereits ihre Hand auf ihren Arm gelegt. Olivia holte tief Luft, als wollte sie sagen, sie habe es ja immer gewusst.

Marie schaute die drei an. Sie waren die besten Freundinnen der Welt, keine Frage, aber sie hatten deshalb nicht immer recht. In den langen Nächten, in denen sie wegen Jakub wach gelegen hatte, war ihr immer wieder der Gedanke gekommen, dass es Alexa von ihnen allen am besten hatte. Sie hatte einen Mann, der sie liebte und um sie kämpfte. Warum also heulte sie? Martin kämpfte sich so ab an ihr. Und sie stieß ihn immer wieder zurück. Und jetzt sollte er trotzdem auf Abruf bereitstehen?

Marie sah noch einmal auf das Bild, grinste, als sie das erkannte, was offenbar sonst keine ihrer Freundinnen gesehen hatte, und gab Alexa das Handy zurück.

»Sag mal Alexa, warum weinst du eigentlich?«

»Tu ich gar nicht.«

»Wohl.« Katrin war ganz erstaunt, dass Alexa so etwas Offensichtliches leugnete.

Marie ließ nicht locker. »Alexa, warum weinst du?«

»Ich hab es immer gewusst. Er wird irgendwann eine Frau in seinem Alter finden und –«

»Alexa!«, donnerte Marie dazwischen. Ihre Freundinnen rissen erstaunt über ihre ungewohnt lauten Worte die Augen auf. »Ich fragte, warum du weinst. Man weint nicht über eine Katastrophe, die man schon erahnt hat. Man weint, weil das, was da passiert einem einen Tiefschlag versetzt. Wenn du es gewusst hast, okay, und wenn es dir egal wäre, auch okay, aber dann weint man nicht. Schon gar nicht so eine supertolle Frau wie du!«

»Gar nicht wahr. Ich bin gar nicht supertoll. Und ich weine gar nicht, weil ich nämlich genau gewusst habe, dass es so endet.«

»Du weinst wohl!«

»Schätzchen, rede nicht so einen Sinnlos.«

»Das heißt Unsinn, Oli!«

Oli hob entschuldigend die Hände.

»Dann weinst du also nur, um das wasserfeste Make-up zu testen?« Das saß. Alexa war regelrecht zusammengezuckt.

»Alexa. Sag sofort. Warum weinst du?« Marie war unerbittlich.

»Ich, ähm, ich finde das schrecklich gemein. Ich bin doch nun mal so alt, wie ich bin. Und wenn er doch eine Jüngere – warum dann nicht gleich?« Sie weinte nun noch mehr. Marie sah ihr genau dabei zu. Ja, Alexa war verzweifelt, aber war das nur verletzte Eitelkeit? Nein. War es nicht.

»Alexa, warum genau weinst du? Ich will, dass du das jetzt mal laut sagst.«

»Ich bin wütend. Richtig wütend.« Das stimmte nach Maries Auffassung zwar nicht, aber sie nickte Alexa aufmunternd zu, damit sie weitersprach.

»Ihr könnt euch das nicht vorstellen. Immer bin ich auf der Hut. Immer geschminkt, immer etwas jünger gekleidet, als ich das so gut finde. Und immer aufpassen, dass er mich im Bett nicht zu lange im Licht sieht. Und ich werfe ihn nachts raus, damit er mich morgens nicht beim Aufwachen sieht. Dabei (sie trötete ins Taschentuch), dabei wäre es so schön, wenn wir mal morgens zusammen frühstücken würden. Mit Ben zusammen. Das wäre doch nett, oder verlange ich zu viel? Und all dieser Aufwand! Und jetzt sagt er nicht mal, dass er sich eine Jüngere geangelt hat! Wie feige ist das denn?«

»Schon gut. Aber warum weinst du!«

Marie wurde von ihren Freundinnen einen Augenblick lang angestarrt. Keine von ihnen verstand ihre Frage.

»Hab ich doch gesagt!«, keifte Alexa. Katrin schaute Marie an. Mit einem kleinen Stirnrunzeln schien sie Marie fragen zu wollen, warum sie plötzlich so grausam war.

»Alexa, warum weinst du?«

»Weil, weil – «

»Issich das nötig, Marie?« Selbst die emotional robuste Olivia konnte sich nicht länger die Tränen ihrer Freundin ansehen.

»Warum, Alexa?« Marie ließ nicht locker.

»Weil ich den Scheißkerl doch liebe. Er ist so unfassbar klug und witzig. Er ist einfach süß. Und mit meinem Jungen. Er ist so. Ich fasse einfach nicht, dass er wegwill.«

Olivia und Katrin klappte die Kinnlade runter. So hatten sie

Alexa noch nie erlebt. Olivia warf Marie einen bewundernden Blick zu. Marie nickte.

»Du liebst ihn also doch!« Olivia war erstaunt.

»Natürlich liebt Alexa ihn!«

»Vielleicht solltest du Martin das mal sagen.« Olivia sagte das zwar bestimmt, aber deutlich sanfter, als Marie es gesagt hätte.

»Was?«

»Dass du ihn liebst, Schätzchen. Männer sind ja auch nur Menschen.«

»Aber, aber er geht sowieso. Ist das nicht so? Jetzt oder später.«

»Schön. Wenn du das weißt, kannst du die Zeit vorher ja auch genießen, anstatt sie vorher schon mit derartigem Stress zu verbringen.« Marie dachte an Jakub. Aber auch an Constantin.

»Ja, du bist immer ein bisschen streng mit ihm.« Katrin strich Alexa liebevoll eine Haarsträhne aus dem Gesicht.

»Aber, aber ...!«

»Ich verrate dir mal was, Alexa. Martin braucht dich. Er bewundert dich, aber er braucht auch ein bisschen von Alexas Herz. Weißt du? Du musst ihn mal ein bisschen an diese Alexa ranlassen.« Marie zeigte auf ihr Herz.

»Aber jetzt ist es doch zu spät?«

»Nein. Ist es nicht. Die Frau hier auf dem Foto ist seine Schwester.«

»Seine? Was?« Alexa, Katrin und Olivia griffen gleichzeitig zu dem Handy und starrten auf das Bild.

»Wieso?«

»Woher willst du das wissen? Kennst du die?«

»Du kannst sie doch gar nicht kennen!«

»Nein, tue ich auch nicht. Hier in Berlin kenne ich so gut wie gar keinen außer euch Hühnern. Und diese Elternelite von der Schule. Aber das ist unter Garantie bloß Martins Schwester. Vielleicht hat er sie getroffen, weil er mal ein bisschen Unterstützung wegen dir benötigt. Wie war das noch? Männer sind auch nur Menschen?«

»Hä?«

Marie lehnte sich in ihrem Stuhl zurück. Man brach sich keinen Zacken aus der Krone, wenn man jemanden liebt, der einen nicht zurückliebt, dachte sie still bei sich, während sie ihre Freundinnen betrachtete. Ja, das ist wahr. Man sollte dem Exgeliebten nicht unnötig die Puschen hinterhertragen, das ist auch wahr, aber von vornherein die Liebe unterdrücken, war absoluter Blödsinn. Man liebt, bis es sich bei einem der Beteiligten ausgeliebt hat. Dann versorgt man die eigenen Wunden, dankt, klopft sich den Staub ab und geht seiner Wege. Marie war regelrecht erschrocken über die Klarheit dieses Gedankens. Es klang einfacher, als es war, sicher, aber oft machte man es sich nur selber schwer.

»Bist du sicher?«

»Absolut.«

Marie tippte auf das Foto der Frau. Ihr geübter Blick hatte sofort gesehen, dass Augen und Mundpartie sich deutlich ähnlich waren, und die Art, wie die beiden eine Tasche festhielten, mit dem leicht gekrümmten Handgelenk, war exakt gleich. Das war nicht etwas, das zufällig geschah. Es sah aus, als imitierten sie unwissentlich ihre Eltern. Gemeinsame Eltern, also Geschwister.

Ihren Freundinnen brauchte sie das alles nicht zu erklären, denn Martin kam in diesem Augenblick in den Garten.

»Hi«, sagte er und strahlte über das ganze Gesicht.

»Hallo, Liebes. Bin etwas spät. Ich wollte euch jemanden vorstellen.

Das ist Michaela. Meine Zwillingsschwester.«

Das Schulfest war gut besucht. Sehr zum Ärger von Olivia, die wutentbrannte Blicke in den wolkenlosen Himmel schickte. Sie gönnte ihrer Intimfeindin nichts. Alexa hingegen beteuerte zum hundertsten Mal Martin gegenüber, dass sie einen Heuschnupfenanfall hatte und er sich wirklich keine Sorgen machten musste wegen ihrer roten Augen. »Aber süß von dir, dass du dich sorgst«, sagte sie nach einer kleinen Pause und gab ihm einen Kuss, der allerdings danebenging und sein Ohr traf.

»Ich muss zum Würstchenstand.« Marie deutete zu einem Tisch, auf dem zwei riesige Bottiche für Bockwürstchen standen. Direkt daneben war ein schwerer Grill aufgebaut. An dem Grill stand bereits Bernd und winkte.

»Oh, nee. Nicht der.« Katrin hatte sich mit Marie zum selben Dienst eingetragen. Bernd trug ein T-Shirt mit einem Foto von Steve McQueen und schaffte es, mit dem Konterfei eines der coolsten Schauspieler aller Zeiten dämlich auszusehen.

Frau Rasenfeld, die sich aufführte wie eine Hausherrin in einem Schloss, kam auf sie zugewackelt.

»Olivia! Wie reizend!« Sie schaute auf ihr Klemmbrett und wiederholte überbetont für Katrin und Marie den eingetragenen Würstchenstanddienst. »Und die liebe Alexa? Ach, hier. Getränke. Und wofür hast du dich eingetragen, liebe Olivia?« Als wäre ohne ihre Hilfe die Welt aus den Angeln. Für Olivia fand sie keinen Eintrag. Ihr Lächeln fror ein.

»Oh, das hab ich wohl glatt vergessen.« Olivia grinste. »Ach, ich schaue einfach mal, ob ich mit meiner Tochter nicht dahinten in der Ecke das Karaokesingen etwas in Gang bringen kann!« Sie schob die Rasenfeld einfach zur Seite. »Und dann gehe ich mal zum Flohmarkt. Wer betreut den? Frau Gabbai, oder? Sie ist so eine großartige Referendarin, nicht wahr? Die Kinder lieben sie!«

Das Fest war ausgesprochen gut organisiert. Auf gro-ßen, selbstgemalten Schildern wurden eine Geisterbahn, die Karaoke-Show und ein Schattentheater angepriesen. Pfeile zeigten auf eine Buttonmaschine, einen Verkehrsparcours in der Turnhalle und irgendwo in einer Ecke zum Torwandschie-ßen. Das Scheppern von Blech kündete von Dosenwerfen. Es liefen zwei Stelzenmänner herum und machten Seifenblasen, und der unvermeidbare Luftballonfigurenmann war umringt von hüpfenden Kindern. Irgendjemand leierte an einer Dre-horgel herum.

Olivia kam von ihrer Inspektionsreise über den Schulhof zurück und zog Marie beiseite: »Der Flohmarkt läuft gar nicht. Totes Hemd, total totes Hemd! Aber was ich noch sagen wollte: Das war eben großartig, wie du das mit Alexa gelöst hast. Marie! Ich wusste ja immer, dass was ganz Beson-deres steckt in dir. Aber sag, warum bist du so böse?«

»Wie?«

»Böse, na, wütend irgendwie.«

»Mit wem?«

»Mit dir selber? Was ist los?«

Marie gab ihren Widerstand auf. Olivia schien sie mit ihren Blick ganz und gar zu durchleuchten. Sie überlegte kurz, ob sie beide weit genug von dem neugierigen Bernd weg standen und erzählte Olivia vom Zwischenfall mit Jakub.

»Es wird nichts. Ich vermute, das ist alles zu viel für ihn. Plötzlich alleinerziehend und dann auch noch ich.«

»Und du bist auch nicht gerade einfach.«

»Was soll das denn heißen?«

»Constantin. Ich glaube nicht, dass Jakub derartige Kon-kurrenz ertragen könnte.«

»Ja, mag sein. Aber vergessen wir es.« Marie versuchte tap-fer zu sein und war froh, dass Olivia sie nicht allzu bemutterte, sondern kurz und knapp antwortete: »Ist polnische Seele.«

Olivia nickte, suchte Süßes in ihrer Tasche mit Zebrastreifenoptik. »Ist kompliziert. Er will alles können und bewundert werden. Keine Konkurrenz und schon gar nicht Probleme, die ihm eine Frau löst. Wir finden einen anderen Mann für dich.«

Agata kam und zerrte an ihrer Mutter herum.

»Mama, Karaoke.«

Marie winkte den beiden nach und kümmerte sich dann mit Katrin um den Verkauf der Würstchen.

Plötzlich stand Natalia vor ihnen und grinste. Sie hatte Adam mitgebracht, der sofort zu Agata und Florian rannte.

Im Hintergrund hörte man eine klare Frauenstimme »When the Rain begins to fall« schmettern. Das Publikum strömte neugierig zu der kleinen Bühne. Frau Rasenfeld schaute den Interessierten mürrisch hinterher.

»Ist das nicht …?«

»Ja. Das ist sie. Unsere Oli.«

»Und da drüben! Schau dir Alexa an. Wie sie da zwischen Martin und seiner Schwester Getränke verkauft. Sie ist richtig glücklich.«

Marie hielt es eher für die letzten Auswirkungen des überstandenen Schocks. Sie fragte sich, ob Alexa aufhören konnte, sich so viele Gedanken zu machen. So viele Gedanken wie Marie. Über Jakub. Warum hatte er nur so schnell aufgegeben? Was machte sie eigentlich ständig falsch, dass sie die Männer nicht halten konnte? Hatte er sie doch nicht so richtig gemocht? War er die genetische Missbildung eines pathologischen Kumpeltyps? Oder war es *nur* wegen Adam?

»Und? Marie? Kommt Ihr Exmann heute auch?«

»Hm?« Marie wollte dem dusseligen Bernd einfach nicht antworten. Ob der das irgendwann begriff?

»Welcher Exmann?«, flötete Katrin fröhlich.

»Na, dieser geleckte Typ mit dem englischen Auto!«

Genervt drehte sich Marie um und hantierte mit der Kühl-box. Plötzlich stand Alexa vor ihr.

»Nanu! Hast du nicht Standdienst?«, fragte Marie.

»Ja, äh.« Alexa machte große Augen und blickte Marie seltsam an, als wollte sie sie warnen, wüsste aber nicht mehr, wie. Katrin hörte plötzlich auch auf, nach den Bockwürsten zu angeln, und sah ebenfalls merkwürdig starr auf Marie.

Olivia erschien hinter Marie und legte ihr die Hand auf die Schulter.

»Was ist denn los? Wollen wir gleich mal zum Flohmarkt, wenn unser Dienst vorbei ist?«

»Ähem, Marie, wie kämst du eigentlich damit klar, wenn Constantin hier wäre?«

»Lieber nicht. Ich hab momentan echt Probleme mit Männern! Was ist jetzt mit dem Flohmarkt?«

»Jakub und Marie, das klappt nicht«, zischelte Olivia Katrin zu.

»Dann, dann, na, dann finden wir einen anderen. Oder?«

»Was habt ihr bloß? Es ist doch okay. Solange ich die beiden nicht auf einmal um die Ohren habe. Egal. Ich ignoriere sie einfach. Alles gut, ja? Macht euch keine Sorgen um mich. Schön, dass das mit Alexa heute gutging, nicht wahr?«, fragte Marie und angelte weiter Bockwürstchen aus dem Bottich.

»Wir müssen das Fräulein unterstützen. Macht euch mal Gedanken, Mädels.« Marie sah ihre Freundinnen an. Aber keine reagierte.

»Okay. Also einzeln wäre das kein Problem?«, fragte Katrin lahm und grinste sehr merkwürdig.

»Wie? Einzeln zum Flohmarkt? Na, wenn du meinst …«

»Quatsch. Also wenn nur einer da, so, sagen wir, sagen wir, wenn einer da ist, dann kippst du uns nicht gleich aus den Latschen?«

»Wie? Ach. Nein. Mach dich nicht lächerlich. So schnell

haut mich das nicht um.« Marie spürte, wie Olivia die zweite Hand auf ihre Schulter legte.

»Dann ist es ja gut. Jetzt wird es nämlich interessant.« Olivias Stimme klang angriffslustig und deutete mit dem Kinn Richtung Tor.

Und da stand er. Constantin. Als wäre das seine leichteste Übung. Das Jackett lässig über die Schulter geworfen, die andere Hand in der Anzughosentasche. Weißes Hemd, Sonnenbrille.

»Da schauen Sie, Marie! Da ist ja Ihr Exmann!«, rief Bernd begeistert aus, damit es auch ja jeder gut hören konnte.

»Constantin ist hier? Hattest du nicht was von Singapur erzählt?« Katrin seufzte.

»Oh, Shit, warum das jetzt bloß«, sagte Alexa.

»Woher hast du nur diesen Mann?«, seufzte Olivia.

»Woher der ist? Ich glaube an seinem Wagen war bei der Einschulung ein englisches Kfz-Zeichen«, antwortete Bernd triumphierend.

»Schottisch.« Marie klang kraftlos.

»Was?«

»Schottisch. Nicht englisch.« Marie konnte nicht fassen, was da auf sie zukam.

Constantin? Hier? Warum? Was war mit Singapur?

Jetzt hatte Constantin Marie entdeckt und kam auf sie zu. Maries Herz wurde warm. Anders als sonst war es kein Schock. Es fühlte sich angenehm an.

»Himmel! Er sieht aus, als sei er vom englischen Geheimdienst!«, sagte Alexa bewundernd.

»Pah, was soll das für ein Geheimdienst sein? Alle drehen sich nach ihm um!« Olivia war offenbar gut unterhalten. »Guck dir die blöde Rasenfeld an. Ist fast gegen den Stelzenmann geknallt vor lauter Anstarren!«

Dann hatte Constantin sie erreicht. »Hoffentlich komme

ich nicht zur falschen Zeit? Ladys?« Er bedachte jede von Maries Freundinnen mit einem freundlichen, zartschmelzenden Blick und beugte sich wie selbstverständlich zu Marie. Er roch gut. Er gab ihr über den kleinen Tisch hinweg einen Kuss auf die Wange. Dann reichte er ihren Freundinnen die Hand und verteilte an jede Frau ebenfalls einen Kuss. Als wäre er schon immer mit ihnen befreundet gewesen.

»Ich, ich, ich muss mal zurück zu den Getränken. Kommst du damit klar? Ich fasse es nicht. Wie kann man nur so einen scheißtollen Ex haben. Das macht einen ja ganz krank«, flüsterte Alexa ihr ins Ohr. Marie rang um Fassung.

»Ist egal. Zum Glück ist Jakub nicht hier, dann würde ich durchdrehen«, flüsterte sie zurück.

»Ruf mich, wenn ich ihn hauen soll. Oder anschmachten, oder was man mit so einem Ex so macht.«

»Ja, ich sag Bescheid.« Marie lächelte. Was sollte schon passieren, wenn man solche Freundinnen hatte, die einer sogar beim Anschmachten helfen wollten.

»Papa! Papa! Papa!« Mit kindlicher Begeisterung kam Florian herangestürmt

»Papa!« Florian sprang wie ein kleiner Terrier an seinem Vater hoch. Der packte ihn und nahm ihn in den Arm.

»Adam, komm mal! Das ist mein Papa!«, brüllte Florian hinter seinem Kumpel her. Der halbe Schulhof drehte sich um.

Marie erschrak etwas bei diesen Worten. Adam kam herbei und sah sehr kritisch zu Constantin hoch. Der ging ganz langsam in die Hocke vor dem Kumpel seines Sohnes. Und dann tat Adam etwas, wovon Marie dachte, dass Adam das gar nicht könnte.

Er strahlte.

»Du bist Flos Vater? Du bist ja toll.«

Wieso?, dachte Marie beleidigt. Wieso mochte Adam Constantin, aber sie nicht? Constantin hatte nichts getan, um seine Begeisterung verdient zu haben. Er hatte ja nicht mal ein Wort gesagt!

»Ja, guck, das ist mein Papa!« Florian war sichtlich zufrieden. Auch Agata drängelte sich heran und legte lässig ihren kleinen Arm um Constantins Hals, an den sie so gut heranreichte.

»Und ich bin Agata.«

»Hello, Agata, nice to meet you again.« Er gab ihr die Hand. Ihre kleinen Finger verschwanden fast vollständig in seiner großen Hand. Er lächelte das charmanteste Lächeln der Welt.

»Oh oh«, machte Agata, offenbar der Ansicht, dass das sehr englisch klang.

»Willst du mit uns zusammen was machen?«, fragte Agata, und Adam nickte sofort zustimmend.

»Au ja! Papa. Geisterbahn. Komm, das ist toll. Oder Verkehrsparcours. Die haben ein Polizeiauto. Komm.« Florian fragte nicht einmal, *warum* sein Vater da war. Für ihn war es selbstverständlich. Florian stürmte los, während Agata und Adam warteten, bis Constantin sich wieder zu seiner ganzen Größe aufgerichtet hatte und die beiden Zwerge dann an die Hand nahm. Sie schauten zu ihm hoch, als wäre er der Weihnachtsmann.

Marie stand derart zur Salzsäule erstarrt da, dass sie nicht merkte, dass Olivia für sie den Würstchenkauf übernommen hatte.

»Ist es okay, wenn wir gehen in die Geisterbahn, Mary?« Constantin reichte ihr sein Jackett, damit sie es hinter sich auf einem Stuhl aufbewahren konnte. Er trug ein weißes, langärmliges Hemd, das er nun hochkrempelte. Adam und Agata ließen ihn bei keiner seiner Bewegungen aus den Augen.

Marie bekam nur ein Krächzen heraus.

»Alles klar hier. Gehen Sie ruhig. Wir machen das schon.

Nehmen Sie sich bloß vor der Frau Rasenfeld da in Acht.« Katrin zeigte Constantin wenig dezent, wen sie meinte.

»Okay. Weiß ich genau Bescheid.« Er zwinkerte, und Katrin und Olivia seufzten laut.

»Oh, Constantin, würdest du eventuell mal zum Flohmarkt gehen, ja? Agata, zeig ihm, was ich meine!« Olivia war Herrin der Lage. Sie zeigte in die richtige Richtung. »Na, wenn der beim Flohmarkt ist, werden die anderen Leute schon hinterherkommen«, lachte Olivia, »zumindest alle Frauen.«

»Wie? Äh, ich weiß nicht.« Marie war völlig überrumpelt. Ihr Ex nickte ihr zu als Zeichen, dass sie ruhig sagen sollte, was sie sagen wollte: »Wie, warum bist du hier? Ich dachte, du musst noch nach Singapur?«

»Aye. Ich bin mit dem Flugzeug gekommen. Zwischenstopp. Heute Abend fliege ich weiter. Wollte euch sehen. Und es ist Schulfest, und als Vater sollte ich wenigstens da sein, oder?« Er zeigte auf die Kinder um sich herum. Die begannen, etwas an ihm herumzuzerren, was er mit einem Lächeln quittierte.

»Ah.« Gerade noch hatte sie ihrerseits ein schottisches *Aye* unterdrücken können. »Ja. Gut. Verstanden. Dann trinken wir gleich noch was. Geh du nur mit den Kindern zum Flohmarkt. Und kauf was! Egal was!«

»Wir trinken aber noch einen Kaffee, Mary? Zusammen?« Constantin hatte seinen Sohn bereits auf seine Schultern gehievt. Der hatte sich die Brille seines Vaters aufgesetzt und zeigte allen seinen Freunden, die zu ihm bewundernd hochschauten, beide Daumen hoch. Constantin streckte seine Hände aus, und Adam und Agata griffen sofort zu. Ben ging vor ihnen her und rief: »Frau Gabbai, wir kommen was kaufen! Frau Gabbai, wir kommen was kaufen!«

»Los, Papa! Da lang! Zu Frau Gabbai!« Florian hielt sich an seinem Kopf fest. Sie waren ein eingespieltes Team.

Frau Rasenfeld registrierte nervös, dass offenbar der Flohmarkt nun doch noch Kundschaft bekommen würde.

»Sicher trinkt unsere Marie mit Ihnen Kaffee, Mister McLean. Sie liebt Kaffee. Und nicht nur das!«, schrie Bernd plötzlich hinter dem kleinen Grüppchen her.

Marie hielt noch immer Constantins Jackett, das so gut nach ihm roch, und plumpste etwas kraftlos auf den Stuhl.

»Was macht er hier?«, fragte sie sich.

»Du wusstest echt nicht, dass er kommt?« Katrin fuchtelte mit der Zange in der Luft herum.

»Meine Exfrau kreuzt auch immer auf, wo und wann es ihr passt. Nervig, was?«

»Bernd, du hältst jetzt mal endgültig die Klappe, ja!« Katrins Wutausbruch brachte Marie wieder in die Spur. Und vor allem Olivia auf den Plan. »Wo ist das Model?«

»Das was?«

»Diese Verlobte.«

Gute Frage. Wo war sie? Wo war Viola?

»Ich habe keine Ahnung. Die fliegt bei so was eigentlich gerne mit. Gerade nach Singapur. Sie liebt es dort.«

»Mary, wann können wir trinken einen Kaffee?« Plötzlich stand Constantin wieder vor ihr.

»Oh, Schätzchen, nimm unsere Marie ruhig sofort mit. Ich mach das hier!«, sagte Olivia.

Es ist alles in Ordnung, dachte Marie, zeigte ein charmantes Mona-Lisa-Lächeln und trat hinter dem Tisch hervor. Florian war wieder fortgelaufen, weil irgendwo irgendwie was Interessantes passierte.

»Ist das wirklich okay, wenn ich euch hier alleine lasse?« Marie sah Katrin an, aber ihre Freundin reagierte nicht. Sie hatte auf einmal wieder diesen merkwürdigen Gesichtsausdruck. Was war denn los? Waren es die Hormone und die Vitaminspritzen?

»Scheiße«, sagte Katrin. Das sagte sie sonst nie.

»Marie! Marie! Das glaubst du nicht«, flüsterte Alexa, die gerade angerannt kam. Bevor sie nachfragen konnte, wurde sie von Natalia unterbrochen, die von einem aufgeregt vor ihr her hüpfenden Florian mitgezogen wurde.

»Papa, weißt du, Natalia ist meine Freundin! Und sie ist die große Schwester von meinem Freund Adam, den du ja jetzt kennst«, hörte sie plötzlich wieder Florians Stimme.

Constantin reichte Natalia die Hand. »Nice to meet you.« Und an seinen Sohn gewandt. »Du fängst früh an, Sohn. Bin beeindruckt.«

»Und Papa, weißt du was? Mama war mit ihr beim Frauenarzt. Mama mag Natalia sehr. Und schau –«

Marie hielt den Atem an.

»– und das da vorne am Tor, guck mal, Papa, das ist –«

Marie schloss die Augen.

»– Natalias und Adams Vater. Der hat mit mir Fußball gespielt, als Mama mit Natalia beim Arzt war. Der kann ganz ganz toll Fußball spielen.«

Marie bekam keine Luft mehr, in ihren Ohren rauschte das Blut. Nein, nicht! Nicht beide gleichzeitig!

»Warum haben Männer ein so verdammt beschissenes Timing?«, fragte Alexa.

»Aha.« Constantin schien plötzlich sehr kurz angebunden. Marie öffnete die Augen und hoffte, dass das jetzt nicht wahr war. Doch Katrins und Olivias entsetzte Gesichter und Alexa, die Marie nun einfach vom Verkaufstisch wegdrehte, als wäre Marie ein Bücherstapel in ihrem Schaufenster, konnten ihr keine Hoffnung machen.

Jakub stand am Tor. Erst als Marie ein paar Schritte aus dem Knäuel an Freunden heraustrat, hob er kurz das Kinn und kam auf sie zu.

Merkwürdig starr schritt er über den Schulhof. Auch er trug

eine Sonnenbrille. Allerdings mit Spiegelglas. Als er sie von der Nase zog, blinzelte er in die Sonne und wirkte angespannt. Wenige Meter vor Marie wurden seine Schritte langsamer.

»Hallo, Jakub!«

»Wie schön, dass Sie kommen konnten. Würstchen?«, fragte Alexa.

Er reagierte nicht, sondern stand knapp vor Marie, sah sie durchdringend an. Marie beobachtete, wie seine von der Sonne geblendeten Augen langsam hochwanderten. Constantin war sicher einen Kopf größer als er, wobei er selbst auch nicht sonderlich klein war.

Schweigen.

Constantin blinzelt, doch das war nicht die Sonne.

Adam fand als Erster die Sprache wieder. »Papa, guck mal. Das ist der Vater von Florian. Der ist hier auf dem Schulfest. Warum kommt Mama denn nicht? Warum kommt nie Mama? Aber der Vater von Flo kommt immer. Sag mal!«

»Äh, komm doch, Adam und ihr anderen! Wollen wir uns ein Eis holen?«, versuchte Natalia ihren Bruder bei der Hand zu packen, aber der war richtig aufgebracht und stand mit den Fäusten in der Hüfte vor seinem Vater.

»Wo ist Mama?«, brüllte Adam.

»Ach, Adam!« Florian trat neben ihn, legte seinem Kumpel den Arm um die Schulter. »Nun sei doch nicht traurig. Wir haben doch trotzdem Spaß.«

Adam ließ sich kaum beruhigen. Agata strich ihm über den Arm: »Genau. Ist doch egal. Komm schon.«

»Ich will aber meine Mama! Jetzt! Hier! Flo hat ja auch seinen Papa bekommen. Alle haben immer beide Eltern da.«

»Ich aber nicht. Mein Papa kommt nie. Will ich auch gar nicht. Pah. Wer braucht schon Männer!«, entgegnete Agata.

»Ich will aber meine Mama!«

»Nun hör doch auf, Adam!«, sagte Florian ermahnend und

nahm seinen Freund bei der Hand. »Mein Papa ist doch nur hier, weil er meine Mama noch ganz doll liebhat. Bei deiner Mama ist das doch anders. Die hat deinen Papa nicht mehr lieb.«

Zack.

Das saß.

Marie hatte noch niemals zuvor gehört, wie jemand mit der Wahrheit so falschliegen konnte. Constantin nickte sanft, konnte aber den Blick nicht von Jakub nehmen, als erwarte er einen tödlichen Angriff.

Einen kurzen Moment war Stille.

»Sie haben Fußball mit meinem Sohn gespielt?«, fragte dann Constantin seltsam angestrengt.

Ja und? War das verboten? Wie konnte Constantin das so merkwürdig fragen? Er war doch sonst so charmant?

Jakub schwieg. Er sah auf Adam, dann auf Marie, dann auf Constantin.

Constantins Wangenmuskeln spannten sich. Jakubs Miene hingegen blieb unbewegt. Marie holte ruckartig Luft. Alexa legte wieder den Arm um sie.

»Was passiert da?«, hauchte sie ihr ins Ohr. Marie hätte gern mit den Achseln gezuckt, aber sie hatte vergessen, wie das ging.

Schweigen.

Dann drehte Jakub sich um und ging.

Maries Herz machte ein kleines Geräusch. Sie war absolut sicher, dass das jeder gehört haben musste. Es war dieses kleine, feine Knacken, das unmissverständlich bedeutete: Etwas war unrettbar zerbrochen.

Marie sah Jakub nach, bis er hinter einer luftballonschwen-kenden Familie einfach verschwand.

»Bernd, ein Wort, und ich verarbeite dich zu Würstchen«, keifte Katrin.

»Torwandschießen?«, fragte Natalia in die Runde und ihr Bruder, der etwas blass um die Nase geworden war, nickte.

»Marie? Alles klar?«

»Wie? Was? Ich komm gleich nach. Ich brauche etwas … etwas zu trinken.«

»Natürlich, Süße. Komm!« Marie wurde von Katrin zum Getränkestand geschoben.

Marie brauchte ziemlich lange, um ihre Fassung wiederzuerlangen. Oder etwas, um ein schwarzes Loch zu erzeugen, in das sie sich selbst verschwinden lassen konnte. Irgendwas.

Es gab zwei Männer in ihrem Leben! Zwei. Von sieben Milliarden Menschen auf der Welt gab es zwei Männer, die Marie wirklich etwas bedeuteten! Nur zwei! Einer sollte in Singapur sein und der andere in einer Altbauwohnung in Berlin.

Was genau hatten beide hier bei Marie zur selben Zeit auf diesem Schulfest vor diesem Würstchenstand zu SUCHEN! Warum war das passiert? Und warum bedeutete das das Ende der Welt?

DENN ES WAR DAS ENDE DER WELT!

Olivia und Katrin wurden abgelöst und verwünschten Bernd wortreich, als sie sich um Marie an einem Stehtisch scharten.

»Sekt. Irgendwie ist mir nach Sekt.« Marie war wütend.

Katrin durfte nicht, zeigte schulterzuckend auf ihren Bauch, was Marie half, die richtigen Relationen wiederzufinden. Was war schon passiert. Nichts. Warum sich ihr Herz und ihr ganzer Körper so anfühlten, als wäre er von großer Höhe auf nackten Stein geknallt und in tausend Stücke zersprungen, war nicht klar, aber Marie wollte auch nicht zu sehr darüber nachdenken.

»Irgendwie zeigt es aber, dass Jakub dich mag. Ich glaube nicht, dass er nur seine Tochter begleitet hat, um sie vor dem Bösen schlechthin zu beschützen.«

»Ganz klar, der war wegen Marie hier. Hast du ihn eingeladen?« Olivias Stimme war ganz weich.

Marie schüttelte den Kopf.

»Hast du Constantin eingeladen?« Katrin war energischer. Sie schüttelte wieder.

»Alles klar mit dir?« Alexa klang besorgt.

»Hey, sieh es positiv.« Katrin nahm die ersten Becher vom Stand entgegen und stellte sie auf den Stehtisch. »Wie die sich angestarrt haben. Ich dachte, gleich gehen die sich an die Gurgel.«

»Ouuouuu! Wie so ein Löwenrudel!« Alexa lachte. Martin war dazugekommen, und sie hielten sich an der Hand.

»Ja, genau. Marie, nimm es als Kompliment!«

»Oh, und da kommt der atemberaubende Constantin. Was hatte er noch gesagt, warum ihn diese Schönheit nicht begleitet?«

»Die stört doch nur.«

Marie war um ein Lächeln bemüht. Die drei Freundinnen lachten, wie man nun einmal lacht, wenn man einen anderen aufmuntern wollte. Marie stürzte wortlos den Inhalt ihres Bechers runter.

»Na, habt ihr alles erledigt?«, fragte Olivia Florian.

»Oh, ja!« Natalia kicherte atemlos und schaute versonnen zu Constantin hoch. »Florian kann das super gut!«

»Aber Papa noch besser!«

»May be, Natalias Vater kann ja besonders gut Fußball spielen, so sagte man mir. Ist es nicht so?« Er fragte das direkt an Marie gewandt. Dann schaute er auf seine Uhr.

»Ich muss gleich los zum Flughafen.«

Marie spürte etwas Erleichterung ums Herz.

»Och, schon?« Das war Natalia.

»Wir gehen noch mal zum Flohmarkt rüber, oder?« Olivia schob die Kinder ein wenig an.

»Schön, dass du da warst, Constantin.«

»Wer ist Jakub?«

»Warum fragst du?«

»Auch eine Antwort.«

»Wo ist Viola?«

»Es hat nicht funktioniert.«

»Bitte, was?«

»Die Verlobung ist beendet. Es funktioniert nicht.«

Marie spürte keine Erleichterung, nichts jubelte in ihr, und ihr Herz machte auch keinen Sprung. Stattdessen spürte sie das sehr hässliche, aber wohlige Gefühl der Genugtuung.

Warum wohl hatte er ihr das nicht am Telefon sagen wollen? Er forschte in ihrem Gesicht nach einer Reaktion auf seine geplatzte Verlobung.

»Ach, Constantin. Was ist nur los mit dir? Sie war perfekt!«

»Aye.« War er enttäuscht, weil sie nicht jubelte? »Das war und ist sie. Aber ich bin nun mal nicht perfekt. Und wer ist Jakub?«

Marie musterte ihn in Ruhe. Den Dressman, den Unternehmer, den Atemberaubenden. Er schob beide Hände in die Hosentaschen, seine Wangenmuskeln arbeiteten.

»Bist du böse, Mary?«

»Warum?« Sie schaute irritiert in seine Augen.

»Dass ich hier bin. Und er war hier. Vielleicht habe ich ihn vertrieben?«

»Sicher hast du das.«

»Ich würde gerne sagen, es tue mir leid, aber tut es nicht.«

»Ich sehe es.«

»Mary, ich habe das Gefühl, du entfernst dich von mir. Ich wollte sehen, wie es dir geht. Und ein bisschen hier bei dir sein. Bist du böse?«

»Nein, das ist doch nett.«

»Oh my God. Nett. Das klingt nicht gut. Aber du bist mir schon immer ein Rätsel.«

»Musst du nicht los?«

Er schaute auf sein Handy, nickte und telefonierte, um ein Taxi zu rufen. Marie hatte nicht das Bedürfnis, ihm anzubieten, ihn zu fahren. Er brauchte ihre Hilfe nicht. Nie. Egal, um was es sich handelte. Auch nicht bei einer geplatzten Verlobung. Ob er sehr traurig war deshalb?

Florian kam herangelaufen und brachte ihm sein Jackett. Die beiden sahen aus wie Zwillinge, dachte Marie wieder und seufzte.

Florian hatte keine Probleme mit Abschiednehmen. Für ihn waren es nur Pausen, nichts weiter. Er küsste ungestüm seinen Vater, sagte Goodbye und rannte über den Hof zu Agata und Natalia, die mit ihm und seinen Freunden zur Karaokebühne pilgerten.

»Meine Damen und Herren! Besuchen Sie unseren wunderbaren Flohmarkt! Ja, kommen Sie! Und machen Sie sich keine Gedanken wegen der Infoveranstaltung, dafür gibt es bestimmt einen Flyer! Kommen Sie stattdessen zum Flohmarkt!« Dann fiepte es im Mikro, und Katrins Stimme klang dumpf und angespannt, als stritte sie sich mit jemanden um das Mikro.

»Flo is great, isn't he?« Constantin schien davon nichts mitbekommen zu haben, sondern war ganz in die Betrachtung seines über den Schulhof laufenden Sohnes vertieft.

»Wie sein Vater.« Marie lächelte.

»Mary«, er überlegte, wie er es formulieren sollte. Sie half ihm nicht. »Darf ich euch vielleicht nach meinem Trip nach Singapur besuchen kommen?«

»Sicher.« Die Sache mit Jakub war eh gelaufen. Unrettbar.

»Ich will nicht stören.«

»Constantin, mach es nicht kompliziert. Du bist Florians

Vater. Komm, wann du willst und wie lange du willst.« Und weil ihr nach einer kleinen Grausamkeit war, fügte sie an: »Und natürlich auch mit *wem* du willst.«

Das saß. Fester, als sie es geplant hatte, aber das war ihr nun auch egal.

Das Taxi fuhr vor das Schulhoftor.

»Du musst los, Constantin.«

»Mary, es tut mir leid. Ich fürchte, ich hab das wohl alles falsch gemacht.«

»Schon gut. Mach dir keine Gedanken. Pass auf dich auf in Singapur. Alles gut. Nun geh.«

Er küsste ihre Wangen, viel heftiger und viel länger als je zuvor. In ihm schien sich eine Art Panik auszubreiten, die Marie irritierenderweise keinesfalls falsch fand.

»Was bist du grausam gewesen. Er war ganz und gar aufgeregt. Und du hast nur cool dagestanden. Was ist nur los mit dir, Marie?«, tadelte Katrin, die noch ganz rote Wangen hatte von ihrer Mikroaktion.

»Ja, echt jetzt. Jakub und Constantin. Beide hier. Mann, warum freust du dich denn gar nicht.« Alexa war mit ihrer Kritik vorsichtiger als sonst. Vielleicht hatte Marie ihr vorhin stärker zugesetzt als gewünscht.

»Ja!« Olivia runzelte die Stirn. »Beinahe haben sie sich duelliert.«

»Ja, das war großartig, wie sie sich so gegenüberstanden. Grrr!« Alexa zeigte Krallen. Katrin lachte.

»Marie? Sag doch was dazu.« Alexa stupste sie an.

Marie war nicht danach, etwas zu sagen.

»Gut, dann sag ich jetzt mal was!« Katrin erhob ihr Wasserglas und strahlte so unfassbar, dass Olivia ein Schokoladenriegel hinfiel.

»Was ist!«

»Ja, was? Katrin? Hast du ein Ergebnis?«

»Sag doch! Schwanger?«

Marie holte tief Luft. »Katrin, nun sag doch!«, brüllte sie, und zahlreiche Eltern sahen panisch zu ihnen rüber. Aber Marie wollte jetzt endlich mal was Schönes hören, etwas, das geklappt hatte, etwas, das funktionierte!

Katrins Augen füllten sich mit Tränen. Die drei Freundinnen hielten den Atem an.

Dann nickte Katrin.

»Zwei haben sich eingenistet! Zwei! Ich bin ... ich bin schwanger!«

Die Freundinnen begannen vor Freude zu brüllen. Und ihre Kinder, froh, dass mal was Unkontrolliertes geschah, brüllten mit.

13. KAPITEL

Die Hölle, Weltuntergang
(Öl auf Holz, 1485, Hieronymus Bosch)

Es war Schreibmaschinenpapier. Einfach nur ein simples, weißes Stück Papier. Es hatte vor Maries Wohnungstür gelegen – einmal in der Mitte geknickt, um das Unheil einen Augenblick länger zurückzuhalten. »Marie« hatte auf einer der äußeren Seiten gestanden. Die ungelenke Handschrift eines Mannes, der mehr am Computer schrieb als mit der Hand.

Ich glaube nicht, dass es eine gute Idee ist, wenn wir uns noch einmal treffen. Sie sind eine wundervolle Frau, aber ich sehe da keine Zukunft. Jakub

Die Kühle dieser Nachricht machte den Ernst umso deutlicher. Es sollte Schluss sein. Was auch immer zwischen ihnen beiden lief, es war vorbei. Der kleine Text war in vier Zeilen aufgeteilt, sehr mittig, sehr sorgfältig platziert.

Sie schluckte und versuchte, sich Florian gegenüber nichts anmerken zu lassen. Ihr Herz schlug indes bis zum Hals. Wie ein Stein, der durch ihren Oberkörper kullerte und überall an die Wände stieß.

Sie hatte den Brief in ihre Tasche gesteckt und Florian selber zur Schule gebracht. Vielleicht war das die richtige Antwort.

»Aber morgen gehe ich wieder mit Adam!«, grummelte er von der Rückbank.

»Frag aber erst.«

»Hast du dich mit Jakub gestritten oder was?«

»So ähnlich.«

»Mit Papa streitest du nie.«

»Mister Perfekt und ich haben noch nie gestritten. Wahrscheinlich weil wir beide nicht das gleiche Leben führen. Aber Jakub und ich, wir ...« Sie hielt inne. Das war es. Genau das war der Punkt! Constantin und sie, sie waren zwar die Eltern von Flo, aber ihre Leben waren völlig verschieden. Das von ihr und Jakub dagegen erstaunlich ähnlich.

»Was ist ein Müstapörfökt?«

»Dein Papa.«

»Aha. Morgen gehe ich wieder mit Adam und Jakub.« Marie sah ein, dass das keine schlechte Idee war, denn die beiden hypergestylten Freundinnen von Frau Rasenfeld standen vor dem Schulgebäude, um all jene anzublaffen, die ihre Kinder entgegen den Absprachen mit dem Auto brachten.

»Die Kinder sollen aber nun endgültig zu Fuß zur Schule kommen, Frau Krause.« Es sah witzig aus, wie sie über ihrem Designer-T-Shirt eine Warnweste trugen. Ob es die auch von Gucci gab?

»Morgen aber wieder mit Adam!«, grummelte Florian zum gefühlt hundertsten Mal, ließ sich küssen, listete schnell noch auf, was er heute alles erleben wollte, und lief dann mitten im Satz zu Agata, Paul und Ben.

Auf dem Gehsteig sah sie Jakub, der Adam brachte. Adam lief beim Anblick von Florian fast auf die Straße, sein Vater packte ihn noch rechtzeitig am Schulranzen. Erst als der todbringende SUV endlich vorbeigerauscht war, ließ er ihn los.

Mit einem Kloß im Hals war Marie zurück ins Auto gestiegen und zur Arbeit gefahren. In ihrem Magen und ihrem Brustkorb fühlte sie eine tiefe Beklemmung, so als balancierte sie auf einem Hochseil und wüsste längst, dass sie die andere Seite nie erreichen würde.

Jakub hatte ihr untersagt, ihn noch einmal anzusprechen, ihn zu einem Date, oder was auch immer das alles gewesen war, zu bitten, irgendwas zu tun, um bei ihm zu sein. Er hatte sie zurückgewiesen. Gerade, als sie ein Gefühl dafür bekam, wie es gelingen konnte, mit einem anderen Mann als Constantin eine Verbindung aufzunehmen. Es war, als nehme er ihr etwas weg, was ihr schon ein wenig gehört hatte.

Marie parkte, schloss den Wagen, ging zum Museumsgebäude. Sie wusste, es musste von außen so aussehen wie immer. Sie war gut darin, Sprünge und Risse zu kitten. Das war ihr Job. Alles wiederherzustellen, alles auszugleichen.

Sie erreichte ihren Werktisch im Museum, grüßte einsilbig in die Runde und begann, ihren Arbeitstag vorzubereiten. Die Restauration der *Allegorie* war abgeschlossen, das Bild dem Museum zurückgegeben, und nun bereitete Marie sich auf *Diana* vor, die bereits vor ihr auf dem Tisch lag.

Verwundet, alt, verdreckt. Wenig göttlich, wenig siegreich.

Marie klappte ihren Laptop auf und begann ein neues Protokoll für die Restaurierungsarbeiten, damit man später nachvollziehen konnte, was an dem Gemälde bereits gemacht worden war. Es war ein bisschen aufregend, wenn man überlegte, dass ihre Worte Generationen später noch gelesen würden. Zunächst gab sie die schlichten Daten ein. Name des Bildes, Künstler, Alter, Besitzer. Dann eine kurze Beschreibung des Istzustandes:

Erbärmlich.

Genauso erbärmlich, wie es »keine gute Idee« zu nennen, wenn sie mit Jakub zusammen sein wollte. Im Gegenteil, es war eine hervorragende Idee. Er mochte einen etwas merkwürdigen Geschmack haben, aber es war etwas an ihm. Etwas Bezauberndes, etwas, ja, etwas bezaubernd Unperfektes, etwas Alltagstaugliches. Ja, ein Zauber, der einen durch den Alltag brachte.

Marie zog ihre dünnen Latexhandschuhe über, richtete das Bild vorsichtig auf und betrachtete die Rückseite, wie es möglichst schonend aus dem Rokokorahmen gelöst werden könnte. Auch der Rahmen war in einem armseligen Zustand. Marie flüsterte ein paar aufmunternde Worte. »Das schaffen wir schon. Es wird Zeit brauchen, viel Zeit, aber das bekommen wir schon wieder hin. Solche Wunden sind nicht für ewig, Diana.«

Richtig. Was war schon passiert? Sie war nicht mit Jakub verheiratet, hatte kein Kind von ihm. Alles gut.

Marie betrachtete die schöne Göttin der Jagd, Schwester des Apoll, Symbol der Keuschheit und Beschützerin der jungen Mädchen. Diana war meist ohne einen Mann abgebildet, dafür immer bewaffnet, aber gerne im erotischen Zustand der Nacktheit.

Keine Männer? Eine so verführerische Göttin? Makellos?

Marie schnaubte verächtlich durch die Nase. Auf dem Bild mochten keine Männer sein, aber hier, da, wo sie stand, da waren sie. Solche Bilder waren allein für Männer angefertigt worden, als würden diese Männer Marie auch in diesem Moment über die Schulter schauen.

Es tat der schönen Diana keinen Abbruch.

Diana war in Begleitung eines wunderschönen Hirschs und eines Hundes. Ihre Füße steckten in römisch anmutenden Sandalen, der Rest ihrer Kleidung jedoch erinnerte an die Mode des 18. Jahrhunderts, der Zeit der Entstehung des Ölgemäldes.

»Schwester des Apoll. Pah! Natürlich. Oder Kumpel des Apoll. Natürlich. Da läuft natürlich nichts zwischen denen.« Marie rieb sich die Stirn und atmete den Geruch altes Holzes und Staubs ein. Sie dachte unvermittelt an Constantin.

»Symbol der Keuschheit«, murmelte sie und zog die Handschuhe wieder von den Fingern, nahm aus ihrer Handtasche den weißen Zettel und faltete ihn auf.

»Keuschheit ist doch auch wieder nur so ein Wort dafür, dass man alleine ist.« Marie legte den Brief neben das Gemälde auf den großen Tisch, strich das Papier glatt und zog die an einem Schwenkarm befestigte Lampe zu sich heran.

Sie musste es nüchtern betrachten. Langsam beugte sie sich über das Papier, strich es an einer Ecke noch einmal sorgfältig glatt. So war es gut. Sie nahm ihr Handy aus der Tasche und fotografierte das Blatt.

Dokumentieren und analysieren. Immer der Reihe nach.

Dann schickte sie das Foto an den Viererchat.

Um auf ihr sich langsam zerknäulendes Herz Rücksicht zu nehmen, war Marie bemüht, die Zeilen nicht wieder und wieder zu lesen, aber sie tat es. Mit etwas Distanz betrachtete sie die Sorgfalt, mit der Jakub die Zeilen in die Mitte des Blattes gesetzt hatte. Das Blatt Papier war bis auf die Mittelfalz makellos gewesen. Dieser Brief war ganz sicher das Ergebnis von mehreren Anläufen gewesen.

Marie schloss die Augen. Vorbei. So viel Sorgfalt für einen Abschied.

Ihr Handy piepste. Marie stellte es stumm, ohne die Kommentare zu lesen. Aber es war beruhigend für sie, zu wissen, dass sie nicht alleine war. Somit war das keine Katastrophe, sondern nur ein Tiefschlag. Marie steckte das Papier zurück in ihre Handtasche.

»So. Die Männer sind nun fort, Diana.«

Diana, stolz und siegreich, mit Beute beladen, sah aus wie hinter einem Schleier aus Zeit und Staub. Betrübt. Im wahrsten Sinne des Wortes.

Marie spürte etwas auf ihrer Wange, als sie drüberstrich, waren es Tränen. Ob Diana jemals weinte? Sicher nicht, sie hatte keinen Mann, der sie quälen konnte. Aber war man deshalb vor Tränen sicher? Und wo war der Kumpel? Der schöne Apoll? Rief er bei Diana nur an, wenn er sie etwas fragen, wenn er plaudern oder ein neues Foto vom Sohn erbitten, wenn er sichergehen wollte, dass mit Florian alles in Ordnung war?

Ach, jetzt kam alles durcheinander.

»Frau Dr. Krause? Alles in Ordnung?« Ihr Chef stand plötzlich neben ihr. Verbindlich und um ihr Wohl bedacht beugte er leicht den Oberkörper, wagte aber nicht, Marie zu berühren. Sie strich sich schnell die Tränen weg.

»Alles gut. Ich denke, wir sollten Diana röntgen?«

»Natürlich. Es wäre interessant zu erfahren, ob der Künstler eventuell noch ein paar Korrekturen an seinem Entwurf vorgenommen hat.« Er lächelte und sein Spitzbart zog sich kaum merklich in die Breite.

Marie war erleichtert. Der technische Aufwand, den es brauchte, um die Infrarotreflektographie zur Anwendung zu bringen, war genau das, was Marie jetzt brauchte. Es ließ einfach keinen Raum für Grübeleien.

Das 250 Jahre alte Bild wurde in eine Halterung geschoben und dann langsam und roboterartig an dem eigentlichen Röntgengerät vorbeigezogen. Auf dem angeschlossenen Bildschirm konnte Marie das nun zutage geförderte Bild unter dem Bild langsam sich zusammensetzen sehen. Marie liebte diese Arbeit. Es war spannend, zu entdecken, dass der Künstler zunächst der Diana einen toten Hirsch zu Füßen gelegt hatte, als Beute. Doch auf der Endfassung stand der stolze Hirsch neben ihr, wie ein Gefährte. Die drei weiblichen Nebenfiguren, die Nymphen sahen in der ersten Fassung ebenfalls anders aus, wirkten mehr mit sich beschäftigt. In der Endfassung jedoch waren sie in anmutigem Gespräch mit der Göttin. Heiter, gelassen. Es wirkte fröhlich und doch anziehend, fein. Eine zarte Jägerin mit ihren besten Freundinnen.

Marie fand es tröstlich, dass die ersten Fassungen nicht verlorengegangen waren.

»Es geht wahrscheinlich nie etwas verloren, oder?«

Alexa, Katrin und Olivia rauschten in die Cafeteria, wo Marie mit ihrem Chef und dem Leiter des Museums bei einem Kaffee saß und staunend die Abzüge betrachtete. Sie waren ganz hingerissen davon, durch die Spezialaufnahmen Einblicke in die Entstehung des Werkes erhalten zu haben. Sie fühlten sich plötzlich dem Künstler ganz nah. Entsprechend überrascht waren sie, als sie durch aufgeregtes Rufen in die Gegenwart zurückgeholt wurden.

»Marie!« Olivia war die Erste, die am Tisch ankam. Der Museumsleiter und Maries Chef schossen wie auf Kommando in die Höhe, schlossen ihre Jacketts und reichten dann der aufgebrachten Blondine entzückt die Hände. Die nahm sie mechanisch, als wäre es das Natürlichste auf der Welt, dass die Herren ihrem Temperament sofort erlegen waren.

»Marie. Wir sind fast umgekommen vor Sorge. Warum hast du nicht geantwortet?«

»Alles in Ordnung mit dir?« Alexa war etwas außer Atem.

»Marie, lass dich drücken.« Katrin fiel ihr um den Hals.

Marie war sprachlos. Ihre Freundinnen, die sie noch nie an ihrem Arbeitsplatz besucht hatten, standen jetzt tatsächlich in der Cafeteria! Aber warum?

Sie schienen sich um Marie zu sorgen.

Ach, das Foto! Von dem unsäglichen Brief!

Das lag doch alles so weit weg, so weit zurück! Verschüttet. Marie hatte diesen Kummer eine Weile von sich schieben können. Nun war alles wieder da. Als Marie sich darüber klarwurde, welche Sorgen sich ihre Freundinnen um sie gemacht hatten, fand sie keine Worte, sondern umarmte sie gerührt und drückte sie so fest an sich, als wollte sie sichergehen, dass die drei nicht verlorengegangen, nicht übermalt oder sonst wie aus ihrem Leben gefallen waren.

Maries Chef und der Museumsleiter betrachteten sie irritiert, aber geduldig.

»Ein Notfall. In ihrer Familie«, erklärte Olivia.

»Oh, das wusste ich nicht, Frau Dr. Krause. Wollen Sie den Rest des Tages freihaben?«

»Nein«, versicherte Marie verlegen.

»Doch.«

»Ja.«

»Das wäre sehr nett.« Katrin zeigte ihr liebenswürdigstes Lächeln.

»Sicher, das ist kein Problem.« Ihr Chef schien fast etwas beleidigt, weil sie ihm nichts erzählt hatte.

»Katrin hat uns wahnsinnig gemacht! Als du nicht auf unsere Fragen nach dem Abschiedsbrief geantwortet hast! Wahnsinnig! Sie meinte, du lägst irgendwo tot im Museumsarchiv. Und deswegen sind wir dann alle hergefahren«, sagte Alexa.

»Ja, mein Chef ist Gold wert.«

Die vier Frauen saßen bei schönstem Spätsommerwetter auf einer Bank im Schatten der Bäume. Ihre Kinder rannten schreiend über den Spielplatz. Agata gab Anweisungen, wie die Piraten letztendlich anzugreifen hätten, und Paul fand einen Goldschatz nach dem anderen, während Florian die vornehme Dame, nämlich Agata, vom sinkenden Schiff rettete und zu einem Pferd führte, um sie dann zum Schloss zu bringen. Ben schoss eine Kanonenkugel nach der anderen ab auf unsichtbare Angreifer.

Es war eine gewisse Anspannung zu spüren, die nicht nur mit Jakubs Brief zu tun hatte, sondern auch mit Katrin. Sie war jetzt in der vierten Woche schwanger, und immer zupfte eine der Freundinnen an ihr herum. Sie sollte weich sitzen, sich nicht anstrengen, immerzu wurde ihr über den Arm gestrichen.

»Zeig noch mal den Zettel, Marie!«, bat Katrin. Das nun völlig zerknitterte Papier wurde zum dritten Mal rumgereicht. Maries Freundinnen konnten sich nicht einig werden, *wie* dumm das nun alles von Jakub war. Und warum man jemanden wundervoll nannte und gleichzeitig ihm die Kontaktaufnahme verbot.

»Zukunft. Warum redet er von Zukunft. Man muss doch nicht gleich heiraten.« Alexa schüttelte den Kopf.

»Von wegen Adam. Der war nur sauer, als er merkte, dass Marie noch Kontakt mit Constantin hat. Florian war da ja nicht eben schonend mit dem Hinweis.«

»Auch.«

»Und dass Constantin einen Kopf größer ist«, ergänzte Olivia.

Die drei lachten. Marie hatte sich ihre Tränen getrocknet und ließ sich besänftigen von dem munteren Geplapper. Sie hatte richtiggehend einen Heulkrampf bekommen, hier am Rande des Spielplatzes. Eigentlich hatte sie gehofft, sie würde das alles locker wegstecken. Was war schon passiert? Nichts! Aber dann saß sie hier, und ihre Freundinnen hatten Mitleid, wussten viel deutlicher als sie selbst, dass Jakub sich schon ganz tief in ihr Herz gekämpft hatte. Das war Marie hier erst richtig aufgegangen. Kein Jakub. Nie mehr Kino, Essen oder Leben retten. Er war einfach aus ihrem Leben getreten, obwohl er nur zehn Schritte von ihr entfernt wohnte.

»Oh, oh! Feind im Anmarsch!«

»Iiieeeh, nicht die jetzt auch noch!«

Auf der anderen Seite des Spielplatzes erschien die Rasenfeldtruppe.

Sie trugen riesige Taschen mit Spielutensilien und ermahnten ihre Kinder, sich nicht dreckig zu machen, als die auf die Rutsche zustürmten.

»Nicht dreckig machen auf einem Spielplatz? Ganz clever!« Alexa leckte ihre Finger.

Oben auf dem Piratenschiff versammelte Agata augenblicklich ihre Jungs und führte offensichtlich Taktikgespräche.

»Diese Rasenfeld! In dem engen Rock wird sie ihrer Tochter wohl kaum jemals auf einem Spielgerüst zu Hilfe kommen können.«

»Gleich fängt sie wieder mit der Zuckerpolizei an. Los, Oli, gib uns mal was von deinen Süßigkeiten!«

»Ja, wartet. Hier. Und hier. Hier habe ich noch was. Gleich ruft sie bestimmt die Feuerwehr.«

»Oder den Servicedienst von Mercedes.«

»Darf Katrin in ihrem Zustand eigentlich Zucker?«, fragte Olivia besorgt.

»Fang du nicht auch noch an!«

»Okay, dann eben nicht. Hier nimm.«

»Mist! Ich sehe völlig verheult aus!« Marie rieb sich die Augen und versuchte, ihre Haare vors Gesicht zu schieben.

»Ach, Unsinn. Du bist – oh«, sagte Katrin und schaute ihr ziemlich zweifelnd ins Gesicht. Alexa kramte eilig ihre Sonnenbrille aus der Handtasche und reichte sie rüber.

»Olga! Hallo. Du hier? Und ihr auch? Macht ihr öfter was zusammen, ja? Frau Krause, Ihr Exmann war ja goldig!«

»Tag, Frau Rattenfels.« Olivia grinste. Frau Rasenfeld zuckte leicht zusammen, dann wandte sie sich an Marie:

»Ein paar Eltern treffen sich heute Abend wegen der Referendarin. Wir können das nicht weiter mit ansehen. Die Klasse lernt nichts. Eventuell organisieren wir es so, dass immer ein Elternteil in der Klasse sitzt, um den Unterricht zu überwachen.«

»Sie wollen den Unterricht überwachen?! Das kann nicht Ihr Ernst sein! Es stimmt doch gar nicht, dass sie nichts bei Frau Gabbai lernen. In der letzten Woche haben sie doch sogar schon den ersten Test geschrieben. Und sie sind wahnsinnig weit im Alphabet. Die können schon alle Buchstaben schreiben. Das ist doch toll.« Marie war entsetzt.

»Sind Sie da nicht im Thema, Frau Krause? Die Kinder sind

nicht in der Lage, auch nur ein Wort richtig zu schreiben. Was hilft da das Alphabet? Sie schreiben, wie sie hören. Und der Test war lächerlich.«

»Das nennt man Anlautmethode oder so ähnlich. Das macht man jetzt so. Herr Boddensein hat es doch ausführlich erklärt. Wenn Sie aufpassen würden, könnten Sie sich das Meckern ersparen«, sagte Alexa, und Frau Rasenfeld hatte sichtlich Mühe, das zu ignorieren.

»Und dann auch der moralische Aspekt. Na ja. Dass ihr das nicht schlimm findet, kann man sich ja denken …«, zischelte sie.

Wovon sprach die Rasenfeld?

»Allein aus dem Grund sollte sie auf eine andere Schule gehen. Von ihren pädagogischen Missgriffen ganz zu schweigen. Wir haben das mehrfach nahegelegt. Aber der Boddensen stellt sich vor sie. Na ja kein Wunder, der hat da ja ganz eigene Interessen …«

»Was wollen Sie damit sagen, glauben Sie etwa, dass der Boddensen und die Gabbai …?« Katrin fiel fast von der Bank.

»Upsi. Ach, ich will da nichts gesagt haben. Aber wenn man nur Lobeshymnen über ein Mädchen verbreitet, das nichts leistet – also bei der Arbeit nichts leistet, dann muss die ihre Qualitäten wohl woanders haben. Nicht wahr?«

»Jetzt machen Sie mal halblang!« Alexa war aufgebracht.

»Nun, Sie mögen das ein wenig lockerer sehen, aber die restliche Elternschaft ist davon überzeugt, dass es das Beste für unsere Kinder wäre, wenn die Gabbai die Schule wechselt. Dann kann die Dame sich bei weniger begabten Kindern ausprobieren.«

Die vier waren sprachlos, mit welcher Leichtigkeit Frau Rasenfeld gerade Frau Gabbais Karriere aufs Spiel setzte.

»Nun also, in den nächsten Tagen wird Ihnen dazu der Infoflyer zugehen. Es ist höchste Zeit, dass wir unseren Beschwerden Ausdruck verleihen! Es werden Unterschriften gesammelt! Bald. Eine Unterschriftenaktion! Vielleicht erinnern Sie sich endlich mal daran, was gut ist für unsere Kinder, und helfen uns, Frau Krause!«

»Ihre Flyer kenn ich schon. Die bringen mir nichts. Machen Sie damit andere panisch, nicht mich. Und eines ist ganz klar, ich werde mich auf keinen Fall gegen Frau Gabbai stellen und meine Freundinnen auch nicht.«

Schweigen.

Dann prustete Alexa los. »Ich glaube, da ist gerade eines ihrer Mädchen in einen Hundehaufen getreten.« Katrin zeigte auf ein schreiendes Kind, das unter dem Spielgerüst stand.

Aufgeregt zeternd zog Frau Rasenfeld mit ihrer Truppe ab.

⌣

Marie saß auf ihrem Bett und sah auf die Innenseiten der Schranktüren.

»Mary, irgendwas ist doch. Was ist los?«

»Alles ist gut. Wie ist es in Singapur?«

»Aye. Viel zu tun.«

»Warum schläfst du nicht, es müsste doch bei dir fast schon Frühstückszeit sein?«

»Ich stelle mich bei so kurzen Flügen hierher nicht um. Das bringt nichts.«

»Aha.«

»Mary?«

»Ja, Constantin?«

Er schnaubte leise amüsiert durch die Nase, wenn sie seinen Namen so langsam aussprach.

»Du hast immer noch nicht gesagt, wer er ist.«

»Wer?«

»Na, dieser Nachbar, der immerzu mit Flo Fußball spielt.«

»Ist nicht mehr nötig. Außerdem hat er nur einmal mit ihm Fußball gespielt.« Das war gelogen. Jakub spielte mittlerweile sehr häufig mit Adam und Florian.

»Warum ist es nicht mehr nötig? Und warum erzählst du deinem best friend das nicht freiwillig?«

Marie überlegte. Ja, warum versuchte sie, Jakub und Constantin zu trennen? Warum eigentlich? Die Männer hielten sich doch beide auf eigenen Wunsch fern von ihr, wie Satelliten. Warum dann diese kleine Furcht, Constantin von ihm zu erzählen?

Nach einem kleinen Luftholen berichtete Marie Constantin vom Essen in Jakubs Küche, vom Kinobesuch und von dem Zettel, den sie vor ihrer Tür gefunden hatte.

»Warum schreibt er einen Brief?«

»Ich weiß nicht.«

»Viel Aufwand.«

»Kann sein.«

»Du magst ihn, oder?«

»Ist doch nun auch egal.« Ihr stiegen wieder die Tränen hoch. Sie konnte sich zwar ziemlich gut zusammenreißen, wenn sie alleine war, aber wenn jemand sie so offensichtlich bemitleidete, brachen alle Dämme.

»Mary? Weinst du?«

Sie schüttelte den Kopf.

»Schüttelst du den Kopf?«

Marie nickte.

»Soll ich kommen? Morgen fliege ich eh zurück? Ich kann kurz bei dir vorbeischauen? Sehen, wie es dir geht?«

Marie schloss die Augen. Die Tränen tropften auf ihr Bein.

Warum ist es immer der Falsche, der einen plötzlich mit der Aufmerksamkeit überschüttet, die man von einem anderen so schmerzlich vermisst?

»Soll ich? Sag mir.«

»Nicht nötig.« Ihre Stimme war fiepsig.

»Ich werde einfach die Flüge umbuchen und in Berlin landen. Ich bin da, lass mich gucken. Ich bin dann, wait a minute –« Er sprach offenbar mit seinem Assistenten. Dann sagte er »Aye. Um 9 Uhr abends bei euch. Ich nehme ein Taxi. Is it okay?«

»Aber warum?«

»Hey! My best Friend ist traurig. Und ich war noch nie in deiner Wohnung. Ich bin gespannt, wie du es eingerichtet hast.«

Das war eine ganz, ganz schlechte Idee. Wenn er erst hier war, dann würde sie ...

Und er ...

Vielleicht war es nur eine halb schlechte Idee. Aber es war sicher keine ganz gute Idee. Das würde ganz sicher ganz schrecklich kompliziert.

Wenn sie. Und er.

»Ich werde also morgen Abend da sein. Okay, Mary?«

»Ja, gut.« Sie schüttelte den Kopf. Das war eine ganz, ganz komplizierte Idee, die sie augenblicklich ihren Freundinnen mitteilen musste.

14. KAPITEL

Nachtschwärmer
(Öl auf Leinwand, 1942, Edward Hopper)

Das Flugzeug hatte Verspätung. Florian, der aus irgendeinem Grund nicht auf die Frage kam, warum sein Papa bislang nie in der Wohnung, in der sie wohnten, übernachtete, freute sich unbändig. War für ihn Constantins nächtliche Abwesenheit so normal?

Florian schmückte mit Inbrunst die Matratze, die in seinem Zimmer als Spielplatz und Übernachtungsmöglichkeit für Freunde diente. Er setzte seine Lieblingsplüschtiere auf das Kissen. Dass sein Vater hier schlafen würde, war der Wahnsinn. Aber ein Wahnsinn, der guter Vorbereitung bedurfte.

Ja, dachte Marie immerzu. Sie konnte es auch nicht fassen. Er kam. Ohne eine Jahreszeit. Vielleicht weil er meinte, sie brauche Trost? Nein, wohl eher, weil er merkte, dass sie schon fast über ihn hinweg war, und Angst hatte, sie ganz zu verlieren? Das war ein guter Gedanke, sie fühlte sich nach sechs Jahren das erste Mal nicht unterlegen.

Merkwürdig. Dass es mal so werden würde, hätte sie nie gedacht!

Der Flieger landete weit nach 21 Uhr. Florian schlief bereits, als Constantin endlich klingelte. Marie trat vor die Wohnungstür und sah die Treppe hinunter. Mit einem unguten Gefühl im Bauch hoffte sie, dass Jakub Constantin nicht ein zweites Mal begegnete, hoffte dieses eine Mal inständig, die Nachbarstür bliebe geschlossen.

Constantin nahm immer zwei Stufen auf einmal. Er trug einen hellen Anzug, den Schlips hatte er leicht vom Hals weg aufgezogen, den Hemdkragen geöffnet. Er schaute zu ihr hoch und lächelte wie ein kleiner Junge, der gleich etwas herrlich Verbotenes tun würde. Er war also hier, um sie zu erobern. Was für ein verwirrendes, herrliches Gefühl.

Marie ging mit etwas Herzklopfen die paar Schritte zurück in ihren Flur, damit er sie nicht im Treppenhaus begrüßte.

»Der Flieger, er war spät.« Er gab ihr einen Wangenkuss und stellte seine Tasche ab.

Marie schloss die Tür leise, legte den Zeigefinger auf die Lippen und hielt sich einen Augenblick am Griff fest.

»Das macht nichts. Für Florian war es eh zu spät. Du kannst ihn morgen beim Frühstück sehen, dann habt ihr etwas Zeit für euch«, flüsterte sie.

»Fine!« Er zog sich den Schlips vom Hals und wickelte ihn über seine flache Hand. »Zeigst du mir das Bad?«

Marie zeigte das Gewünschte und sah durch die offene Tür zu, wie er sich seine Hände und das Gesicht wusch. Alltäglichkeiten, die eine Ehefrau wahrscheinlich nicht mehr wichtig fand, aber für Marie war es verwirrend schön, auch wenn da ein Hauch von »Das-kommt-etwas-zu-spät« über allem lag. Doch seine körperliche Nähe prickelte angenehm auf ihrer Haut. Es war, als sähe sie nicht nur durch einen Spalt in ein Badezimmer, sondern in eine andere Welt. Als er bemerkte, dass er beobachtet worden war, lächelte er und kam auf sie zu.

»Schön, hier zu sein, Mary.«

Marie war gerührt. Um davon abzulenken, zeigte sie auf die Tür, die über und über mit kleinen Autobildchen, selbstgemachten Schildern und Bildern beklebt war, die aber hauptsächlich den Namen Florian in allen erdenklichen Farben (und mit allen erdenklichen Schreibfehlern) zeigten. Sie war nur angelehnt.

»Möchtest du kurz zu ihm rein?«

Constantins legere, männliche Körperhaltung veränderte sich. Er nickte und schien fast ein wenig eingeschüchtert, ja, ergriffen, wie verzaubert. Er zog seine eleganten Schuhe von den Füßen und schlich in das Kinderzimmer. Der Vater verharrte einen Augenblick beim Anblick seines Sohnes, wollte sicherstellen, dass sein Erscheinen nicht störte. Er setzte sich an den Bettrand und betrachtete sein schlafendes Kind. Seine Hände, unsicher, ob sie Florian berühren durften, ihn nicht beim friedlichen Schlummer erschreckten, machten ein paar hilflose Kringel in der Luft, dann nahm Constantin Herrn Löwi vom Boden und drückte ihn sich stellvertretend an seine breite Brust.

Ein Bild von einem Mann. Mit einem Plüschtier im Arm. Wie viele Qualen mochte ein Mann durchleben, der seinen Sohn nicht jeden Tag aufwachsen sah? Auch wenn es seine eigene Entscheidung war? Es musste schwer für ihn sein.

Constantin setzte Herrn Löwi neben Florians Kopf, richtete sich langsam auf, konnte sich aber nicht von dem friedlichen Bild lösen. Marie sah auf ihr Handy. Den ganzen Abend über hatten ihre Freundinnen sie mit möglichen und unmöglichen Vorhersagen für diesen Besuch überschüttet. Mit dem virtuellen Beifall ihrer Freundinnen war es alles noch einmal so schön. Und viel wirklicher, als es sein konnte.

Den Anruf von Olivia vor einer Stunde hatte Marie allerdings nicht vergessen. Olivia, die Männer für süße Trottel hielt, die man als Frau zwar bei sich aufnahm und am Leben beteiligte, die aber niemals der einzige Inhalt eines weiblichen Lebens sein durften: »Liebste Marie. Du weißt, ich liebe dich!«, hatte sie das Gespräch eröffnet. »Aber man wärmt keine alten Beziehungen auf. Nicht mal bei so einem Prachtkerl! Was nicht heißt, dass du ihn heute Abend von den Bettkissen stoßen sollst.«

»Meinst du nicht eher von der Bettkante?«

»Sag ich doch. Stoß ihn nicht weg, Marie. Nimm ihn dir. Er gehört dir, und er ist atemberaubend. Aber Marie, das ist nicht das, was du willst.«

»Er ist Flos Vater. Er ist der Mann meines Lebens. Wenn er nur nicht …«

»Das ist er, Schätzchen, das ist er. Ich widerspreche nicht. Aber er ist nicht der Mann deines *Herzens*. Nicht für das Leben an deiner Seite.«

»Ich weiß dieses Mal genau, was passiert und was es bedeutet.«

»Dann ist es ja gut.«

Marie öffnete den Küchenschrank mit den Gläsern. Sie stellte sich auf die Spitzen und versuchte, an ein Fach weiter oben zu gelangen.

»Wait a moment.« Constantin war zur Tür hereingekommen, mit ihm sein atemberaubender Männerduft, und nahm für sie die Gläser aus dem Schrank. Dann öffnete er die Flasche, von der er nicht einmal wusste, dass sie wusste, dass es sein Lieblingswein ist.

»Diesen Wein mag ich sehr. Es gehört zu meinen Lieblingsweinen!« Warum war Weinflaschenöffnen eigentlich so männlich?

»Das ist dein Lieblingswein? Ach. Gut zu wissen.« Sie nickte.

»Ich bin begeistert von deiner Wohnung. Du hast wirklich guten Geschmack. Sensationell guten Geschmack.«

»Freut mich.« Marie musste lachen und sah ihm lächelnd und fasziniert zu, wie er das gefüllte Weinglas an seine Nase führte, Constantin war ohne Frage ein Mann von Welt. Ein Gentleman. Elegant, gewandt, niveauvoll.

Er goss beide Gläser voll, exakt die korrekte Menge, und reichte ein Glas Marie. Dann nickte er kurz und lächelte das bezauberndste Jungenlächeln, das sie je gesehen hatte. Sie stießen an, und er trank. Marie wartete diesen zauberhaften Moment ab, wenn seine Zunge den Rand des Glases ertastete. Himmel, was war er sexy.

»Wollen wir uns ins Wohnzimmer setzen?« Marie wusste doch längst, dass ihr Unterbewusstsein was ganz anderes hatte sagen wollen. Etwas, das mehr so klang wie: Müssen wir erst noch den Umweg über das Wohnzimmer machen?

»Bin sehr gespannt.«

»Ich auch.« Marie lächelte.

Das angenehme Licht über Berlin sickerte durch die zimmerhohen Fenster ein, das mit dem Schein zweier kleinerer Lampen auf den Beistelltischen zu einer verheißungsvollen Atmosphäre gemischt wurde.

Er hob aufmerksam den Kopf, betrachtete den Stuck unter der Decke, dann ging er mit dem Glas in der Hand an den Wänden entlang und betrachtete all die Gemälde, die Marie gesammelt und selbst restauriert hatte. Es waren exquisite Stücke dabei. Miniaturen, Bilder von Landschaften, Frauenporträts und mehrere Stillleben neben dem Esstisch. Ein Stilmix, der trotz seiner formalen Strenge lebendig wirkte. Constantin strich bewundernd mit den Händen über ihre Möbel. Die kleinen Kommoden und Tischchen, auf denen Silberdosen standen und bezaubernde Familienfotos in zarten, silbernen Bilderrahmen. Er betrachtete den modernen Teppich auf den Dielen, den Sekretär in der Ecke, auf dem ihr Laptop stand. Sein Blick war interessiert, erstaunt und bewundernd. Er war ein Kenner. Marie war sehr stolz, dass es ihm offenbar gefiel.

»Wunderschöne Stücke, Mary. Mit viel Sorgfalt ausgesucht. Viel Mühe steckt darin, nicht wahr?«

»Danke. Du bist allerdings einer der wenigen, die das überhaupt erkennen. Für die meisten ist es nur dekorativ. Alles vom Flohmarkt. Aber Hauptsache, man fühlt sich wohl.«

»Ja, hier fühle ich mich wohl.« Er schaute noch einmal durch das Zimmer. Sie nahm den Blick von seiner attraktiven Gestalt und benötigte einen großen Schluck aus ihrem Glas.

»Eine Frage nur, Mary.«

»Ja, sicher. Was ist?«

»Die Bilder, die ich dir schenkte?« Sie liebte es, wie er die korrekte Form des Präteritums benutzte. »Ich schenkte dir doch sicher ein Dutzend Gemälde. Weißt du noch?« Er hatte recht und zählte sie alle auf. Das Landschaftsbild aus Covent Garden. Das Bild aus Paris. Aus Mexiko, New York, Tokio. Wo immer er war, um Gemälde zu erwerben, hatte er meist auch eines für sie gefunden und ihr zuschicken lassen. Keines davon hatte Marie je aufgehängt.

»Wo? Wo sind diese Bilder? Hast du sie verkauft? Oh, nicht dass du das nicht dürftest, sure. Sie waren geschenkt.« Er runzelte kurz die Stirn. Er war etwas verletzt. Offenbar hatte er sich das anders vorgestellt.

»Ich habe sie alle noch. Und jedes von ihnen ist wundervoll«, versicherte Marie. Und irgendwie klang diese schlichte Aussage erstaunlich grausam. Wie eine Zurückweisung.

»Und die vielen Silberdosen? Ich meine, wie viele waren das? Die ich dir geschickt habe? Hunderte? Die Leute waren verzweifelt, wenn ich die Geschäfte betrat, weil sie das Gefühl hatten, ich würde ein Silberdosenmonopol gründen?«

Sie lachte, und er schaute zufrieden über diesen kleinen Erfolg in sein Weinglas.

»Habe mich über jedes Geschenk von dir gefreut. Wirklich. Und sie sind alle da. In einem Banksafe eingelagert.« Sie lächelte ihr Mona-Lisa-Lächeln. Aber ihr Herz tat ihr weh bei dem Gedanken an all die Geschenke. Jedes Einzelne hatte sie zu Tränen gerührt. Jedes Stück kündete von seiner Freundschaft und seiner Freude darüber, einen Menschen in Marie gefunden zu haben, der seine Leidenschaft und auch sein Wissen für und über Kunst und Kunsthandwerk teilte. Diese unbändige Lust an Antiquitäten und an diesem prickelnden Gefühl, etwas Altes gefunden zu haben, das niemand auf der Welt nachmachen konnte, weil es nicht einfach neu hergestellt werden konnte. Alles war einmalig. Wie Constantin selber. Antiquitäten waren der Beweis, dass man Eigentum nie festhalten kann. Antiquitäten waren Wanderer durch die Zeit.

»War etwas falsch mit den Sachen?«

»Nein. Nichts. Sie sind wundervoll, und ich bin froh über jedes einzelne Stück.«

Es war die Wahrheit, doch sie konnte unmöglich etwas in der Wohnung haben, das er ihr geschenkt, liebevoll für sie ausgesucht hatte. Es ging nicht. Es zerriss ihr das Herz. Es hätte sie verbittert, sobald sie es betrachtet hätte. Und wenn die Verbitterung sie erst fest im Griff gehabt hätte, dann hätte sie mit Constantin zu streiten begonnen. Das wäre das Ende. Niemals mehr hätte Constantin dann noch mit dieser fröhlichen Leichtigkeit abends am Telefon über Gott und die Welt mit ihr geplaudert.

»Warum? Warum sind sie im Safe? Ich hatte gehofft, du hängst sie hin und freust dich an ihnen.«

Sie blickte an ihm hinunter. An seiner Statur, seinen Hüften. Marie konnte sich nur mit Not zur Ordnung rufen und nicht unablässig daran denken, dass nebenan ein Bett stand.

»Aber, aber ...?«, begann er und kräuselte auf der Suche nach den richtigen Worten ärgerlich die Lippen. Was war da in seiner Mimik? Trauer? Warum? Sie liebte ihn doch, sie schätzte ihn, sie hatte immer zu ihm gestanden, trotz der ganzen Sommer und Winter.

»Wollen wir uns setzen?« Marie zeigte auf das Sofa, als habe es sich urplötzlich vor ihr materialisiert. Er nickte schwach und setzte sich. Seine Bewegungen waren fließend, elegant, ruhig und bewusst.

Marie schaffte es zu ihrem eigenen Erstaunen, seine Frage zu ignorieren und eine wunderbar leichte Unterhaltung zu entfalten. Sie erzählte munter von Florian und seinen neuen Klassenkameraden, von ihren eigenen Freundinnen und von ihrem neuen Projekt in der Werkstatt.

Constantin hörte aufmerksam zu, lachte charmant, wenn sie etwas Komisches erzählte und legte den Arm auf die Rückenlehne des kleinen Sofas. Seine Hand kam dabei dicht neben Maries Schulter zu liegen. Während der Unterhaltung strich er ihr die störrische Locke aus dem Gesicht.

»Du hattest so traurig geklungen am Telefon«, sagte er in eine Pause hinein. Ganz entgegen seiner Art machte das deutlich, dass er mit seinen Gedanken ganz woanders gewesen war. »Und nun bin ich beruhigt. Du bist so entspannt und ruhig wie immer.«

Sie war wahrscheinlich zu perfekt darin, Mona Lisa zu spielen.

Marie ergriff das Weinglas und trank es leer. Er neckte sie, stand auf und holte die Flasche aus der Küche. Sie hörte, wie seine Schritte vor Florians Tür sich verlangsamten und er offenbar einen vorsichtigen Blick hineinwarf.

Was musste er seinen Sohn vermissen!

»Er ist das schönste Kind der Welt, nicht wahr?«, sagte er, als er zurückgekommen war und ihr Glas auffüllte. Marie nahm es und trank einen hastigen Schluck.

»Erzählst du mir von diesem Jakub? Willst du mir erzählen, was er hat getan? Dich so traurig? Habt ihr je zusammen …?«

»Nein, haben wir nicht.« Marie nahm einen weiteren Schluck. So viel trank sie sonst nie. Dann schwieg sie.

»Aha.« Constantin klang, als halte er vor allem diesen Halbsatz für extrem aufschlussreich.

»Jakub ist alleinerziehend. Das ist wohl einfach zu schwierig. Und er hat die Sache beendet, bevor sie begonnen hat.« Marie hatte Constantin beruhigen wollen, doch sein Blick wurde ernst. Seine Hand schob sich auf ihre Schultern und strich ihr sanft am Hals entlang.

»Wenn du willst, gehe ich rüber und schlage ihm in die Visage.«

»Das sollte ein Witz sein. Oder?«

Er zog die Stirn kraus. Er war regelrecht ungehalten, richtig wütend. Eine Falte zeigte sich zwischen seinen hellen Augenbrauen. Marie hatte das noch nie an ihm erlebt.

»Wow!« Marie ließ den Kopf sinken und kam auf seiner Hand zu liegen. Er schluckte, und sein Daumen strich über ihre Wangen. »Du bist eifersüchtig.«

»Sicher. Er will dich mir wegnehmen.«

»Will er nicht, und ich bin nicht dein. Was ist überhaupt mit Viola?«

Er sog hörbar Luft durch die Nase, dann zog er ihr die Hand weg. Er trank den Wein aus, lehnte sich zurück und schlug die Beine übereinander. Defensiv. Sie hatte einen Nerv getroffen.

»Es liegt an mir.«

»Geht es etwas genauer?«

»Ich treffe eine Frau, es fühlt sich perfekt an. Sie ist in meinem Leben, gehört zu meinem Leben. Und dann«, er schnipste mit den Fingern, »wache ich auf, schaue sie an, und die Frau ist nicht mehr in meinem Leben. Fühlt sich an wie weit weg. I try and try, zu fassen diese Frau, um zu bekommen zurück. Und es geht nicht. It's all gone.« Obwohl Constantin damit das sicher unverfrorenste Geheimnis aller Playboys der Welt offenlegte, sah Marie darin eine entwaffnende Unschuld. Er schien ernsthaft damit zu hadern.

»Mit dir wäre es anders, Mary.« Elegant, wie er die Kurve bekam. Elegant deshalb, weil er es wirklich, wirklich so meinte, aber es nicht wahr war.

Marie war froh, dass er das gesagt hatte, aber es war, als würde eine kleine Olivia neben ihr sitzen und frech darüber lachen.

»Nein. Wäre es nicht. Red nicht so einen ausgemachten Unsinn. Ich wäre auch nur wieder ein Sommer.«

»Doch, ich bin sicher«, beharrte er trotzig.

Er beschrieb mit seinem Zeigefinger einen weiten Kreis über seinem Kopf. »Warum?« Und als Marie darauf nicht reagierte, fragte er deutlicher: »Warum hängt nichts von dem, was ich schenkte? Bin ich nicht wichtig? Du bist so unabhängig, du bist so unfassbar, Mary!«

Marie schaute in ihr Glas; statt daraus zu trinken, stellte sie es ab. So oft hatte sie Mona Lisa gespielt, so oft hatte sie ein Pokerface aufgesetzt, um die kostbare Beziehung, das gut funktionierende partnerschaftliche Elternduo nicht zu zerstören. Und nun war sie überrascht, wie gut es geklappt hatte. Er schien es nicht zu wissen. Dass sie ihn liebte, ihn geliebt hatte. Marie nahm seine Hand und zog ihn vom Sofa hoch. Es musste jetzt einfach sein. Sie hatte seit Jahren keinen Sex mehr gehabt, und dieser Mann vor ihr war attraktiv, interessiert, und er war da.

»Wohin bringst du mich?«

»Ins Schlafzimmer, wohin sonst?«

»Aye.« Klang das nicht etwas schüchtern?

In ihrem kleinen Zimmer angekommen, knipste sie eine kleine Lampe auf dem Fenstersims an.

»Hey! Auch hier kein Bild von mir.« Er schien enttäuscht.

Marie setzte sich auf ihr französisches Bett.

»Öffne den Schrank, Constantin.«

»Sind da alle meine Geschenke gestapelt?«

»Nein. Meine Wäsche.«

»Echt?« Er verstand nicht recht, drehte aber den kleinen Schlüssel und zog beide Türen auf. Der Schrank schien unter seinen Händen zu seufzen.

Sich selbst zu sehen scheint auf alle Menschen einen schockierenden Eindruck zu machen. Aber der große, stabil gebaute Mann in Maries Schlafzimmer zuckte regelrecht zusammen, ging zwei Schritte zurück und stieß dabei gegen Maries Bett. Als er sich zu ihr umdrehte, war er verwirrt und erregt.

»Das, das sind Fotos von mir.«

»Das hast du richtig erkannt, Constantin.«

»Aber. Was bedeutet das?«

»Das bedeutet wohl, dass ich dich immer noch sehr, sehr ...«, sie machte eine Pause, »... vermisse. Und zwar so sehr, dass ich es nicht ertragen kann, Dinge um mich zu haben, die von dir sind.«

Marie spürte Erleichterung, sie spürte sogar ein bisschen Freiheit. Ein wenig wie Gesundwerden.

Er zog die Augenbrauen hoch und lachte dann unsicher.

»Du meinst, du ...« Er hörte auf zu sprechen. Sein Zeigefinger zeigte auf sich.

»Ich liebe dich, ja.«

»All die Jahre?«

»All die Jahre.«

»Du vermisst mich? Ich meine, richtig?«

»Ja, richtiger wird es nicht mehr.«

»Warum hast du es nie gesagt. Du hast Schluss gemacht, und dann waren wir Freunde.«

»Du BIST mein Freund.«

Er brauchte etwas, das zu verarbeiten. Er musterte noch einmal seine Fotos, dann die Bilder an den Wänden, dann sah er wunderbar ernst zu Marie herab.

»Ich hab nie aufgehört, dich zu lieben, Mary.« Er schob die Schlafzimmertür zu, knöpfte sein Hemd auf und kam zurück zu ihrem Bett.

Vielleicht hätte Marie es früher gestört, mit welcher Routine er eine Frau auszukleiden verstand, aber jetzt war es wunderbar. Er schob sie in die Weichheit ihres Bettes und legte seinen entkleideten, festen Körper auf sie. Das angenehme Gewicht ließ sie seufzen und all ihre Hemmungen verlieren. Sie spürte seine

Wärme, roch den Duft seiner Haut und hörte in seinen Atemzügen die in ihm aufsteigende Erregung. Sie ließ es geschehen. Legte die Arme um ihn, nicht um ihn festzuhalten, nur um ihn zu spüren. In ihr befreite sich etwas und erfüllte sie mit einer Wucht, die sie mehr und mehr in ihren Oberschenkeln zu fühlen begann. In ihr breitete sich eine wohlige Wärme aus und an ihrem Rücken ein Prickeln, das sie erregte und entspannte zugleich. Genüsslich schloss sie die Augen. Sie sah warme Farben in sich aufsteigen, spürte, wie Constantin sich nun geschmeidig ganz auf sie schob. Sie spürte seine harte Erregung. Constantin wusste, was zu tun war, und tat es mit dieser eleganten Art, mit der man Nebensächlichkeiten erfüllte. Er war in ihr, ohne dass sie verstand, wieso das so leicht war, wieso die Erde nicht einfach kurz aufhörte, sich zu drehen, und wieso es das Einfachste auf der Welt war, unter diesem Mann zu liegen und Lust und Schutzlosigkeit derart zu zelebrieren. Seine Haut war glatt und weich. Sein Körper strich bei seinen langsamen, kraftvollen Bewegungen an all ihren Hautpartien entlang. Er hielt seinen Kopf nah an ihrer Halsbeuge. Sie hörte ihn atmen. Es klang gepresst, als versuche er, sich nicht gehenzulassen. Sie hörte, wie er ihren englischen Namen aussprach, wie in seiner Stimme ein kleines, hilfloses Wimmern lauerte, aber nicht rauszukommen wagte.

In Marie fielen Mauern aus alten, schweren, schwarzen Steinen in sich zusammen, ließen rotes, weiches, flackerndes Licht in ihr Inneres, sie spürte Wärme und Hitze, die sie verbrannten und die sie doch so ersehnt hatte. Durch ihre Fingerspitzen rollte eine Welle von prickelnder, lustvoller Macht.

Erst als Marie ihren Höhepunkt bis zur Neige ausgekostet hatte, schien Constantin sich zu erlauben, sich selbst den Gefühlen hinzugeben. Seine Bewegungen wurden schneller, präziser. Er flüsterte ihren Namen, dann kam ein gepresster Schrei. Er zuckte, bäumte sich auf, zuckte mehr und suchte ihren

Mund, küsste sie fordernd. Sie hielt ihn fest im Arm, bis die kleinen, süßen Schauder ihn wieder verließen.

Das war wunderschön, dachte Marie, während er sich vorsichtig von ihr löste und sich neben sie legte, den Ellenbogen in ihr Kissen gestützt und den Kopf an seiner Faust angelehnt. Das Licht in dem kleinen Raum schien heller. Marie blinzelte und betrachtete sein Gesicht. Dieses geliebte Gesicht. Er war außer Atem und so lebendig.

Constantin suchte nach den richtigen Worten, fand aber keine, küsste sie auf Stirn, Nase, Wange und dann wieder auf den Mund. Strich über ihren Bauch und betrachtete sie exakt so, wie er zuvor mit Kennerblick die Gemälde betrachtet hatte. Sie schwiegen eine Weile, und Marie fühlte sich wohl in seiner alles bedeutenden Gegenwart, verlor keinen Gedanken an Vergangenheit oder Zukunft. Schön war das. Wunderschön. Und sie wollte einfach in seinen Armen einschlafen.

Er schob mit seinen weichen Lippen ihre Locken zur Seite und flüsterte in ihr Ohr: »Hey. Ich will nicht einschlafen. Ich will, dass diese Nacht ewig dauert.«

Sie ließ ihre Augen noch einen sehnsüchtigen Moment geschlossen, spürte bereits, wie die Weichheit ihres Bettes sie in eine sanfte Tiefe hinabziehen wollte.

Marie war ein zweiter Sommer geworden.

Sie lächelte. Ein Spätsommer. Und trotz dieser Erkenntnis machte sie das glücklich.

Seine Lippen küssten ihre Augenlider.

»Mary, bleib wach.«

»Holst du den Wein, Constantin? Ich würde das gern feiern.« Marie lächelte matt, als er zu ihr herabschaute.

»Du willst mir doch nur auf den Hintern schauen.« Er hatte es also nicht vergessen. All die Kleinigkeiten, die Witze und Albernheiten von damals. Sechs Jahre. Es war, als wären sie immer ein Paar gewesen.

»Was sonst?«

Er küsste sie und erhob sich geschmeidig aus dem Bett.

Was für ein perfekter Hintern. Traumpreise würde man damit bei Sotheby's erzielen können!

Sie sprachen nicht viel. Warum auch. Constantin beherrschte die Sprache des Körpers in einer nie dagewesenen Perfektion. Irgendwann stellte er die Gläser wieder weg, bedeckte ihren Mund unter Tausenden Küssen und ließ sie sein Gewicht ein zweites Mal spüren.

Marie erwachte wie immer, einige Minuten bevor der Wecker klingelte, und strich mit ihrem Handrücken an seinem muskulösen Schenkel entlang, genoss dieses perfekte Gefühl seiner Haut.

»Good morning, Darling«, flüsterte er.

Sie küsste ihn und kletterte vorsichtig über ihn hinweg. Im Bad duschte sie, spürte diese glückliche Schwere in ihrem Herzen und zog sich an.

»Mama! Mama! Papa ist nicht da! Papa ist nicht da! Wo ist er?« Florian war ins Bad gestürmt, Herrn Löwi im Arm, und hopste auf die Klobrille, die nur noch wenige Zentimeter zu hoch für ihn war. Das Zimmer erfüllte ein klares Rauschen.

Mütteralltag.

»Händewaschen nicht vergessen!«, ermahnte Marie und lächelte beim Zähneputzen.

»Aber, aber, aber –«

»Dein Vater hat sich bloß im Bett geirrt. Der liegt in meinem.«

»Au ja!« Florian rannte mit tropfenden Fingern in ihr Schlafzimmer, wo sofort zweifaches Indianergeheul losging.

Marie schlenderte zufrieden in die Küche. Ihr erster Blick galt dem Handy.

»Verbrenn' dir nicht die Finger, Schätzchen.« Es war Olivia. Die anderen beiden hatten nur lauter kleine Herzchen geschickt.

»Es war sehr schön.« Mehr schrieb sie nicht und hoffte, Olivia würde das verstehen und beruhigt sein.

Florian brachte es fertig, alle Details seines abenteuerlichen und spannenden Schülerlebens in der kurzen Zeitspanne wortreich unterzubringen, die es brauchte, um eine Schale Müsli zu essen. Er hörte selbst dann nicht auf zu plappern, als er mit seinem Vater gemeinsam am Waschbecken im Bad stand (er auf einem Hocker, sein Vater in Anzughose und Hemd) und beide sich schäumend die Zähne putzten.

»Jetzt lauf schnell rüber zu Adam.« Der mit einem riesigen Schulranzen bepackte Florian umarmte seinen Vater.

»Ich kann ihn auch bringen«, sagte Constantin an Marie gewandt.

»Nein, lass mal. Das ist fest geregelt.« Marie spürte, wie sie das nicht wollte. Sie wollte nicht, dass Constantin die Oberhand über Jakub gewann. Trotz dieser Nacht. Sie wusste ganz fest, dass sie Jakub nicht weh tun wollte. Genauso wie sie plötzlich wusste, DASS Jakub das weh tun WÜRDE.

Aber was wollte sie?

Sie musste sich setzen, als sie erkannte, sie hatte mit Constantin nicht deshalb geschlafen, weil sie neu beginnen wollte ... sondern ... um es zu beenden. Sie strich sich über die Stirn. Sie war etwas geschockt von sich selbst.

Konnte das sein? Aber warum immer diese Gedanken an Jakub? Er hatte sie zurückgewiesen! Merkwürdigerweise spürte sie, dass sie seine Zurückweisung nicht nur verletzt, sondern auch angespornt hatte.

Mit Constantin zu schlafen war nichts anderes gewesen, als Reinen-Tisch-Machen in ihrem Herzen. Sich endlich zu befreien, zu sehen, dass sich die Welt auch noch weiterdrehte, wenn es passiert war. Und die Welt drehte sich weiter – es hatte nichts verändert.

Sie deckte den Frühstückstisch für Constantin und sich. Wie ein Ehepaar. Als wäre es das Normalste der Welt.

Dann klopfte es an der Tür. Marie dachte, es sei Florian, der etwas vergessen hatte.

»Ich mache auf!«, sagte Constantin und öffnete.

»Hi.« Das war Jakubs Stimme.

Einen Augenblick hatte sie das irrige Gefühl, sie habe ihn mit ihren Gedanken herbeigerufen. Marie lief zur Tür, aus Angst, die zwei würden sich aus unerfindlichen Gründen an die Gurgel gehen. Was sie natürlich nicht taten. Die beiden Männer standen lediglich peinlich berührt voreinander.

»Oh, hi, Jakub, was ist los?« Marie wurde knallrot. Jakub starrte auf Constantin und dann auf dessen Reisetasche, die auf dem Boden stand. Er schien die richtigen Schlüsse zu ziehen. Marie wurde schwindelig.

»Adam«, sagte Jakub mit belegter Stimme. »Es ist wegen Adam. Ich weiß nicht. Er sagt, er will nicht in die Schule, aber er sagt auch nicht, was er hat. Er, er sieht fürchterlich aus. Ich weiß nicht, was er hat, ich, ich –« Jakub schwankte zwischen Wut und Angst. Wut auf Maries Gast und Angst um seinen Sohn.

»Kannst du ihn dir mal ansehen, Marie?«, presste er die Frage mühsam hervor.

Sie waren also wieder beim Du. Und wieder dabei, Marie um Hilfe zu bitten. Na, da hatte sich Maries Herzschmerz ja richtig gelohnt.

»Constantin, bringst du Florian inzwischen zur Schule?«

»Au ja!«, rief der Junge begeistert.

»Sure. Ich hole meine Jacke.«

Marie folgte Jakub in seine Wohnung. Als er die Wohnungstür schloss, schien er richtig wütend. Marie ignorierte das, so gut es ging, und trat zu Adam ans Bett.

»Hallo, Adam. Geht es dir nicht gut?«

Adam drehte lediglich den Kopf zur Wand.

»Habt ihr schon Fieber gemessen?«, fragte sie den Jungen sanft. Doch er antwortete nicht, stattdessen sein Vater: »Wir haben kein Fieberthermometer. Also das, was wir haben, ist kaputt.« Jakub war unruhig. »Ich dachte, du hättest vielleicht eines ...«

»Ach, unsere sind auch immer kaputt. Batterie leer oder was auch immer.«

»Was hat er nur? Gestern war alles in Ordnung!« Jakub zeigte Ansätze derselben Panik wie damals bei Natalia. Das zu spüren machte es Marie unmöglich, ärgerlich auf ihn zu sein. Auf den Mann, der sie doch abserviert hatte, um gleich darauf wieder um ihre mütterliche Hilfe zu bitten.

»Adam, sagst du mir, wie du dich fühlst?«, fragte Marie sanft.

»Nein. Will ich nicht«, kam es störrisch.

»Adam! Benimm dich!« Jakub wurde laut. Marie fand das zwar verständlich, aber nicht clever. Der Junge wurde deutlich verstockter.

»Ich will, dass Mama kommt. Nicht die da!«

»Adam!«, ermahnte ihn Jakub wütend. »Sie will helfen. Nun lass dir helfen, verdammt noch mal!«

Erstaunlich, dachte Marie. Was wir selbst nicht können, wollen wir aber an unseren Kindern sehen.

»Jakub, Sie gehen jetzt einfach mal auf den Flur, ja?« Marie hatte keine Lust, diesen hysterischen Vater gleichzeitig mit zu therapieren. Sie zeigte mit der ausgestreckten Hand hinaus. Jakub ging zögernd und offenbar etwas beleidigt wegen des distanzierten *Sie*. Ja, Marie blieb aus Trotz beim Sie. Sollte er ruhig merken, dass er es sich mit ihr verscherzt hatte.

Jakub ging langsam in die Küche. Man hörte, wie er wütend mit Geschirr klapperte und Schranktüren knallte.

»So. Adam. Kannst du mir jetzt sagen, wie du dich fühlst. Was dir weh tut? Oder ist dir übel? Und ich müsste mal gerade auf deinen Bauch fassen. Nur ganz kurz.«

»Nein.«

»Bitte.« Sie machte keine Anstalten, sich gegen seinen Willen aufzulehnen. Sie blieb passiv. Mit Worten wie mit Gesten.

»Warum?«, fragte er nach einer kleinen Pause. Immerhin hatte Marie sein Interesse geweckt.

»Ich würde meine Hand auf deinen Bauch legen, um deine Körpertemperatur zu fühlen. Weißt du? So kann ich feststellen, ob du Fieber hast. Auch ohne Fieberthermometer.«

»Nein. Das geht auch gar nicht. Du hast doch gar keine Zauberkräfte!«

Marie blieb geduldig. Das kannte sie von Florian. Wenn Kinder krank sind, finden sie, dass die Erwachsenen schuld sind. Aber immerhin glaubte Florian fest an die mütterlichen Heilkräfte. Adam hingegen traute Marie gar nichts oder nur das Schlechteste zu.

»Geh weg.«

»Ich mache mir aber Sorgen. Und dein Papa macht sich noch viel mehr Sorgen.«

»Der ist böse auf mich.«

»Nein. Er hat Angst um dich.«

»Stimmt gar nicht.« Der Junge weinte. Es klang allerdings erleichtert, so als ob seine größte Angst gerade in sich zusammenfiel. Marie verbuchte das als ersten kleinen Erfolg.

»Adam, alles gut. Nun lass mich kurz mal deinen Bauch anfühlen, ja? Weißt du, ich bin nicht krank. Zumindest hab ich kein Fieber. Also wenn ich meine Hand auf deinen Bauch lege, dann merkt meine Hand, ob du wärmer bist als sie.«

»Und wie macht sie das?«

»Es brennt leicht auf meinen Fingern. So, wie wenn man

sich nach einer Schneeballschlacht ohne Handschuhe die Hände mit kaltem Wasser wäscht. Es fühlt sich dann an, als würde man kochend heißes Wasser berühren.«

Adam drehte den Kopf zu ihr.

»Wo ist meine Mama?«

»Schätzchen, das weiß ich nicht.«

»Papa ist schuld, dass sie nicht da ist.«

»Das weiß ich nicht.«

»Du bist auch schuld.«

»Nein. Das ist so ziemlich das Einzige, was ich ganz genau weiß. Ich bin *nicht* schuld an dem Fehlen deiner Mama. Und du weißt auch, dass das nicht sein kann. Ich kenne deine Mama gar nicht.«

»Ich will mit ihr reden. Und du willst das nicht.«

»Auch falsch. Ich würde deine Mama zu gerne auch was fragen, warum sie weggegangen ist, zum Beispiel. Es muss einen Grund geben. Schließlich seid ihr eine tolle Familie. Und hey, das hier ist eine tolle Wohnung. Und dein Papa ist ein toller Mann.«

»Und bin ich ein toller Sohn?«

»Was ich bislang von dir gesehen habe, ja.«

Adam drehte den Kopf nun so, dass er unter die Zimmerdecke starrte. Marie lächelte etwas darüber.

»Adam, Schätzchen. Ich kenne deine Mutter wirklich nicht.«

»Wo ist sie denn nur?«, fragte er traurig.

»Das weiß ich nicht. Willst du sie mal anrufen?«

»Ja, aber ich darf nicht.« Er weinte etwas, beruhigte sich aber schnell, sah dann auf Marie. »Warum darf ich sie nicht anrufen? Darf Flo seinen Papa anrufen?«

»Immer.«

»Warum ich nicht?«

»Frag deinen Vater.«

»Frag du ihn.«

»Ganz ehrlich. Dafür kenne ich deinen Vater nicht genug, dass ich so was fragen dürfte.«

»Mein Vater macht aber das, was du sagst.«

»Wäre mir neu.«

»Fragst du ihn?«

»Sag du mir, was du deiner Mama sagen willst am Telefon.«

»Weiß nicht. Warum sie nie da ist. Oder?« Er schien sich plötzlich nicht sicher, was er sagen würde. Er hatte gar nicht so weit gedacht. »Der Papa von Flo ist aber immer da. Immer. Auf dem Schulfest und so.« Der kleine Junge klang sehr wütend. Und schrecklich verzweifelt.

»Nein, das kommt dir nur so vor. Sein Papa ist oft ganz weit weg. Darf ich jetzt?« Marie hatte einen günstigen Zeitpunkt abgepasst, zeigte auf seinen Bauch und zupfte etwas an der Decke. Adam gab seinen Widerstand auf.

»Na gut.«

Marie schob vorsichtig ihre Hand auf seinen kleinen, warmen Bauch. Er schaute skeptisch dabei zu.

»Ein bisschen warm bist du. Ist irgendjemand krank in eurer Klasse?« Sie nahm schnell die Hand wieder weg und deckte ihn zu.

»Nö.«

»Tja. Vielleicht bist du kalt geworden. Aber eigentlich ist es zu warm dafür. Wir haben ja einen echt schönen Sommer.«

»Ich hab mir meine Schuhe gewaschen. In der ersten großen Pause.«

»Na ja. Aber barfuß ist ja auch nicht schlimm im Sommer.«

»Ich hab sie mir gewaschen, als ich die Schuhe noch anhatte.«

»Ach, oh, verstehe. Und bist dann den ganzen Tag mit nassen Füssen in nassen Schuhen und Socken rumgelaufen?«

Adam nickte.

»Adam!«, schnauzte sein aufgebrachter Vater, der wohl alles belauscht hatte und dessen Stimme trotz des Wutanfalls sehr belegt klang. »Wie kannst du das nur machen? Du wirst doch davon krank!« Jakub stand wieder im Raum.

»Schscht, Jakub! Ganz ruhig. Ja, ist blöd gelaufen, aber meine Güte. Ihr Junge ist nicht aus Zucker. Und jetzt merkt er sich das. Schimpfen hilft da gar nichts.« Marie erhob sich.

»Sag danke zu Frau Krause.«

»Marie, fragst du Papa jetzt?«, kam es kleinlaut aus den Tiefen des Bettzeugs. Er nannte sie nicht mehr MamavonFlo, er sagte zu ihr Marie. Wie sein Vater.

»Er soll einfach zu Hause bleiben. Ist nicht schlimm. Das hat er bald überwunden.« Sie wollte nicht für Adam nach dem Telefonanruf fragen. Das war nicht ihre Sache. Es ging sie doch alles nichts an.

»Was soll sie mich denn fragen, Kleiner?« Langsam machte sich wohl bei Jakub die Erleichterung, dass seinem Sohn offenbar nichts Ernsthaftes fehlte und dass er wieder sprach, bemerkbar. Er nahm die Hand seines Kindes und streichelte sie.

»Marie soll sagen.«

Jakub sah zu ihr hoch. Hoffte er, sie würde so taktvoll sein, die Bitte zu ignorieren? Jakub hatte es doch gehört. Wahrscheinlich hatte er den Wunsch sehr oft gehört.

»Lassen Sie ihn seine Mutter anrufen, Jakub.«

Er runzelte die Stirn. Sein Gesicht verfinsterte sich. Marie hatte nichts zu verlieren, sie zog die Augenbrauen hoch und versuchte, einen lässigen, ja, fast herablassenden Eindruck zu machen.

»Ich denke, Sie halten sich da besser raus, Frau Krause.« Voll auf die Zwölf.

Marie grollte vor Wut.

»Aber natürlich, Jakub. Ich halte mich raus, natürlich.« Sie ging direkt aus dem Kinderzimmer hinaus auf die Wohnungstür zu. »Aber natürlich! Wenn der Herr das so wünscht!« Sie redete sich in Rage. »Ich sage nur zu genau zugeteilten Problemen etwas, und beim Rest halte ich natürlich die Klappe. Rufen Sie auch das nächste Mal wieder Marie, wenn es Ihnen in den Kram passt!«

»Warte!« Jakub war hinter ihr her geeilt und drückte die Wohnungstür zu, so dass Marie sie nicht geöffnet bekam. Sie sah grollend zu ihm hoch, und er schaute zu Boden. »Also wegen Adam. Nicht zum Arzt?«

»Können Sie gerne machen. Wie Sie wollen, Herr Ohne-Vokale-kann-man-das-nicht-aussprechen.«

Eine Andeutung von einem Lächeln war zu sehen.

»Würdest du denn mit Flo gehen? Wenn er so ...«

»Ach, jetzt sind wir wieder beim Du? Ja? Soll ich mich jetzt freuen darüber, ja? Und was dein Kind betrifft: Auch wenn das jetzt klingt, als sei ich eine schlechte Mutter: Nein, ich renne nicht bei jedem bisschen zum Arzt. Meine Mutter hat das auch nicht gemacht. So. Lass ihn zu Hause und er kann auch etwas im Zimmer spielen, wenn er will und wenn er warme Füße hat. So. Kranke Kinder müssen vor allem das Gefühl haben, dass sie liebgehabt werden! Ende der Visite! Dann gehe ich mal.«

Aber sie bekam die Tür nicht auf.

»Bist du wieder mit ihm zusammen?« Er starrte wütend den Boden an, als wäre der an allem schuld.

Marie dachte, dass sie das noch zorniger machen sollte. Sie wartete, aber es geschah nichts. Im Gegenteil. Seine Eifersucht beruhigte sie. Dass er meinte, er habe Anspruch darauf, dass sie ihm treu blieb, auch wenn er sie nicht wollte, war natürlich eine Frechheit. Wie er allerdings da so stand, so traurig und böse auf alles, dachte sie nur: Jakub, ich vermisse dich, dein Klingeln an meiner Tür. Das Gefühl, dass du mich brauchst, dass du mich wirklich brauchst. Und vielleicht sogar mehr.

Marie ermahnte sich im Stillen. Wie konnte sie das denn

nur denken? Sie hatte gerade mit dem perfektesten Mann der Welt geschlafen!

»Du denkst also, ich habe mit Constantin geschlafen, nicht wahr?«

Jakub schaute noch grimmiger und nickte. Marie ermahnte sich: nicht lügen. Nicht lügen, nicht, tu das nicht, nicht, nicht! Marie, sag ihm die Wahrheit. Du hast mit Constantin geschlafen, und es war schön, sehr schön. Sag das!

»Und hast du doch, oder? Mit ihm, oder?« Er schaute zu Boden und sah aus wie Adam eben.

»Ich? Mit Constantin? Ich ...« Ihre Worte endeten. Dann holte sie tief Luft. »Unsinn. Ich schlafe nicht mit Constantin. Wir sind nur Freunde. Er wollte Flo besuchen und ist über Nacht geblieben.«

Gelogen, gelogen, gelogen!

»Oh. Echt?« Jakub hob den Kopf. Und dann erschien ganz langsam, aber immer deutlicher ein Strahlen auf seinen Lippen. Marie war über dieses Lächeln so perplex, dass sie einen Moment Adam und Constantin völlig vergaß.

»Ist das wichtig für dich, Jakub?«

»Ja«, flüsterte er erleichtert. »Sehr wichtig.«

»Papa? Hat sie dich gefragt?«

Sie plumpsten beide in die Realität zurück. Draußen im Treppenhaus hörte Marie schwere, lange Schritte. Constantin kam wieder.

»Ich muss rüber. Er fliegt gleich wieder zurück.«

»Soll er. Am besten weit weg.« Jakub lächelte schief.

»Hör auf, so über Constantin zu reden!« Maries Gewissen biss kräftig zu, und sie reagierte wütend. »Hör auf! Unser Florian braucht immerhin nicht darum zu betteln, die Stimme seines Vaters mal zu hören. Er redet jeden zweiten Tag mit ihm. Und Constantin ist ein großartiger Vater. Was genau hast DU eigentlich für eine Angst? Dass dein Sohn mal seine Mutter anrufen will, ist ja wohl das Normalste auf der Welt! Nimmt deine Exfrau dir den Jungen weg wegen eines Telefonats? Oder hat das am Ende gar nichts mit dem Kind zu tun? Frag dich das selber mal!« Marie riss die Tür auf und stampfte zu ihrer Wohnung rüber. Aber sie tat nur wütend, in Wahrheit hatte sie weiche Knie bekommen bei Jakubs sehnsüchtigem Blick.

Marie war außer Atem, als sie die Wohnungstür öffnete. Constantin erschien mit einem Lächeln, offenbar noch ganz in den amüsanten Szenen des soeben Geschehenen verheddert. »Flo hat ja eine süße Freundin, nicht wahr, Mary? Ist es nicht so?« Dann schloss er die Tür hinter ihr. Das Klacken des Schlosses ließ ihn schlagartig ernst werden. Er legte eine Hand flach auf das Türblatt und senkte den Kopf. Als ob er ihren Blick gespürt hatte, schaute er auf, direkt in Maries Augen. »So kann das nicht immer sein, nicht wahr?«

Marie antwortete nicht. Sie war etwas enttäuscht, dass er sich nicht richtig eifersüchtig wegen Jakub zeigte. War er nicht hier, weil er genau diesem Mann zutraute, dass er sie ihm wegnahm?

»Vater, Mutter, Kind. Das ist schön.« Er trat zu ihr in die Küche, küsste ihre Wange, dann ihre Stirn.

Sie aßen schweigend eine Weile. Die Uhr tickte, der Kühlschrank brummte.

»Und wenn wir es versuchen würden?« Constantin hatte die Gabel auf den Teller gelegt und sah zum Fenster hinaus. Er suchte irgendwas, was ihm helfen könnte. Die Frage war zauberhaft. Aber Marie schüttelte den Kopf. Sie würden kein Paar mehr werden. Es ging nicht.

»Ich habe Jakub gerade angelogen«, sagte sie ohne Umschweife.

»Wegen des Kindes? Geht es ihm nicht gut?«

»Doch. Aber wegen dir habe ich gelogen. Ich habe gesagt, wir hätten nicht miteinander geschlafen.«

Eine Weile war nur das Ticken der Uhr zu hören.

»Oh«, machte Constantin und schien sich kurz sammeln zu müssen. »Oh«, machte er noch mal. Marie griff nach Constantins starker, großer Hand. Er schaute auf, und dann drückte er ihre Hand an seine Lippen. Das war zauberhaft.

»Oh, shit. Das heißt. Das heißt, er und du, also er ist, also du bist – «

»Das heißt, dass ich ein verlogenes Aas bin.«

Er nickte kurz, sah dabei über den Tisch, und dann schüttelte er den Kopf. »Nein, nein. Wahrscheinlich nicht. Du bist die wundervollste Frau auf der Welt!«

»Und du bist der schlimmste Halunke der Weltgeschichte. Ich liebe dich. Immer. Aber nur, wenn wir kein Paar sind.«

Sie hatte es ausgesprochen. Er nickte und strich sich mit seinem Zeigefinger, scheinbar um etwas Schlaf wegzuwischen, über sein Auge und wandte den Kopf von ihr weg. »Ich weiß nicht, was ich sagen soll, Mary. Es liegt an mir. Irgendwas stimmt nicht mit mir. Ich weiß nicht. Und du bist die wundervollste Frau der Welt.«

»Danke. Und nun iss doch einfach weiter.«

»Ich soll essen?«

»Ja, einfach essen.«

Er lachte erleichtert. Warum war er erleichtert? Hatte sie ihn nicht gerade tief getroffen?

Marie hielt inne und starrte sein Gesicht an. Dieses einzigartig attraktive Gesicht, das sie sechs Jahre angeschmachtet hatte. Und jetzt war sie fast wütend auf Constantin, weil er nicht richtig eifersüchtig wurde. Warum nicht? Warum konnte er jetzt nicht einen Bruchteil von dem erleiden, was sie gelitten hatte?

Er sah sie unfassbar treu an. Er war nicht wie sie. Er war anders. Wunderbar anders. Sie schmolz bei diesem Anblick. Und fühlte, wie sich die letzten Jahre langsam in eine sanfte und gute Erinnerung wandelten, die Bitterkeit und der Schmerz wandelten sich in eine gute, solide, wachsame Zuneigung zu ihm.

Als Constantin mit seinem Frühstück fertig war und die zweite Tasse Kaffee wie üblich nur zur Hälfte leer getrunken hatte, schaute er sie an. Ernst. Wunderbar ernst.

»Ich weiß nicht, wie ich mich dafür bedanken soll, dass du mir nie Florian weggenommen hast. Es muss die Hölle gewesen sein für dich. My Goodness, ich habe dir von jeder Frau erzählt!«

»Ja, das hast du. Oh ja, das hast du. Von jeder!« Jetzt war es an Marie, den Kopf wegzudrehen. Sie liebte Constantin. Und zwar ihr Leben lang. Es war so gut, das nun mit dieser Sicherheit zu wissen. »Und du wirst mir weiterhin von allen Frauen erzählen!«, ermahnte sie ihn.

Er wollte sie nicht in Verlegenheit bringen, daher drückte er noch einmal ihre Hand, ließ sie dann los, lehnte sich auf seinem Stuhl zurück, betrachtete die Küche, die er selber ausgesucht hatte, und schmunzelte.

»Okay. Was ist jetzt? Soll ich rübergehen zu ihm und ihn verhauen? What in hell, was hat er gesagt oder gemacht, dass du glaubst, er will dich nicht. Welcher, welcher Mensch kann dich nicht haben wollen?«

Sie lachte. Sie lachte so sehr, dass er schließlich mitlachen musste und sich Maries Herz und Bauch entspannten.

»Ich fürchte, das ist alles zu viel für ihn.« Marie begann den Tisch abzuräumen. Amüsiert über sich selbst, dass sie wieder in ein altes Muster verfiel und alle Spuren seiner Anwesenheit zu tilgen versuchte, ließ sie seine halbvolle Tasse Kaffee stehen.

»Bist du böse, dass ich nicht gewusst habe, dass du mich vermisst, ja, liebst? Hätte ich gewusst, ich, ich –«

»Wenn du das gewusst oder nur geahnt hättest, lieber Constantin! Du hättest mich bald nicht mehr angerufen, mir nicht alles erzählt, dich nicht so unschuldig gefreut, mich und deinen Sohn zu treffen und, und, und. Sicher, mir wären die unaufhörlichen begeisterten Beschreibungen deiner neuen Jahreszeiten erspart geblieben. Okay, aber glaub mir: Das anzuhören ist besser, als das Schweigen eines Telefons hinzunehmen! Rate mal, warum ich mir nie was habe anmerken lassen.«

»Aber wie schaffst du das? Man sieht es nicht!«

»Oh, ganz einfach, ich habe mir diese Mimik einfach angewöhnt. Schau, wie Mona Lisa!« Sie machte ein ganz ernstes, etwas weltfremdes Gesicht. Constantin lachte schallend.

»Muss ich das jetzt auch machen?«

»Ja, das wäre gut. Vielleicht versuchst du, wie Lorenzo dé Medici auszusehen. So ein bisschen brutal, ein bisschen verschlagen.«

»Ja, das ist gut. Wie ein Medici! Als plane ich schon den Mord an dem polnischen Gesandten!«

»Hey!«, sie bewarf ihn mit der Serviette. Er lachte noch mehr und wurde dann wieder ernst.

»Sag mir, was er gesagt hat.«

»Geschrieben. Er hat es geschrieben. Er mochte mich nicht dabei ansehen.« Marie merkte, dass das ein wichtiger Teil dieser Botschaft gewesen war, den sie bislang übersehen hatte.

»Darf ich?«

»Bitte?«

»Darf ich lesen?«

»Ist das nicht etwas merkwürdig? Ich meine –«

»Schon vergessen? Ich bin dein bester Freund. Ich schaue wie Medici und prüfe Papier. Ich schmiede Pläne für das Wohl meiner Familie. Ich muss mir alles anhören über deinen Geliebten.«

Marie verschlug es die Sprache. Constantin hatte recht.

Wenn sie ihm das Papier nicht zeigte, war er nicht mehr ihr Freund. Das wäre das Ende vom Ende. Marie lachte bei dieser Formulierung.

»Er ist nicht mein Geliebter. Leider. Ich hole es.«

Sie brachte ihm ein kleines Holzkästchen. Auf dem Deckel waren Intarsien, die einen Adler zeigten. Als sie es öffnete, lagen darin der Brief, die Kinokarten, Natalias Terminzettelchen und ein Zeitungsartikel über die Firma, die früher Jakub gehört hatte. Constantin betrachtete schweigend das Kästchen, strich mit dem Finger über das Holz. Marie unterdrückte den Reflex, ihn mit Mitleid zu überschütten.

Constantin nahm den Brief und las konzentriert. Als er fertig war, nickte er. »Kämpf weiter um ihn. Wahrscheinlich ist er es wert. Wenn nicht, haben wir in Schottland ein paar Sümpfe, in die ich ihn werfen lassen kann.«

Er hatte große Mühe mit dem Freundsein, aber er schlug sich tapfer. Nein, Marie hatte kein Mitleid.

»Okay, Mary. Best friend. Ich muss los. Ich rufe ein Taxi, okay? Darf ich –?« Er überlegte und wurde dann ärgerlich über sein eigenes Zögern. »Ich rufe einfach heute Abend an, okay?«

»Wie immer.«

»Wie immer, ja, oh Mann, das ist verflucht schwierig.«

»Du wirst das hinbekommen. Ich brauche meinen besten Freund, denk immer daran.«

»Sure. Es war eine wunderbare Nacht.«

Ja, das war es. Aber nicht mehr.

15. KAPITEL

Regen, Dampf, Geschwindigkeit
(Öl auf Leinwand, 1844, William Turner)

Frau Gabbai hatte sich etwas Besonderes für ihre Klassen aus-
gedacht. Sie wollte das Thema Ernährung aufgreifen und hatte
dazu eine Unterrichtseinheit angekündigt mit dem Namen
»Wir essen Farben!«.

Herr Boddensen hatte die vier gebeten, ihr dabei zur Seite
zu stehen. Dezent, versteht sich, was darin gipfelte, dass Olivia
einfach bei Frau Gabbai anrief und ihr sagte, sie würde jegliche
benötigten Gemüse- und Obstsorten mitbringen.

Mittlerweile waren sie durch Herrn Boddensen mit allen möglichen Infomaterialien ausgestattet worden. Es artete richtig in
Arbeit aus, bis sie alles zum Thema »nichtzentrierter Unter-
richtsansatz« zu der Idee der Kinderklassenräte und zur mehr-
dimensionalen Integrationsbereitschaft wussten.

Nur ganz selten hatte Marie ein schlechtes Gewissen, ob es
das Richtige war, was sie machten, oder ob Florian im Leben nie
etwas erreichen würde, weil sie, die Mutter, nicht schnell genug
gesehen hatte, was gute und was schlechte Bildung für ihn war?

Dann aber entschied sie sich immer wieder mühsam, dieser
Panik keine Bedeutung beizumessen. Herr Boddensen war absolut vertrauenswürdig. Er hatte dieses Umständliche, dieses
Gestelzte an sich, das verriet, dass er sich reichlich Gedanken
gemacht hatte: Über die Zukunft der Kinder. So viele Gedanken, dass Marie sich zurücklehnen und einfach mal Florians
Leben freie Bahn geben konnte. Sie musste Vertrauen haben
und Frau Gabbai unterstützen. Unabhängig davon, ob sie ka-

pierte, was die mit ihren Konzepten erreichen wollte, oder nicht.

Die vier standen direkt vor dem Klassenzimmer. Eigentlich durften sie nicht hier sein. Stichwort Kiss-and-go und elternfreier Schulhof. Schon mehrfach waren sie aufgefordert worden, das Gelände zu verlassen.

»Wir helfen beim Unterricht!«, flötete Katrin fröhlich, die in dieser Aufgabe absolut aufzugehen schien.

»Wir haben ein Bleiberecht erwirkt«, keifte Alexa jedem hinterher, der auch nur schief guckte.

»Ach, ich hatte wirklich damit gerechnet, dass der Boddensen hier auftaucht.« Marie war froh, dass ihre drei Freundinnen langsam vom Thema »Nacht mit Constantin« abgelenkt wurden. Sie hatten ohne Punkt und Komma über Constantins Qualitäten im Bett und schließlich die als Gentleman sprechen müssen. Es fehlte nicht viel, und sie hätten eine Tabelle angefertigt.

»Wollen wir ihm nachher Blumen bringen? Der hatte doch gestern die OP?«, fragte Katrin.

»Himmel, ist dieser Constantin toll! Wenn er nicht so ein Playboy wäre, wäre er der tollste Ehemann auf Erden. Und du hast kein Foto gemacht?« Nein, Alexa ging offenbar nicht auf Maries Gesprächsangebot ein (Himmel, sie sprach ja langsam auch wie ein Pädagoge).

»Pappilappi. Er ist nicht der Richtige für unsere Marie.« Olivia trug wieder ihre Brille.

»Herr Boddensen?«

»Marie, du hältst dich jetzt mal da raus!«, ermahnte sie Olivia streng und gab ihr einen Schokoriegel.

Alexa, die nur so lange Zeit hatte, bis ihr Laden öffnete, schimpfte derweil mit Katrin, dass die lieber zu Hause bleiben und nicht mit giftigen Substanzen hantieren solle.

»Lass mich in Ruhe mit deiner Sorge. Ich weiß, was ich tue!«, antwortete Katrin genervt.

Zwar versprach der zweite Versuch mit der künstlichen Befruchtung mehr Erfolg, aber die Angst, dass jederzeit alles wieder vorbei sein konnte, war immer noch präsent.

Das Wort Fehlgeburt wollte keine von ihnen auch nur *denken*.

Katrin jedoch schwieg immer mehr dazu.

Katrin reagierte bereits schwer gereizt auf Alexas dauernde, etwas hilflose Versuche, sie von allem »Gefährlichen« abzuhalten.

»Alexa, einen Obst- und Gemüsetag kann man kaum giftig nennen.« Olivia, die ähnliche Panik verspürte, wenn Katrin nicht still in ihrem Bett lag, sondern frecherweise am Leben teilhaben wollte, klang nicht überzeugend.

»Wie geht es deinem Mann eigentlich? Hilft er dir denn zu Hause?«

»Können wir über jemand anderen reden?« Katrins etwas kryptische Antwort verhieß nichts Gutes. Offenbar war immer noch Stress im Paradies.

Marie sah, wie Frau Rasenfeld vor der Glastür der Schule stand und offenbar auf jemanden wartete. Wie ein Raubvogel, der eine Maus auf dem Felde erspäht hatte, starrte sie auf den Lehrerparkplatz. Sie wartete offenbar auf die Ankunft von Frau Gabbai. Die ersten Schulkinder trudelten ein. Sie standen neugierig vor den vieren und schaute zu ihnen hoch.

»Dürft ihr denn hier stehen? Ihr seid doch Mütter. Die müssen draußen warten!« – »Da vorn ist die KissändGoh-Äria!« – »Macht ihr heute auch mit?« – »Bist du die Mutter von der Agata?« – »Warum kannst du nicht stehen, bist du krank?«, fragte man Katrin, die sich auf die kleine Bank hat setzen müssen, weil Alexa und Olivia darauf bestanden hatten.

Die Bank war dazu da, dass die Kinder ihre Straßenschuhe ausziehen und ihre Hausschuhe anziehen konnten. Zwei Mädchen setzten sich vertrauensvoll links und rechts neben Katrin und ließen sich mit Schuhen, aber auch mit den Haargummies helfen. Katrin schien den Trubel zu genießen, während man Alexa ansah, dass sie am liebsten die Kinder von ihr weggeschubst hätte.

Marie hatte sich gerade etwas entspannt, da blickte sie wieder zur Eingangstür hinaus und sah ihn. Jakub. Er brachte Florian und Adam. Marie hatte ihm nicht gesagt, dass sie heute in der Schule sein werde. Ungläubig starrte er Marie durch die Glastür an. Er hatte nasses Haar vom Regen. Sein Mund öffnete sich, als er Marie erblickte.

Marie war völlig überrumpelt von ihrer eigenen Reaktion auf ihn. Sie, die immer die Kluge und Kühle sein konnte. Heute versagten ihre Verwandlungskünste. Ihre Beine wurden weich, sie wurde rot.

Statt Marie zuzunicken, drehte Jakub sich zu Adam und zupfte ihm seinen Kragen zurecht. Florian war bereits von Klassenkameraden umringt und bekam von alledem nichts mit. Adam schob die schwere Glastür auf und brüllte ein lässiges »Tschüss Papa!« über die Schulter. Dann kam er auf die Gruppe zu und begrüßte überraschend freudig die vier Frauen.

»Hallo, Adam, mein Schatz!«, flötete Olivia. Alexa und Katrin winkten dem Jungen zu. Marie starrte hinaus. Jakub verließ schneller den Schulhof, als Marie die Worte »Warte bitte, ich lieb dich doch« denken konnte.

»Mist.« Alexa strich Marie über den Arm.

»Er sah aber nicht so aus, als hätte er Marie schon ganz vergessen«, meinte Olivia.

»Nö«, sagte Adam und hängte umständlich seine Strickjacke auf. Dann zog er sich die Hausschuhe vom Fuß. Wie immer zerrte er so sehr daran, dass er fast umkippte. Katrin hielt ihn lachend fest. Er mochte das und strich bewundernd durch Katrins dunkles Haar.

»Was heißt ›nö‹, junger Mann?«, fragte Alexa, die beeindruckt war, wie konsequent ihr eigener Sohn sie ignorierte. Es musste unfassbar uncool sein, wenn die Mütter im Unterricht mitmachten.

»Er vergisst doch Marie nicht«, sagte Adam treu. »Sie ist doch unsere Nachbarin.«

»Aha. Redet er manchmal von ihr?«

»Alexa, hör auf, das Kind auszuhorchen!«, ermahnte Marie matt.

»Man wird ja noch mal fragen dürfen!«

»Adam, nicht antworten.«

Der Junge nickte, und es war nicht zu erkennen, ob er damit die Antwort gab oder nur zustimmte, nichts zu verraten.

Marie sah hinaus in den Schulhof. Da es draußen regnete, durften die Schüler ausnahmsweise das Gebäude vor Unterrichtsbeginn betreten, sonst blieben sie draußen unter der Aufsicht einer Lehrerin und machten Sport oder zumindest irgendwelche Bewegungen, die den Kindern das letzte bisschen Rest Zucker von der Nougatschnitte am Morgen aus dem Blutsystem schütteln sollten.

»Da, die Rasenfeld!«, rief Katrin aus, als habe sie eine Spinne in ihrem Müsli entdeckt.

Und richtig. Die Königin der Helieltern stürzte sich pfeilschnell auf die ankommende Referendarin. Es entstand ein aufgeregtes Gespräch.

»Alarm!«, rief Alexa aus, und alle Kinder stimmten fröhlich mit ein. »Alarm, Alaaaarm, Alaaaaaaaarm«, brüllten sie mit. Olivia handelte. Sie ging resoluten Schrittes hinaus, wobei sie die gläserne Tür aufriss, als wäre sie aus Pappe. Es dauerte nicht lange, und die Rasenfeld verließ grollend das Areal.

»Olivia, die Rächerin der Referendare. Herrlich.«

Von Olivia begleitet, erreichte die junge Frau das Gebäude. Frau Gabbai sah sichtbar mitgenommen aus.

»Hallo«, hauchte sie und schloss den Klassenraum auf, und die Kinder strömten herein. Eben noch waren die Kinder wild und laut gewesen. Als sie den Klassenraum betraten, schienen sie vor allem neugierig zu sein. Sie suchten sich erstaunlich schnell ihre Plätze. Ein Junge, der noch ein bisschen rumblödelte, wurde von einem Mädchen niedergezischelt.

»Haben Sie das Gemüse?«, fragte Frau Gabbai irgendwie erschrocken und musterte die Frauen, die mit leeren Händen dastanden.

»Oh, mir war nicht klar, dass wir was hätten mitbringen sollen.« Marie schaute um sich.

»Sicher weißt du das.« Olivia steckte ihr Handy weg.

»Handys machen nicht glücklich!«, sagte die Rasenfeldtochter reflexartig.

»Doch, Handys machen total glücklich, Benedicta«, gab die trocken zurück, und das Kind riss erstaunt die Augen auf.

Plötzlich erschien der schöne Namenlose in der Tür, beladen mit einer gigantischen Kiste voller Obst und Gemüse. Als Frau Gabbai das sah, begann sie zu lachen.

»Das ist ja Wahnsinn!«

Die Kinder raunten. Olivias Lebensgefährte wuchtete polternd die übervolle Kiste im Klassenzimmer auf einen Tisch.

Irgendwann, dachte Marie kraftlos, irgendwann frage ich noch mal nach seinem Namen.

Der Mann küsste Olivia auf die Wange, die Kinder kicherten darüber. Dann verließ er den Raum.

Marie war von dem merkwürdigen Konzept der Referendarin nie ganz überzeugt gewesen. Gruppenarbeit, ein *nichtzentrierter Unterricht*, wie Herr Boddensen es so begeistert genannt hatte, war nicht ihr Ding. Als sie damals in die Schule ging (gefühlt hundert Jahre her), saß man auf seinem Platz und lernte das, was an der Tafel stand. Sicher, Florian konnte bereits nach wenigen Monaten alle Buchstaben, und er konnte Wörter schreiben, aber sie waren meist alle falsch geschrieben, und Marie konnte es kaum ertragen, sie nicht zu korrigieren.

Überhaupt war es gerade für sie, eine Restauratorin, die den perfektesten Zustand anstrebte, kaum auszuhalten, wenn so viel nicht richtig war und es dafür dennoch Lob gab. Viel Lob. Der Klassenverband der 1a und 2a hatte erst vor ein paar Tagen zusammen einen Test geschrieben, und der war albern gut ausgefallen. Marie wusste, dass Frau Gabbai auch deshalb von den Elternbeiräten angegangen wurde. Sie benotete nicht streng, denn sie hielt nichts von Noten. Zumindest nicht in den ersten Jahren. Lernten die Kinder überhaupt was? Wenn man mit Einsen um sich warf, was sollte ein Kind dann noch für Ansprüche an sich haben?

Aber Marie fand es gemein, wie Frau Rasenfeld mit allen Mitteln zu verhindern versuchte, dass die junge Referendarin in der Schule eine Anstellung bekam. Außerdem waren Florian und Adam ganz verliebt in sie und fühlten sich wohl in ihrem Unterricht. War das nicht das Wichtigste?

»Ich dachte, in der Klasse herrsche keine Disziplin?«, nuschelte Alexa leise in Maries Ohr, als sie beide Katrin einen gepolsterten Stuhl aus dem Lehrerzimmer holten. »Das sah ja super aus. Zwei Klassen, und sie muss nicht mal sagen: Setzt euch. Oder so.«

»Die Kinder scheinen vor Neugierde fast zu platzen.«

Sie kamen in den Raum. Olivia und Katrin hatten sich zu je einer Gruppe gesetzt und diskutierten fröhlich ihre Arbeitsaufträge.

Frau Gabbai lief zwischen den in Gruppen zusammengestellten Tischen hindurch und verteilte noch mehr Blätter, und zwei Mädchen verteilen Material: kleine Brettchen, Schalen,

Messer, aber auch Becher und Saftflaschen. Zwei Jungen balgten sich etwas, wurden aber von den Mitschülern dezent wieder auf ihre Stühle gezogen.

»Katrin! Du darfst das nicht!«, rief Alexa quer durch den Raum. Katrin hatte sich ein bisschen mit einem Kind in einen Kitzelkampf verstrickt und sah erstaunt auf. Das Lachen auf ihren Lippen verschwand. Die Kinder drehten sich erbost zu Alexa um und legten ihre Finger auf die Lippen. »Scht!«, flüsterte ein kleines lockiges Mädchen neben ihnen. »Hier wird nicht geschrien. Wir sind doch nicht taub. Wir reden ordentlich miteinander.«

»Oh. Okay. Aber nicht so wild mit ihr herumtoben«, Alexa nickte eingeschüchtert, »meine Freundin bekommt vielleicht bald ein Baby, sie darf sich nicht anstrengen. Und vor allem nichts Gefährliches anfassen und so. Und Vorsicht mit ihrem Bauch!«

Die Kinder sahen auf den Bauch, als würde gleich der Kasperle herausspringen.

»Das ist Gemüüüse. Das ist gut«, sagte Adam. Beim Anblick des kleinen Kerls, der aussah wie sein Vater, musste Marie ein bisschen lächeln.

»MamavonFlo, kommst du in meine Gruppe?«, fragte ein niedliches kleines Mädchen und schob ihr einen Stuhl zurecht. Marie seufzte. Aus der Kategorie ExvonConstantin war sie direkt in die Kategorie MamavonFlo gerutscht.

Frau Gabbai ging umher und schaute, ob alle die Arbeitsanweisungen verstanden hatten. Sie wartete, ob man sie ansprach, sagte nie etwas unaufgefordert, zeigte aber deutlich, dass sie jederzeit helfen würde.

»Bitte nur unterstützend eingreifen. Nichts vorgeben.« Frau Gabbai nahm Marie das Arbeitsblatt wieder aus der Hand und reichte es einem Jungen, der unaufmerksam aus dem Fenster träumte. Der strahlte plötzlich übers ganze Gesicht und begann mit einem etwas älter aussehenden Mädchen den Versuchsaufbau, der auf dem Blatt aufgezeichnet war, zu erkennen. Manche lasen schon recht flüssig vor, was danebenstand. Es wurde kurz diskutiert, wer was machen sollte, dann ging es los. Jede Gruppe machte etwas anderes, und dann wurde gewechselt. Mal wurde das Obst ertastet mit verbundenen Augen, mal geschmeckt.

Es machte richtig Spaß. Und es gab viel zu entdecken. Olivia stand irgendwann auf und machte Fotos. Das war clever. Jede Mutter sollte sehen, wie gern die Kinder arbeiteten, wie engagiert und ohne jegliche Ermahnung sie sich plötzlich für Gemüse und Obst interessierten.

Die Unterrichtseinheit, die einfach ein voller Erfolg war, endete damit, dass die Kinder Obstspieße fertigstellten, die sie nachher in der Pause an die restlichen Schüler der Schule verteilen wollten.

Marie spülte in ihrer Küche Geschirr. Sie dachte immerzu an Jakub und daran, dass er sie am Tag zuvor besonders lieb auf der Treppe gegrüßt hatte. Sie waren beide einen Augenblick stehen geblieben, fast wie am ersten Tag, und hatten einander sprachlos angestarrt, schüchtern, unsicher.

»Vielleicht machen wir mal was zusammen?«, hatte Marie, selbstverständlich mit hochrotem Kopf, gefragt, und er hatte eifrig genickt. Dann klingelte sein Handy, und Marie eilte davon, um mal wieder zu Luft zu kommen.

Marie seufzte bei dem Gedanken an diesen Moment.

Draußen im Treppenhaus ging eine Tür auf. Marie hatte sich eine erstaunliche Fähigkeit in mühsamen Lauschversuchen antrainiert, alle Wohnungstüren im Haus am Geräusch zu erkennen.

War es Jakubs Tür? Ja. War es Jakub, der da draußen herumlief? Nein. Es war Adam. Sie hörte die Trippelschritte eines kleinen Jungen. Dann klingelte es.

»Flo, es ist Adam!«, rief sie über die Schulter und öffnete selbst die Tür. Ganz verdattert starrte sie auf den Besuch.

»Jakub!«

»Hi!«

Schweigen.

Vor ihr standen Jakub mit einem Rucksack auf dem Rücken, Adam mit einem Fußball im Arm und Natalia ohne Schuhe. Marie war so perplex, dass sie nur eine Frage zustande bekam: »Was macht ihr denn hier?«

Jakub rang ebenfalls mit Worten, so dass Adam sich genötigt sah, seine Schwester anzustupsen, damit wenigstens die etwas sagte. Die hob elegant einen ihrer nackten Füße. »Mein neuer Nagellack. Schuhe ziehe ich auch gleich an.«

Jakub knurrte.

»Oh, leihst du mir den mal aus?«, fragte Marie ehrlich begeistert. Adam kicherte und knuffte nun seinen Vater.

»Äh, ja, Adam, Natalia und ich, wir wollten in den Park, wollt ihr vielleicht mit? Berlin hat tolle Parks. Kennst du die alle schon?«

»Klar! Wir kennen alles«, rief Flo, quetschte sich an Marie vorbei mit seinen Turnschuhen in der Hand und setzte sich zu Jakubs Füßen, um sich die Schuhe anzuziehen.

»Nein, kennen wir nicht. Aber gerne. Also, äh. Na, dann.« Marie nickte verwirrt. »Soll ich was mitnehmen?«

»Hab alles dabei!«, sagte Jakub und drehte sich, um den Rucksack besser zur Geltung zu bringen. »Beeindruckend, was? Ich kann das alles bestens organisieren.«

Natalia verdrehte die Augen. Adam und Florian redeten längst über Star Wars.

»Äh, ja.« Marie griff nach ihrem Schlüssel und ihrer Handtasche.

Im Park, wenige Minuten von ihrer Wohnung entfernt, herrschte bei herrlichem Spätsommerwetter schon viel Betrieb. Ungezwungen rekelten sich Pärchen und Lesewütige, Sonnenanbeter und Hundebesitzer auf bunten Handtüchern und genossen die letzte Wärme.

»Dahinten könnt ihr spielen!« Jakub zeigte auf einen freien Platz.

»Kommst du auch gleich, Papa?«

»Äh«, machte er und zeigte auf Marie.

»Marie kann doch mit Natalia reden! Die reden doch immer gerne miteinander! Mädchenkram und so.« Adam runzelte die Stirn. »Ist das okay für dich, wenn mein Papa erst noch mit uns spielt, Marie?«

»Was? Klar. Ich sitze einfach hier und schaue euch zu.«

War Adam nicht ein bisschen anders? Einen Hauch zumindest?

Jakub ging und spielte mit den Jungs. Marie schaute herzklopfend dabei zu. Sie war froh, hier zu sein. Und konnte ihr Glück gar nicht fassen. Natalia setzte sich zu ihr.

»Berlin hat echt schöne Parks. Sollte man gar nicht denken bei so einer riesigen Stadt.«

»Geht so.« Teenager sind wenig begeisterungsfähig, wenn es um städtebauliche Besonderheiten geht.

Also begannen sie, die verschiedenen Nagellacksorten zu analysieren. Marie hatte noch welchen in ihrer Handtasche und testete ihn an Natalias kleinem Finger.

»Mädchenkram!«, brüllte Flo fröhlich zu ihnen herüber. Adam kicherte und winkte. Marie blieb fast die Luft weg, als sie sah, wie Jakub sein T-Shirt auszog.

»Oh Herz, schweig stille!«, stöhnte sie aus tiefster Seele.

»Du hast sein Herz schon fast erobert. Also Adams Herz meine ich. Das von Papa hast du sowieso schon ganz und gar«, sagte Natalia lachend.

»Wie, was, wo? Ach, Adam? Echt?«

»Klar. Er ist wie sein Vater. Etwas verstockt, aber wenn man erst mal sein Vertrauen hat, läuft es! Mann, wenn die Männer doch nur mal klar sehen würden. Ich find dich toll. Vom ersten Moment an.«

Sie dachten an Maries Auftritt mit Cricketschläger und lachten herzlich.

Maries Herz hämmerte jedoch dabei so laut, dass sie meinte, die umliegenden Sonnenanbeter müssten sich gestört fühlen. Wenn Adam sie nicht mehr so ablehnte? Hieß das vielleicht ... sie hatte eine Chance?

Jakub kam. »So, nun geh du mal spielen, Natalia!«

Seine Tochter machte ein mürrisches Teenagergeräusch der kompletten Ablehnung. »Ach, Papa, du bist ja so dezent.« Aber sie grinste Marie verschmitzt zu und lief dann zu den Jungs, die sie johlend in ihr Spiel einbezogen.

Jakub setzte sich dicht neben Marie.

»Gut oder? Hab ich organisiert. Ich hab auch Getränke dabei. Guck.« Er hielt ihr die Tasche hin, in die Marie gar nicht guckte, weil sie ihren schönen Nachbarn nur anstarren wollte. Er war von der Sonne gebräunt. Gegen ihn war Captain America ein bleicher Wurm.

»Und Kekse hab ich auch eingepackt. Gut oder?«

»Klar.« Marie konnte kaum sprechen.

»Aber die sind, glaube ich, schon total geschmolzen. Mist. Aber ich habe dafür Getränke! Wie sieht das für dich aus?«, fragte er stolz.

»Du siehst – toll aus«, hauchte sie, und Jakub ließ die Tasche Tasche sein.

Ein Kuss beginnt viel früher als der eigentliche Moment, wenn sich die Lippen treffen. Der Beginn sind ein intensiver Blick und dieses merkwürdige Verhalten der Luft zwischen den Küssenden. Die Luft wird ganz plötzlich fest, der scheinbar leere Abstand zwischen den Lippen wird ein Tunnel. Es gibt nur eine Richtung. Aufeinander zu.

Marie beugte sich vor. Jakub auch.

Seine Augen waren ganz warm und hell.

»Marie, ich – «, flüsterte er, und ihre Gesichter näherten sich durch den Tunnel.

Dann flackerte kurz das Blau seiner Augen auf. Unfassbar schnell packten seine nackten Arme Maries Kopf und zogen ihn beschützend an seine feste Schulter. Den Bruchteil einer Sekunde später knallte der Ball gegen Maries Rücken.

»Upsi!«, riefen die Kinder.

»Alles in Ordnung mit dir?«, fragte Jakub sanft, als sie verwirrt zu ihm aufschaute. Sie strich als Antwort mit ihren Lippen über seine Haut. Er erschauderte.

»Tut mir leid«, rief Flo von weitem. Adam kam angerannt. Marie schob sich eilig von Jakub weg. Adam sah aufgeregt aus, war er wieder böse mit ihr? Weil sie seinen Vater küssen wollte?

»Marie!«, brüllte Adam und rannte auf sie zu.

Marie überlegte erschrocken, was sie tun konnte, um es ungeschehen zu machen. Sie hatte auf keinen Fall das Vertrauen dieses Knirpses so schnell wieder verlieren wollen.

»Marie!«, brüllte er und hatte sie nun erreicht. Er ließ sich mit beiden erdverkrusteten Knien auf ihre weiße Hose plumpsen.

Wollte er sie hauen? Er hatte Tränen in den Augen. Vor Zorn?

»Da! Guck. Das tut weh!« Adam kniete auf ihren Beinen und zeigte Marie eine blutende Stelle am Ellenbogen.

Marie brauchte etwas, um zu begreifen, dass er keinesfalls die beiden Erwachsenen hatte trennen wollen, sondern dass er Maries Hilfe brauchte.

»Oh, du blutest. Warte, dein Papa hat bestimmt ein Pflaster.« Marie schaute zu Jakub rüber.

»Äh.«

Natalia und Flo kamen völlig außer Atem dazu.

»Ist es schlimm? Er weint ja!«, rief die große Schwester besorgt.

»Wir machen ein Pflaster drauf. Nicht wahr, Jakub?« Marie pustete auf den verletzten Ellenbogen. Adam schniefte hörbar. Jakub saß reglos da.

»Papa? Hast du etwa keine Pflaster dabei?«, fragte Natalia erstaunt.

»Auaaaa«, maulte Adam und seine erdigen Kniespuren zeichneten sich deutlich auf Maries Hose ab. »Und ich hab deine Hose dreckig gemacht!«, schluchzte er.

»Macht nichts, Adam. Kann man waschen. Jakub, ich hab aber Pflaster dabei. In meiner Handtasche.« Sie dirigierte den besorgten Vater, während sie weiterpustete und sich mit sanften Worten an den Verletzten wandte: »Das haben wir gleich, Adam. Halte durch.« Marie deutete Jakub an, dass er endlich in ihrer Tasche nachschauen solle, während sie mit dem unteren Teil ihres T-Shirts Adams Tränen trocknete.

»Hier findet man aber nichts in der Handtasche. Frauen!« Jakub wühlte hilflos herum.

»Oh, nee, Papa! Das ist Unsinn, dass Frauenhandtaschen unordentlich sind. Pflaster sind immer in so einer kleinen Box, sonst werden sie nass. Da, du hast sie schon rausgekramt.« Natalia griff die kleine Blechdose mit einem Dino drauf und zog ein passendes Pflaster heraus.

»Ich weiß, wie das geht!«, rief Flo. »Frau Gabbai hat es uns gezeigt.« Flo entfernte etwas umständlich das schützende Papier und zeigte stolz, wie man das Pflaster aufklebte, ohne es mit den eigenen Fingern zu beschmutzen.

Adam hatte aufgehört zu weinen, seine personalaufwendige medizinische Versorgung lenkte ihn ab. Mit großen Augen verfolgte er, wie man seine schwere Wunde verarztete und seine große Tapferkeit lobte. Schließlich hielt Marie ihm ein Taschentuch hin, das er heldenhaft ablehnte. »Geht schon.«

»Wie idyllisch. Wie eine Familie.« Jakub grinste.

»Oh, Mann, Papa!« Adam klang ärgerlich, böse funkelte er seinen Vater an. »Du hast nicht mal Pflaster dabei! Nur Marie.« Es klang, als wäre er verblutet, wenn sie nicht gewesen wäre. Marie grinste.

»Aber Saft!« Jakub zog trotzig eine Flasche hervor.

»Super!« Adam war sofort besänftigt.

»Und Becher?«, fragte Natalia.

»Äh.«

»Marie hast du Becher in deiner Handtasche?«

»Oh, Mann, Papa, so wird das nichts mit dir!« Natalia verdrehte die Augen, und die anderen lachten.

Am darauffolgenden Samstag war die Lesung in Alexas Buchladen.

Alexas Buchladen war ein wunderschöner, altmodischer Laden mit einem sehr schönen Verkaufsraum und einer Wendeltreppe nach oben, wo sich Alexas Büro und ihre gemütliche Wohnung befanden. Sie hatte den Laden so eingerichtet, dass er aussah wie der, in dem Harry Potter seinen Zauberstab gekauft hatte. Verwunschen, voller Atmosphäre und Magie.

»Das meiste verdiene ich damit, dass ich den Leuten die Sachen nach Hause bringe. Die kommen ja alle kaum noch hinter ihren Computern hervor. Online ist das Zauberwort.« Was so schrecklich nüchtern klang, war schrecklich unromantisch. Aber Marie ging es ähnlich. Es war aber auch zu verlockend, einfach auf ein paar Tasten zu drücken. Wie lange die unfreundliche Nachbarin von unten wohl ihre Pakete noch annahm?

Olivia, Alexa, Marie und Martin mussten den Verkaufsraum leer räumen, die Bücher und Tische in den Keller schaffen und dann Bänke und Stühle aufstellen.

»Sagt mal, wer von euren Kindern hat schon einen Schul-hofverweis bekommen? Florian hat schon den zweiten. Er hat sich wohl um einen Ball geprügelt. Die sind da ganz schön streng.«

»Agata schafft es wohl immer, sich anders durchzusetzen.«

»Paul hat noch keinen.«

»Ben schon, aber nur einen.«

Es entstand eine Pause. Eigentlich wollten alle nur wissen, was Alexa auf Martins Heiratsantrag geantwortet hatte, aber keiner traute sich zu fragen. Schweigend sahen sie Alexa an.

Stille.

Räuspern.

Bis es nicht zum Aushalten war.

»Was hast du Martin denn gesagt?«

»Ja genau.«

»Sag schon!«

»Was schon. Die Wahrheit! Ich WAR schon verheiratet. Das mache ich sicher nicht noch ein zweites Mal mit. Können wir das Thema wechseln?«

»Das ist kein Grund, Hochzeiten sind doch so schön!«, seufzte Katrin.

»Ich organisiere dir die Hochzeit. Du musst nur ja sagen«, schlug Olivia vor.

Alexa sprang entnervt von ihrem Sitz auf. Dabei brüllte sie: »Ich rede nicht von der Hochzeit. Sondern von der Scheidung danach!«

Wohl kein guter Zeitpunkt für Planungen in Weiß. Schwei-gend stürzten sie sich also wieder in die Lesungsvorbereitung.

Katrin sollte auf keinen Fall schwer heben. Da sie aber sofort herumkeifte, wenn sie merkte, dass man sie schonte, hatte Oli-via sie erst Kuchen holen geschickt, und jetzt verteilte sie Handzettel in der Einkaufsstraße. Begleitet vom namenlosen Schönen, der über ihre Gesundheit zu wachen hatte.

»Wie heißt dein Lebensgefährte überhaupt, Olivia?« Marie versuchte schon ziemlich lange, was über ihn herauszubekommen, aber irgendwie war Olivia entweder zu zerstreut zu antworten, oder es kamen solche Antworten: »Issich komplizierter Name. Sag einfach Schätzchen zu ihm.«

Dann polterte es, beinah wär Alexa ein Regal auf den Kopf gefallen.

»Und das alles für diesen Schnösel von einem Autor. Mann!« Alexa trat wütend gegen das Holz.

»Was ist mit ihm?«

»Oh, er war etwas ungehalten, weil ich nur sechzig Karten verkauft habe. Sechzig! Es passen sowieso nur siebzig hier rein, und dann ist das eigentlich super! Hier in Berlin werden alle zehn Minuten Lesungen veranstaltet, aber ist der Typ mal dankbar? Nein! Was denkt der eigentlich, dass ich dem auf eigene Kosten eine Halle buche oder was?«

»Wo kommen die Schnösel-Bücher hin?«

»Hier, Marie. Bau hier irgendwie eine Pyramide hin. Und dann muss noch das Poster draußen angeklebt und der Aufsteller vor die Tür gebracht werden.«

Ein Kunde kam rein und war ganz verwirrt, wie es hier aussah. Obwohl Alexa offiziell geschlossen hatte wegen der Umbauten, half sie dem Kunden, das Gesuchte zu finden.

»Siehste, ich vergraule mir auch noch die Kunden an dem Tag, wo ich Lesungen veranstalte!«, ärgerlich ballte sie die Faust Richtung Poster des Autors. »Na ja. Die Bücher verkaufen sich aber ganz gut, besser zumindest als die Gedichte von dem Letzten. Das war ja gruselig. Was war das noch? Ozeanische Selbstentgrenzung? Huhu! Ich wollte in dem Moment nur eines: Die Drogenfahnder anrufen.«

Olivia und Marie lachten laut.

»Marie, erzähl mal, wie war das Treffen mit Jakub?«

»Es war total schön, wir waren mit den Kindern im Park. Total nett. Aber ehrlich gesagt, mir geht das mit Constantin immer noch ziemlich nah. Er ist ganz durcheinander, glaube ich.«

»Na, nun hab mal kein Mitleid mit deinem Ex.«

»Bloß nicht, Marie!«

»Ja, ist richtig. Aber Jakub ist auch kompliziert. Jetzt ist gerade alles super. Da denkt man, alles ist in Ordnung, und dann verkriecht er sich bestimmt wieder.«

Marie dachte mit Schrecken daran, dass sie ihm noch immer nichts von der Nacht mit Constantin erzählt hatte. Besser nicht! Warum auch? Es war nur eine kleine Notlüge gewesen. Und nur eine einzige Nacht!

»Keine Ahnung, wie das weitergeht. Auch mit Adam. Momentan ist es so schön, wie man nur hoffen kann.«

»Ja, wer weiß!«, sagte Alexa, und Olivia runzelte die Stirn.

»Ja, Alexa, genau. Und dann kommt bestimmt plötzlich wieder ein Zettel. *Schluss, damit, Marie! Komm nicht mehr zu mir!* So, jetzt ist also Schluss, denkt man. Dann sieht Jakub mich aber wieder so an, als wollte er sagen: *So rette mich doch endlich, Marie!*«

»Du denkst zu viel. Nicht denken. Machen.«

»*Rette mich?* Echt? So guckt er dich an?« Alexa schien gerührt.

»Ja.«

»Er will gerettet werden? Von dir? Mach mal das Gesicht vor, das er dann macht. Das will ich sehen.«

Marie tat es.

Alexa und Olivia schrien gleichzeitig los: »Oh, wie süß!« Sie lachten.

Katrin kam rein. »Hey! Habt ihr ohne mich Spaß?«

»Das musst du gesehen haben, Katrin. Das Jakub-will-gerettet-werden-Gesicht!«

Marie musste es gleich noch einmal machen, und das Gejohle ging wieder von vorn los.

»Alexa soll jetzt lieber mal sagen, wie wir das mit der Unterschriftenaktion machen sollen. Ich habe schon von mehreren Ecken gehört, dass das bald stattfindet.«

Alle schwiegen plötzlich. Die Wut auf die Rasenfeld lag greifbar in der Luft.

»Um genau zu sein: morgen. Und deswegen bin ich ja froh, dass wir mal alle wieder zusammen sind.« Alexa grinste. Es war nicht zu übersehen, dass sie auf irgendetwas ziemlich stolz war.

»Morgen?«

»Du meinst morgen? Der Tag nach heute?«

»Exakt.«

»Und was soll morgen genau passieren?«

»Keine Sorge, ich hab alles im Griff. Also morgen stehen die Unterschriftensammler vor der Schule, so ist das alles geplant. Leider wird aber Frau Rasenfeld nicht dabei sein können, weil genau zu dem Zeitpunkt eines ihrer älteren Kinder abgeholt werden muss, weil es an der Schule einen Salmonellenalarm geben wird.«

»Woher weißt du das?«

Alexa grinste.

»Bist du verrückt?«

»Natürlich ist sie verrückt. Sie liest zu viele Bücher.« Olivia lachte.

»Weiter, wie geht es weiter?« Marie war ganz gebannt.

»Also wird Frau Rasenfeld nicht da sein, und jemand anderes muss für sie vor der Schule stehen und das mit den Unterschriften übernehmen. Das macht dann unsere Katrin.«

»Ich sammle doch keine Unterschriften gegen unser Fräulein!«

»Überhaupt warum Katrin?«

»Sie ist nett. Das ist unverdächtig. Ich kann wohl kaum Olivia dahin stellen. Also sammelt Katrin die Unterschriften.

Keine Sorge. Ich habe einen Tipp von Herrn Boddensen bekommen. Zwei junge Lehrerinnen, die Frau Rasenfeld letztes Jahr fast um den Verstand ›organisiert‹ hat mit ihrem Helikopterverhalten, helfen uns bei unserem kleinen Projekt.«

»Und nach dem Sammeln werfen wir die Unterschriften einfach weg?«

»Falsch.«

»Das wäre auch gemein.«

»Richtig. Deswegen sammelt Katrin hierzu Unterschriften.« Sie reichte ihren Freundinnen ein Klemmbrett mit vorgefertigten Unterschriftenlisten zum Thema: »Nutzung des Geländes vom Flughafen Tempelhof«. »Wir haben alles geplant. Gestylt und Verpeilt werden abgelenkt und müssen sich wieder mal hauptamtlich um den Straßenverkehr vor dem Schulgebäude kümmern. Ich habe selbst auch noch zwei vertrauenswürdige Mütter aus der sechsten Klasse gefunden, die die Gabbai auch sehr mögen. Wir werden also in Ruhe sammeln, aber zu einem völlig anderen Thema, als Frau Rasenfeld das denkt. Alles wird gut.«.

»Oh.« Sie starrten Alexa respektvoll an.

»Aha. Wow!«

»Du bist großartig. Und das klappt auch?«

»Selbstredend! Katrin sammelt, und dann packen wir die Listen ein und übergeben das dann den eingeweihten Lehrern, und die reichen das dann weiter. Wir müssen nur dafür sorgen, dass die Gabbai nicht merkt, dass das eigentlich gegen sie gehen sollte. Sonst bricht die langsam echt mal zusammen.«

»Aber Katrin soll das nicht machen, das ist zu anstrengend.« Olivia hatte plötzlich Bedenken.

»Ja, die Arme.«

Und selbst Alexa schien plötzlich ihren grandiosen Plan für Mist zu halten.

»Spinnt ihr? Ich werde ja noch ein Klemmbrett halten können! Ich bekomme das schon hin. Ich bin ja nicht krank. Und die, die den Braten riechen und sich eventuell wundern, dass dies eine andere Unterschriftenaktion ist, werde ich schon ablenken oder überzeugen. Ich rede einfach von Schwangerschaften und Geburten. Es gibt keine Mutter, die sich von dem Thema nicht ablenken lässt. Macht euch keine Sorgen! Ich freu mich richtig darauf! Das wird spannend!«

Katrin war so überzeugt und so voller Tatendrang, dass Alexa den Rest des Tages kein einziges Mal mehr versuchte, sie zu bemuttern.

16. KAPITEL

Die Braut mit dem Blumenstrauß
(Öl auf Leinwand, 1924, Marc Chagall)

Marie hatte Florian und Adam von der Schule abgeholt, sich in die Unterschriftenliste eingetragen und sich wieder eine Ermahnung eingefangen, dass die Kinder sehr gut zu Fuß nach Hause gehen könnten. Mehr aber noch störte es sie, dass Gestylt und Verpeilt einen dämlichen Kommentar dazu abgaben, dass Marie sich wunderbar um den Sohn des hübschen Jakub kümmerte. Und wie erstaunt sie über die Einsicht sei, die Marie mit ihrer Unterschrift bezeugte. Einen Augenblick hatte sie Angst, sie würden den Schwindel erkennen.

»Mama?« Florian und Adam setzten gemeinsam ächzend die schwere Waschmittelflasche ab, die Marie in der Mittagspause besorgt hatte. »Mama, darf ich rüber zu Adam?«

»Habt ihr alle Hausaufgaben gemacht?« Sie hoffte, das klang ermahnend genug, um pädagogisch wertvoll zu sein, und nicht zu streng, um die gute Meinung, die Adam mittlerweile von ihr zu haben schien, wieder zu verschlechtern.

»Ja. Haben wir schon im Hort.«

Marie blickte auf Adam, der sie herzerweichend angrinste. Vielleicht hatte ihr Pflaster ein paar weitere Sympathiepunkte gebracht. Aber sie wusste, wie schnell man die bei einem 7-Jährigen auch wieder verlor.

»Na, dann los. Aber die Flasche stellt ihr mir noch ins Badezimmer.« Marie seufzte. Die Jungen zerrten das sperrige Ding wie gewünscht an seinen Platz.

»Wir gehen dann je-heeeetzt rü-hü-ber. Wir sind jetzt

we-heg!«, rief Florian merkwürdig auffällig. Dann kurzes, kindliches Getuschel. »Oh, Mama!«, rief dann wieder Florian. »Hier liegt ja was!«

Dann rannten die Kinder aufgeregt quiekend aus der Wohnung und knallten mit den Türen.

Marie packte den Einkaufskorb aus und sah nach einer Weile in den Flur. Auf dem Boden lag ein großer, glitzernder Umschlag.

Sie hob ihn irritiert auf. Die Karte war eine Einladung zu einer Hochzeit. Adressiert an Jakub, Natalia und Adam.

Adam war durchgestrichen, darüber war das Wort MARRI geschrieben. Es war die ungelenke Handschrift eines Kindes.

Marie besah sich das Gekrakel. Hatten Florian und Adam zusammen das verzapft?

Sie versuchte ruhig zu bleiben, doch sie brauchte Gewissheit. Begann Adam, sie tatsächlich etwas zu mögen?

Ohne lange zu überlegen, ging sie rüber und klingelte. Natalia öffnete und war erfreut, Marie zu sehen.

»Hallo. Natalia. Lange nicht gesehen. Ich hab da mal eine Frage …« Marie hielt die Karte hoch und linste dabei vorsichtig durch die Wohnung, um zu sehen, ob Jakub da war. Die Tür zu seinem Schlafzimmer war geschlossen. Natalia legte den Zeigefinger an den Mund, Marie nickte, er war also da. Grinsend hielt Natalia ihr die Karte entgegen. »Wie süß von den Jungs.«

»Schau, wie sie meinen Namen geschrieben haben«, flüstere Marie zurück.

»Marri. Wie niedlich. Komm.«

»Lieber nicht, ich will nicht stören.«

»Komm, Papa hat bis spät in die Nacht an seinen Artikeln gearbeitet. Jetzt pennt er. Aber ich kann ihn rufen?«

»Lass ihn besser schlafen … Wo ist Adam?«

Marie ließ sich in das Kinderzimmer führen. Die beiden Jungs spielten munter und grinsten etwas beschämt, als sie die Karte in Natalias Hand sahen.

»Wart ihr das? Habt ihr meinen Namen da reingeschrieben?«

»Nö.« Sie kicherten peinlich berührt und stellten sich schuldbewusst nebeneinander.

»Das finde ich ganz, ganz süß von euch.« Marie grinste schief. Was sollte sie auch sonst dazu sagen? Sie wollte es auf keinen Fall übertreiben. Adam sollte nicht denken, sie würde sich anbiedern. Sie sah auf das Lego. »Oh. Habt ihr das gebaut?« Ein paar quietschbunte Gebäude oder etwas in der Art standen windschief auf einer großen Platte. Die Jungs nickten begeistert.

»Willste mitspielen, Mama?«

»Mh. Eigentlich schon. Ich muss aber noch etwas erledigen. Und außerdem weiß ich gar nicht, ob Adam das will.«

Florian haute Adam derart von der Seite an, dass der fast hinfiel.

»Ja. Schon«, sagte der dann lahm und rappelte sich dabei wieder auf. Beide Jungs kicherten.

»Toll. Dann spielen wir morgen, ist das okay?«

»Hier fehlt aber was. Guckt mal, so ist es richtig!« Natalia hatte sich mittlerweile an der Einladung zu schaffen gemacht und mit einem Glitzerstift den Namen Philipp hinter MARRI gequetscht.

»Oh, Mann!«, lachte Florian, und Adam klatschte sich die Hände vors Gesicht. »Nicht de-her! Immer de-her.«

»Iiiieeeh. Und immer knutschen di-hie.«

Marie lachte.

»Hi.«

Marie zuckte zusammen. Von wegen lange schlafen und hört nichts. Langsam drehte sie sich um.

»Oh. Jakub!« Marie war ratlos. Sollte sie die Einladung erwähnen? Er hatte ganz verwuschelte Haare und rieb sich die Augen.

»Oh, guten Morgen, Langschläfer. Ich wollte nur kurz, also ich wollte Florian was fragen, kurz, nur kurz, ich bin schon wieder weg.« Sie versuchte, sich an Jakub vorsichtig vorbeizudrücken, doch er verstellte ihr elegant den Weg.

»Was macht ihr da Schönes?«, fragte Jakub und zeigte auf die Einladungskarte. Er griff danach und las das Gekrakel, drehte sich langsam zu Adam um, der mit Florian auf dem Boden saß und nachdenklich einen Legostein anknabberte.

Bei diesem Anblick durchzuckte es die beiden: »Vorsicht, Adam! Nicht verschlucken!«, riefen Marie und Jakub gleichzeitig. Adam ließ den Stein augenblicklich fallen und guckte erschrocken hoch.

Jakub und Marie sahen sich an. Lächelten. Eine Zeitlang wusste keiner der beiden etwas zu sagen.

»Ich muss rüber«, sagte Marie schließlich und wandte sich zur Tür.

»Adam hat seine Mutter angerufen«, sagte Jakub eilig, und seine Lippen zuckten nervös.

»Und? Tat es weh?«

»Ihm?«

»Nein, dir.«

»Nein.« Jakub runzelte die Stirn.

»Das ist gelogen, nicht wahr? Es zerreißt einem das Herz, wenn das eigene Kind den anderen Elternteil vermisst. So, als wäre die eigene Liebe nicht genug.«

»Ich, ähem. Ja, das stimmt. Es tat weh. Mir tat es sehr weh. Aber ihm tat es gut. Glaube ich.«

»Na also.« Marie lächelte und öffnete die Wohnungstür. Natalia machte ihrem Vater wilde Zeichen, dass er das verhindern sollte.

»Also, meine Damen«, sagte er daher plötzlich etwas hektisch. »Glaubt bloß nicht, also glaubt bloß nicht, dass Philipp so einfach mit uns dreien mitgehen und dann noch rumknutschen darf. Auf gar keinen Fall! Du bist viel zu jung für einen festen Freund!«

»Papa!!! Ich bin doch kein Kind mehr!«

Marie sah Jakub völlig verdattert an. Wieso hatte er das so merkwürdig gesagt? Wieso *mit uns dreien*? Was genau wollte er sagen mit dieser vollgekrakelten Einladung in der Hand, die seine Tochter ihm jetzt entwenden wollte, die er aber so hoch hielt, dass sie nicht drankam.

»Doch, bist du! Du bist mein kleines Mädchen.«

»Nein, bin ich nicht!«, schrie sie lachend und hüpfte hoch, um an die Karte zu kommen. Vergebens.

»Do-hoch!«

»Nei-hein!«

Marie lächelte, nickte beiden zu und ging. Ihr Herz klopfte. Das war doch einfach – das war einfach zu schön, oder?

Einfach zu schön.

Marie spürte, wie sie innerlich immerzu auf eine Katastrophe wartete, weil sie nicht glauben konnte, dass das alles so gehen konnte. Erst ein Beinahekuss, dann ein wütender Adam, dann verstanden Adam und sie sich und dann fast wieder ein Kuss. Und bald vielleicht ein echter?

Okay, da war noch die Sache mit Constantin, ihrer gemeinsamen Nacht, aber darüber wollte sie ein anderes Mal nachdenken.

Drei Tage später fand Marie einen neuen Umschlag in ihrem Briefkasten. Mit nachtblauer Schrift auf silberfarbenem Papier standen nun unter derselben Einladung ganz offiziell Jakubs, Adams und Natalias Namen.

Und in der Zeile darunter: Marie, Florian und Philipp.

»Das ist, das ist ... « Marie stiegen Tränen der Rührung und der Erleichterung in die Augen.

—

»Müssen wir da mit? Können wir nicht lieber zu Agata? «

»Aber ...? Ihr habt doch beide ... « Marie riss die Augen auf. Wer um Himmels willen konnte denn nicht auf diese Feier gehen wollen?

»Mama, bitte nicht ... « Florian sah von unten mit seinen hellen Augen zu seiner Mutter hoch. Adam stand schüchtern neben seinem Freund und nickte zu allem, was er sagte.

»Büüüüüttttööööö! Liiiiieeeebe Mama! Wir wollen da nicht mit. Und bei Agata ist es so cool. Da sind so viele Leute, die mit uns spielen. Und das riesige Haus. Bitte, Mama. Und Adam kennt das da noch gar nicht«, seufzte er, stupste Adam an, und der nickte noch mehr.

»Aber eine Hochzeit? Ich meine, das wäre doch schön oder? Nein? Und es ist doch auch Adams Familie und so.« Marie seufzte und schaute in Florians Augen. »Okay, hast gewonnen. Ich frag Olivia. «

»Du bist die Beste, Mama! «

Marie trat aus der Umkleide heraus und ging auf Katrin zu. Die schaute streng und versuchte nicht nur Maries Outfit zu prüfen, sondern auch zu ignorieren, dass Olivia und Alexa ihr vegane Müsliriegel und obergesunde Smoothies hinhielten.

»Zu nuttig. «

»Katrin! Wie redest du!«, schimpfte Alexa empört.

»Marie, diese Kleidung ist eventuell ein Hauch zu offensichtlich!«, sagte Olivia mit sanfter Stimme.

»Wie redest du denn plötzlich!« Katrin schob den Müsliriegel beiseite.

»Agata sagt, ich soll nicht immer so fluchen.«

»Zu nuttig«, wiederholte Katrin. Die vier lachten.

»Marie, nimm mal das braune Kleid. Das so schimmert wie Bronze. Das ist edel«, kommandierte Katrin, und der Verkäufer schmunzelte.

»Ihre Freundin hat recht.« Er hatte ein wenig zu viel Kajal um die Augen, aber Marie fand, das stand ihm. Sie drehte sich um, damit er den Verschluss öffnen konnte.

»Das bronzefarbene Kleid würde wundervoll zu Ihren Naturlocken passen, glauben Sie mir.«

Marie spürte sofort, dass es das richtige Kleid sein würde, als sich der Stoff langsam über ihre Haut zog. Es hatte einen Bronzeton, der bei Lichteinfall goldfarben zu glänzen schien. Es wirkte auf den ersten Blick schlicht, aber es war in Wahrheit raffiniert. Kleine, kaum sichtbare Nähte sorgten dafür, dass der Stoff über dem Busen den Eindruck von *mehr* und über den Hüften den Eindruck von *weiblicher* vermittelte. Die eleganten Träger des Kleides schienen ein sexy Gerade-von-den Schultern-Herunterrutschen anzudeuten, und es war lang und fließend mit einem dezenten Schlitz. Marie bat den Verkäufer in die Kabine, um ihr den Reißverschluss zu schließen. Er trat hinter sie und schaute über ihre Schulter mit ihr in den Spiegel.

»Der Mann wird keine Chance haben, Madame.«

»Hoffentlich.«

Draußen hörte sie ihre Freundinnen aufgeregt schwatzen.

»Sagt mal, ihr Hübschen. Was ist eigentlich mit der Unterschriftenaktion?«, fragte Olivia ernst.

»Frag Katrin, die war sogar mit bei der Übergabe! An offizieller Stelle. Mit Presse. Und keiner hat sich über das Thema gewundert.«

»Wir sind Spitze!«, rief Olivia so laut, dass der Verkäufer zusammenzuckte.

»Meine Freundinnen sind irre. Da ist nichts zu machen«,

flüsterte Marie in der Umkleide dem Verkäufer zu. Er lächelte und öffnete den Vorhang.

Schweigen.

Marie war verunsichert. War das Kleid nicht phantastisch? Etwa nicht?

Katrin sah stirnrunzelnd zu Olivia, die den Riegel gerade in ein Taschentuch spuckte. »Oli, nun reiß dich mal zusammen. Was sagst du zu den Haaren?«

»Maries Locken sind furchtbar wuschelig.«

»Und was für Schuhe? Sie braucht Schuhe!« Alexa verstaute die leere Flasche neben dem Sofa.

Marie drehte sich zum Verkäufer, der zog amüsiert die Schultern hoch. »Offenbar sind ihre Freundinnen bereits einen Schritt weiter. Ich packe Ihnen das Kleid ein. Und empfehle Ihnen den Schuhladen gegenüber.«

Nach dem Einkauf fand Marie eine kleine Nachricht in ihrem Briefkasten. Von Natalia.

»Du gehst hoffentlich mit!!! Bitte!!! Philipp darf nur mit, wenn du mitgehst!!! Wir fahren eine Stunde vorher los!!! Papa fährt, er trinkt nix!!!« Die vielen Ausrufezeichen wertete Marie als Vorrecht der Jugend.

»Na, romantisch geht anders. Egal.«

Marie atmete durch. Dann noch mal. Und noch einmal.

»Nun klingel doch endlich, du Schaf!«, zischelte es von hinten. Marie drehte sich um. Im Türrahmen ihrer Wohnung sah sie Olivia, Alexa und Katrin. Weiter unten die Köpfe von Agata, Adam und Florian.

»Seh ich gut aus?«, fragte Marie.

»Besser geht es nicht! Nun klingel endlich! Du bist schon

etwas spät!« Die Köpfe verschwanden, aber die Tür wurde nicht geschlossen. Offenbar wollten sie lauschen.

Marie klingelte.

Es wurde geöffnet. Philipp stand vor ihr. Er trug einen dunklen Anzug und einen schmalen Schlips. Er sah gut aus, aber etwas angestrengt, als müsse er auf eine Beerdigung gehen.

»Hey, Marie, gut, dass Sie da sind«, sagte er. Und dann flüsterte Philipp aufgeregt: »Ich hab Angst, dass Natalias Vater mich gleich von hinten ersticht.«

Marie trat in den Flur. Es roch nach reichlich Haarspray und zwei rivalisierenden Aftershaves.

»Ist es Marie?«, brüllte Natalia aus ihrem Zimmer, ohne die Tür zu öffnen.

»Ja, es ist Marie!«, brüllte Philipp zurück. Aus dem Schlafzimmer des Vaters hörte man nur verschiedene Flüche und ein Geräusch, als würde jemand zwanzig Kleiderbügel in einen Bauschuttcontainer knallen. Dann wurde die Tür aufgerissen, und Jakub stand im Flur. Er schaute erst nur auf Maries Füße, die in den schönsten Schuhen steckte, die jemals ein Mensch gesehen hatte. Er betrachtete ihre Beine, dann weiter hoch und schließlich Frisur und Gesicht. Er öffnete kurz den Mund, schloss ihn, runzelte die Stirn und sagte dann: »Ah. Marie ist da.« Dann verschwand er in der Küche.

Marie schaute ihm hinterher.

Hallo?

»Ist was nicht in Ordnung an mir, Philipp? Sag schnell! Haare, Make-up? Irgendwas mit meinem Ausschnitt?«, fragte sie leise. Der Angesprochene versuchte, den Blick aus ihrem Dekolleté zu nehmen, und zuckte mit den Schultern.

»So ist er schon die ganze Zeit. Warten Sie ab, wenn Sie Natalia sehen. Er fand ihr Kleid lächerlich.« Die letzten Worte betonte Philipp so, als habe jemand den Klimawandel in Frage gestellt.

»Wie bitte?«

»Ja«, sprach er in aufgeregtem Flüsterton weiter, »Er hat Natalia gefragt, ob sie das LÄCHERLICHE Kleid wirklich auf eine Hochzeit anziehen wolle und ob das denn wohl ihr Ernst sei.«

»Wie bitte?«

Die Zimmertür ging auf. Natalia erschien. Sie trug ein zauberhaftes, dunkelblaues, kurzes Etuikleid mit einer süßen Schleife auf dem Rücken. Ihr langes Haar war offenbar mit einem Haarteil verdickt zu einem breiten Zopf geflochten, der ihr bis über den Po fiel. Sie trug dunkelblaue Pömps mit einer Schnalle. Sie war geschminkt und das mit Abstand hübscheste Mädchen Berlins.

Philipp, obwohl er das Outfit schon kannte, bekam Schnappatmung. Marie packte ihn am Arm.

»Das? Das fand Jakub nicht gut?«

»Hm hm.«

Jakub kam aus der Küche. Er schien Mühe mit seinen Manschettenknöpfen zu haben, ging wortlos zu Natalia, die routiniert half. Er brummelte etwas Unverständliches, worauf sie laut quiekte: »Papa, natürlich werde ich das anziehen. Das habe ich doch extra für diese Hochzeit gekauft!«

Jakub selber, das sah Marie jetzt erst, trug eine weiße Hose. Und unter dem Arm klemmte das weiße Jackett dazu.

Im Ernst? In Weiß? War er am Ende doch der Bräutigam? Sie schaute an ihm herunter. Der Stoff glänzte.

Ein Glitzeranzug?

An den Seiten der Hose sah sie einen Längseinnäher, der an einen Galon-Streifen erinnern ließ. Exakt wie bei einem Smoking. Nur in Glanzseide. Und zur Krönung steckten seine Füße in einer Art weißen Cowboyhalbstiefeln.

Gingen sie zu einer Hochzeit oder heuerte er als Chefsteward auf dem Traumschiff an?

Jakub zog das Jackett über. Er tat es wie ein Halbstarker, der sich à la James Dean eine Motorradjacke überwarf, halb über dem Kopf und etwas verächtlich. Fehlte nur, dass er den Kragen aufstellte. Es war tatsächlich eine weiße Smokingjacke. Statt Fliege trug er etwas, was Cowboys zu John Waynes Zeiten schon zu cool gefunden hätten.

Was Marie allerdings nicht fand, bei all diesen überbordenden, geschmacklichen Fehltritten, war, dass Jakub damit lächerlich aussah. Tat er nicht. Marie sah ihn an und dachte nur: Wow. Jakub sieht einfach unfassbar gut aus.

»Können wir?«, fragte Jakub kurz angebunden.

Wie unhöflich. Offensichtlich hatte er noch gar nicht gesehen, in was für einem Kleid sie steckte.

»Ich hoffe wirklich, dass es Adam bei Olivia gutgeht!«, sagte er, ohne sich noch einmal zu Marie umzudrehen.

»Allen Männern geht es gut bei Olivia!«, schnauzte Marie und hatte zumindest den Erfolg, dass Jakub erstaunt die Augenbrauen hob. Sie war gerade so richtig in Fahrt und fügte daher an: »Was soll eigentlich falsch sein an Natalias Kleid?«

Überrascht fuhr Jakub herum, dann ließ er seinen Blick noch einmal prüfend über seine Tochter wandern.

»Na ja.«

»Na ja?«, bohrte Marie entrüstet nach, und endlich schien Jakub auf ihre Gegenwart zu reagieren. Er wurde etwas verlegen.

»Wie findest du denn das Kleid für eine 14-Jährige, Marie! Meine Tochter ist noch ein Kind!«

»Ich finde, dass deine Tochter verdammt hinreißend aussieht. Jawohl. Und bestimmt kein Kind mehr ist! Meine Güte, als Vater so einer Tochter solltest du vor Stolz platzen und nicht meckern.«

Jakub neigte den Kopf, dann nickte er und schaute zu Boden, um zu nuscheln: »Ja. Gut. Ist ein schönes Kind.«

»Schöne, junge Frau«, wagte sich Philipp aus der Deckung. Etwas weit. Jakub hob ganz langsam den Kopf und durchbohrte ihn böse mit seinen Blicken.

»Und Marie? Ich finde Marie sieht einfach toll aus! Supertoll. Papa? Was sagst du?«

»Hm.« Er zuckte die Schultern. Er lächelte süß, und Marie wurde rot.

»Oh, ihr beide, ihr seid echt putzig! Kommt, wir gehen zum Auto. Philipp und ich sitzen hinten.«

»Philipp sitzt vorn! Bei mir. Wo ich seine Hände sehen kann!«

Marie wartete, bis Jakub die Tür abgeschlossen hatte. Dann hielt sie ihm ihre Hand hin, sie wollte sich einhaken. Nach kurzem Schrecken gab er nach und hielt ihr seinen Arm hin.

»Mit solchen Schuhe kann man wohl schlecht gehen, was?«

»Aber sich umso besser einhaken. Hat Natalia uns beide echt *putzig* genannt? Gibt es das Wort überhaupt noch?«

»Hm. Vielleicht nur für uns?«

Vorsichtig schritten sie die Treppe hinunter. Als Marie ihren Kopf zu ihrer Tür drehte, sah sie, wie drei große und drei kleine Daumen hochgezeigt wurden.

»Lachst du, Marie? Warum?«

»Ich freu mich über die Einladung.«

»Ich werde Frauen nie verstehen.«

Als sich Jakubs Garagentor automatisch öffnete, musste Marie tapfer ihre Lippen aufeinanderpressen. Es erschien ein quietschgelber Ford Mustang mit schwarzen Streifen über Motorhaube und Dach.

»Geil!« Philipp vergaß ganz und gar, dass der Vater seiner Freundin ihm eher feindlich gesonnen war. Seine aus tiefstem Herzen hervorgebrachte Begeisterung tat allerdings ihre heilende Wirkung am verletzten Vaterherzen.

Jakub zählte schwärmerisch Zylinder und Leistung auf, Natalia verdrehte die Augen, und Marie biss sich immer mehr auf die Lippen. Die Front des Autos sah aus wie die eines Bulldozers, die Motorhaube wie Teile eines Eisbrechers, und der Rest hätte auch zu einem Panzer nach einem Facelift gehören können. Was zum Henker wollte ein Mann in Jakubs Alter mit dem Ding beweisen?

Nichts. Er schien es einfach zu lieben.

Und Philipp liebte es auch. Allen Gefahren zum Trotz. Die beiden verfielen sofort in ein enthusiastisches Gespräch.

»Männer!« Natalia war genervt, aber auch erleichtert. »Aber ist okay. Lieber so als dieser verbale Nahkampf von heute Nachmittag!«

»Ihr sitzt nicht zusammen auf der Rückbank!«, kommandierte Jakub plötzlich, als er Marie einen vorsichtigen Blick zugeworfen hatte. Marie schob den wie paralysiert wirkenden Philipp dennoch an die hintere Tür und stieg selbst auf der Beifahrerseite ein.

»Sicher sitzen die hinten, Jakub.«

»Was genau ist das hier?« Marie schaute erstaunt durch den vollen Saal. Offenbar hatten alle Männer unter vierzig just an diesem Tag den Entschluss gefasst, ein weißer Anzug sei das Must-have dieses Sommers.

»Sieht aus wie ein Zahnärztekongress.« Philipp zerrte sichtlich unwohl am Revers seines dunklen Jacketts.

Was die Herren an Farblosigkeit an den Tag legten, schienen die älteren Damen wieder wettmachen zu wollen. Es gab Kleider in allen erdenklichen Formen und vor allem Farben. Knallgrün, knallblau, knallgelb, knallrot. Später würde man alle Fotos digital nachbearbeiten müssen, weil niemand glauben würde, dass dieses überbordende Farbspektrum der Wirklichkeit entsprochen hatte.

Jakub wurde sogleich von einer Gruppe Männern herbeigewunken und verschwand grußlos in deren Richtung. Auch Natalia wurde begrüßt und weggezogen, konnte aber noch die beunruhigenden Worte flüstern: »Und passt mit dem Wodka auf. Benehmt euch besser unauffällig!«

»Oh!«

»Äh?«

Marie und Philipp sahen sich an.

»Und was machen wir nun?« Philipp schob die Hände in die Hosentaschen und zog etwas die Schultern hoch.

»Müssen wir nicht irgendwie irgendwem guten Tag sagen? Vorzugsweise einer Dame mit einem weißen, sehr auffälligen Kleid?« Marie überlegte.

»Kennen Sie hier jemanden?«

»Philipp, als Erstes sollten wir beide uns hier mal ganz schnell aufs Duzen einigen. Wir haben schließlich hier nur uns.«

Er lachte. »Okay, Marie.«

»Das wäre geklärt. Und nein, ich kenne hier überhaupt keinen. Vielleicht gibt es hier irgendwo eine Tafel, auf der die Sitzordnung steht.«

Der große Saal war aufwendig geschmückt mit großen Sträußen künstlicher Blumen an den gelben Wänden und gigantischen Vasen auf dem Buffettisch mit echten Sträußen, die in ihrer Größe fast schon Bäumen Konkurrenz machten. Eine Armada an Köchen stellte die letzten Platten und Wannen mit dampfendem Essen auf. Marie hatte noch nie gehört, dass auf einer deutschen Hochzeit, egal welcher Größenordnung, jemand verhungert wäre, aber das, was hier aufgefahren wurde, war lächerlich. Lächerlich viel. Es waren Berge an Essen! Der Tisch schien darunter leise zu jammern, weil er die Massen kaum tragen konnte.

Es standen schätzungsweise zwanzig Tische in dem riesigen

Saal. Große, runde Tische, üppig eingedeckt mit Blumenschmuck, einer Batterie an Gläsern, blitzendem Besteck, dazu Servietten, die zu Schwänen gefaltet waren, und Platzkarten in Herzform. Zwanzig Tische à zehn Personen. Also waren hier zweihundert Gäste. Mit dem, was auf dem gigantischen Buffet aufgetischt wurde, würden sie hier überwintern können.

Marie sah sehnsüchtig zu Jakub rüber. Er lachte und wirkte ungewohnt gelassen. Sie hatte das Gefühl, wenn sie ihn aus der Ferne betrachtete, bemerkte sie noch viel mehr schöne Details an ihm, die ihr bislang entgangen waren. Sein Lachen zum Beispiel. Wenn er lachte, schien die Welt sich zu erhellen. Er hatte seinen blonden Dreitagebart sauber gestutzt und traf damit offenbar den Modegeschmack aller Männer hier. Die Haare wieder so sorgfältig frisiert. Jakub war sportlich kräftig, und wie er da so stand, mit den Händen in den Hosentaschen, ab und zu auf den Zehenspitzen wippend und so herrlich gelöst, packte Marie etwas, das man nicht beschreiben konnte.

»Pf, Captain America kann einpacken gegen dich, Jakub!«

Es erschien ein älterer Herr und ein junges Mädchen, wahrscheinlich der Brautvater und eine der Brautjungfern, mit einem riesigen Tablett, auf dem Schnapsgläser mit einer klaren Flüssigkeit so dichtgedrängt standen, dass man den Boden des Tabletts nicht mehr sah.

»Wodka!«, sagte der Mann und deutete auf die kleinen Gläser. Marie nahm eines. Ein Mädchen hielt auch Philipp ein Glas hin.

»Wie alt bist du, Philipp?« fragte Marie und hatte ihre Hand auf seine gelegt, bevor er das Glas ergreifen konnte.

»16.«

»Okay. Den einen, um nicht aufzufallen, aber ab dann nimmst du bloß noch EIN Pinnchen in die HAND und trinkst es NICHT. Nicht, dass du noch umkippst und ich dich mit Alkoholvergiftung ins Krankenhaus bringen muss.«

Er nickte, fast etwas erleichtert. Marie kippte ihren Wodka hinunter, zählte, ohne zu atmen und ohne den Mund zu öffnen, im Stillen »21, 22, 23«, dann atmete sie aus. Das Brennen im Hals blieb auf diese Weise erträglich.

Philipp hustete.

»Ist das dein erster Alkohol?«

»Nein!«, entgegnete er etwas beleidigt. »Aber das ist doch kein Wodka. Was ist das? Reinigungslösung für dritte Zähne?«

»Na, vielleicht hast du bisher nur den laschen russischen Wodka getrunken, Junge.« Das Mädchen schnappte sich beleidigt sein leeres Schnapsglas und ließ Marie und Philipp stehen.

»Na, das hat jetzt noch nicht so recht zur Völkerverständigung beigetragen.«

»Wohl nicht.« Philipp war plötzlich heiser.

Marie sah zu Jakub hinüber, der sie anlächelte und eine winzige Verbeugung andeutete, als wollte er zeigen, dass sie die erste Hürde elegant zu nehmen vermocht hatte. Sie verneigte sich ebenfalls. Er hatte ein Glas Cola in der Hand.

»Feigling.«

»Bitte?« Philipp zerrte sich den Schlips vom Hals. Marie half ihm.

»Komm, wir gucken, wo wir sitzen.«

Sie setzten sich an einen reich geschmückten Tisch. Marie blickte zum hundertsten Mal hinüber zu Jakub. Philipp zu Natalia. Eine Weile waren sie ganz vertieft in diese Betrachtungen.

»Oh, nun guck mal einer an, Philipp. Da ist die Braut. Sensationell.«

Das Kleid der Braut war wunderschön. Schulterfrei, mit viel Spitze und einem tiefausgeschnittenen Rücken. Dazu, ganz neckisch, die vom Po langsam herunterfließende, reichverzierte Schleppe. Das Strahlen der Braut brachte den ganzen Saal zum Leuchten.

»Hattest du auch so einen Sahnebaiser an als Kleid?«

»Ich habe nie geheiratet. Und ich fürchte, ich halte auch jetzt nichts davon. Man kann einen Menschen doch deswegen nicht halten, nur weil man ihn geheiratet hat.«

»Wow, krass! Eine Frau, die NICHT versessen ist auf Hochzeiten?«

»Tja. Hab so meine Erfahrungen. Aber schön ist so eine Feier schon.«

»Na. Ich finde das ja alles hier ziemlich gruselig.«

»Da kommt Natalia!«

Strahlend kam das junge Mädchen zu ihnen an den Tisch und ließ sich mit einem glücklichen Quieken neben Philipp auf den Stuhl fallen. Die anderen Mädchen schauten herüber, was Natalia offensichtlich dazu bewog, Philipp demonstrativ zu küssen.

»Hey!« Jakub stand wie aus dem Nichts hinter ihnen und klopfte Philipp ermahnend auf die Schulter. Philipp wurde rot. Zum Teil wegen der weiblichen Zuschauer, zum Teil wegen der väterlichen Strenge.

»Setz dich, Jakub.« Marie packte ihn am Arm und zog ihn auf den Stuhl neben sich. Er war erstaunlich folgsam.

»Willst du mir nicht ein bisschen was über deine Familie erzählen?«

»Hm.« Er zuckte mit den Schultern. »Ist einfach meine Familie.«

»Ja, Jakub, so weit weiß ich das auch. Gehören die alle dazu? Wem gegenüber muss ich hier einen besonders guten Eindruck machen? Wo sind deine Eltern? Sag schon. Und das da! Also das ist die Braut. Und wer ist der Bräutigam dazu? Die jungen Männer haben alle dasselbe an!«

»Bräutigam? Der? Wo ist er?« Jakub streckte sich und sah

sich zu allen Seiten um, rief irgendwem was zu, der rief was zurück.

Dann fand Jakub den Gesuchten. Er winkte ihn her. Der
junge Mann sah aus wie alle anderen Männer im Saal. Hübsch,
blond, schlank, fröhlich.

»Ah, das ist also deine Neue?« Der Bräutigam schien schon
eine ganze Menge Wodka mit seinen Gästen getrunken zu haben. Er beugte sich zu Marie und küsste sie stürmisch auf die
Wange.

»Hey!« Jakub schob ihn gespielt ärgerlich zurück.

»Schon gut. Ich bin Tomek.«

»Oh, hallo. Glückwunsch zur Hochzeit.« Aber er taumelte
weg, als Jakub ihn noch einmal spielerisch wegschubste.

Dann wurden Reden gehalten und wieder Wodka verteilt.
Jakub legte den Arm auf Maries Stuhllehne und war ihr seltsam nah. Es wirkte etwas, als wollte er sie beschützen vor den
andern. Oder etwas Schutz bei ihr suchen? Es war Marie egal.
Sie genoss diesen Augenblick der Vertrautheit.

Dann wurden noch mehr Reden gehalten und noch mehr
Wodka verteilt. Marie verstand kein Wort, hörte aber sehr genau zu. Betrachtete die Gesten der Sprecher, alles Männer, und
freute sich über jedes Wort, das sie in dem Meer aus weichen
Zischlauten verstand. In der Rede des Bräutigams, der offensichtlich sowohl Deutsch als auch Polnisch fließend sprach,
kam mitten in dem wunderbar weichen Redefluss das Wort
»Sekundenkleber« vor, das sowohl Marie als auch die Gäste
zum Lachen brachte. Marie spürte, wie Jakub sie von der Seite
intensiv betrachtete. Mit klopfendem Herzen und viel Mut,
der durch den zweiten Wodka entfacht war, ließ sie ihre Hand
von der Tischkante auf seinen Oberschenkel gleiten. Eine Millisekunde blinzelte er, als er das spürte.

Dann wurde das Buffet eröffnet.

Der Abend war mittlerweile weit fortgeschritten, und Marie hatte nicht den Mut gehabt, Jakub um einen Tanz zu bitten. Sie schaute sich um und betrachtete die Gäste, Jakub hatte sich zu ein paar Männern an die Theke zurückgezogen.

»Czy jesteś sama?«, fragte plötzlich eine ältere Männerstimme. Marie drehte sich um, vor ihr stand ein älterer Herr mit dichtem, grauem Haar, einem Schnautzbart und blauen, klugen Augen.

»Ich spreche kein Polnisch!«, sagte Marie. »Ni. Muwi. Po-polsku«, brachte sie mühsam über die Lippen. Das hatte sie extra für heute Abend geübt.

Er nickte und fing an zu sprechen. Polnisch. Marie nickte tapfer zurück. Irgendwie schien ihn das anzusporen, und schließlich winkte er eine junge Dame mit dem Tablett voller Wodka herbei. Die Männer an der Theke kicherten.

»Oh, wirklich. Ich habe schon reichlich. Wirklich. Das vertrag ich nicht!«, protestierte Marie und sah sich hilfesuchend nach Jakub um. Der war wie vom Erdboden verschluckt.

Der Mann ließ es nicht gelten, stellte ihr ein Pinnchen hin und prostete ihr zu. Als die Männer von der Theke sich weiterhin neugierig zu ihr umsahen, nahm Marie das Pinnchen und trank es. Sie atmete nicht, nickte aber. Drei Sekunden wartete sie. Dann sog sie vorsichtig die Luft durch die Lungen und nickte wieder. Ihrem Gegenüber schien das Freude zu bereiten, und er nahm sofort weitere Gläser von dem Tablett. Wieder schüttelte sie den Kopf, und wieder gewann er.

Mittlerweile zeigte der Alkohol Wirkung.

»Jakub?«, fragte der Mann, der es nicht übersehen konnte, wie Marie schmachtend zu Jakub hinübersah, als dieser endlich wieder erschienen war.

»Bitte?« Marie hatte vergessen, dass der Herr offensichtlich kein Deutsch verstand. »Ich finde Ihre Sprache entzückend. Ihre Sprache und Ihre Jakubs. Himmel, was habt ihr für schöne

Jakubs! Alles, alles. Ich finde das so zauberhaft. Aber ich verstehe Ihre Sprache nicht. Ich weiß nur ein paar Wörter. Und die spreche ich wahrscheinlich völlig falsch aus. Und wenn das bitte unter uns bleiben könnte, der Jakub, den mag ich. Oh, Mann, den mag ich.« Sie strahlte übers ganze Gesicht, und der Mann grinste entzückt.

»Wodka?«

Neben Marie tauchte wieder eine Bedienung mit einem vollen Tablett auf. Marie nahm zum Erstaunen aller das ganze Tablett und stellte es auf den Stehtisch zwischen den Mann und sich. Dann reichte sie ihm ein Glas und nahm sich selbst auch eins. Sie versuchte erfolglos, mit ihm anzustoßen, traf aber nur seinen Handrücken und kippte den Wodka dann schwungvoll runter. Mit der Hand strich sie sich den Mund trocken.

»Natalia, das ist Jakubs Tochter, hat es gesagt, wir sollen aufpassen mit dem Wodka. Kein Problem. Um noch mal auf Jakub zu kommen. Meinen Sie, der schläft heute mit mir? Ich meine, gucken Sie mich an.« Sie versuchte, einen Schritt zur Seite zu machen, damit er ihre Kleidung bewundern konnte, musste sich aber am Tisch festhalten.

»Huch. Na, jetzt gucken Sie mal. Er beachtet mich gar nicht, dabei fanden alle mein Kleid toll. Und sogar Adam mag mich jetzt.«

»Adam?« Der Mann schaute sie neugierig an.

»Ich will Ihnen was sagen. Ja, Sie haben recht. Jakub ist was ganz Besonderes. Wow, das kann man sich gar nicht vorstellen. Schon wie er aussieht. Und dann diese Augen und diese Lippen. Und schöne Füße hat er auch. Und er ist ein toller Papa. Und ich mag seine Kinder. Beide. Toll oder? Das passiert doch sonst niemandem auf der Welt? Aber nun sagen Sie endlich! Würden Sie heute mit mir schlafen?« Sie versuchte, mit beiden Händen ungefähr anzuzeigen, wie großartig Jakub ihrer Meinung nach war, begann allerdings bedrohlich zu schwanken. »Ich meine jetzt nicht Sie, sondern wenn Sie Jakub wären?«

Der Mann griff ihr, statt zu antworten, an den Ellenbogen, um sie zu stützen. Als Marie nach einem weiteren Wodka greifen wollte, schob er das Tablett weg.

»Hey. Nicht den schönen Wodka wegnehmen. Ich hab ihn mir verdient. Schauen Sie mich an. Ich kann alles. Haushalt und Ex und Arbeit, und ein Kind habe ich auch. Unterschriftenaktionen, Rettung von Referendarinnen, künstliche Befruchtungen, jüngere Geliebte. Kann ich alles. Alles! Ich ... nur nicht Jakub. Mist. Nur nicht solche Männer wie Jakub.« Sie hatte den Faden verloren und sah im Saal umher und fand Jakub.

»Schauen Sie ihn an.«

»Jakub?« Der Mann kniff konzentriert die Augen zusammen, vielleicht, um zu verstehen, was sie sagen wollte.

»Ja, Jakub. Genau. Das ist der sensibelste, wundervollste, verschrobenste, komplizierteste, nervigste –« Marie merkte, dass sie sich da schwer hineinsteigerte und vor allem in eine falsche Richtung lief. »Quatsch. Noch mal von vorn. Jakub ist der schönste, und zwar der allerschönste und der wundervollste, der allerwundervollste Mann. Und dann weiter. Mit seiner Tochter. Sie will er immerzu beschützen, und am liebsten würde er mit einer Schrotflinte ums Haus ziehen, um alle Philipps der Welt abzuhalten. Das ist urkomisch! Und Adam, der mag mich jetzt ein bisschen, obwohl er seine Mama zurückhaben will.« Marie lachte und konnte erst gar nicht damit aufhören, doch der konsternierte Blick ihres Gegenübers ließ sie wieder ernst werden.

»Okay. Alles okay mit mir.« Sie zeigte auf sich. »Wollen wir noch einen trinken? Ich hab Zeit.« Marie seufzte. »Wenn ich könnte, ich wäre alles, was er haben möchte. Ja. Jakub jetzt. Ein Einbrecherverjager und Arztmitgeher, ein Teenagerversteher, ein Kinokatastrophenangucker bin ich ja schon. Aber da geht noch mehr. Aber nein, das reicht nicht! Das klappt bestimmt wieder alles nicht. Ich hab ein Problem. Eine Echse. Nein, Quatsch, keine Echse, einen Ex. Schwierige Sache. Weil der nett ist. Netter Ex ist scheiße.«

Marie begann zu heulen. Ganz plötzlich. Sie war selber überrascht, wie schnell das ging.

Der Mann reichte ihr eilig ein riesiges Stofftaschentuch, in das sie hineinträtete.

»Aber! Eines muss ich erzählen!« Marie schwankte, und ihr Kopf schien wie von selbst hin und her zu kippen. »Ich stand auf dem Fahrradweg. Und da musste ich ihn umarmen. Ich liebe Jakub.« Es war merkwürdig still geworden.

»Marie! Was ist denn mit dir los?«

»Oh, Natalia.« Marie legte den Arm um das Mädchen. »Das ist Natalia. Gucken Sie. Das ist TOCH-TER VON JA-KUB, Sie verstehen?«, deklamierte sie laut. »Ich liebe Natalia. Sie ist bildschön. Ganz der Vater.«

»Marie, du bist ja betrunken.«

»Ja. Wodka. Was soll ich machen. Ich sollte doch nicht auffallen.«

Mittlerweile hatten sich alle an der Theke zu Marie und dem Herrn umgedreht und mit wachsendem Interesse Maries Monolog verfolgt.

»Na ja. Ich hab ja nichts Falsches gesagt. Der nette Herr hier versteht kein Deutsch, und ich wollte nicht unhöflich sein.«

»Was?« Natalia betrachtete entsetzt die leeren Pinnchen auf dem Tisch. »Hast du das alles getrunken? Bist du wahnsinnig?«

»Ich hab nein gesagt. Ehrlich. Ich wollte echt aufpassen. Aber er kann mich ja nicht verstehen, Natalia. Aber wir haben toll zusammen was getrunken.«

»So?« Natalia konnte unfassbar schnippisch sein, wie Marie gerade erstaunt feststellte. Philipp kam dazu, stellte sich neben Marie und betrachtete mit großem Respekt die Schnapsgläser.

»Schau, meine süße Natalia!«, begann Marie zu erklären. »Dein Vater ist der allerbeste, der allerallerbeste.« Marie schloss die Augen und fand es schön, dass Philipp sie so fest im Arm hielt.

»Wieso hast du das gemacht?« Natalia wurde richtig zickig. Marie zuckte zusammen und öffnete schuldbewusst die Augen. Seltsam, Natalia hatte sich vor dem Mann aufgebaut und funkelte ihn böse an. Aber er verstand doch gar kein ... Marie wollte es noch einmal erklären, war aber sprachlos, als sie bemerkte, dass Philipp jetzt neben Natalia stand. Wie machte er das? Philipp hatte doch gleichzeitig ihr den Arm umgelegt. Wie ging das, wenn er gute vier Meter von ihr entfernt stand? Marie sah auf die Hand an ihrer Taille. Schöne Hand. Eine echte Männerhand. Jakub.

»Upsi!«, sagte Marie und neigte den Kopf keck. Natalia schimpfte indes mit dem älteren Herrn.

»Natalia, ist gut jetzt«, sagt Jakub streng zu seiner Tochter.

»Nein, Papa, er soll sagen, warum er das gemacht hat. Das ist nicht lustig! Er hat sie mit dem Wodka abgefüllt. Wie gemein ist das denn? Und das ist gefährlich! Muss man denn immer auf euch aufpassen?« Natalia war bezaubernd, dachte Marie grinsend. Einige um sie herum lachten leise.

»Das war gemein!«, rief Natalia noch einmal.

»Nicht doch, Natalia, Süße, der kann gar kein Deutsch, und er war sehr nett. Er hat sich mit mir unterhalten. Bestimmt über das Wetter. Keine Ahnung, ich hab kein Wort verstanden. Aber das war sehr nett. Ich hab ihm erzählt, dass ich dich liebe. Und Adam.« Sie schwankte. »Und dann hab ich ihm auch ein Geheimnis anvertraut, aber das bleibt geheim. Pscht. Das Ge-

heimnis hat was mit Jakub zu tun und auch mit Liebe und so.«
Marie versuchte, mit dem Zeigefinger ihre Lippen zu treffen.
Die Männer an der Theke schauten amüsiert in ihre Gläser.
Marie runzelte die Stirn und versuchte zu erkennen, warum.

»Oh, äh, Sie sprechen doch wirklich kein Deutsch oder?«,
fragte Marie nachdenklich. Der ältere Herr zwinkerte ihr zu.
Jetzt dämmerte es ihr.

»Oh nein! Bitte nicht! Dann haben Sie alles verstanden?«
Maries Stimme wurde etwas schrill. Er zuckte wieder mit den
Schultern. Marie verschlug es die Sprache.

»Natalia, wer ist denn das?«, fragte Philipp und zeigte auf
den älteren Herrn. Marie bekam einen Schluckauf.

»Pschscht! Das war eben ein Geheimnis! Pscht! Erzählen
Sie bloß nicht Jakub das mit dem Schlafen und so! Pscht!«,
flüsterte sie unter Hicksern.

Der Herr musste laut lachen.

»Das, liebe Marie«, Jakub griff sie fester um die Taille, als
habe er Angst, sie würde sonst gleich weglaufen, »darf ich vorstellen, das ist mein Vater. Er hält mich ab und zu für einen Idioten, was Frauen angeht, aber in dich hat er sich gerade offensichtlich verliebt. Und wie war das mit dem Schlafen, Papa?«

Auf der Rückfahrt schwiegen sie. Marie hatte ihre Hand auf
Jakubs Oberschenkel gelegt, und der hatte mit einer kurzen
Geste der Zärtlichkeit darüber gestrichen, aber nichts gesagt
und Marie auch nicht angesehen. Ihr war das alles so peinlich.

Aber es war auch witzig. Ab und zu kicherte sie, dann kicherten die zwei auf der Rückbank auch. Und dann fing Jakub
an zu lachen.

Sie kamen in ihrer Straße an. Der kurze Weg von der Garage
zu ihrem Haus tat Marie gut. Sie war noch leicht beschwipst,
trotz des vielen Kaffees, den Jakubs Mutter ihr anschließend
liebevoll eingetrichtert hatte, während sie sympathisch, aber

energisch ihrem Gatten die Leviten las. Aber im Großen und Ganzen hatte Marie den Wodka erstaunlich gut vertragen. Es musste der Schrecken gewesen sein. Und die frische Luft.

»Schläft Philipp bei euch?«

»Im Wohnzimmer!« Jakub war zu keinem Kompromiss bereits, was Natalia offenbar ärgerte, Philipp machte allerdings einen besonders gehorsamen Eindruck.

»Papa, kann er nicht doch bei mir im Zimmer schlafen? Es passiert ja nichts. Versprochen!« Sie versuchte, sich bei ihrem Vater unterzuhaken.

»Auf keinen Fall.« Er schob sie weg.

»Bitte, Papa!« Sie versuchte es erneut. Seine Ablehnung war nun deutlich milder. Marie spürte, wie sie Jakub deshalb nur noch mehr liebte.

»Nein, er schläft in einem anderen Zimmer!« Er schob seine Tochter erneut halbherzig von sich. Mürrisch schlenderte Natalia vor Marie die letzten Meter her, drehte sich dann zu ihr um. Ihre Augen warfen ihr flehentliche Blicke zu. Marie kicherte. Jakub zog gerade den Hausschlüssel aus seiner Hosentasche.

»Sicher darf Philipp bei dir schlafen, Natalia. Wenn du versprichst, dass ihr artig bleibt. Ich vertrau dir«, sagte Marie plötzlich, als wäre es das Natürlichste auf der Welt. Sie hatte das eigentlich gar nicht laut aussprechen wollen, aber aus irgendeinem Grunde schien es ihr sehr viel leichter, zu sagen, was sie dachte. Jakub drehte sich mit offenem Mund zu Marie um und widersprach: »Ich werde wohl kaum im Nachbarzimmer ruhig liegen, während in Natalias Zimmer ...!« Jakub hatte Marie an den Hüften gehalten, weil sie vor ihm zu schwanken begonnen hatte. Was für ein vertrautes Gefühl, dachte sie.

»Was? Was ist in meinem Zimmer, Papa? Ich hab es doch versprochen!?« Natalia grollte hörbar, weil er ihr nicht vertraute. Philipp hingegen machte hektisch mit dem Daumen eine waagerechte Geste vor seiner Kehle. Sie sollte doch bitte aufhören damit! Das wäre doch lebensgefährlich! Er würde alles klaglos tun, was der Vater verlangte!

»Das ist okay für mich, was dein Vater sagt, Natalia! Echt!«
Natalia beachtete ihn gar nicht.

Philipp bekam etwas Angst. Aber wovor, überlegte Marie. Vor dem Vater oder vor seiner ersten Nacht mit Natalia?

»Jakub. Du wirst nicht im Nachbarzimmer liegen. Hör auf, es unnötig kompliziert zu machen. Komm her. Fahrradweg!« Marie umarmte ihn kurz und drückte ihm dann ihren eignen Schlüssel in die Hand. »Florian und Adam sind bei Agata. Und Philipp bei Natalia. Wo anders willst du hin als zu mir?«

Ups. Hatte sie das gerade gesagt? Innerlich verneigte sie sich vor dem Wodka. Sehr hilfreich dieses Getränk!

Natalia erfasste die Situation. Trotz der großen Überraschung, die sich in ihrem Gesicht spiegelte, schnappte sie sich ihren Wohnungsschlüssel aus der offenen Hand ihres Vaters und eilte, Philipp hinter sich her zerrend, die knarrenden Treppen hinauf. Jakub sah ihr voller Sorge hinterher. Marie hingegen brauchte deutlich länger für die vielen Stufen und die Hilfe von Jakub.

»Du bist betrunken, liebe Nachbarin.«
»Weniger, als dir lieb ist, Jakub.«

17. KAPITEL

Himmelblau
(Öl auf Leinwand, 1940, Wassily Kandinsky)

Marie schob die Wohnungstür zu und sah zu Jakub auf.

»Das war sehr schön, was du auf der Feier gesagt hast, Marie.«

»Säufer und kleine Kinder sagen immer die Wahrheit.« Marie fand das urkomisch, auch wenn sie seine schüchterne Art sehr berührte. Er lächelte über ihre Albernheit.

»Soll ich dich küssen, Marie?«

»Ja, bitte, bitte, ich denke an nichts anderes mehr.«

Er lächelte, dann wurde er sehr ernst und nahm sie so fest in den Arm, dass sie glaubte, niemals in ihrem Leben etwas so sicher, so echt und so real empfunden zu haben wie diese Umarmung. Dann küsste er sie. Mit diesen Lippen. Mit diesem Meisterwerk, mit dem der Große Künstler sein ganzes Können unter Beweis gestellt hatte. Jakubs Lippen waren unvorstellbar weich. Einen Moment schien es Marie, dass ihr die Sinne schwanden. Als sie ihm sanft das Jackett über die Schultern streifte, schloss er dabei die Augen, als streiche sie ihm über nackte Haut. Vorsichtig schob sie ihn in ihr Zimmer.

Sein Körper war fest und glatt, doch seine Hände waren vor Aufregung kühl und zittrig. Sie spürte zwar Erfahrung in seinen Bewegungen, doch es fehlte die Routine. Er zog die Decke über sie beide, als wollte er sie verhüllen. Schutz suchen vor der Welt.

Mit einer ungewohnten Mischung aus großem Erstaunen und aufkommender Lust betrachtete sie Jakub, strich mit den Händen über seine Wangen, küsste Lippen, Stirn, Hals und Schultern. Er war noch nicht bereit, aber auf dem besten Wege dahin, sie musste sich in Geduld fassen, er war nicht leicht zu erobern.

Über seinen Lippen bildeten sich winzige Schweißtropfen, und seine Augen schlossen sich, er begann tief und schwer zu atmen, seine Hände hörten auf, ihren Rücken zu streicheln, schoben sich langsam zu ihren Hüften herab und halfen ihr, ihn in sich aufzunehmen. Marie bewegte sich auf ihm, und er stöhnte. Doch auch jetzt konnte er die Gegenwehr nicht aufgeben, wand sich unter ihr, drehte den Kopf zur Seite, seine Hände suchten Halt, schlugen unbeholfen gegen den Nachttisch und die Wand, fanden etwas Sicherheit darin, in das Laken zu greifen und in ihr Kissen. Marie wollte aufhören, ihn derart zu quälen, aber ihr Körper konnte nicht. Ihre Bewegungen wurden drängender, präziser und seine Gegenwehr immer stärker, bis er ihren Namen seufzte. Als sie das hörte, explodierten in ihrem Kopf Tausende von Funken, ihr Herz lief über, das Atmen war schwer und kostbar. Sie schloss die Augen, Farben und Formen tauchten vor ihr auf, als wären sie die einzige Realität. Ihre Lungen hatten keine Luft, ihre Haut keinen Körper. Die Welle, die eben noch über ihr zusammengeschlagen war, zog sich ebenso schmerzlich-süß zurück. Sie ließ sich in einem flachen Meer aus unbekannten Gefühlen treiben. Als dieser schönste aller Stürme in ihren Adern verklungen war, öffnete sie wunderbar betrunken von einem Rausch mit Namen Jakub die Augen und sah, wie er sich unter ihr entspannte. Er hielt noch immer seine Stirn in ihr Kissen gedrückt, nun sah sie, wie er, von kleinen Nachbeben erschüttert, ihr den Kopf zuwandte. Seine Augenfarbe war klar und rein. Seine Lippen wollten etwas sagen, aber sie konnten nur lächeln. Jakubs warme, starke Hände hoben Marie von sich herunter und zogen sie neben sich.

»Marie, Marie, Marie«, flüsterte er. Sie umarmte ihn und er sie. Sie hielten einander fest, aus Angst, die Welt könnte sonst in zwei Teile zerbrechen und sie für immer getrennt sein.

Die beiden waren hellwach, konnten nicht einschlafen und nicht sprechen, hielten einander nur fest umarmt. Marie spürte sein Herzklopfen unter der festen Brust, als er nach einer Weile begann, sie zu küssen und zu berühren. Dann schob er sich auf sie und liebte sie erneut.

Obwohl es noch intensiver war als beim ersten Mal, spürten sie keine Erschöpfung, waren noch wacher als zuvor und lagen nass geschwitzt und außer Atem nebeneinander, schauten unter die Zimmerdecke und beobachteten das Spiel von Schatten und Lichtstreifen, die die Straßenlaterne durch das große Fenster in ihr Zimmer zauberte. Sie hielten einander an der Hand, um sicherzugehen, dass sie nicht allein waren.

»Marie, Marie, Marie!«, flüsterte er.

»Ich bin da.«

»Ja, du bist da.«

Das war schön.

»Als ich dich das erste Mal auf der Treppe sah«, begann er nach einer Weile, »ich dachte, du kannst nicht echt sein.« Es klang nach einem Lächeln. »Du hast mich angesehen. Einfach angesehen. Niemand schaut einen Fremden so lange an. So von Auge zu Auge.«

Marie erinnerte sich. Sie hatte gedacht, er sei ein Bild, kein Mensch.

»Du hattest keine Angst. Du hast nie Angst. Bist in meine Wohnung gelaufen, um Einbrecher mit einem albernen Cricketschläger zu verjagen.« Er kicherte und hielt sie fest an sich gedrückt.

Sie schliefen nicht viel, sie waren zu glücklich.

Als ein neuer Sommermorgen mit einem wunderbaren Sonnenaufgang begann und sie einander leise flüsternd weitere kleine und große Geheimnisse ihres Lebens anvertrauten, klopfte es schüchtern an die Wohnungstür. Marie sprang aus dem Bett griff sich Jakubs Hemd (sie liebte es in Filmen, wenn die Frauen das am Morgen danach taten) und öffnete. Vor der Tür lag eine Tüte mit Brötchen.

»Brötchen! Die Kinder haben uns Brötchen gebracht! Magst du Kaffee?«

Er wollte.

Marie lief in die Küche und konnte nicht fassen, wie schön ihre Küche war, wie schön ihr Geschirr, wie schön der Kaffee und alles so unfassbar schön sein konnte.

»Ich brauche mein Hemd.« Er stand in Boxershorts vor ihr.

Sie küssten sich. Aber das Hemd wollte sie nicht hergeben.

»Soll ich in die Nachbarwohnung gehen? Du weißt, ich nehme den Cricketschläger mit.«

»Nein, der arme Philipp. Hol mir ein T-Shirt, dann bekommst du dein Hemd.«

»Wo finde ich das?«

»In meinem Schrank.«

Marie summte, als sie den Kaffee eingoss und die Brötchen in das kleine Körbchen legte. Sie fragte sich, warum er so lange brauchte, ihr das T-Shirt zu bringen. Er sollte es doch nur aus ihrem Kleiderschrank holen.

Aus ihrem Schrank. Aus ihrem Schrank. Schrank.

Die Fotos von Constantin!

Sie ließ das Messer scheppernd fallen, und rannte über den Flur in ihr Zimmer.

Jakub saß auf dem Bett und starrte auf den geöffneten Schrank. Sein Gesicht schien wie aus Marmor gemeißelt, bleich und hart.

»An dem Tag – hast du mich angelogen? Habt ihr beide doch miteinander geschlafen?«

Marie schloss die Augen.

»Ja, Jakub. Ich habe in der Nacht mit Constantin geschlafen.«

Sie spürte, wie er ihr sein Hemd vom Rücken zog. Dann hörte sie die Wohnungstür klappen. Was blieb, war der Duft seiner Haut auf der ihren.

18. KAPITEL

Die Erschaffung des Adams
(Fresko, 1510, Michelangelo Buonarroti)

Es waren einige Wochen vergangen.

Es war Herbst.

Von Jakub hatte Marie seitdem nichts mehr gesehen.

Katrin lag still auf dem Krankenhausbett und starrte stumm unter die Decke. Alexa hatte auf ihrem Bauch und ihren Oberschenkeln einen Berg Frauenzeitungen ausgebreitet und blätterte in einer davon lustlos herum. Keine der Reichen und Schönen schien ihre Aufmerksamkeit länger binden zu können, als es brauchte, um einfach weiterzublättern.

Olivia hatte bis vor wenigen Sekunden ununterbrochen geredet, Scherze gemacht und, ohne Luft zu holen, den schönen Herbsttag gelobt. Sie war ans Fenster getreten und hatte Katrin den Park beschrieben. Und die vielen Mütter erwähnt, die alle es geschafft hatten. Genauso wie Katrin es schaffen würde.

Katrin hörte sich das schweigend an und bewegte sich nicht, um in ihrem Unterleib das zu beschützen, das da vielleicht mit unfassbar viel Glück doch noch entstehen könnte.

Es hatte Komplikationen gegeben. Blutungen. Nun warteten sie auf die Ergebnisse. In regelmäßigen Abständen piepste eines ihrer Handys. Es war Katrins Mann, der fragte, ob es endlich Neuigkeiten gab. Er war beruflich unterwegs und litt so sehr, dass Marie sich fragte, wie er das aushalten konnte.

Nun schwieg Olivia erschöpft, kam zurück zum Bett und ergriff erneut Katrins Hand. Die Langeweile des Wartens auf die

Untersuchungsergebnisse war schlimmer als eine böse Gewissheit, dachte Marie. Aber es konnte sie nicht trösten.

Marie saß am Fußende des Bettes und malte mit ihrem Zeigefinger Muster in die weiche Decke. Sie schämte sich, dass sie nicht in der Lage war, etwas Vernünftiges zu sagen. Seit Wochen war sie keine Hilfe.

Sie hätte die gute Chance für eine erfolgreiche Befruchtung erwähnen können, von der Alexa und Olivia gewöhnlich zu schwärmen begannen, seit der Einsetzung der beiden Embryonen in Katrins Unterleib. Und dass alle Frauen mal Blutungen bekamen während einer Schwangerschaft. Dass das nichts bedeuten musste.

Katrin hatte sich durch alle Stationen ihres persönlichen Schmerzensweges gekämpft. Sie hatte diese entsetzlichen Behandlungen über sich ergehen lassen, da der erste Versuch ein Misserfolg gewesen war. Und nun sollte das alles umsonst gewesen sein? Nach so viel Hoffnung?

Katrin schien nervlich am Ende. Und ihre Freundinnen litten stumm mit ihr.

»Wann kommt denn endlich der Arzt zurück!«, keifte Alexa die Tür an.

Die Erschaffung eines Menschen war ein Kraftakt, nun waren seit vierzehn Wochen zwei Embryonen der Mittelpunkt ihres auf Gebärmuttergröße geschrumpften Universums. Sachlich und ohne Selbstmitleid hatte Katrin verkündet, sie habe zwei weitere Embryonen in flüssigem Stickstoff einfrieren lassen, falls dieser Versuch wieder nicht geklappt hatte.

Fehlgeburt. Niemand von ihnen benutzte das Wort, aber es stand so deutlich im Raum, dass alle das Gefühl hatten, es drücke auf ihre Schultern. Es klang ebenso kalt wie hoffnungslos.

Nun musste sie warten. Alexa, Olivia, Marie standen ihr bei. Katrins Mann litt sehr unter der zähen Behandlung und war froh, als die drei Freundinnen ihm versicherten, sie blieben heute bei Katrin, bis die Untersuchungsergebnisse da wären. Und länger.

Marie berührte das Leiden dieses Vaters sehr.

Katrins Gutmütigkeit war einem erschreckend leeren Schweigen gewichen, das Alexa und Olivia schon einige Woche lang tapfer zu überpinseln, zu retuschieren versuchten.

Marie tat es gut, bei ihren Freundinnen zu sein. Diese drei Frauen zu bestaunen, wie sie gemeinsam diesen Weg gingen und es erduldeten, dass Marie mit ihrem albernen Liebeskummer stumm und nutzlos daneben stand.

Was waren denn schon ihre albernen Sorgen gegen das, was Katrin und ihr Mann durchlitten?

Marie verwünschte sich selbst zum hundertsten Mal an diesem Tag, doch sie konnte nichts dagegen tun. Gegen diese Mut- und Kraftlosigkeit in ihr. Ihr Körper fühlte sich bleischwer an, in ihr war ein nicht zu lokalisierender Schmerz, der ihren Körper niederdrückte. Sie konnte kein Buch lesen, keinen Tatort gucken, sie konnte nichts. Das Einzige, was ihr geblieben war, waren ihre drei Freundinnen hier und eine vierte in Diana in ihrer Werkstatt.

Sie alle schaute Marie scheinbar strafend an und hoffte, dass irgendwann in ihrem Gehirn sich eine feste Spange löste und den starren Rahmen aus Liebeskummer losließ.

Der Arzt erschien immer noch nicht.

Alexa atmete tief durch. Sie warf die Zeitung beiseite. Marie hatte an ihr eine Veränderung beobachtet. Seit einigen Tagen hatte sie Ringe unter den Augen, und der Kummer, den sie zeigte, beschränkte sich nicht auf Katrins Situation.

»Ich muss euch was sagen«, begann sie und richtete sich in dem unbequemen kleinen Stuhl auf. »Ich habe vor einer Woche mit Martin Schluss gemacht. Es ging nicht mehr anders.«

Es dauerte etwas, bis die Frauen verstanden, was sie gesagt

hatte. Alexa, die gerne die Coole spielte, begann stumm in diese Reglosigkeit hineinzuweinen.

Katrin richtete sich in ihrem Bett auf, griff nach ihrer Freundin und zog sie stumm neben sich. Obwohl sie nicht sprach, schien das die alte Katrin zu sein. Die, die sofort verstand, wer sich wie fühlte, und, statt viel zu fragen oder unnütze Ratschläge zu erteilen, genau das tat, was notwendig war. Das, was man brauchte, wenn der Liebeskummer einen auffraß. Umarmen. Einfach nur festhalten. Einfach nicht verschwinden in dem Kummer.

Was Marie allerdings entsetzte, war Olivias Reaktion.

Olivia war kreidebleich geworden. Sie richtete sich langsam in ihrem Stuhl auf.

»Ich hole zu trinken. Aus der Cafeteria«, flüsterte sie, verharrte einen Augenblick, legte ihre Hände auf Alexa und Katrin, dann wandte sie sich um. Sie schien zu schwanken. Mühsam zog sie die schwere Krankenhauszimmertür auf. Was war mit ihr los?

Sie war doch die Starke, die Anführerin! Sie hielt Männer aus tiefstem Herzen für nette, amüsante Trottel, um die man sich nur wenig bemühen musste, damit sie das taten, was sie sollten. Olivia war es doch, die keinen Sinn für Liebeskummer hatte. Zumindest nicht für eigenen, nur für den ihrer Freundinnen.

Marie sah ihr mit einer Mischung aus Angst und Entsetzen nach. Die beiden anderen schienen es nicht zu bemerken.

Marie ging hinaus.

Olivia lehnte im Flur gegen die Wand. Als sie bemerkte, dass Marie ihr gefolgt war, versuchte sie sich an einem Lächeln.

»Was ist mit dir, Oli?«

»Nichts ist mit mir. Was soll sein?«

»Geht es dir nicht gut?«

»Sicher, bin gesund wie ein Esel.«

»Du meinst wie ein Pferd?«

»Sicher, auch wie Pferd. Und Kuh und Schaf. Egal. Gesund.«

Marie hatte nie verstanden, wie Olivia es bei ihren gewaltigen Absätzen zuwege brachte, derart schnell gehen zu können. Sie folgte etwas außer Atem ihrer großen Freundin schweigend bis in die Cafeteria. Sie kauften Schokoriegel und Kaffee.

»Oli? Sag, geht es dir nicht gut? Du bist ganz blass. Komm, setzen wir uns einen Moment.« Marie wusste, dass es Katrin in Panik versetzen musste, würde sie Olivia so sehen.

»Wie soll es mir gehen?« Olivia setzte sich, legte ihre Tasche zur Seite und thronte wie eine Königin auf den Plastikstühlen der trostlos-reinen Cafeteria. Ein junger Mann saß unweit von ihnen und starrte eine leere Tasse an.

»Alles gut, Marie.«

»Nichts ist gut. Oli. Du bist doch unsere Starke. Wir brauchen dich.« Marie strich ihrer Freundin über den Arm.

»Ja, ich bin stark. Macht euch keine Sorgen. Ich bin da.« Es sah aber ganz und gar nicht danach aus. Olivia zerknüllte das Papier des Schokoriegels und sah sich hungrig nach der Verkaufstheke um.

Marie gab nicht auf. »Hey. Oli! Ich mag es gar nicht, wenn du so bist.«

Olivia drehte sich unwillig zu Marie um. In ihren sonst so klaren, ja oft strengen Augen zeigten sich Angst und Mitgefühl. Mehr noch. Da war schreckliche Trauer. Aber das, was am deutlichsten zu erkennen war, war Hilflosigkeit.

Olivia war hilflos. Ein Zustand, der ihr nicht behagte, weil sie ihn nicht kannte. Nie war sie hilflos. Sie fand Auswege, wo es eigentlich keine gab, nahm nie eine Niederlage hin, nahm alles auf sich und konnte schimpfen wie ein Rohrspatz, wenn sie wütend war. Diese wortgewaltige Eigenschaft schien sie stets zu erfrischen wie eine prickelnde Dusche.

»Heilige Mutter Gottes. Versteh doch, Schätzchen. Alexa jetzt auch. Ich kann das nicht aushalten, Marie!«, flüstere Olivia entsetzt. »Ich schaff das nicht mehr. Katrin ist unfassbar tief in ihrem Kummer versunken. Wenn sie nicht schwanger sein kann, ich weiß nicht, was dann ist ... Und dann du. Himmel, was tut mir das leid, mit Jakub und dir. Das geht mir schrecklich nah. Und jetzt auch noch Alexa. Das ist zu viel. Auch für eine starke Person wie mich.«

Olivia hatte Maries Hand gegriffen und drückte sie so fest, dass es weh tat.

»Warum hat Alexa denn nur Schluss gemacht? Martin würde sie nie betrügen!« Marie wollte wenigstens eine ihrer Freundinnen retten.

»Er hat Ultimatum gestellt. Er hat gesagt: Heiraten oder Schluss.«

»Aber warum macht er das nur? Es ist so egal, ob man heiratet! Man muss doch nur zusammen sein!«

Olivia lachte über Maries Ausbruch.

»Ja, du weißt und ich weiß. Aber Martin nicht. Er will endlich Zeichen, dass er zu Alexa gehört. Sie ist selbst schuld. Ich kann nicht helfen. Ich bin dafür nicht gut. Alexa schiebt ihn weg. Immer und immer wieder. Obwohl sie ihn liebt.«

Marie nickte.

»Du musst helfen, Marie.«

»Ich? Wie kann ich helfen? Ich bin die Schwächste von uns. Du bist die Stärkste. Wenn du nicht weiterweißt, wie dann ich, Oli?«

Olivia nickte.

»Ja, Marie. Das bist du. Schwach. Du bist zu schwach für Gefühle, die falsch laufen. Zu sensibel. Ich mag es.« Olivia klopfte ihr auf die Hand, als wäre es beschlossene Sache. Marie runzelte die Stirn.

»Was hat das zu bedeuten?«

»In Gruppen, wo alle Kummer haben, kann der Starke nichts machen. Du musst alle retten.«

»Oh nein, Oli! Ich? Ich kann da nicht helfen. Die arme Katrin! Das braucht Zeit und Medizin und Glück und, keine Ahnung, Schicksal! Und Alexa, ich weiß nicht, wie man Alexa erklären kann, dass sie Martin immer weh tut, wenn sie ihn wegschiebt. Keine Frau darf sich wundern, wenn der Mann dann irgendwann so verletzt ist, dass er wegbleibt. Er versucht nur, den Schmerz für sich erträglich zu halten! Sieh mich an, Oli. Ich bin so oft von Jakub weggeschoben werden, ich kann einfach nicht mehr.«

Olivia nickte, dann schüttelte sie den Kopf.

»Ich hätte einfach nicht lügen dürfen, das war der Punkt. Ich weiß.«

»Unsinn, Schätzchen, die Welt will belogen sein! Und Constantin hast du auch erfolgreich belogen, der hat sich nie beschwert oder?«

»Wieso habe ich Constantin belogen?«

»Na, du hast ihn angelogen, du hast getan, als würdest du ihn nicht lieben. Immer so getan, als sei es egal. Währenddessen ist dein Herz vor die Hühner gegangen.«

»Vor die Hunde.«

»Da auch. Siehste, ich habe recht.«

»Ich kann nicht mehr um Jakub kämpfen. Das ewige Hin und Her. Nein. Ich gebe auf.« Marie nahm Olivia einen Schokoriegel weg.

»Doch. Du kannst.«

»Nein. Nicht nach der langen Zeit ohne ein Wort von ihm. Nein.«

»Doch, du musst.«

»Warum? Warum sollte das Katrin und Alexa nützen?«

»Wenn der Schwächste in der Gruppe es schafft, wissen andere, dass sie es auch schaffen.«

»Nein. Himmel! Oli, von welcher sozialistischen Ehrenmedaille hast du denn den Unsinn?«

»Das. Ist. Das. Leben.«, zischelte Olivia.

Marie nickte. Olivia war stärker als sie. Auch im Streiten.

»Marie. Versprich mir. Wirst du um Jakub kämpfen?«

»Ich weiß nicht, wie.« Marie war erstaunt, dass sie zum Kampf eigentlich längst wieder bereit war, aber nicht wusste, was sie als Erstes bekämpfen sollte.

»Aber wirst du kämpfen?«

»Oli, du weißt, ich würde alles für dich tun, aber das mit Jakub ist vorbei. Aber ich verspreche dir, wegen der blöden Rasenfeld, da leg ich mich jetzt richtig ins Zeug, ja? Vielleicht lenkt das Katrin und Alexa etwas ab, ja?«

»Und wer kämpft für dich?«

»Ich hab doch euch.«

Die Tür flog auf, und Katrin stand in der Cafeteria.

»Alles in Ordnung! Alles in Ordnung! Die beiden Kleinen sind immer noch da und entwickeln sich gut! Alles in Ordnung, alles in Ordnung!«

»Wir sind immer noch schwanger!«, rief Alexa hinter ihr und rieb sich die Tränen aus dem Gesicht.

Sie rannten auf Marie und Olivia zu und warfen sich in ihre Arme. Die Frauen brachen in Tränen aus. Es war Erleichterung, aber darunter gemischt war auch ein guter Teil tiefe Traurigkeit.

Katrins Embryonen kämpften tapfer weiter. Jeden einzelnen Tag. Sie wollten leben.

Es war ein kalter, trockener Spätherbsttag. Die drei Frauen hatten sich im Buchladen getroffen und dekorierten das Schaufenster. Das war etwas, was sie unfassbar gerne zusammen machten, und wie immer hatten sie dabei einen Heidenspaß.

Die Stimmung war nach langen Tagen und Wochen der Düsterheit endlich mal ein kleines bisschen besser. Vielleicht lag es an dem Sonnenschein und den bunten Blättern an den Bäumen. Doch das Thema Babys und Männer wurde konsequent ausgeklammert. Als schienen sie sich davor zu fürchten.

Da klingelte Maries Handy. Es war Herr Boddensen.

»Frau Gabbai will nicht mehr!«, brüllte er, als hätte man ihm alle Beine ausgerissen.

»Bitte?«

»Das arme Fräulein will nicht mehr. Und ich liege in diesem Scheißkrankenhaus und kann nicht helfen! Aua!« Marie hörte im Hintergrund Anweisungen eines Pflegers.

»Ist das Boddensen? Was sagt er?«, fragten Maries Freundinnen aufgeregt dazwischen. Marie hielt das Mikro an ihrem Handy zu. »Boddensen hat ›scheiß‹ gesagt!« Der Weltuntergang musste kurz bevorstehen. Oder etwas Vergleichbares.

»Herr Boddensen, ich stelle auf Freisprechen, meine Freundinnen sind hier! Hören Sie?«

Der Lehrer diskutierte minutenlang mit jemand darüber, dass das Telefonat notwendig sei, da es seine Genesung beschleunige. Aber seine Argumente wurden mit einem barschen Befehl ausgehebelt.

»Ich darf nicht telefonieren. Können Sie kommen? Es ist ein Notfall. Bitte.«

Die vier fuhren zum Krankenhaus.

Auf der Rückbank von Alexas Kombi saß Katrin, die sich quer durchs Auto stritt mit Olivia, die auf dem Beifahrersitz saß. Und zwar darüber, dass Katrin lieber im Bett bleiben sollte. Und sowieso zu dünn angezogen sei und sich schonen müsse. Alexa, die den großen Wagen durch Berlins Nachmittagsverkehr steuerte, keifte vor sich hin: »Weg da, du Blödmann. Runter von der Straße!« Lebensmüde Verkehrsteilnehmer vollführten undurchsichtige Manöver, andere parkten, ohne zu blinken, urplötzlich in zweiter Reihe, so dass Alexa fast einen Auffahrunfall verursachte.

Die Stimmung war mal wieder im Keller.

Müllautos verstopften Seitenstraßen, und Falschparker verstopften Durchfahrten. Ältere Damen liefen, ohne nach rechts und links zu schauen, über die Straße, und Radfahrer jagten durch den ganzen Trubel munter hindurch. Dazwischen Hunde.

Marie wurde allein schon beim Anblick des Fahrradweges tieftraurig. Sie hatte tapfer versucht, sich all die Wochen nichts anmerken zu lassen. Außer drei völlig herzlosen »Tagchen« im Treppenhaus hatte sie nicht mehr mit Jakub gesprochen. Sie hatte bei ihm geklingelt. Beim ersten Mal hatte sie gehört, wie er hinter der Tür stand und sich nicht dazu hatte durchringen können, ihr zu öffnen. Beim zweiten Mal hatte Marie nicht mal mehr gewagt, seine Klingel zu betätigen. Hatte nur still vor seiner Tür gestanden und war verzweifelt. Beim dritten Mal war sie schon beim Anblick seiner Wohnungstür gescheitert und hatte sich heulend umgedreht.

Als sie hörte, dass Adam eine Erkältung habe und nicht zur Schule gehen könne, hatte sie in einer Apotheke ein Erkältungsbad und eine Wärmflasche in Form eines Teddys gekauft und beides vor seine Tür gestellt. Sie hatte »Für Adam« daraufgeschrieben, aus Angst, ihre Liebesgabe würde sonst zurückgewiesen.

Später, als Adam wieder gesund war, dankte er ihr leise und mit traurigem Blick.

Die Fahrt der drei Freundinnen zum Krankenhaus entwickelte sich zu einem lauten Wortgefecht. Marie hielt sich kurzerhand die Ohren zu. Die Tage waren nun kürzer und kälter. Marie trug eine Seemannsjacke und Olivia weißen Kunstpelz. Alexa trug einen hellbraunen Ledermantel, in dem sie aussah wie eine Spitzenagentin, und Katrin trug zu ihrer weiten Regenjacke eine Bommelmütze. Es war bei dieser Verpackung nicht auszumachen, ob ihr Bauch sich langsam wölbte.

Das Laub lag bereits auf den Straßen, und Katrin ermahnte Alexa mehrmals, nicht zu schnell zu fahren, denn nasses Laub könne glatt sein.

»Halte du dich mal da raus. Du machst mir genug Sorgen. Da brauche ich nicht noch Ermahnungen von dir!«, keifte Alexa über den Rückspiegel nach hinten, nachdem sie eine Vollbremsung wegen eines Busses vollführt hatte.

»Was soll das denn heißen? Kümmere dich doch einfach mal um deine Sachen! Du bist ja nur sauer, weil dein Leben schon fast zu zuckersüß verläuft! Zwei tolle Söhne! Mann! Und einen süßen Lover hattest du, den du in die Wüste geschickt hast. Was hast du schon für Probleme? Du machst dir ja nur selbst welche!«

Und schon war wieder der schönste Krach entstanden. Alexa und Martin waren nun endgültig getrennt und Alexas Laune die mieseste überhaupt. Neben ihr wirkte Darth Vader wie ein freundlicher Wonneproppen.

»Da, der Parkplatz von dem Krankenhaus!«, wies Olivia an, doch auch das machte Alexa nur noch mürrischer.

»Blödsinn! Ich fahr auf den nächsten, damit Madame nicht so weit gehen muss!«, rief sie trotzig und fuhr fast zwei gehbehinderte Patienten über den Haufen. Dann bog sie auf den zweiten Parkplatz ein. Es war kein Stellplatz frei. Sofort wurde gezankt.

»Hättest du mal den anderen genommen!«

»Der andere war noch viel voller!«

»Voller als voll?«

»Halt du dich da mal raus!«

Endlich fand Alexa einen Platz.

»Du fährst grottig, Alexa. Viel zu aggressiv!«, zischelte Katrin.

»Dann bleib doch endlich zu Hause. Die ganze Zeit läufst du herum, als würdest du Nitroglyzerin transportieren. Was glaubst du eigentlich, was der riesige Aufwand sollte mit den beiden Befruchtungen? Wenn das wieder nicht klappt, dann ...!«

Marie hielt die Luft an. Sie fand es grausam, diese Möglichkeit auch nur zu erwähnen. Olivia versuchte noch einen Moment zu schlichten, aber kurz vor dem Haupteingang zog Alexa einen Mundschutz aus der Handtasche und hielt ihn Katrin vor die Nase: »Hier, du musst das anziehen, sonst nehme ich dich nicht mit.«

»Wie war das?«, keifte Katrin.

Jetzt brach ein wahrer Sturm los.

»Wegen der Krankenhauskeime!«, brüllte Alexa und hielt den Mundschutz hoch.

»Auf gar keinen Fall! Du spinnst ja!«, brüllte die sonst so sanftmütige Katrin zurück.

Katrins Zustand war zwar zufriedenstellend, aber über ihnen schwebte noch immer diese Angst. Alle waren gereizt und verängstigt. Jeden Moment konnte es eine Katastrophe geben. Und niemand wusste, wie man das am besten verhinderte. Lieber im Bett liegen (bis Katrin vollends wahnsinnig wurde?)? Lieber normal weiterleben (bis die anderen drei komplett durchdrehten?)? Was also tun?

Katrins Ausgeglichenheit war fort. Sie regte sich schnell auf und sah die Welt nicht mehr so rosig. Marie vermisste ihre positive Art. Vielleicht aber lag es auch nicht an der Schwangerschaft, sondern an Alexas und Olivias überbordendem Beschützerinstinkt. Marie sah den Fahrradfahrern hinterher. Sie war nicht in der Lage, zu streiten, denn dafür hätte man Kraft und Klarheit der Gedanken aufbringen müssen.

Mittlerweile war das Gezeter ihrer Freundinnen so laut, dass sicher bald Wachpersonal kommen würde. Wie letztens im

Kino. Auch da hatten sie gestritten. Doch heute war es schlimmer.

»Ich will dich echt nicht mehr sehen!«

»Ich dich auch nicht!«

»Ihr nervt mich alle!«

Marie spürte Wut in sich aufsteigen. Konnten sie nicht einfach mal Ruhe geben? Sie blickte Olivia hilfesuchend an, und was sie sah, war ein Schock.

»Hört auf!!! Sofort! Seht ihr nicht, was ihr angerichtet habt?«, brüllte Marie. Und tatsächlich. Das, was die Streithühner angerichtet hatten, war kaum wiedergutzumachen. Katrin und Alexa waren augenblicklich tief getroffen und verstummten sofort.

Olivia weinte.

Keine der drei hatte sie jemals weinen sehen. Alexa ließ den Mundschutz in der Tasche verschwinden, Katrin hakte sich vorsichtig bei Olivia ein.

»Tut uns leid. Wir sind etwas anstrengend, was?«

Olivia nickte.

»Hey, Oli, wir sind so. Das weißt du doch.«

»Alles gut«, sagte Alexa vorsichtig.

Olivia nickte. Schüttelte dann aber den Kopf.

»Doch. Guck, alles vergessen. Es ist bestimmt nur das Wetter«, versuchte Katrin die Sache runterzuspielen.

Olivia schüttelte heftiger den Kopf. »Ich halte das nicht mehr aus mit euch. Das ist zu viel.«

»Aber, aber ...«, stotterte Alexa, und Katrin stotterte aus Verzweiflung mit.

»Es ist wirklich ein bisschen viel mit euch Zicken«, sagte nun auch Marie. »Alexa mit Martin. Und dann Katrin, um die wir uns wahnsinnig Sorgen machen. Müsst ihr dann auch noch bei jeder Kleinigkeit in die Luft gehen?«

»Und bei dir?«, retournierte Alexa scharf, aber es tat ihr

sofort leid, als sie sah, welchen Schaden sie bei Marie damit angerichtet hatte. »Tschuldigung, so meinte ich das nicht, Marie. Ich finde bloß, dass du mehr um Jakub hättest kämpfen können. Er hat doch alles Recht der Welt, sauer zu sein.«

Das Thema hatten sie schon gefühlte hundert Jahre nicht mehr angeschnitten. Jetzt traf die bloße Erwähnung seines Namens Marie in die Magengrube.

Sie schwiegen, starrten auf ihre Stiefelspitzen und sagten nichts. Nach einer Weile öffnete Olivia ihre Tasche und verteilte Lakritz. Artig nahm jede eines und steckte es sich in den Mund.

»So. Wir konzentrieren uns jetzt auf das Fräulein. Klar? Vielleicht bringt uns das in die Spur. Gabbai und Boddensen und unsere Kinder. Nur dieses eine Projekt. Versaut es nicht!«

»Okay«, murmelte Marie.

»Lauter.«

»OKAY!« brüllten Marie und Alexa. Sie lächelten etwas, als sie sahen, dass Olivia darüber schmunzeln musste.

»Nieder mit der Rasenfeld!«, rief Katrin plötzlich.

»Ja, Kampf der fleischgewordenen Wurfprämie!«, rief Alexa und versuchte Olivia damit zu einem richtigen Lächeln zu bewegen.

»Na, Privatpatient, natürlich!«, meckerte Alexa, als die vier das Krankenzimmer des Klassenlehrers ihrer Kinder betraten. Herr Boddensen trug einen gestreiften Pyjama, aber was viel irritierender war: Sein rechtes Bein hing quasi mit Schnüren an der Decke. Als er die vier Frauen bemerkte, zog er sich die Lesebrille von der Nase und versuchte, sich an einem Griff über seinem Kopf irgendwie aufzusetzen, was ihm aber offensichtlich Schmerzen bereitete.

»Oh, Sie sind schon da. Aua. Ich hatte gedacht ...«

»Sie haben um Hilfe gerufen, und wir kommen sofort. Ganz klar.«

Olivia setzte sich an das Bett des schwer beschädigten Pädagogen, beäugte das Buch, das er las, und reichte es an Alexa weiter.

»Ilias. Respekt!«

»Sie will aufgeben«, seufzte er.

»Das darf doch nicht wahr sein. Die Rasenfeld, stimmt's?« Alexa lächelte schief.

»Erst die Unterschriftenliste ...« Er atmete bei dem Gedanken an diese überstandene Gefahr tief ein und aus. »Danke noch mal dafür. Elegant gelöst.«

»Und was kommt jetzt?«, fragte Alexa, die mit so ziemlich allem zu rechnen schien.

»Das wird immer verworrener. Ich habe das Gefühl, die Rasenfeld macht das nur, um zu gewinnen. Das hat doch gar keinen Sinn. Und ich sitze in diesem Bett und kann nichts tun.« Er war das personifizierte Häufchen Elend. Wenn sich das Elend ein Bein brechen konnte, zumindest.

»Dafür sind wir ja nun da, oder?«

Herr Boddensen blickte jede der vier intensiv an. Er schien abschätzen zu wollen, ob das, worum er sie nun bitten würde, auch entsprechend umgesetzt würde.

»Sollen wir es wie einen Unfall aussehen lassen?« Olivia klimperte mit ihrem Schlüssel, als wäre er ein Klappmesser und sie James Dean.

»Sie sind so tapfer, meine Damen. Wahre Amazonen! Aber ... ob Sie das auch so elegant lösen können? Ich weiß nicht. Und ob ich Sie darum überhaupt bitten kann.« Er machte eine Pause. »Es geht um den Test.«

»Was für einen Test?«

»Wahrscheinlich einen Test, ob die Rasenfeld noch alle Tassen im Schrank hat«, schlug Alexa vor.

»Hat sie nicht. Setzen. Test fertig.«

Auf Herrn Boddensens Lippen zeigte sich kurz ein Lächeln.

»Ich muss dafür etwas ausholen, setzen Sie sich doch bitte alle.« Er hatte ganz klar seine Pädagogenstimme herausgekramt. »Also. Das Konzept von Fräulein Gabbai ist ein ganz wundervolles. Ich möchte sagen, sie ist ein aufgehender Stern am Pädagogenhimmel. Gruppenarbeit, nichtzentrierter Unterricht. Sie verstehen? Psychodynamisch! Werksinn gegen Minderwertigkeitsgefühl. Die Kinder bekommen ein wunderbares, positives Leistungsselbstbild.« Er machte eine Pause und strahlte. Aber nur kurz. Er musste bei einem Blick auf die vier einsehen, dass die nicht die leiseste Ahnung hatten, wovon er sprach.

»Ähem«, räusperte er sich. »Ich fange mal von vorn an. Der Senat von Berlin hat beschlossen, an allen Berliner Grundschulen im Januar einen freiwilligen Test durchführen zu lassen. Wegen der PISA-Studie. Sie verstehen? Berlin schneidet immer unsagbar schlecht ab. Nun will der Senat herausfinden, ob es daran liegt, dass die Kinder bereits in der ersten Klasse nicht genug lernen, und ob man da nachbessern muss.« Es klang nicht, als ob er das für sinnvoll hielt. Und richtig. Er schüttelte eine Weile den Kopf.

Die vier sahen den Mann sprachlos an.

»Ist der Test Pflicht?«

»Nein, wie gesagt: freiwillig. Aber das ist so eine Sache mit der Freiwilligkeit. Nun, das will ich erklären: Es gibt eine große Pressekampagne deswegen, bald ist Wahl. Und natürlich weiß jeder in Berlin, dass der Test kommt.«

»Und?«

»Es ist im Grunde nicht möglich, die Option einer Weigerung ins Auge zu fassen.«

»Heißt?« Alexa brachte ihre Ratlosigkeit auf den Punkt.

»Er ist freiwillig, aber alle sind quasi moralisch gezwungen, ihn zu machen.«

»Sind Pädagogen alle so?«, flüsterte Olivia und ließ den Boddensen nicht aus den Augen, als könnte er sich in einem Anfall von Wahn in eine weiße Eule verwandeln.

Marie und Alex nickten nachdenklich.

»Verstehen Sie, meine Damen? Das Konzept von Fräulein Gabbai ist erst mal gegen Zensuren. Gegen Selektion. Gegen Tests. Es ist für Vermeidung eines Gefühls der Unzulänglichkeit. Die Kinder sollen das Gefühl grundlegend entwickeln, nützlich zu sein und nützlich zu werden. Ein Werkstück von vorn bis hinten zu können. Sehen Sie, das Erlernen des Alphabets ...«

Alexa stöhnte auf. »Nicht das! Ich finde nämlich, man sollte die Kinder nicht erst mal falsch schreiben lassen«, schimpfte sie.

Herr Boddensen öffnete den Mund und atmete tief durch. Dann sagte er mit einem Hauch Sturheit, die ihm gut stand: »Fräulein Gabbai möchte den Test nicht durchführen. Sie weigert sich. Aber ich denke, es muss sein! Sie muss sich beweisen! Und vor allem bloß keine Angriffsfläche bieten für Frau Rasenfeld!«

Offenbar hatte er diese Diskussion bereits hundertmal geführt, und niemand schien ihm zugehört zu haben.

»Vertrauen Sie uns Lehrern doch bitte, meine Damen. Kinder brauchen Zeit. Bildung ist was ganz Wundervolles und Zerbrechliches. Das ist nichts, das man hochmauern kann wie eine Wand. Nun. Was ich also sagen will: Dieser besagte Test läuft diametral zu den Lernzielen von Fräulein Gabbai, und deshalb ...«

Olivia begann unruhig zu werden und zog eine Dose Schokokekse aus ihrer Tasche. Sie verteilte sie, auch Herr Boddensen bekam einen, während er unbeirrt weiter die verschiedenen Lerntheorien beschrieb. Er schaffte es, auch mit vollem Mund tadellos zu sprechen. Und er war der Einzige, der nicht krümelte.

»Aufhören«, stöhnte Olivia, als die Dose leer war. »Sagen Sie einfach, was wir tun sollen.«

Der Lehrer verstummte. Alexa seufzte, zuckte mit den Schultern. »Von mir aus. Ich mach mit.«

Marie nickte zustimmend. Sie würde alles tun, Hauptsache, nicht nachdenken über Jakub. »Ich auch.«

Katrin hätte alles getan, nur um IRGENDWAS zu tun. Sie nickte begeistert. »Sagen Sie, was wir machen sollen!«

Boddensen war einen Augenblick sprachlos vor Dankbarkeit. »Ah. Gut. Sie sind wunderbar, meine Damen. Frau Gabbai darf nicht weg! Gehen Sie hin zu ihr, und waschen Sie ihr den Kopf. Schimpfen Sie mit ihr. Ja, sagen Sie ihr, sie sei ein Feigling!«

»Bitte? Das Fräulein ausschimpfen?«

»Das Fräulein ein Feigling?«

»Wie reden Sie denn von ihr! Sie ist zauberhaft!«

»Nein. Ich bin sauer mit ihr.« Das war er nicht. Aber es sah beeindruckend aus, wie er, gekleidet in einen Pyjama, mit hochgezogenem Kinn und einem in die Höhe gestreckten Bein, Autorität zum Ausdruck bringen konnte.

»Weil sie so dickköpfig ist!« Er verschränkte die Arme vor der Brust und zog eine Schnute.

»Sie sind ja echt wütend, Herr Boddensen!«

Die vier sahen den Pädagogen irritiert an.

»Ich bin nicht wütend – ich bin nur sehr, sehr enttäuscht.«

»Oh. Aha.« Alexa biss in einen Schokoriegel, und eine Weile hörte man in dem Zimmer nur ihr Kauen.

»Ich kapier es immer noch nicht ganz«, flüsterte Katrin.

»Mann, das ist doch klar. Die soll einen Test machen, damit sie zeigt, wie gut sie ist. Aber sie will nicht, weil die Kinder keine schrecklichen Tests machen sollen, weil das die Kinder in ihrer Entwicklung ... keine Ahnung ... frustriert oder so. Stimmt's?«, sagte Alexa.

Alle sahen auf den Kranken.

»Und? Stimmt das?«, fragte Marie nach.

»Sie will weglaufen. Ich erlaube das aber nicht.« Der Lehrer war sich plötzlich klar, wie das klingen musste. »Aus pädagogischen Gründen natürlich. Nur deshalb.«

»Will das Fräulein wirklich richtig weg? Zu einer anderen Schule? Wegen des Mobbings? Und des Tests?«

Boddensen nickte bekümmert.

»Das Fräulein meint also, der Test verläuft nicht gut?«

»Wahrscheinlich nicht, aber das heißt nichts. Ihr Schwerpunkt sind noch nicht die Zensuren, sondern erst mal das Lernen an sich. Die Kinder sollen das Lernen lernen, wie erkläre ich das bloß?«, fragte Herr Boddensen mit wenig Überzeugung.

»Wann genau haben Zensuren eh mal was ausgesagt«, sagte Marie knurrend und bekam dafür ein Kaugummi von Olivia.

»Das Fräulein ist bei den Kindern superbeliebt! Wie bei Astrid Lindgren kommt mir das so vor«, sagte Katrin begütigend.

Herr Boddensen nickte stolz. »Ja, sogar bei den Kindern der Eltern, die sich gerade so über sie aufregen. Die Kinder werden selbständiger. Lernen immer besser und schneller. Großartig. Haben Sie mal einen Unterricht von Fräulein Gabbai erlebt? Sie ist mehr eine Moderatorin als eine Vorbeterin. Die Kinder helfen sich gegenseitig. Das Konzept des jahrgangsübergreifenden Unterrichts in seiner vollen Pracht. Es wirkt im ersten Jahr so, als machten sie nur wenige Fortschritte, umso schneller geht es dann später voran!«

»So was kommt aber immer auch auf den Lehrer an, oder?«

»Ja. Und deshalb müssen wir Fräulein Gabbai unbedingt halten. Bitte. Sagen Sie ihr, sie soll bleiben und den Test über sich ergehen lassen. Die Rasenfeld besteht auf dem Test. Daher will Fräulein Gabbai die Schule leider auch wechseln, aber sie muss nur durchhalten. Qualität setzt sich durch. Man muss etwas Vertrauen und Geduld haben. Und manchmal muss man nachgeben, wenn man sich durchsetzen will.«

»Wie immer mit Kindern«, nickte Marie.

»Wir schaffen das schon, Herr Boddensen«, sagte Katrin, und ihre Freundinnen schauten sie zweifelnd an, nickten dann aber.

Die vier waren sich ziemlich sicher, dass das letzte ihrer Projekte nun komplett den Bach runtergehen würde.

Ein junger Mann öffnete und war nicht wenig erstaunt, als er vier Frauen mit vier Kindern vor sich sah. Alexa und Olivia waren je mit zwei Flaschen Rotwein bewaffnet. Katrin und Marie trugen Kuchen.

»Ja, bitte?«

»Wohnt hier das Fräulein? Wir würden gerne mal mit ihr sprechen?«

»Wer?«

»Na, das Fräulein!«

»Sie meint Frau Gabbai.«

Marie stupste Florian und Agata an, die selbstbewusst in die Wohnung traten und anfingen, Jacken und Schuhe auszuziehen, und nach einem geeigneten Haken fragten, bevor sie den anderen beiden Kindern beim Ausziehen halfen. Der Mann stand sprachlos da und sah zu, wie die acht Fremden plötzlich die Wohnung bevölkerten.

Frau Gabbai erschien. Sie sah aus, als hätte sie einen Schnupfen, aber in Wahrheit hatte sie sich die Augen ausgeheult. Sie wirkte erst etwas erschrocken, als sie noch mehr Mütter auf sich zukommen sah, aber sie ahnte vielleicht beim Anblick von Wein und Selbstgebackenem, dass diese hier in Frieden kamen.

»Grüße von Herrn Boddensen.«

»Oh. Hallo. Was, ähem, was kann ich für Sie tun?«

»Schöne Wohnung!« Olivia schob Frau Gabbai dezent in ihr Wohnzimmer. Der junge Mann, offenbar der Lebensgefährte, blieb hochgradig verwirrt. Marie lächelte ihm etwas peinlich berührt zu und reichte ihm dann ihre Jacke.

»Können Sie mal kommen, junger Mann? Aufmachen«, rief Alexa aus der Küche und hielt ihm eine Rotweinflasche entgegen. Marie fragte sich plötzlich, warum Martin so sehr in Alexa verliebt war. Dieser barsche Befehlston! Das musste doch schrecklich traurig sein!

Der junge Freund von Frau Gabbai schien allerdings ganz angetan von dieser weiblichen Strenge.

»Gerne! Warten Sie.«

Marie betrat das Wohnzimmer, wo es sich die anderen bereits gemütlich gemacht hatten. Agata und Florian fragten nach Spielzeug, das in diesem Haushalt offenbar reichlich vorhanden war. Dann waren alle im Wohnzimmer auf Fußboden und Sofas verteilt und sahen erwartungsvoll Frau Gabbai an. Sie trug einen dicken, weiten Pullover, eine gemütliche Jogginghose und die Haare etwas nachlässig hochgesteckt.

»Ähm. Wie geht es Herrn Boddensen.«

»Er ist irgendwie festgebunden.«

»Sie sollten ihn mal besuchen.«

»Ganz liebe Grüße!«, seufzte Katrin und machte vielleicht aus dem trockenen, sehr höflichen Gruß mehr, als er ursprünglich in Auftrag gegeben wurde.

»Ja. Äh. Ich weiß nicht, ob der das möchte. Ich fürchte, ich bin eine Enttäuschung für ihn. Er ist immer so nett und ich ...«

»Lisa geht nicht mehr gerne aus dem Haus. Da kann immer diese Fregatte auftauchen!«, sagte der junge Mann, und Alexa lachte schallend. Es war keine Frage, wen er damit meinte.

»Fregatte Rasenfeld!«

»Aber was kann ich denn nun für Sie vier, ähem, acht

tun?«, fragte Frau Gabbai schließlich, als sie den Kuchen und den Wein einige Minuten sprachlos betrachtet hatte.

Marie übernahm es, dem Fräulein alles zu erklären.

Warum die vier plötzlich so viel in der Schule waren.

Warum die vier im Unterricht halfen.

Warum die vier überhaupt Grüße von Herrn Boddensen überbrachten.

Als Frau Gabbai schließlich erkannte, dass Herr Boddensen ihr offenbar die vier gesandt hatte, schluckte sie gerührt und trank ihr Rotweinglas in einem Zug aus.

»Es geht um den Test«, sagte Marie schließlich. Das Fräulein wirkte sofort angespannt und schüttelte den Kopf.

»Ja, und den mache ich nicht. Und gekündigt habe ich auch schon heute Morgen. Mündlich. Das ist ganz und gar gegen mein pädagogisches ...«

Olivia schnitt ihr das Wort ab. »Oh, danke, das Pädagogen-Blabla hatten wir schon. Danke. Wir sind nicht hier, weil wir verstehen wollen, WAS das alles heißt, sondern wir sind eher die Macker.«

»Macker?«

»Olivia meint Macher. Wir wollen nur dafür sorgen, dass Sie in der Schule bleiben und im Januar den Test machen. Wir stehen Ihnen bei.«

»Und der Boddensen mit ganzem Herzen! Aber der wird am Anfang des Jahres noch einmal operiert und kann nicht anwesend sein«, sagte Katrin.

»Aber wir.«

»So was von!«

»Sie müssen nur den doofen Test austeilen, liebes Fräulein. Und der Rasenfeld zeigen, dass Sie sich in dieser Sache beugen. Nur in dieser einen Sache!«

Das Fräulein schwankte zwischen Rührung und Unwillen.

»Es ist ja nicht nur der Test. Ich bin nicht bereit, dort noch zu unterrichten. Diese Mütter ...«, resigniert drückte sie ihren Kopf mit einer mädchenhaften Geste in ein Kissen.

Olivia und Marie grinsten sich an. Sie mochten das Fräulein. Von ganzem Herzen.

»Eltern müssen miterzogen werden, ist doch klar. Woher sollen die das denn wissen? Sie wurden doch ebenfalls so erzogen. Wie wir. Frontalunterricht und so.«

»Aber Sie verstehen mich und meinen Unterricht«, klagte das Fräulein in das Kissen und konnte glücklicherweise nicht sehen, dass die vier Frauen lächelnd den Kopf schüttelten. Nein, sie verstanden auch nicht so recht, aber sie hatten Vertrauen.

»Verstehen? Wir? Äh, ja klar! Weil man es uns sehr, sehr lieb erklärt hat.« Katrin lächelte beim Stottern und stellte sich offenbar diverse Verschriftlichungen von Herrn Boddensen mit Inventarnummer vor.

»Wer?«, fragte Frau Gabbai hoffnungsvoll.

»Ihr Chef!«

»Mein Chef?«

»Ach, ich vergesse immer, dass Sie in einer anderen Welt leben«, kicherte Marie. »Ich meine den Herrn Boddensen. Der hat uns alles erklärt.«

»Der ist sicher enttäuscht von mir, oder?«

»Nee, der ist sauer. Auf die Rasenfeld und die anderen.«

»Sauer?« Das Fräulein war von derlei unpädagogischen Emotionen regelrecht geschockt.

Die vier Freundinnen lachten.

»Ich muss Pipi!«, rief Ben. »Ich muss zuerst!«, sagte Florian energisch.

Der Freund von Frau Gabbai zeigte ihnen gutmütig das Klo.

»Sie sind wundervoll«, sagte Katrin und strich der Referendarin über den Arm. »Bleiben Sie, und unterrichten Sie unsere Kinder weiter. Bitte.«

»Ehrlich?«

»Ja, es geht um das Leben unserer Kinder!«, sagte Katrin sanft.

»Ja, bitte.« Marie nickte.

»Ja. Augen zu und durch!« Alexa machte eine resolute Geste und warf fast ein Glas um.

»Ich weiß nicht ...« Frau Gabbai klang deutlich sanfter.

»Test machen, an der Schule bleiben, durchhalten.«

»Durchhalten ist schwer.«

»Wem sagst du das, Fräulein. Aber wir sind ja da. Wir kennen uns aus mit Aushalten.« Marie strich ihr über den Arm. Sie war schon etwas beschwipst. Alexa goss allen (fast allen, Katrin bekam Tee) noch einmal Rotwein ein, Olivia reichte mehr Süßes herum.

»Warum sagt ihr eigentlich immer *Fräulein*?«

»Herr Boddensen sagt das zu dir. Und das ist bezaubernd. Es klingt süß und gleichzeitig respektvoll. Es passt wunderbar zu dir.«

»Dürfen wir dich so nennen, ja?« Marie reichte ihr das Glas, damit alle anstoßen konnten.

»Okay, weil ihr es seid.« Die Gläser klirrten hell. »Ihr seid echt coole Dings, na, Dings, wie heißt das noch?« Das Fräulein war schon betrunken.

»Mütter«, rief Alexa und hickste.

»Genau.«

»Beste Mütter!«

»So ziemlich die besten Mütter!« Die Gläser klirrten.

Katrin war längst eingeschlafen.

Drei Stunden später, Marie lag schon im Bett, rief Constantin an.

»Mary, du beachtest mich zu wenig.«

»Es ist viel los hier.«

»Und was ist mit dem Typ?«

»Er heißt Jakub.«

»Ja, ist egal. Was ist mit ihm?«

»Nichts.«

»Guuuut!«, rief er erfreut aus, räusperte sich dann aber und meinte: »Ich meine natürlich: I am so sorry, Mary!«

Marie musste lächeln.

»Weshalb rufst du an?« Es war nicht zu überhören, dass er im Bett lag und neben ihm jemand (Blond? Brünett? Rothaarig?) mit den Kissen raschelte.

»Wie geht es Florians Schnupfen?«, fragte er.

»Alles gut. Heute war er wieder in der Schule.«

Aber da war noch was. Constantin zögerte.

»Christmas is coming!«

Marie spürte einen Stich ins Herz.

»Ja, und?«

»Und da wollte ich fragen, ob Florian eventuell ...«

Marie schüttelte den Kopf. Nein, das konnte sie nicht, das ging nicht! Das zerbröselte ihr Herz! Sie konnte unmöglich auf Florian an den Weihnachtstagen verzichten. Das wäre zu viel zu ertragen gewesen. Sie schluckte. Weihnachten ohne Florian würde sie nicht überleben, niemals.

»Wir, wir kommen nach München. Sind bei meinen Eltern«, sagte sie schnell, und ihre Stimme klang verzweifelt. Sie hörte schwach seine Enttäuschung am anderen Ende der Leitung, aber er konnte das ebenso gut wie sie verbergen.

»No Problem. Dachte ja nur. Schottland ist wunderbar im Winter.«

Er hatte ja recht. Für ihn war es bestimmt genauso schrecklich wie für sie, sich vorzustellen, unter einem Baum zu sitzen, und kein Kind war da, das man beschenken und verwöhnen konnte.

»Komm doch zu meinen Eltern. Mit deiner Neuen.« Marie hatte längst vergessen, wie sie hieß.

»Okay«, sagte er gedehnt. Das Rascheln neben ihm wurde ein kleines, liebevolles Gemurmel. Er sagte etwas Beruhigendes, und dann wandte er sich wieder dem Telefonat zu.

»Verstehe. Also bei deinen Eltern, okay. Werden da sein.« Er schien sehr enttäuscht, und Marie musste erst Mut sammeln, um dann tapfer vorzuschlagen: »Und nach Weihnachten fahrt ihr dann für Silvester zu deinen Eltern. Du und Florian und Dings. Vater und Sohn und deine hübsche Neue, du weißt schon, hab den Namen vergessen. Okay? Ich habe gehört, Schottland ist schön zu Silvester.«

Sie hörte, wie er erleichtert ausatmete.

»Danke, Mary, danke. Das vergesse ich dir nie.«

19. KAPITEL

Amor und Psyche
(Marmor, 1890, Antonio Canova)

Es war Januar geworden. Kalt war es und nass. Es lag allerdings kaum Schnee, sondern nur grauer Matsch.

Unruhig erwarteten die vier Freundinnen den Test. Jeden Tag, wenn ihre Kleinen (die natürlich nicht mehr klein sein wollten) zurück aus der Schule kamen, wurden sie ausgefragt, was genau sie heute für den mehr oder weniger freiwilligen Test alles gelernt hatten.

»Nichts«, sagten sie dann.

»Nichts?«, fragten die aufgebrachten Mütter, allen voran Katrin.

»Nichts. Wir machen nur Schule«, sagten die Kinder und liefen fort, um im Kinderzimmer zu spielen.

Die vier beschlich ernsthafter Zweifel. Wie wollte das Fräulein mit den Klassen diesen Test nur bestehen, damit Frau Rasenfeld endlich Ruhe gab?

In den Medien war zu lesen, dass der Berliner Senat ein Vorbild war für andere Städte und Kommunen. Offensichtlich sollten jetzt bald überall solche Tests absolviert werden.

»Egal. Hauptsache, das Fräulein kündigt nicht. Und der Test wird irgendwie geschrieben. Hauptsache, nicht noch mehr Ärger mit der Rasenfeld. Die macht ja schon die ganze Schule rebellisch.«

»Ich fürchte bloß, das Ergebnis, zumal ein schlechtes, wird die Rasenfeld überall rumposaunen.«

»Warum übt das Fräulein denn nicht für den Test? Ich verstehe das nicht ...«

»Sie bleibt sich halt selber treu. Irgendwie bewundernswert.«

»Ich mag sie sehr.«

»Ich auch.«

Der Tag des Tests rückte immer näher. Die vier waren sich nicht ganz im Klaren darüber, wie Frau Gabbai den Sturm der Entrüstung aushalten wollte, der sie erfassen würde, wenn der Test in der Klasse 1a nicht gut ausfiele. Doch die vier waren entschlossen, an ihrer Seite zu stehen. Es war diese bezaubernde Art, wie Herr Boddensen das Fräulein beschützen wollte, die die vier zu Höchstleistungen antrieb. Daher hatten sie in den Tagen vor dem Test nicht nur ihren Eskortservice für gestresste Referendarinnen ausgeweitet, um das Fräulein vor der Rasenfeld abzuschirmen, sondern trafen sich oft bei ihr zu Hause und tranken Wein (und Tee) zusammen, um zu verhindern, dass sie doch noch einen Rückzieher machte und die Schule verließ. Zwar würde der Test dennoch durchgeführt, das war mittlerweile beschlossen, aber Frau Gabbais Karriere wäre dann hin und Boddensens Herz gebrochen.

Dann endlich war der große Tag da. Katrin hatte sich angeboten, die Kinder in die Schule zu bringen, und Alexa, Olivia und Marie waren zum Fräulein zu gefahren, um gemeinsam mit ihr zur Schule zu gehen. Bewaffnet mit einem Glücksbringerteddy und Luftballons mit der Aufschrift »Viel Glück« standen sie vor Frau Gabbais Wohnungstür.

Der junge Mann öffnete, runzelte die Stirn, als er die Mitbringsel sah, und zuckte dann mit den Schultern.

»Sie kotzt.«

»Bitte?«

»Sie kotzt. Sie kann nicht in die Schule.«

»Was?«, rief Alexa. »Sie muss. Sie darf sich nicht einschüchtern lassen! Die Rasenfeld wartet nur auf so eine Gelegenheit. Wo ist sie?«

»Sie kotzt!«, sagte er wieder, aber da waren Olivia und Alexa schon an ihm vorbei ins Badezimmer geeilt.

Frau Gabbai kniete vor dem Klo und kotzte sich die Seele aus dem Leib.

»Wein. Und Zigaretten. Zu viel. Und die Aufregung. Und die Wut. Und alles«, keuchte und würgte sie abwechselnd. Olivia hielt ihr die Haare, Alexa untersuchte derweil die herumstehenden Parfümfläschchen, Marie rollte etwas Papier von der Klorolle ab und reichte es dem Fräulein.

»Du rauchst, Fräulein?«

»Nein, deshalb kotze ich ja.«

»Ob das typisch Pädagoge ist?«, fragte Olivia nachdenklich und schaute ungerührt zu, wie sich die junge Frau mit ihrem Mageninhalt abkämpfte.

»Vielleicht ein Selbstexperiment. Aber ihr Magen dürfte jetzt leer sein«, sagte Marie.

»Oder nur doof. Zumindest ist ihr Magen jetzt richtig gereizt. Ob der Freund weiß, ob die hier Zwieback haben?«, fragte Alexa.

»Das bringt jetzt nichts. Kotz mal schön weiter. Nur raus damit.« Olivia tätschelte sie im Nacken.

»Danke«, sagte die schwach. »Und jetzt?«

»Keine Ahnung.« Marie zuckte ratlos mit den Schultern.

»Wenn die Klasse den Test nicht schreibt oder es auch nur den Anschein erweckt, als würde das Fräulein den Test sabotieren, das wär furchtbar. Du musst wenigstens im Klassenraum anwesend sein, Fräulein.« Alexa versprühte etwas Parfüm und schnupperte der Wolke hinterher.

»Ich kann nicht. Echt. Armer Herr Boddensen, hab ihn

jetzt sehr enttäuscht.« Ihr Würgen ließ keinen Raum für Argumentationen.

»Aber wer soll Frau Gabbai vertreten? Die sind eh alle krank oder schwanger in der Schule. Typisch für die Jahreszeit. Wenn das die Rasenfeld mitbekommt, verdammt. Die geht an die Presse oder so, die bringt alles fertig.«

»Können wir nicht einfach den Boddensen bitten, den Test auszuteilen und zu beaufsichtigen? Dagegen kann die Rasenfeld nichts sagen. Er ist schließlich der Klassenlehrer«, schlug Alexa vor.

»Kann der denn schon gehen?«

»Na, immerhin ist er seit einer Woche zu Hause.«

»Dann los, wir nehmen Alexas Wagen. Los, los, Mädels, wir holen den Boddensen ab.«

Der überkorrekte Klassenlehrer öffnete. Es hatte etwas gedauert, bis er an die Tür seines kleinen Reihenhauses gehumpelt war. Sein Bein hielt er leicht schräg und hüpfte auf dem gesunden herum. Die Handhabung der Krücken fiel ihm schwer. Er wirkte müde, etwas verfroren und wackelig. Er hatte definitiv eine sorgenvolle Nacht hinter sich. Olivia packte ihn resolut am Arm.

»Oh, ich hatte nicht mit Ihnen gerechnet.« Mit diesen verunsicherten Worten ließ er Alexa an sich vorbeigehen und sah sie mit großen Augen an.

»Mit uns sollte man immer rechnen«, entgegnete sie und schob die Tür zu. Herr Boddensen trug nur kartierte Markenshorts und ein ziemlich ausgewaschenes T-Shirt, auf dem stand: *Zickenbändiger*. Als ihm das bewusst wurde, versuchte er, den Schriftzug mit dem Arm abzudecken, fiel aber dabei fast um. Olivia hielt ihn.

»Herr Boddensen, Sie müssen in die Schule. Der Test. Sie müssen den austeilen.«

»Bitte?« Er sah noch einmal auf seine Shorts, erkannte, dass das nicht gerade die korrekte Kleidung war für Damenbesuch und schaute verzweifelt zur Decke.

»Sie kotzt.«

»Wie war das?«

»Ja, sie kotzt. Das Fräulein. *Ihr* Fräulein. Sie hat gestern zu viel Wein getrunken vor lauter Aufregung und dann versucht, das Rauchen anzufangen, oder was auch immer Pädagogen noch so anstellen, wenn sie nervös sind«, erklärte Alexa die Situation.

»Oh, Himmel! Das arme Fräulein!«, sagte der Klassenlehrer, ließ vor Schreck seine Krücken los, schlug sich die Hände vors Gesicht. Und fiel dann stumpf um.

Auf den weichen Teppich.

»Himmel! Diese Pädagogen sind aber auch ein rühriges Volk!« Marie seufzte.

»Alles gut, alles gut, Herr Boddensen. Wir sind ja da. Sie müssen jetzt nur für das Fräulein in die Schule gehen und den doofen Test austeilen«, erklärte Alexa völlig abgebrüht dem Sportlehrer, der in dem Flur der Länge nach auf dem Boden lag und den Anschein machte, als hielte er das für einen sehr schlechten pädagogischen Ansatz.

»Aha. Aua. Sehr freundlich von Ihnen«, sagte er höflich. Er versuchte halbherzig, sich erst auf die eine Seite, dann auf die andere Seite zu drehen. Vergeblich.

Die drei schauten dem Mann stumm, aber interessiert zu. Er war sportlich und durchaus ansehnlich. Aber diese Shorts zusammen mit dem T-Shirt?

»Wow, er hat aber einen guten Körper. Sieht ein bisschen aus wie dieser Heino Ferch«, sagte Olivia.

»Sind nicht mittlerweile alle Filme mit Heino Ferch?«

»Sehr schnuckelig.« Olivia kicherte.

»Oli! Das ist ein Lehrer!!!« Marie lachte schallend.

»Und? Sind Lehrer keine Männer?«

»Aber doch nicht so!«

»Na gut. Jetzt nicht faul rumliegen. Sie müssen sich anziehen, Herr Boddensen. Wir haben Test.« Olivia tippte auf ihre Armbanduhr.

»Ich kann nicht.« Er machte eine hilflose Geste.

»Wie?«

»Was jetzt?«

»Nicht aufstehen oder nicht anziehen? Oder den Test austeilen? Was können Sie nicht?«

»Nichts davon. Aber vor allem: Ich kann mir keine Hose anziehen. Ich schaff das nicht. Das Bein. Es ist noch sehr steif und empfindlich. Und so kann ich ja wohl kaum gehen.« Er zeigte auf seine Shorts und das Shirt.

Das T-Shirt fanden die drei Frauen allerdings ganz cool. Aber wahrscheinlich würde Rasenfeld sofort die GSG9 rufen, wenn sie es sah.

Nachdenklich blickten die drei zum Sportlehrer hinunter.

»Warum hat der so Oberarme?«, fragte Olivia.

»Tennis«, erklärte er etwas gepresst, während er immer noch keine Möglichkeit gefunden hatte, sich aufzusetzen. Das Bein schien immer im Weg zu sein.

»Ah. Tennis. Issich gut für die Arme. Wir wollten ja auch mal Tennis spielen.« Olivia suchte seelenruhig was in ihrer Tasche.

»Nicht anziehen? Hat er gesagt, er kann sich nicht anziehen? Auch das noch. Was wäre die Welt ohne uns Mütter?« Alexa verdrehte die Augen.

»Wenn er es nicht kann, wir können das. Unsere Kernkompetenz. Obwohl ich schneller bin im Ausziehen. Egal. Ich hol die Hose. Ist das Schlafzimmer oben?« Olivia hatte sich einen Lolly in den Mund gesteckt und sah aus wie Kojak mit zu vielen Haaren.

»Nein, bitte!«, rief der am Boden Liegende. »Bitte, nicht in mein Schlafzimmer!«

Zu spät.

»Oh, hey! Er ist AC-DC-Fan oder was?«, brüllte Olivia von oben. Alexa lief ihr hinterher. Man hörte Lachen und Schranktüren klappern. Marie blieb unschlüssig stehen.

»Oh weh!«, seufzte Herr Boddensen.

»Die suchen ja nur eine Hose«, versuchte sie den bekümmerten Lehrkörper zu beruhigen.

Von oben klang es aber eher nach einer Hausdurchsuchung.

»Cordhosen? Sie haben Cordhosen? Echt? Ist das Vorschrift bei Pädagogen? Und hier der Pullover mit Aufnähern am Ellenbogen.« Alexa erschien oben an der Treppe und zeigte das Gefundene.

Marie und Alexa quiekten vor Freude auf. Herr Boddensen legte sich den Arm vor die Augen.

»Hilfe!«, jammerte er im Liegen.

»Und hier!«, rief Olivia aus dem Schlafzimmer jubelnd, »Pamela Anderson als T-Shirt? Issich ein Schlingel, unser Zickenbändiger!« Olivia zeigte nun ihrerseits ihre Trophäe. Wie sie das Wort »Schlingel« aussprach, war Weltklasse. Herr Boddensen rührte sich nicht, er versuchte, sich hinter seinen Armen zu verstecken. Marie hörte nur ein leises Ächzen von ihm.

»Hey, Mädels, habt Erbarmen! Könnt ihr beiden da mal eine normale Jeans suchen und ein neutrales Hemd? Ich glaube, ihm wird langsam kalt hier unten!«

»Schade.«

»Okay.«

»Danke, Frau Doktor Krause«, flüsterte er.

»Nur Krause. Ich bin ja keine Ärztin.«

»Ach, es klingt manchmal, als seien Sie eine Art Irrenärztin«, kam es sehr unpädagogisch und sehr kleinlaut vom Teppich her.

Es war ein Bild für die Götter, als Alexa und Olivia versuchten, Herrn Boddensen die Jeans über das verletzte Bein zu ziehen. Sie zerrten an ihm herum, während er dalag und sich die Schmerzensschreie verkniff. Marie versuchte zum einen, den liegenden Mann festzuhalten, aber vor allem, nicht in Gelächter auszubrechen.

»Jetzt da ziehen. Nein da.«

»Fast. Jetzt noch hier. Stramme Waden!«

»Äh, bitte meine Damen, das ist doch nicht nötig…«, meldete er sich verzweifelt.

»Das jetzt auf YouTube stellen. Das wär's!«

»Erbarmen!«, ächzte er.

»Hier jetzt mal am Po.«

»Oli, schau ihm nicht auf den Po!«

»Doch, mache ich wohl!«

»Äh, meine Damen, könnten Sie bitte daran denken, dass ich nicht taub bin?«

»Oli, er ist nicht taub!«

»Schon gut. Po ist jetzt in Hose.«

»Ja, geschafft. Den Rest machen Sie selbst?« Olivia saß nun fast auf ihm. Er lächelte matt, als er schließlich den Reißverschluss hochzog.

»Jetzt die Manschette über die Hose.«

Alexa und Marie montierten ihm die Manschette an das verletzte Bein. Sie assistierten beim Anziehen der Socken und Turnschuhe. Dann halfen sie dem Mann endlich hoch.

»Hau ruck! So ähnlich haben die die Steine in Stonehenge aufgerichtet.« Alexa war ganz außer Atem und klopfte dem Mann auf die Schultern. »Oh, wirklich gut gebaut so ein Pädagoge.«

Olivia haute ihr auf die Finger.

»Weg, Sportlehrer sind kein Spielzeug. Außerdem ist er zu alt für dich, Alexa.«

»Ich bin 42«, warf er halbherzig ein.

»Siehste. Er ist schon 42! Unsere Freundin steht auf jüngere Männer!«

»Die Stonehenge-Steine sind noch älter!«, warf Marie eilig ein, damit nicht wieder Streit ausbrach.

Herr Boddensen hatte komplett den Faden verloren und sah verwirrt von einer Frau zur anderen, doch bevor er ein tiefsinniges Referat über steinzeitliche Monolithkulturen beginnen konnten, schoben Marie und Olivia ihn behutsam auf den Rücksitz des Wagens. Dann jagte Alexa zur Schule und parkte mitten auf dem Schulhof.

»Das glaubt mir später kein Mensch«, flüsterte der Lehrkörper schmerzverzerrt und überprüfte noch einmal, ob er richtig angezogen war.

Pünktlich, als die Klingel läutete, stand Herr Boddensen im Klassenraum. Etwas wackelig, aber er stand.

Frau Rasenfeld kam eilig um die Ecke gebraust und starrte ihn böse an. »Ach, Sie hier? Wo, äh … wo ist denn die Gabbai?«

»Zu Hause. Frau Gabbai ist zu Hause! Ich wollte mir diese große Herausforderung nicht nehmen lassen!«, sagte Herr Boddensen in einem Tonfall, der nicht ahnen ließ, wie abgrundtief er Frau Rasenfeld dafür hasste, dass sie seine Lieblingsreferendarin so quälte.

Alexa, Olivia und Marie standen im Klassenraum erschöpft an die Wand gelehnt. Die Kinder starrten sie ehrfurchtsvoll an, als ahnten sie, dass die Frauen gerade ein kleines Wunder vollbracht hatten. Außerdem kauten die Mütter lässig Kaugummi. Fehlten nur die Sonnenbrillen und ein Klappmesser. Dann wären sie an Coolness nicht mehr zu überbieten.

»Warum starrt die Rasenfeld ihn denn so an? Die will doch, dass er wieder den Unterricht macht«, sagte Marie laut genug, damit Frau Rasenfeld das auch ja mitbekam. Und sah grinsend zu, wie Herr Boddensen anschließend die Elternbeirätin auf den Flur komplimentierte.

»Sie haben es im Griff, Zickenbändiger?«, fragte Olivia anschließend.

»Ja, äh, ja, denke schon.« Er wedelte mit einem Stoß Tests.

»Wir warten draußen. Und passen auf.« Olivia schnalzte. Plötzlich stand Katrin neben ihnen.

»Und? Und?«

»Alles gut. Boddensen steht wie eine Eins. Sie sind drin, und der Test wird gerade geschrieben. Die Rasenfeld hat aufgepasst wie ein Luchs, aber alles gut.« Alexa taxierte Katrin, um herauszufinden, wie ihr die Aufregung bekam.

»Hab ich sonst was verpasst?«, fragte die nur.

»Ja, Oli hat einen Mann mal angezogen statt ausgezogen. Ganz neue Erfahrung für sie.« Die vier lachten kurz. »Tut mir leid Katrin, dass ich immer so bin. Ich hab nur Angst um dich«, flüsterte Alexa.

»Ich weiß.« Katrin breitete die Arme aus, und erst drückte sich nur Alexa hinein, dann aber die anderen beiden auch. Sie standen eine Weile als menschliches Knäuel in der Kiss-and-go-Zone herum.

»Wir Frauen und Mütter müssen einfach ab und zu was wagen«, sagte Katrin schließlich. »Und manchmal, ganz manchmal reicht es auch, etwas gewagt zu haben, gar nicht mal, ob es auch gelingt.« Sie strich sich über den Bauch, der sich mittlerweile schon leicht wölbte.

»Und wie ist es mit deinem Mann, Katrin, macht er mittlerweile mit?«

»Ja, sogar mehr als das. Er macht sich noch mehr Sorgen als du. Und ist auch deswegen manchmal ganz schön bestimmend. Es nervt, echt.«

»Schläfst du also heute Nacht wieder bei mir?«, fragte Olivia und öffnete ihre Tasche.

»Nein. Nein. Ich gehe wieder nach Hause. Wir sollten unsere kostbare Zeit nicht mit Sorgenmachen vertun. Ich gehe heute wieder nach Hause.«

Alexa strich sich eine Träne von der Wange. Katrin sah das, holte wortlos ein Lillifee-Taschentuch hervor und reichte es ihr.

Marie atmete durch. Freundschaft war etwas, das man fühlen konnte wie ein weiches Stück Stoff.

Zwei Wochen später standen die Klassen 1a und 2a in tapferer Zweierreihe auf der Bühne der Aula. Vorn die Mädchen, dahinter die Jungs. Mädchen in adretten Kleidern, Jungs in Hemden und Pullunder, worin sie immer etwas aussahen wie zukünftige Buchhalter. Gemeinsam trugen sie ihr Gemüselied vor. Die Kinder hielten jeder eine Frucht hoch und traten abwechselnd mit den Füßen im Takt auf. Das Lied war laut, inbrünstig und komplett schief. Alle Eltern hatten Tränen in den Augen vor Rührung und vor allem aus Überzeugung, ihre Kinder würden bald Weltstars.

Marie machte das fünfhundertste Foto von Florian und seinen Freunden. Sie ließ sich nicht irritieren von den bösen Blicken mancher Eltern, weil sie für die Fotos natürlich einfach aufstand. Das Verbotsschild mit dem durchgestrichenen Handy hatte Alexa kurzerhand von der Wand genommen.

Es war die Jubiläumsfeier zum hundertjährigen Bestehen der Klopstock-Grundschule. Es wurden Reden gehalten und ein kleiner Film über die Entwicklung der Schule gezeigt, den Herr Boddensen liebevoll aus alten Filmschnipseln und Fotos zusammengetragen hatte, abgerundet von einer chronologischen Auflistung aller Fakten. Er humpelte noch etwas, aber er war ganz in seinem Element. Er trug wieder seine Weste und ein großgemustertes Funktionshemd. Stabil und praktisch schien Marie der Mann. Aber sie wusste, da war auch was Romantisches, was Heldenhaftes in ihm.

Frau Gabbai winkte fröhlich zu den vieren rüber, als sie vorn auf den Stühlen, die dem Kollegium vorbehalten waren, Platz genommen hatte.

»Das ist sie also? Das berühmte Fräulein?«, fragte Constantin. Das Wort ›Fräulein‹ klang unfassbar sanft. Offenbar verstand er – ohne es zu ahnen – den Boddensen besser, als Marie lieb war.

Adam sang von einer Tomate und hielt diese hoch, als wäre sie eine Fackel. Ben sang herzergreifend von einer krummen Gurke, und Paul lobte etwas schüchtern einen Maiskolben. Dann trat Florian vor und trug in einer Art Rap die wichtigsten Daten zu einer Gemüsezwiebel vor.

»Bravo!«, brüllte Constantin neben Marie und klatschte wild. Alexa und Olivia lachten ausgelassen. Niemand schien Constantin daran hindern zu wollen, schier auszurasten über das Können seines Sohnes. Dann war Agata dran. Elegant hielt sie ihr Gemüse hoch und sang glockenhell über dessen gesundheitliche Vorteile. Olivia nickte zufrieden, während Katrin sich die Augen trockenreiben musste. Katrins Mann legte den Arm noch etwas fester um sie und strich ihr beruhigend über den Bauch.

Als Benedicta vortrat zu ihrem Solo, stockte der Song. Das kleine Mädchen wurde knallrot, schnappte hörbar nach Luft, und man sah, wie ihr die Tränen aufstiegen, weil sie den Text vergessen hatte.

»Das arme Ding«, flüsterte Constantin mitfühlend. Das Publikum ließ einen bedauernden Summton hören. Frau Rasenfeld fiepste leise ein »Oh, Gott!«.

Aber da war schon Agata neben Benedicta, packte sie resolut am Arm und flüsterte ihr etwas ins Ohr.

Benedicta nickte aufmerksam, strahlte dann und brachte nun flüssig ihren Text vor. Sie hatte eine hübsche, sichere Stimme, offenbar hatte sie bereits Gesangsunterricht erhalten.

Das Publikum klatschte erleichtert, und Frau Rasenfeld lächelte unsicher, sah sich dann aber zu Marie und Olivia um. Als das Lied endete, die beiden Klassen noch einmal ihr Gemüse hochgehalten hatten und der anschließende Beifall verklungen war, wisperte Frau Rasenfeld halb zähneknirschend, halb dankbar zu Oli: »Du hast eine ganz reizende Tochter«, machte eine vielsagende Pause und setzte hinzu: »Olivia.«

Constantin beugte sich zu Olivia hinüber, die das offenbar mochte und ihm seine Krawatte etwas zurechtrückte. »Schade, Oli, ich hatte schon einen schönen, tiefen See in Schottland gefunden, um ihre Leiche verschwinden zu lassen.«

Olivia lachte geschmeichelt. Na, wer hätte nicht gern von Constantin einen Auftragsmord erledigen lassen?

Es wurde eine kleine Pause ausgerufen, und das Publikum begab sich in die Vorhalle, wo reichlich Flyer, alkoholfreie Getränke und zuckerreduzierter Kuchen warteten.

Marie sah sich um. Natürlich war Jakub nicht zu sehen. Nur Natalia, die sofort auf sie zugestürmt war und sie umarmt hatte. Selbst Adam, der zwar nicht direkt zum Überschwang neigte, aber doch einen freundlichen Blick und ein bisschen Winken in Maries Richtung warf.

»Hallo, Adam. Toller Song. Und? Wie geht es deinem Vater, Natalia?« Marie zog ihre junge Nachbarin sanft am Ärmel zu sich heran.

»Beschissen. Und seine Laune ist entsprechend.« Sie warf einen langen Blick auf Constantin, der das aber nicht zu bemerken schien.

»Tut mir leid, das zu hören«, sagte Marie und konnte sich ein zufriedenes Grinsen kaum verkneifen.

»Gar nicht wahr.« Natalia lachte. »Du solltest froh sein,

dass es ihm schlechtgeht. Der ist doch nicht ganz dicht in der Birne!«

»Sagt man so was von seinem Vater? Obwohl, der hat es wirklich verdient. He's a fool«, murmelte Constantin zu ihr hinüber. Er hatte also doch zugehört. Natalia seufzte laut. Sie war heimlich in Constantin verliebt. Oder besser gesagt: Sie war *unheimlich* in Constantin verliebt.

Marie lächelte darüber. Ja, er genoss das sichtlich, warf dem Mädchen aber einen betont väterlichen Blick zu.

Was für ein Durcheinander, dachte sie. Hier lieben sich immer die Leute, die kein Pärchen ergeben können. Zu dumm. Sie warf Herrn Boddensen einen verständnisvollen Blick zu, der betont lässig mit dem Rektor zusammenstand und sich nicht anmerken lassen wollte, dass er Frau Gabbai in ihrem gepunkteten Kleidchen offensichtlich ganz außerordentlich entzückend fand.

Die Pause war bald zu Ende, und alle strömten wieder hinein. Nur Marie blieb draußen. Bald war sie allein bis auf einen jungen Mann am Getränkestand.

Sie fühlte sich matt. Sie hörte, wie drinnen die sechste Klasse begonnen hatte, ein kleines Theaterstück aufzuführen. Es handelte von einer Nachbarin im Petticoat und einem entzückenden Nachbarn mit angeklebtem Schnurrbart. Die beiden liebten einander und hatten Mühe, dem anderen diese Zuneigung zu offenbaren. Das Publikum war begeistert. Es gab Szenenapplaus, wenn die beiden sich irritierenderweise andauernd gegenseitig Gemüse schenkten und immer wieder auf dessen gesundheitliche Vorzüge zu sprechen kamen.

»Schauen Sie, Herr Nachbar. Eine Tomate für Sie!«, sagte das Petticoat-Girl.

»Oh, Tomate! Aus der Familie der Nachtschattengewächse!«, rief der Beschenkte entzückt aus, und das Publikum lachte wieder.

»Ja, Herr Nachbar. Ich bin auch ein Nachtschattengewächs!« Das Mädchen musste wohl versucht haben, den Jungen zu küssen. Es gab Szenenapplaus.

Der kleine Schnurrbart-Nachbar aber blieb ganz bei der Sache: »Ja, liebe Frau Nachbarin, damit ist die Tomate eng mit anderen Speisegewächsen wie der Kartoffel verwandt!«

Marie seufzte. Sehr viel intelligenter waren ihre Gespräche mit Jakub auch nicht gewesen. Vor allem bei ihrem ersten Treffen. Sie lächelte etwas schief.

Im Vorraum waren ein paar Stände aufgebaut. Und Stellwände mit Fotos über das Gemüse. Es war wenig los, da die meisten Eltern atemlos den Darbietungen ihrer Kinder lauschten. Marie ließ sich eine Cola light geben.

»Alles okay, Mary?« Constantin war aufgetaucht. Marie hatte sich auf einen klapprigen Stuhl gesetzt. Er zog einen Hocker hinzu und setzte sich breitbeinig vor sie. Er strich sich in einer eleganten Bewegung den Schlips gerade und legte lediglich die Fingerspitzen auf Maries Knie. Gerade so viel, dass er zeigte, wie nah er ihr stand, aber distanziert genug, um korrekt zu bleiben.

»Unser Sohn ist schon so groß.«

»Aye.« Er nickte, sah ihr aber forschend in die Augen. »Er ist der Tollste von allen, nicht wahr?« Das, was allem Anschein nach alle anwesenden Eltern von ihren Sprösslingen dachten.

»Du redest nie über ihn, Mary.«

»Über wen? Über Florian?«

Constantin legte seinen Kopf schief, und die helle Farbe seiner Augen wirkte magisch. Er wusste, wenn sie nicht reden wollte. Und über Jakub wollte sie mit ihm nicht mehr reden. Das hatten sie bereits oft genug getan.

Er sah sie ratlos an.

»Ich weiß nicht, warum er das nicht überwinden kann. Der

Typ muss doch sehen, dass zwischen dir und mir nichts mehr ist. Ist doch so?« Die Frage klang hoffnungsvoll.

»Ach?« Marie hob amüsiert die Augenbrauen und deutete auf seine Fingerspitzen, die vorsichtig Maries Bein berührten. Er zog sie weg. Er lächelte dieses spezielle Lächeln.

»Ich mag nicht, wie traurig du bist, Mary. Schon all die vielen Wochen. Also gut. Ganz ehrlich. Schlag dir diesen Typ aus dem Kopf. Er wird nie verstehen, dass ich in deinem Leben bin. Und wenn er das nicht versteht, hat er dich nicht verdient.«

»Wer versteht das schon, dass man, wenn man mit MIR zusammen sein will, einen Mann wie DICH dazubekommt. Du bist furchterregend.«

»Ich? No! Er ist es, er ist nicht normal!« Constantin tippte sich an die Stirn.

»Wenn ein Mann auf der ganzen Welt nicht normal ist, dann du. Ganz ehrlich. Aber was macht das schon.«

»Was hat er, was ich nicht habe? Sag!«

Marie seufzte und wollte eigentlich nicht antworten, doch er tippte nach einer Weile auf ihr Knie.

»Ach, keine Ahnung, Constantin. Jakub ist sogar sehr normal. Führt ein normales Leben. Mit normalen Problemen, die uns alleinerziehende Eltern in einen ganz normalen Wahnsinn treiben. Ich weiß nicht, es ist die Art, wie er redet, wie er mich und die Kinder ansieht, wie er damals vor meiner Tür auftauchte, um mich was zu fragen, oder so. Er ist, er ist ... er ist Jakub.«

»Das ist alles? Er ist Jakub?« Constantin lachte spöttisch.

»Nein. Das ist nicht alles.« Natürlich nicht. Jakub war nicht nur Jakub. Er war alles. Aber was verstand Constantin schon von Männern?

»Dann sag, was hat er, was ich nicht hab, Mary. Sag, warum du in der langen Zeit, in der er dich nicht beachtet hat, du nicht einmal, nicht einmal (er machte eine Pause) auf mich den Eindruck gemacht hast, dass es zwischen uns noch einmal so eine Nacht geben könnte? Ich muss artig im Zimmer von Florian auf der Matratze schlafen.«

Marie lachte. Florian liebte es, dass sein Vater bei ihm im Zimmer geschlafen hatte. Die beiden hatten bis in die späte Nacht herumgealbert.

»Was genau spielt das für dich eine Rolle, Constantin? Zwischen dir und mir ist alles gut, so wie es ist. Du bist wunderbar, und ich genieße jede Sekunde mit dir. Aber ich liebe nun mal …«

»Diesen Idioten? Du liebst ihn? Warum? Er ist silly!«

»Schscht.« Sie klopfte dem großen Mann sanft auf den Brustkorb. »Du hast doch auch wieder andere Frauen!«

»Aber die …« Constantin hatte den Anstand, den Satz nicht zu Ende zu bringen.

Marie lächelte.

»Da ist sie ja! Frau Krause! Frau Doktor Krause!« Das war die Stimme von Boddensen. Er konnte sein Bein etwas besser bewegen, aber er lief noch nicht ganz rund.

»Die Ergebnisse sind da! Die Ergebnisse.« Herr Boddensen kam in gehumpeltem Laufschritt neben Marie zu stehen, dann räusperte er sich und musste sich erst einmal sammeln. Er reichte Constantin, der sich aufrichtete und den großen Sportlehrer noch immer um einen halben Kopf überragte, die Hand.

»Boddensen. Hallo, Mister McLean. Ihre Frau, ähem, Frau Krause, also Frau Doktor Krause, hat mir geholfen. Zusammen mit den anderen Damen, also …«

»Das *Fräulein*, ich weiß.«

»Ah, gute Kommunikation. Gut, sehr gut.« Herr Boddensen war bezaubernd, wenn seine Gefühle mit ihm durchzugehen drohten. Aber er wurde wieder ganz ruhig. Marie sah, wie

Frau Rasenfeld genervt den Vorraum der Aula verließ und der Rektor aufgeregt und sichtlich zufrieden mit einigen offiziell wirkenden Herren diskutierte. Die Sekretärin des Rektors brachte einen Strauß Blumen.

»Sie hat die beste Klasse! Die beste!«, jubelte Herr Boddensen, überschätzte die Standfestigkeit seines Beins und fiel fast um, doch Constantin hielt ihn.

»Sie hat die höchste Punktzahl. Unsere Frau Gabbai. Die Presse ist da! Das ist, das ist – das Fräulein ist großartig!« Er bemerkte, dass er sich doch nicht ganz im Griff hatte, und räusperte sich erneut. »Ja. Gut. Wollte das nur erwähnen. Nun werden wir ihr einen Strauß überreichen. Sie hat es verdient. Vor dem ganzen Publikum. Das ist, ja, das ist gut. Werde noch was verschriftlichen dazu, entschuldigen Sie mich.« Er humpelte zurück zum Rektor. Constantin war neugierig geworden.

»Na, das muss ich mir anhören, entschuldige mich ebenfalls, Mary«, zog die Manschetten zurecht und ging hinüber. Bald war er mit den offiziellen Herren in ein Gespräch vertieft.

Marie hatte kein Interesse daran, wieder in die Aula zu gehen. Das Gespräch mit Constantin über Jakub hing ihr noch nach. Durch die offene Doppeltür zum Saal hörte sie nach einer Weile die Reden anlässlich der Ergebnisse. Herr Boddensen dankte, gab aber sofort den Dank weiter an die beiden Klassen und vor allem an seine Lieblingsreferendarin.

»Was machst du hier?« Katrin, Alexa und Olivia gesellten sich zu Marie.

»Nichts. Ich sitze hier.«

Jetzt kam auch Constantin zurück.

»Ist er nicht da?« Die drei Frauen setzten sich auf den Boden vor Marie. Nur Constantin blieb stehen.

»Wer bitte?« Marie verstand sich brillant auf dieses Spielchen. Und nein, Jakub war nicht da. Und ja, sie vermisste ihn.

Und ja, sie hatte extra ihre enge Jeans an und neue Schuhe und war beim Friseur gewesen und alles. Nur, weil sie hoffte, er sei da. War er aber nicht.

Die Freunde schwiegen.

»Aber das mit dem Fräulein haben wir toll hingekriegt.«

»Ja, wir können echt alles.«

»Außer Männer.« Katrin sah zu Constantin hoch.

»Na, du und dein Mann. Das sieht doch extrem harmonisch aus«, sagte Alexa.

»Und du und Martin?«, fragte Katrin und zeigte auf Martin, der tatsächlich doch noch zu der Veranstaltung gekommen war. Er hatte Ben beim Binden seiner kleinen Krawatte geholfen und stand nun bei ihm und lauschte der Rede.

»Hm.«

»Ich dachte, der verlässt dich, wenn du ihn nicht heiratest. Nun ist er doch wieder da? Durfte heute sogar offiziell mit?«

»Hm.«

»Heißt das etwa …?« Katrin strahlte.

»Wirst du ihn etwa …?« Olivia riss erwartungsvoll die Augen auf.

»Alexa, du wirst heiraten?« Marie war ganz perplex.

»Pscht!« Alexa wurde rot. Martin kam wie auf das Stichwort herbeigeeilt und wunderte sich, als Constantin ihm die Hand reichte. »Congratulation!«

»Wow, wir können ja doch Männer!« Olivia klatschte freudig in die Hände. Selbst sie hatte bis eben nicht mehr daran geglaubt. Alle warfen sich auf die beiden und umarmten sie stürmisch.

»Ja, wir können doch Männer!«, lachte Alexa.

»Nur ich nicht«, sagte Marie und zwinkerte Constantin zu, der zuckte jungenhaft mit den Schultern, und seine Lippen formten das Wort: Sorry.

»Ach, Schätzchen.« Olivia strich Marie über den Arm. Bevor sie ihr ganzes Mitleid über sie ausschütten konnte, hauten ihr allerdings Alexa und Katrin in die Seite.

»Ladys. Ich hol mal Champagner«, sagte Constantin leichthin.

»Hier gibt es keinen Alkohol!«, sagte jemand. Aber niemand beachtete die Stimme.

Constantin holte eine Dreiliterflasche besten Champagner und eine Kiste mit Sektflöten aus seinem Wagen. Stilvoll. Gut gekühlt. Wie auch immer er das machte.

»Her damit!« Alexa klatschte aufgeregt in die Hände.

»Auf unser Fräulein!«, rief Katrin, die natürlich sofort daran gehindert wurde, an dem Champagner auch nur zu nippen. Ihr Bauch wölbte sich wunderbar.

»Und auf den schnuckeligen Sportlehrer! Mal sehen, vielleicht gibt der auch Nachhilfe in Tennis!«

Die anderen tranken gierig und stießen mit Constantin an. Umstehende warfen sehnsüchtige Blicke herüber. Ob diese Blicke dem Alkohol oder dem großen Schotten galten, war eindeutig, fand Marie.

»Hat einer von euch Ladys schon gehört, dass ich letzte Nacht wieder bei Mary geschlafen habe!«

»Constantin! Also echt!«

»Wirklich!«

»Das erzählt man doch nicht rum!«

Constantin hatte nachgeschenkt und hielt sein Glas merkwürdig hoch.

»Ladys! Trinken wir auf die besten Mütter dieser Welt!« Katrin, Alexa und Olivia sahen ihn strahlend an. Marie blieb auf ihrem wackeligen Stuhl sitzen. Welchen Schabernack ihr Ex nun auch immer anstellte, sie würde es gelassen hinnehmen. Und auch ein bisschen darüber lächeln. Es war süß und charmant. Ihm wurde alles verziehen. Und er gehörte zu ihrem Leben. Rausschmeißen würde sie ihn eh nicht, also ertrug sie seine britische Art von Humor.

Alles gut, wie Alexa zu sagen pflegte.

»Geschlafen habt ihr aber nicht miteinander! Tu also nicht so siegessicher, Junge!«

»Wer sagt das?« Constantin spielte den Beleidigten und warf Marie immer wieder warme, sanfte Blicke zu.

»Wir wissen alles!«

»Schade.« Er lachte. Dann sah er plötzlich seltsam ernst auf Marie. »Mary ist eine wundervolle Frau.«

Katrin kämpfte mit der Rührung und sah zu Boden. Alexa und Olivia wechselten hilflose Blicke.

Constantin trat nun dicht vor Marie und sah zu ihr hinunter. »Ich wäre sofort in dein Bett gekrochen, wenn du nur mit den Fingern geschnippt hättest.«

»Hab ich aber nicht.« Marie ließ sich nicht aus der Ruhe bringen. Die Mona Lisa und ihr Lächeln in Bestform.

Alexa und Olivia wirkten wie erstarrt.

»Oh. Ja. Ähem. Sehr schön. Vielleicht Themawechsel?« Warum wirkten sie plötzlich so alarmiert? War es überhaupt notwendig, das zu wissen?

»Ja, Themawechsel, weniger von Bett, vielleicht mehr vom, ähem, Wetter reden? Constantin, benimm dich, verdammt!«, ermahnte ihn Katrin mütterlich.

»Meinetwegen reden wir vom Wetter.« Marie wusste nicht, warum ihre Freundinnen wieder mal so einen Unsinn redeten, aber hatte sie das jemals alles richtig begriffen?

Kurze Stille. Marie sah stirnrunzelnd auf die drei und dann auf ihren Ex. Constantin sah Marie weiterhin merkwürdig an. Liebevoll und dann immer bekümmerter. Erst dachte sie, es sei Mitleid, aber je mehr seine Kiefermuskeln hervortraten, desto furchteinflößender wirkte er. Es war kein Mitleid. Es war Zorn. Sie hatte ihn noch nie so erlebt.

»Ich hau dir die Nase platt!«, sagte Constantin plötzlich, und sein Gesicht war rot. Marie zuckte zusammen.

»Ich schwöre dir, ich hau dich so was von um, wenn du ...«

»Himmel! Halt ihn fest!«, rief Olivia und packte den großen Schotten am Arm. Katrin und Alexa hatten ihre liebe Not damit, Constantin festzuhalten.

»Himmel! Constantin! Was ist mit dir?« Marie war tief erschrocken. Dann sah Constantin plötzlich über Marie hinweg und fixierte etwas.

Jemanden.

»Bild dir ja nichts ein! Ich bin trotzdem hier, egal, ob du das willst oder nicht.« Constantin sprach überdeutlich. Am Ende des Satzes keuchte er leise. »Wenn du ihr nur einmal noch Kummer bereitest, ich schwöre!« Constantin grollte, dass die Gläser klirrten.

Jakub.

Marie wusste es, bevor sie sich umdrehte und ihn ansah.

Er stand hinter Marie. Er hielt eine Tomate in der Hand. Neben ihm stand Natalia, sie schien ihn geradezu hierhergeschoben zu haben.

Ihn zu sehen war wie eine kleine Explosion in ihr. Er war wundervoll. Einzigartig. Er war einfach ihr Jakub.

Stille.

Alle erwarteten jetzt eine Schlägerei. Es lag in der Luft. Olivia packte Constantin noch fester am Arm, und Katrin rief ihren Mann und Martin zu Hilfe, die Constantin dann endgültig zur Vernunft brachten, indem sie ihn einen halben Meter nach hinten zerrten.

Maries Hirn war leer.

Die Einzige, für die das alles witzig war, war Natalia. Vielleicht fand sie auch Constantin gerade umwerfend männlich.

»Siehste, Papa. Sie haben nichts mehr miteinander. Das ist vorbei. Marie liebt nur dich, kapier das doch e-hend-li-hich!

Manno, bist du schwer von Begriff! Guck, wie sauer er ist auf dich. Wäre er wohl kaum, wenn er noch Chancen bei Marie hätte.«

Jakub schwieg. Die Argumentation war absolut schlüssig. Er hielt nachdenklich die Tomate vor sich, als könne er damit wild gewordene Exliebhaber in Schach halten.

»Jakub«, sagte Marie und fand das ungemein bescheuert. Ihr flatterte das Herz.

»Marie«, sagte er und fand seinen Text garantiert ähnlich schwach.

Er reichte ihr sichtlich verwirrt die Tomate, die sie ähnlich unkonzentriert entgegennahm.

»Was hat er, was ich nicht habe? Verdammt!« Constantin hatte sich kaum beruhigt und wandte sich mit dieser Frage an Maries Freundinnen. Die beiden Männer links und rechts von ihm ließen ihn nicht aus den Augen. Die Freundinnen lachten, als wäre das die dümmste Frage aller Zeiten, strichen dem großen, aufgebrachten Mann sogar mütterlich-begütigend über Wange und Arm.

»Ach, er ist nun mal der wahre Jakub. Und dagegen kommst du nicht an.«

»Er ist süß. Und hübsch. Und hat diese Lippen.«

»Und er ist ein Alleinerziehender.«

»Und etwas unbeholfen.«

»Hilfsbedürftig.«

»Das ist sehr sexy. Und sehr männlich.«

»Aber so was von.«

Marie nickte zu allem, räusperte sich, und als sie sah, wie am Ende des Vorraums Herr Boddensen interessiert herübersah, sagte sie laut und klar: »Constantin. Du bist wirklich perfekt. Hör zu: Mit dir ist das Leben quasi der Himmel.« Sie sah, dass ihn das beruhigte.

Katrins Mann und Martin ließen ihn nun los.

Ihre Freundinnen schienen erstaunt.

»Aber weißt du, Constantin«, fügte Marie sanft an, »im Gegensatz dazu ist es bei Jakub so …« Sie machte eine unsichere Pause und holte Luft und Mut. »Wenn Jakub nicht da ist, also wenn er fehlt, dann, dann …«

Sie schloss die Augen.

Dann sagte sie laut und fest: »Ohne Jakub ist mein Leben die Hölle!« Sie ließ die Tomate fallen und breitete die Arme aus. Sie hörte, wie ihre Freundinnen die Luft anhielten.

Jakub kam mit wenigen Schritten auf sie zu, und seine Umarmung war so stürmisch, dass er sie fast umwarf dabei.

Endlich in seinen Armen! Und wie er sie umarmte! So, wie nur er es konnte. Fest und sicher und warm und einfach nur Jakub.

Wichtige Danksagung

Danke, Susi.